바다의
긴 꽃잎

Citas de Pablo Neruda en *Un largo pétalo de mar* de Isabel Allende

1) "Regreso", *Navegaciones y regresos*, © Pablo Neruda, 1959, y Fundación Pablo Neruda
2) "Sangrienta fue toda tierra del hombre", *El mar y las campanas*, © Fundación Pablo Neruda, 1973 3) "Tierras ofendidas", "España en el corazón", *Tercera residencia*, © Pablo Neruda, 1947, y Fundación Pablo Neruda 4) "Artigas", *Canto general*, © Pablo Neruda, 1950 y Fundación Pablo Neruda 5) "Suburbios", El corazón amarillo, © Fundación Pablo Neruda, 1974 6) "España en el corazón", *Tercera residencia*, © Pablo Neruda, 1947, y Fundación Pablo Neruda 7) "José Miguel Carrera (1810)", *Canto general*, © Pablo Neruda, 1950, y Fundación Pablo Neruda 8) *Las uvas y el viento*, © Pablo Neruda, 1954, y Fundación Pablo Neruda 9) Pablo Neruda, "El 'Winnipeg' y otros poemas" Reflexiones desde Isla Negra, revista Ercilla, n° 1788, 24/ 9/ 1969,(Mucho después se incluyó en la recopilación que se publicó como *Para nacer he nacido*, © Fundación Pablo Neruda, 1978) 10) Chile os acoge, © Pablo Neruda, 1939, y Fundación Pablo Neruda 11) "Sí camarada, es hora de jardín", *El mar y las campanas*, © Fundación Pablo Neruda, 1973 12) "La noche en la Isla", *Los Versos del Capitán*, © Pablo Neruda, 1952, y Fundación Pablo Neruda 13) "Si tú me olvidas" *Los versos de capitán*, © Pablo Neruda, 1952, y Fundación Pablo Neruda 14) "Oda al pan", *Odas elementales*, © Pablo Neruda, 1954, y Fundación Pablo Neruda 15) "La patria en tinieblas", *Confieso que he vivido*, © Fundación Pablo Neruda, 1974, 2017 16) *Confieso que he vivido*, © Fundación Pablo Neruda, 1974, 2017 17) *Confieso que he vivido*, © Fundación Pablo Neruda, 1974, 2017 18) *Geografía de Pablo Neruda*, © Fundación Pablo Neruda, 1973 19) "Insomnio", *Memorial de Isla Negra*, © Pablo Neruda, 1964, y Fundación Pablo Neruda 20) *Confieso que he vivido*, © Fundación Pablo Neruda, 1974, 2017 21) "La carta en el camino", *Los versos del capitán*, © Pablo Neruda, 1952, y Fundación Pablo Neruda 22) "País", *Geografía infructuosa*, © Pablo Neruda, 1972, y Fundación Pablo Neruda 23) "Carta para que me manden madera", *Estravagario*, © Pablo Neruda,1958, y Fundación Pablo Neruda 24) "Regreso", *Navegaciones y regresos*, © Pablo Neruda, 1959, y Fundación Pablo Neruda 25) "Oda al caldillo de congrio", *Odas elementales*, © Pablo Neruda, 1954, y Fundación Pablo Neruda

이사벨 아옌데 장편소설 권미선 옮김

WINNIPEG

바다의
긴 꽃잎

LARGO PÉTALO
DE MAR

민음사

내 동생 후안 아옌데,
빅토르 페이 카사도와
희망을 꿈꾼 다른 항해자들에게

이방인들이여, 이곳이,
이곳이 나의 조국이라오.
이곳에서 내가 태어났고, 이곳에 내 꿈이 머물고 있으니.

파블로 네루다, 「귀환」, 『항해와 귀환』*

---

* Navegaciones y regresos. 1959년 아르헨티나 부에노스아이레스에서
출간.

차례

★

★

1부　　　　　　　★　전쟁과 대탈출

1장
1938년

청년들이여, 준비하시오.
다시 죽이기 위해, 다시 죽기 위해
그리고 그 피를 꽃으로 덮기 위해

파블로 네루다, 「피가 낭자했다,
인간의 모든 대지는」, 『바다와 종(鐘)들』*

어린 병사는 비베론 부대** 소속이었다. 비베론 부대는 전쟁에 나갈 청년도 노인도 남아 있지 않자 어린아이들을 징병해 만든 부대였다. 빅토르 달마우가 어린 병사를 다른 부

---

* El mar y las campanas. 1971년에서 1973년까지 파블로 네루다 사후에 출간된 여덟 권의 시집 중 한 권.
** 스페인 내전 막바지에 스페인 제2공화국 마누엘 아사냐 대통령의 명으로 스페인 내 공화파 점거 지역에서 1938년부터 1939년까지 선발된 부대로, 삼만 명에 이르는 청년들이 징병되었다. 대부분 미성년자라 처음에는 단순 보조 업무를 맡았지만 후에는 에브로 전투 같은 격렬한 전투에도 투입되었다. '비베론(biberón)'은 '젖병'을 의미하는데, 보건복지부 장관이자 여성 시인인 페데리카 몬트세니(Federica Montseny)가 어린 부대원들을 보며 "아직 젖병을 물고 있어야 할 나이인데."라고 한 말에서 유래되었다.

상자들과 함께 맞이했다. 부상자들은 동부군 거점 병원으로 이송할 다른 차량이 올 동안 화물칸에서 마구잡이로 급하게 내려져, 노르테역의 시멘트 바닥에 아무렇게나 깔아 놓은 돗자리 위로 통나무처럼 던져졌다. 어린 병사는 천사를 영접한 후 이제는 아무것도 두려울 게 없는 사람처럼 편안한 표정으로 축 늘어져 있었다. 어린 병사가 기차에 실려 카탈루냐로 올 때까지 얼마나 많은 날을 이 들것에서 저 들것으로, 이 야전 부대에서 저 야전 부대로, 이 구급차에서 저 구급차로 이송되었을지…… 역에서는 여러 명의 의사와 의무병과 간호사 들이 병사들을 맞아, 좀 더 위급한 병사들은 바로 병원으로 이송하고, 나머지 부상자들은 다친 부위에 따라 분류한 후 A 팔, B 다리, C 머리 등으로 알파벳으로 표시해 목에 팻말을 채워 해당 장소로 보냈다. 부상자들이 수백 명씩 몰려와 몇 분 만에 진단하고 결정을 내려야 했지만, 정신없이 혼잡하고 분주한 모습은 겉보기일 뿐이었다. 처치받지 못한 사람은 아무도 없었고, 의료진이 놓친 사람도 아무도 없었다. 외과 쪽 부상자들은 만레사에 있는 산트 안드레우 옛 건물로, 치료가 필요한 부상자들은 다른 센터로 보냈다. 그리고 몇몇 부상자들은 목숨을 구하기 위해 더는 할 게 없어 제자리에 그냥 놔두는 게 나았다. 자원봉사자들은 다른 어딘가에서 누군가가 자기 아들이나 남동생을 돌봐 주고 있을 거라 믿으면서, 환자들의 입술을 물로 적셔 가며 자기 자식을 대하듯 품에 안고 나지막하게 다독였다. 잠시 후면 들것 운반병들이 그들을 시체 안치소로 데려 갈 것이다. 어린 병사는 가슴에 구멍이 뚫렸고, 의사는 맥박이 잡히지 않자 표면적으로 그를 검사한 후 어떤 조치도 소용이 없다고 판단했다. 이제는 모르핀도, 위로도 필요 없었다. 전선에서 환부를 천으로 감싼 후 마찰이 일어나지 않게 스테인리스스틸 접시를 덮고 몸통 전체를 붕대로 감아 놓은 상태였다. 하지만 그런 지도 벌써 몇 시간, 며칠이나 지났고, 기차를 몇 번이나 갈아타야 했는지 알 수 없었다.

달마우는 의사들을 보조하기 위해 그곳에 있었다. 그의 의무는 어린 병사는 내버려 두고, 다른 병사를 돌보라는 지시를 따르는 것이었다. 하지만 그는 어린 병사가 이 역의 플랫폼에 도착할 때까지 그 모든 충격과 출혈과 이동을 견뎌 내고 살아 있다면 살고자 하는 마음이 그토록 강하다는 얘기인데, 마지막 순간 죽음 앞에 그렇게 맥없이 굴복하고 만다면 안타까운 일이라고 생각했다. 달마우는 조심스럽게 천을 들어 환부를 확인하고는 깜짝 놀랐다. 상처 부위가 열린 채, 가슴 한복판에 그림을 그려 넣은 듯 깨끗했다. 총알이 심장을 박살 내지 않고도 어떻게 갈비뼈와 흉골 일부를 으스러뜨렸는지 설명이 되지 않았다. 빅토르 달마우는 스페인 내전 중 거의 삼 년 동안 인턴으로 있으면서, 모든 것을 봐 왔고 타인의 고통에는 면역이 되어 있다고 믿었다. 하지만 살아 있는 심장은 한 번도 본 적이 없었다. 그는 점차 느려지며 간헐적으로 들리는 마지막 심장박동 소리를 넋 놓고 들었다. 심장이 완전히 멈춰 서고, 어린 병사가 마지막으로 숨을 거둘 때까지…… 달마우는 이제는 전혀 요동치지 않는, 시뻘겋게 움푹 파여 들어간 곳을 바라보며 잠시 가만히 있었다. 전투와 마른 피딱지로 더럽혀져 심장을 드러낸 채 돗자리에 누워 있는, 채 수염도 나지 않은 열다섯이나 열여섯 살쯤 되어 보이는 그 아이는 전쟁에 대한 모든 기억 중 가장 강렬하고도 반복적인 기억으로 각인되었다. 빅토르 달마우는 자기가 왜 오른손 손가락 세 개를 그 끔찍한 상처 부위로 집어넣어 장기를 휘감은 후 매우 냉정하고도 침착하게 여러 번 리드미컬하게 압박했는지 절대 설명할 수가 없었다. 기억조차 불가능한 시간이었다. 어쩌면 삼십 초일 수도, 어쩌면 영원과도 같은 시간이었다. 그리고 그제야 그는 손가락들 사이에서 심장이 되살아나고 있음을 느꼈다. 처음에는 거의 느껴지지 않는 작은 떨림은 곧 힘차고 규칙적으로 느껴졌다.

"이보게, 직접 내 두 눈으로 보지 않았다면 절대 믿지 못했을걸세." 의사 중 한 명이 진지하게 말했다. 의사가 옆에 와 있었지만 달마우는 전혀 눈치도 채지 못했다.

의사가 두 번 큰 소리로 운반병들을 불러서는, 특별한 경우라면서 부상자를 지금 당장, 최대한 빨리 옮기라고 지시했다.

"그건 어디서 배웠나?" 운반병들이 어린 병사를 채 들어 올리기도 전에 의사가 달마우에게 물었다. 어린 병사는 아직 잿빛이었지만 맥박은 있었다.

말수가 적은 빅토르 달마우는 의무병으로 전선에 오기 전에 바르셀로나에서 삼 년간 의대를 다녔다고 두 마디로 짧게 대답했다.

"어디서 그걸 배웠나?" 의사가 다시 물었다.

"아무 데서도 배우지 않았습니다. 하지만 잃을 건 아무것도 없다고 생각했습니다……."

"다리를 저는 것 같은데."

"왼쪽 대퇴골을…… 테루엘에서. 조금씩 괜찮아지고 있습니다."

"좋아. 지금부터 자네는 나와 함께 일할걸세. 여기서는 시간만 낭비할 뿐이야. 이름이 뭔가?"

"빅토르 달마우입니다, 동무."

"나에게는 동무, 그런 거 하지 말게. 나를 의사로 대해 주게. 그리고 절대 말 놓을 생각하지 말고. 알겠나?"

"알겠습니다, 박사님. 서로 주고받지요. 저는 달마우 씨라고 불러 주십시오. 그런데 다른 동무들이 들으면 청천벽력 같겠네요."

의사가 지그시 웃었다. 다음 날, 달마우는 자신의 운명을 결정지을 분야에서 훈련받기 시작했다.

산트안드레우 병원과 다른 병원들에서 종사하는 모든 직원과 빅토르 달마우는 외과 팀이 열여섯 시간 동안 죽은 사람을 되살리기 위해 노력한 끝에 수술실에서 살려 냈다

는 사실을 알게 되었다. 많은 사람이 기뻐하곤 했다. 까하
의 발전과 어린 병사의 페르슈산(産) 말* 같은 강한 체력이
신과 성자들은 없다고 말한 사람들을 이긴 셈이었다. 빅토
르는 어린 병사가 이송된 곳을 일부러라도 찾아가 보고 싶
었다. 하지만 당시 매우 급박하게 돌아가는 상황에서는 만
남과 이별, 눈앞에 있는 사람과 사라진 사람들, 산 자와 죽
은 자들을 헤아리기가 불가능했다. 그는 사는 게 복잡하고
다른 급한 일들로 늘 정신없이 바빴기 때문에 한동안은 자
기 손에 들려 있던 그 심장을 잊은 줄로만 알았다. 그러나
몇 년 후 세상 건너편에서 악몽을 꾸다가 어린 병사를 보았
다. 그리고 그때부터 어린 병사는 창백하고 슬픈 얼굴로 무
기력한 심장을 쟁반에 받친 채 가끔 그를 찾아왔다. 달마
우는 어린 병사의 이름을 기억하지 못하거나, 그의 이름조
차 알지 못했다. 그는 확실한 이유로 어린 병사에게 라사로
라는 별명을 붙여 주었다. 하지만 어린 병사는 자기를 살려
준 은인을 절대 잊지 않았다. 병사가 혼자 몸을 일으켜 물을
마실 수 있기도 전에, 사람들은 빅토르 달마우라는 노르테
역 의무병의 위업을, 죽음의 문턱에서 빅토르 달마우가 그
를 되돌아오게 했다는 이야기를 들려주었다. 사람들은 어린
병사에게 질문 공세를 퍼부었다. 모두 천당과 지옥이 실제로
존재하는지, 주교들이 겁주려고 지어낸 말인지 확인하고 싶

---

* 체구가 매우 크고 힘이 세서 운송이나 농사에 쓰는 프랑스 말 품종.

어 했다. 어린 병사는 전쟁이 끝나기 전에 회복해, 이 년 후 마르세유에서 가슴의 상처 아래로 빅토르 달마우라는 이름 을 문신으로 새겨 고이 간직했다.

* * *

볼썽사나운 유니폼을 상쇄하려는 듯 보닛을 비스듬하게 눌러쓴 젊은 여성 시민군이 수술실 문 앞에서 빅토르 달마 우를 기다리고 있다가, 사흘 동안 면도도 하지 못하고 피 묻은 가운을 그대로 입고 있는 그가 나오자 전화교환원의 메시지가 담긴 반으로 접힌 종이를 건네주었다. 달마우는 오랜 시간 서 있어서 다리가 아팠다. 그리고 배 속에서 들 리는 동굴 소리로 새벽부터 아무것도 먹지 않았음을 그제 야 깨달았다. 일은 고되고 힘들었지만, 스페인 최고 외과의 들의 훌륭한 정신을 배울 기회에 감사했다. 다른 상황이었 다면 그 같은 일개 의대생은 그 근처에도 가지 못했다. 하지 만 전시 상황에서는 경험이 학위와 졸업장보다 중요하고, 병 원장이 그를 외과 보조로 배정하면서 말했듯이 그에게는 경 험이 차고 넘쳤다. 당시 달마우는 담배와 치커리 커피*만 축내며 잠도 자지 않은 채 마흔 시간 연속으로 일했다. 다리

---

*스페인 내전 당시 생필품이 부족한 상황에서 커피 대용품으로 맛과 색깔이 비슷한 치커리 즙을 마셨고, 현재는 건강식품으로 소비되고 있다.

가 불편에도 별달리 신경도 쓰지 못했다. 그 다리가 그를 전선에서 자유롭게 해 줬고, 그 다리 덕분에 후방에서 전쟁을 치를 수 있었다. 그는 거의 모든 또래 젊은이가 그랬듯 1936년에 공화군에 입대해 국민전선이 일부 점령한 마드리드를 지키기 위해 소속 연대와 함께 출발했다.* 국민전선은 정부에 맞서 쿠데타를 일으킨 부대가 스스로를 칭한 명칭이었다. 빅토르는 참호에서 총을 드는 것보다 의학 공부로 더 쓸모 있는 존재였기 때문에 그곳에서 부상자들을 돌봤다. 그 후 그는 다른 최전선으로 배치되었다.

1937년 12월, 얼음장 같은 맹추위가 휘몰아치던 테루엘 전투**에서 빅토르 달마우는 용맹스러운 구급차에 올라 부상자들을 응급 처치하며 이동 중이었다. 죽음을 비웃기 위해 쉬지 않고 노래를 흥얼거리며 큰 소리로 웃는 불멸의 바스크인 아이토르 이바라 운전병은 폐허 속에서도 어떻게든 길을 찾아 운전했다. 달마우는 온갖 우여곡절 속에서도 털끝 하나 다치지 않고 살아남은 바스크인의 행운이 자신에

---

*스페인은 1936년 좌파인 인민전선 공화정부가 수립되었지만, 불과 다섯 달 뒤 프란시스코 프랑코 등 극우 군부 세력이 군사 반란을 일으키며 스페인 내전이 시작됐다.
**스페인 내전 초반에는 인민전선과 국민전선이 비등한 전투력으로 교착상태를 보였으나, 프랑코 군대가 이끄는 국민전선이 테루엘 전투에서 승리하면서 전세가 기울기 시작했다. 프랑코가 1939년 마드리드를 함락시켰고, 이를 계기로 스페인 내전은 같은 해 4월 1일 종료됐다.

게도 따라 줄 거라고 믿었다. 그들은 폭격을 피해 주로 야간에 이동했다. 달이 뜨지 않은 밤, 길이 있을 때면 누군가 랜턴으로 아이토르에게 길을 알려 주며 앞장서 걸어갔다. 빅토르는 차 안에 남아서 다른 랜턴에 의지해 군색한 방법을 동원해 가며 부상자들을 돌봤다. 그들은 국민전선의 기관총 세례와 모든 것을 초토화하며 지나가는 콘도르 군단*의 폭격 속에서 장애물이 가득한 지형과 영하로 뚝 떨어지는 기온에 도전장을 내밀었다. 빙판 위를 굼벵이처럼 느릿느릿 기어가기도 하고, 눈 속에 빠지기도 하고, 오르막길을 오르기 위해 맨손으로 구급차를 밀기도 하고, 폭탄 구덩이와 도랑에서 구급차를 끌어내기도 하고, 비틀어진 고철 더미와 화석이 된 나귀 시체들을 피해서 돌아가기도 했다. 빅토르는 자기가 맡은, 한눈에 봐도 출혈이 심한 부상병들의 목숨을 유지하는 데만 신경을 썼다. 한편으로는, 수시로 농담을 던지면서도 동요하는 법 없이 운전만 하는 아이토르 이바라의 실성한 듯한 극기심에 전염되어 갔다. 그렇게 어떤 것도 빅토르 달마우의 주의를 다른 곳으로 돌리지 못했다.

달마우는 구급차와 야전병원을 오가며 일했다. 야전병원은 폭격을 피하기 위해 테루엘의 동굴 안에 설치되었고, 양초며, 엔진오일을 흠뻑 적신 폐타이어 조각이며 등유 램프로 불을 밝히고 일했다. 그들은 수술대 아래에 화로를 갖다

---

* 나치가 국민전선을 지원하기 위해 파병한 공군 중심의 정예 부대.

놓고 맹추위와 싸웠다. 하지만 그것으로도 얼어붙은 도구가 손에 들러붙는 것까지는 막지 못했다. 의사들은 많은 부상자가 이동 중 사망하리라는 걸 알면서도, 병원으로 이송하기 전에 응급처치가 필요한 부상자들을 서둘러 수술했다. 어떤 조치도 필요 없는 부상자들은 모르핀이 있으면 모르핀을 맞으며 죽음을 기다렸다. 그러나 모르핀은 늘 부족했고, 마취제도 부족했다. 끔찍한 부상을 입고 고통스레 절규하는 부상자들을 도울 방법이 없을 때면 빅토르는 아스피린을 주며 강력한 미제 마약이라고 말했다. 붕대는 얼음과 눈으로 빨아서 다시 사용했다. 절단된 팔과 다리를 수습하는 작업이 가장 견디기 힘들었다. 빅토르는 살이 타는 냄새에 절대 적응하지 못했다.

빅토르는 그곳 테루엘에서 엘리자베트 아이덴벤츠와 재회했다. 전시아동구호단체 소속 자원봉사자로 온 그녀를 마드리드 전선에서 처음 만났었다. 르네상스 시대 그림에 나오는 처녀의 얼굴에 노련한 전사의 용기가 느껴지는 스물네 살 스위스 간호사였다. 빅토르는 마드리드에서 그녀에게 어렴풋한 사랑의 감정을 느꼈고, 그녀가 조금이라도 기회를 줬다면 완전히 사랑에 빠졌을 수도 있었다. 하지만 엘리자베트는 그 잔혹한 시기에 아이들의 고통을 줄여 줘야 한다는 사명으로부터 절대 한눈을 팔지 않았다. 만나지 못했던 그 몇 달 동안 스위스 간호사는 스페인에 처음 도착했을 때의 순수함을 잃었다. 그녀는 군인들의 관료 체계와 남자들의 어리석음과 맞서 싸우느라 성질이 드세졌지만, 자기가 맡은 여자들과 아이들에게는 연민과 다정함을 간직했다. 잇따른 적의 공격이 잠시 멈췄을 때, 빅토르는 식량 보급 트럭 앞에서 그녀를 만났다. "안녕? 나 기억해요?" 엘리자베트가 독일어의 후두음이 강하게 느껴지는 스페인어로 인사를 건넸다. 어떻게 그녀가 기억나지 않는단 말인가. 하지만 빅토르는 그녀를 본 순간 말문이 막혔다. 그녀는 전보다 훨씬 성숙하고 아름다워 보였다. 그들은 부서진 콘크리트 더미 위에 걸터앉았다. 그는 담배를 피우고, 그녀는 군용 수통에 담은 차를 마셨다.

"당신 친구 아이토르는 어떻게 됐어요?" 그녀가 물었다.

"그대로예요. 늘 총탄 속에서 흠집 하나 없이."

"그는 무서운 게 전혀 없나 봐요. 그에게 안부 전해 주세요."

"전쟁이 끝나면 무슨 계획이 있어요?" 빅토르가 그녀에게 물었다.

"다른 전쟁을 찾아가는 것. 늘 어딘가에는 전쟁이 있거든요. 당신은요?"

"당신이 괜찮다면 우리가 결혼할 수도 있는데." 그가 수줍음으로 목이 잠긴 채 슬그머니 말을 꺼냈다.

그녀가 한바탕 웃더니 예전의 르네상스 처녀로 잠시 돌아갔다.

"정신이 나간다고 해도, 당신이나 그 누구와도 결혼할 생각 없어요. 나는 사랑할 시간이 없어요."

"어쩌면 생각이 바뀔지도 모르잖아요. 우리가 다시 만날 수 있다고 봐요?"

"틀림없이. 우리가 죽지 않고 살아 있다면요. 빅토르, 나를 찾아와요. 내가 당신을 도울 수 있는 일이 있다면 뭐든지……."

"나도 마찬가지예요. 당신에게 키스해도 될까요?"

"아니요."

* * *

테루엘의 동굴에서 빅토르는 제법 긴장이 풀린 가운데, 어느 대학에서도 배울 수 없는 의학 지식을 습득했다. 결국 거의 모든 것에 익숙해질 수 있다는 것을 배웠다. 피, 너무나도 낭자한 피! 마취도 하지 않는 외과 수술, 썩는 냄새, 기름 때, 강물처럼 끝없이 밀려드는 부상자들, 가끔은 여자와 아이도 있었다. 그는 의지를 갉아먹는 수백 년 쌓인 듯한 피로감에도 익숙해졌다. 그리고 더 나쁜 감정이라 할 수 있는, 그토록 많은 희생이 부질없을 수도 있다는 불길한 예감에도 익숙해졌다. 그리고 그곳에서였다. 폭격의 잔해 속에서 사상자들을 끌어내고 있을 때 잔해가 다시 무너져 덮치는 바람에 왼쪽 다리가 부러졌다. 국제여단의 영국인 의사가 그를 치료했다. 다른 의사였다면 빠른 절단을 택했을 수도 있었지만, 영국인 의사는 막 교대를 시작해 몇 시간 휴식을 취한 상태였다. 그가 간호사에게 지시를 내린 후 뼈를 제자리에 맞추기 시작했다. "젊은이, 운이 좋군요. 어제 적십자 보급품이 도착했어요. 이제 당신을 잠들게 할게요." 간호사가 마취 마스크를 그에게 가까이 대며 말했다.

빅토르는 아이토르와 함께 있지 않아서, 아이토르의 행운이 지켜 주지 않아서 사고가 났다고 생각했다. 아이토르가 다른 부상자 열두어 명과 함께 그를 발렌시아로 싣고 갈 기차까지 데려다주었다. 빅토르는 상처 때문에 깁스할 수가 없어서 끈으로 부목을 묶어 다리를 고정했다. 담요를 뒤집어쓴 채 추위와 고열에 시달리노라니 기차가 심하게 요동칠 때마다 고문당하는 느낌이었지만, 기차 바닥에 함께 누워 있는 다른 부상자들보다는 훨씬 나은 상황이라 감사한 마음이었다. 아이토르는 가지고 있던 마지막 남은 담배 몇 개비와 한 번 사용할 분량의 모르핀을 빅토르에게 주었다. 더는 없으므로 꼭 필요할 때만 쓰라는 당부와 함께였다.

발렌시아의 병원에서 빅토르는 영국인 의사의 처치가 훌륭했다며 축하받았다. 별다른 부작용이 없다면 왼 다리가 오른 다리보다 약간 짧아질 수는 있지만 새것과 다름없을 거라는 말을 들었다. 상처가 아물기 시작해 목발을 짚고 설 수 있게 되자 그는 깁스를 하고 바르셀로나로 전출되었다. 그는 부모님 집에 머물며, 아버지와 하염없이 체스를 두었다. 도움 없이 혼자 움직일 수 있게 되자 민간인을 치료하는 바르셀로나의 한 병원으로 돌아가 일을 시작했다. 전선의 경험과 비교하면, 그곳은 청결과 능률의 낙원이라 휴가 나온 기분이었다. 그곳에서 그는 봄까지 근무하다가 만레사에 있는 산트안드레우 병원으로 다시 전출되었다. 그는 부모님과 로세르 브루게라와 작별 인사를 나눴다. 로세르는 부모님이 데리고 있던 음악대학 여학생으로, 그가 회복기에 있던 몇 주 동안 함께 지내면서 여동생처럼 여기게 되었다. 몇 시간이고 끝도 없이 피아노를 연습하는 얌전하고 상냥한 젊은 여학생은 두 아들이 떠난 후 마르셀 류이스와 카르메에게 필요한 식구가 되어 주었다.

* * *

빅토르 달마우는 여성 시민군이 건네준 종이를 펼쳐 어머니 카르메의 전언을 읽기 시작했다. 병원은 바르셀로나에서 65킬로미터 떨어져 있었다. 버스로 단 하루면 다녀올 수 있는데도 그 시간조차 없어서 칠 주째 어머니를 보지 못했다. 일주일에 한 번씩 일요일이면 어머니가 늘 같은 시간에 그에게 전화를 걸었고, 그때마다 국제여단의 초콜릿이나 암시장에서 구한 살라미 소시지나 비누, 이따금 담배 등 뭔가를 선물로 보내왔다. 니코틴 없이는 살 수가 없는 어머니에게 담배는 귀한 보물과도 같았다. 어머니가 그런 것들을 어떻게 구하는지는 물어봐야 알 일이었다. 담배는 매우 귀한 물건이라, 적들의 비행기들이 공화파의 굶주림을 비웃고 국민전선파의 전반적인 풍요로움을 자랑하기 위해 커다란 밀가루 빵과 함께 하늘에서 투하하곤 했다.

그날 목요일에 받은 어머니의 전언으로는 긴급 상황이라는 것만 알 수 있었다. "전화국에 있을게. 전화해." 아들은 어머니가 거의 두 시간째 기다리고 있었을 거라고 계산했다. 어머니의 전언을 받기 전에 그가 수술실에서 지체한 시간이었다. 그는 지하 사무실로 내려가 전화교환원에게 바르셀로나 전화국에 연결해 달라고 부탁했다.

카르메 달마우가 전화를 받더니, 기침 발작을 일으키며 중간중간 끊기는 목소리로 아버지에게 삶이 얼마 남지 않았으니 얼른 집으로 오라고 장남에게 당부했다.

"아버지한테 무슨 일인데요! 아버지는 건강하고 튼튼하셨잖아요!" 빅토르가 탄성을 내뱉었다.

"심장이 더는 말을 안 듣는구나. 눈 깜짝할 사이에 우리 곁을 떠날 수도 있으니 네 동생에게도 작별 인사하러 오라고 알려라."

마드리드 전선에 있는 기옘의 위치를 파악하기까지는 서른 시간이 걸렸다. 마침내 단파 무전기로 통화가 되었을 때, 동생은 정전기처럼 지직거리는 소리와 귀청이 찢겨 나갈 듯 찢어지는 소리 사이사이로 바르셀로나로 가는 허가를 받는 게 불가능하다고 설명했다. 빅토르는 목소리가 너무 멀고 피곤하게 들려서, 동생인지 알아차리지 못할 정도였다.

"형, 무기를 쓸 줄 아는 사람이라면 누구라도 필요한 상황이야. 형도 잘 알잖아. 파시스트들이 군대와 무기로는 우리를 능가하지만 '노 파사란'이야." 공화당원들을 광적으로 열광시키는 능력 때문에 '라 파시오나리아'로 불리는 돌로레스 이바루리가 유행시킨 구호를 인용해 기옘이 말했다.*

프랑코 반란군이 스페인의 많은 지역을 점령했지만, 마드리드는 아직 그들의 수중에 들어가지 않았다. 마드리드의 거리마다 집집마다 치러지는 처절한 방어전은 전쟁의 상징이 되었다. 반란군은 살벌한 무어인으로 구성된 모로코 식민지 부대와 무솔리니와 히틀러로부터 대대적인 지원을 받고 있었지만, 인민전선파의 저항으로 인해 분열된 수도에 갇혀서 오도 가도 못 하는 상태였다. 내전 초 기옘 달마우는 두루티 부대 소속으로 마드리드에서 싸웠다. 그 당시 양쪽 군대는 대학가인 시우다드 우니베르시타리아에서 서로 맞섰는데, 양쪽 진영이 너무 가까워서 몇몇 곳에서는 거리 하나를 사이에 두고 서로 얼굴을 마주 보며 큰 소리를 지르지 않고도 욕설을 퍼부어 댈 수 있을 정도였다. 한 건물에 숨어

---

*돌로레스 이바루리(Dolores Ibárruri, 1895~1989)는 '노 파사란(No Pasarán)', 즉 '그들은 넘어오지 못할 것이다'라는 구호로 유명한 바스크 출신의 공산당 정치인이다. 스페인 내전 중 '라 파시오나리아', 즉 '시계꽃'으로 불렸는데 이 별명은 16세기에 남미로 건너간 예수회가 이 꽃을 보고 아시시의 성 프란체스코가 꿈에서 보았다고 전해지는 십자가상의 꽃이라 믿고 '수난의 꽃'이라고 부른 데서 유래한다. 예수회 신부들은 이 꽃을 원주민이 개종을 기다리고 있었다는 표지라고 믿고, 열의를 다해 포교해 단기간에 다수의 기독교 신자를 얻었다고 한다.

있던 기옘에 따르면 포탄의 충격으로 문과대학과 의과대학과 프랑스 문화원의 벽에 구멍이 뚫렸는데, 포탄을 막을 방법은 어디에도 없지만 총알은 두툼한 철학서 세 권이면 막아 낼 수 있다고 했다. 기옘은 전설적인 무정부주의자 부에나벤투라 두루티*가 임종을 앞둔 순간 그의 곁에 있었다. 두루티는 아라곤 지역에서 혁명을 주도해서 세력을 견고하게 다진 후 그의 부대 일부를 데리고 마드리드 전투에 참전했다. 그는 불명확한 상황에서 초 근거리에서 발사된 총알 하나에 사망했다. 부대는 산산조각이 났고, 천 명이 넘는 시민군이 사망했다. 살아남은 이들 가운데서 기옘은 나치시 않은 소수 중 한 명이었다. 그는 다른 전선들에서 싸우다가 이 년 후 다시 마드리드로 전출되어 왔다.

"기옘, 네가 못 와도 아버지는 이해하실 거다. 집에서 기다리고 있을게. 올 수 있을 때 오도록 해. 살아 계신 아버지는 못 보더라도 어머니한테는 네 존재가 큰 위로가 될 거야."

"로세르도 어머니 아버지와 함께 있겠지."

"응."

"로세르에게 안부 전해 줘. 그녀가 보내 준 편지들이 큰

---

*Buenaventura Durruti(1896~1936). CNT와 FAI를 비롯한 여러 아나키스트 조직에 참여해 스페인 내전에서 주도적 역할을 한 아나르코생디칼리스트 투사. 스페인 내전 중 아나키즘 혁명으로 중요한 역할을 했다.

위로가 되는데, 바로 답장을 못 해서 미안하다고 전해 줘."

"기옘, 기다리고 있을게. 각별히 조심해라."

그들은 짧은 인사말을 나누며 작별했고, 빅토르는 가슴에 돌덩이를 얹은 기분으로 아버지가 조금만 더 살 수 있기를, 동생이 무사히 돌아오기를, 전쟁이 완전히 끝나 공화국이 무사하기를 간절히 바랐다.

* * *

빅토르와 기옘의 아버지인 마르셀 류이스 달마우 교수는 오십 년 동안 음악을 가르쳤다. 그는 자신의 노력으로 바르셀로나 청년 심포니 오케스트라를 조직해 열정적으로 운영했고, 내전 초반부터는 아무도 연주하지 않는 열두어 곡의 피아노 연주곡과 당시 시민군이 즐겨 부르던 노래 몇 곡을 작곡했다. 그는 아내 카르메가 열다섯 살 사춘기 소녀였을 때 그녀를 처음 만났다. 카르메는 꾸밈없이 헐렁한 교복 차림이었고, 그는 젊은 음악 선생으로 열두 살 연상이었다. 부두에서 일하는 짐꾼의 딸인 카르메는 수녀들의 후원을 받으며 어릴 때부터 수도자가 되기 위한 교육을 받았다. 그래서 그녀가 결혼이라는 성스러운 결합을 비웃는 무신론자에 무정부주의자요, 어쩌면 프리메이슨일 수도 있는 한량과 동거하겠다고 수녀원을 박차고 나간 것을 수녀들은 절대 용서하지 않았을지도 몰랐다. 마르셀 류이스와 카르메는 첫 후손인 빅토르가 태어나기 직전까지 몇 년 동안 동거했다. 그제야 그들은 갓 태어난 아이에게 사생아라는 꼬리표가 붙지 않게 하기 위해 결혼했다. 아직 그 시절에는 사생아라는 낙인이 큰 흠이 될 수도 있었다. "요즘 같은 세상에 자식을 낳았다면 우리는 결혼하지 않았을 거야. 공화국에서는 누구도 사생아가 아니니까." 내전 초반 마르셀 류이스 달마우가 한껏 흥이 올라 단언했다. "그렇다면 나는 늙어서 임신했을 테고, 당신 자식들은 아직 기저귀를 차고 있겠지." 카르메가 대꾸했다.

빅토르와 기옘 달마우는 일반 학교에서 교육을 받으며, 라발의 작은 집에서 아버지의 음악과 어머니의 책이 종교를 대체한 카탈루냐 중산층 가정의 단란함 속에 성장했다. 달마우 부부는 특정 정당에 가입하지는 않았지만, 권력에 대한 불신과 모든 정치체제가 그들을 무정부주의로 기울게 했다. 마르셀 류이스는 다양한 형식의 음악 이외에도, 과학에 대한 호기심과 사회정의에 대한 열정을 자식들에게 고취해 주었다. 빅토르는 첫 번째 것에 동기부여를 받아 의학을 공부하게 되었고, 기옘은 두 번째 것을 절대적인 이상으로 삼았다. 어릴 때부터 기옘은 대지주, 상인, 기업가, 귀족, 신부들을, 그중에서도 특히 신부들을 호되게 비난하며 세상에 화를 냈다. 그는 논리보다는 메시아적 열정이 훨씬 강했다. 쾌활하고 시끄럽고 강단 있고 과감했으며, 여자들이 좋아하는 스타일이었다. 여자들은 그를 유혹하려고 쓸데없이 애간

장을 태우기도 했다. 그런데 그는 온 힘을 기울여 운동이나 술, 친구들에게 몰두하는 성격이라, 자기가 여자들에게 미치는 영향에 대해서는 신경도 쓰지 않았다. 그는 부모의 말을 거슬러, 열아홉 살에 파시스트 반란군에 맞서 공화파 정부를 수호하기 위해 노동자들로 조직된 첫 시민군에 가입했다. 그에게는 군인의 자질이 있었다. 그는 무기를 쥐고 자기보다 결단력이 부족한 사람들을 지휘하기 위해 태어난 사람이었다. 반면에 뼈마디가 길쭉하고 헝클어진 머리카락에 근심 가득한 표정으로 늘 양손에 책을 들고 다니는 말 없는 형 빅토르는 시인처럼 보였다. 학교에서 빅토르는 "신부가 되는지, 호모가 되는지 어디 두고 보자."라며 벼르는 아이들의 무자비한 채찍질을 견뎌 냈다. 그러면 그보다 세 살이나 어리지만 씩씩하고 늘 정의로운 명분에 따라 언제든 주먹을 날릴 준비가 되어 있는 기옘이 개입했다. 기옘은 애인을 끌어안듯 혁명을 끌어안았다. 목숨과 맞바꿔도 아깝지 않은 명분을 찾은 것이다.

돈과 정치 선전, 설교대에서 늘어놓는 말세론에 투자했던 보수주의자들과 가톨릭교회는 1936년에 치러진 총선에서 좌파 정당 연합인 인민전선에 패했다. 스페인은 오 년 전 공화파가 승리를 거뒀을 때부터 혼란에 빠져, 거센 도끼질에 두 동강이라도 난 듯 분열되어 있었다. 실제로는 사실과 거리가 멀었지만, 혼란스럽다고 판단되는 상황을 바로잡아야 한다는 명분을 내세운 우파는 합법적 정부를 무너뜨리기 위해 곧바로 군인들과 모의했다. 자유주의자, 사회주의자, 공산주의자, 노동조합원 들로 이뤄진 정부는 농부와 일용 노동자 중심의 노동자 계층과 학생 대부분과 지식인들의 열렬한 지지를 받았다. 간신히 고등학교를 졸업한 기옘은 은유를 사랑하는 그의 아버지에 따르면 육상 선수의 몸과 투우사의 용기와 여덟 살 코흘리개 꼬마의 뇌를 지닌 청년이었다. 기회만 되면 무작정 적들에게 주먹을 휘두르고 싶어 하는 기옘에게 작금의 정치 분위기는 이상적이었다. 물론 그는 자신의 이념적인 논리를 조리 있게 말하지도 못했고, 정치 교육이 무기 교육만큼이나 중요한 시민군에 들어갈 때까지는 제대로 말도 못 했다. 도시는 분열되었고, 극단적인 사람들은 몰려들어 서로 물고 뜯었다. 좌파와 우파가 다니는 바와 댄스파티와 운동경기와 축제가 따로 있었다. 기옘은 시민군이 되기 전부터 벌써 싸우고 다녔다. 그는 겁 없는 부잣집 도련님들과 부딪히고 난 후에는 온몸이 멍투성이가 되었지만 행복해하며 집으로 돌아왔다. 어느 날 기옘이 은 촛대를 들고 나타날 때까지 그의 부모는 아들이 대지주들의 농장에서 곡식을 태우고, 가축을 훔치고, 두드려 패고, 불 지르고, 때려 부수러 나간다고는 의심조차 해 본 적이 없었다. 어머니는 은 촛대를 단번에 낚아채 아들을 내려치려고 했다. 그녀가 아들보다 컸다면 아들의 머리가 깨졌을 수도 있었지만, 촛대는 기옘의 등 한가운데를 내려쳤다. 카르메는 다른 사람들은 이미 알고 있는 사실을 아들에게 자백하라고 강요했지만, 그녀는 그 순간이 올 때까지도 그 사실을 인정하려고 들지 않았다. 아들은 다른 개망나니짓과 함께 교회를 신성 모독하고, 신부와 수녀를 공격하고 다녔던 것이다. 즉, 국민전선파의 정치 선전이 주장하는 짓을 정확하게 하고 돌아다녔던 것이다. "기옘! 개새끼치고 물지 않는 종자가 없다더니! 네가 아주 나를 개망신시켜 죽이려고 하는구나! 지금 당장 돌려주고 와라. 내 말 들었지?" 기옘은 고개를 푹 숙인 채 신문지에 싼 촛대를 들고 밖으로 나갔다.

1936년 7월, 군인들이 민주 정부에 맞서 쿠데타를 일으켰다. 반란은 곧 프란시스코 프랑코가 지휘했다. 눈에 띄지 않는 그의 외모 아래에는 차갑고, 복수심에 불타고, 잔인한 성격이 숨어 있었다. 그의 가장 야심 찬 꿈은 과거 제국의 영광을 스페인에 되돌려 주는 것이었고, 즉각적인 꿈은 민주주의의 혼란을 최종적으로 끝장낸 후 철의 손으로 군대와 가톨릭교회를 지배하는 것이었다. 반란군은 일주일 안에 나라를 점령할 수 있으리라 기대했지만, 뜻밖으로 노동자들의 저항에 부딪혔다. 공화국이 선물한 권리를 지켜 내겠다고 노동자들이 시민군을 조직해 들고일어난 것이다. 그렇게 고삐 풀린 증오와 복수와 테러의 시대가 시작되었고, 스페인은 백만 명에 이르는 희생자라는 값비싼 대가를 치르게 되었다. 프랑코의 명령을 받은 사람들의 전략은 최대한 많은 피를 흘리게 해 공포를 조장하는 것이었고, 그것이 패배한 국민에게서 저항의 싹까지 도려낼 수 있는 유일한 방법이었

다. 그즈음 기옘 달마우는 내전에 적극적으로 참여할 준비
가 되어 있었다. 이제는 촛대를 훔치는 게 아니라 총을 잡아
야 했다.

예전에 기옘은 폭력을 일삼고 돌아다닐 때 구실이 필요했
다면, 이제 전쟁에서는 구실도 필요 없었다. 그는 집에서 받
은 가정 교육 때문에라도 잔인한 행위는 자제했지만, 그렇다
고 죄 없는 피해자들을 동료들의 복수로부터 이따금 지켜
준 것도 아니었다. 그들은 수많은 살인을 저질렀다. 특히 신
부들과 수녀들을 살해했고, 이로 인해 많은 보수파 사람들
이 언론에서 말하듯 빨갱이 폭도들에게서 도망칠 피신처를
찾아 프랑스로 떠났다. 곧 공화국의 정당들이 혁명 이념에
반(反)하는 폭력 행위를 중단하라는 명령을 내렸지만, 폭력
은 계속 이어졌다. 반면에 프랑코의 군인들에게 내려진 명령
은 정확히 그 반대였다. 점령 후 가차 없이 처벌하라는 것이
었다.

한편 학업에 몰두한 빅토르는 스물세 살에 공화국 군대
에 징병될 때까지 부모의 집에서 함께 살았다. 부모와 사는
동안은 새벽에 일어나 학교에 가기 전에 부모에게 아침 식
사를 차려 주었고, 그게 그가 유일하게 하는 집안일이었다.
그러고는 느지막하게 돌아와, 어머니가 부엌에 차려 둔 음
식 — 빵, 정어리, 토마토, 커피 — 을 먹은 후 계속 공부했
다. 그는 부모의 정치적인 열성과 동생의 맹신과는 멀찌감치
거리를 두었다. "우리는 지금 역사를 만들고 있어. 우리는 수

백 년 지속한 봉건 체제에서 스페인을 구해 낼 거야. 우리가
유럽의 모범 사례이자 히틀러와 무솔리니 파시즘에 대한 답
이지." 마르셀 류이스 달마우는 아들들과 로시난테의 친구
들에게 자주 연설했다. 로시난테는 외관은 음침하지만 분위
기는 고상한 선술집으로, 매일 똑같은 단골손님들이 그곳에
모여 도미노 게임을 하고 독한 포도주를 마셨다. "우리는 소
수 권력 집단과 교회와 대지주, 그 밖에 민중을 착취하는 자
들의 특권을 근절할 거야. 친구들, 우리가 민주주의를 수호
해야 해. 하지만 모든 게 정치는 아니라는 것 또한 명심해야
해. 과학과 사업과 과학기술 없이 발전은 없어. 그리고 음악
과 예술 없이는 영혼도 없고." 마르셀 류이스 달마우가 주장
했다. 처음에 빅토르는 부모의 의견에 동의했지만, 될 수 있
으면 그들의 장광설에서는 도망치려고 노력했다. 몇 마디만
바뀔 뿐 늘 똑같은 얘기였다. 그는 어머니와도 그 주제에 대
해서는 말하지 않았고, 맥줏집 지하에서 어머니와 함께 시
민군에게 글을 가르치는 일에만 전념했다. 카르메는 오랜 세
월 초등학교 교사였다. 그녀는 교육이 빵만큼이나 중요하며,
누구라도 글을 읽고 쓸 줄 안다면 그렇지 않은 사람을 가르
칠 의무가 있다고 믿었다. 그녀에게는 시민군을 대상으로 한
수업이 완벽한 일상에 불과했지만 빅토르에게는 고문에 가
까웠다. 빅토르는 알파벳 A에 두 시간을 공들인 끝에 단념
하고 "아이들은 멍청한 당나귀야!"라고 결론 내렸다. "당나
귀는 절대 아니다. 이 아이들은 읽기 연습 교본은 구경한 적

도 없을 뿐이다. 아이들이 밭을 갈고 나면 네가 어떻게 할지 두고 보자." 어머니가 그에게 말했다.

어머니는 아들이 속세를 떠난 사람처럼 살까 봐 걱정되어 다른 사람들과 더불어 살아갈 필요성을 자주 연설했다. 빅토르는 그런 어머니에게 자극받아, 유행곡을 기타로 연주하는 법을 일찌감치 배워 두었다. 재주가 없어 보이는 외모나 무뚝뚝한 표정과 어울리지 않게 그의 목소리는 애무하는 듯한 테너의 목소리였다. 그는 기타 뒤에 숨어서 소심함을 감춘 채 짜증 나고 쓸데없는 대화를 피하면서도 그 그룹에 참여하고 있다는 인상을 심어 주었다. 여자들은 그의 노래를 듣기 전까지는 그를 모른 체했다. 그러다가 점차 다가와 그와 함께 흥얼거리며 노래를 불렀다. 그러고 나서 여자들은 자기들끼리 쑥덕거리며, 달마우 집안의 장남이 꽤 잘생겼다고 결론 내렸다. 물론 그의 동생 기옘과는 비교도 되지 않았지만.

* * *

달마우 교수의 음악과 학생들 가운데 가장 뛰어난 피아니스트는 로세르 브루게라였다. 산타페 시골 마을 출신인 그녀는 산티아고 구스만의 너그러운 개입이 없었다면 계속 양치기 소녀로 남았을 것이다. 구스만 집안은 명문대가였지만, 재산과 토지를 탕진한 게으른 자식 세대들로 인해 퇴락

한 가문이었다. 산티아고 구스만은 돌산 황무지에 있는 농장으로 내려와 말년을 보내고 있었는데, 감상적인 추억이 많았다. 알폰소 12세 시절에 마드리드 센트럴 대학교에서 역사학과 정교수를 역임한 그는 나이는 많아도 활동적이었다. 8월의 무자비한 태양이나 1월의 얼음장 같은 바람 아래서도, 그는 순례자의 지팡이와 낡은 가죽 모자 차림에 사냥개를 데리고 날마다 산책을 나왔다. 아내는 치매의 미로에 갇혀 종이와 붓으로 괴물을 그리며 감시 속에서 집 안에서만 시간을 보냈다. 마을에서는 그녀를 '곱게 미친 여자'라고 불렀고, 실제로도 그랬다. 그녀는 지평선을 바라보며 걷다가 길을 잃거나 벽에 똥칠을 하는 습관을 제외하고는 별달리 문제를 일으키지 않았다. 돈 산티아고가 산책 중에 비쩍 마른 염소들을 돌보고 있는 로세르를 처음 보았을 때, 그녀는 대략 일곱 살이었다. 물론 그녀의 생일을 기억하는 사람은 아무도 없었다. 그는 로세르와 몇 마디 주고받은 것만으로도 소녀의 머리가 깨어 있고 호기심이 왕성하다는 것을 충분히 알 수 있었다. 교수와 어린 양치기 소녀는 교수의 교양 수업과 배우고자 하는 아이의 열망을 기반으로 묘한 우정을 쌓아 갔다.

어느 겨울날 돈 산티아고는 비에 흠뻑 젖은 채 열이 올라 벌게진 얼굴로 물웅덩이에서 염소 세 마리와 함께 쭈그리고 앉아 벌벌 떨고 있는 로세르를 발견했다. 그는 로세르가 너무 왜소해서 무게가 얼마 나가지 않는 걸 감사하며, 어린 소녀를 자루처럼 어깨 위로 둘러멨다. 그래도 너무 힘들어서 심장이 터질 것만 같았다. 그는 몇 발짝 못 가서 포기하고 아이를 바로 그 자리에 내려놓은 후 하인 한 명을 불러 집으로 데려가게 했다. 그러고는 먹을 것을 아이에게 주라고 요리사에게 지시한 후 하녀들에게는 목욕물과 침대를 준비하게 했다. 그리고 마구간을 돌보는 하인에게는 우선 산타페로 가서 의사를 불러온 뒤 누가 훔쳐 가지 않게 염소들을 찾아오도록 지시했다.

의사는 아이가 독감에 걸린 데다가 심각한 영양실조라고 진단했다. 게다가 옴도 올랐고 이도 있었다. 그날도, 그 이후 며칠 동안도 아무도 구스만의 집으로 아이를 찾으러 오지 않자 그들은 아이가 고아라고 미뤄 짐작했다. 그러다가 아이에게 물어봤더니, 아이는 산 너머에 식구들이 있다고 대답했다. 로세르는 보기보다 훨씬 건강해서, 자고새처럼 비쩍 말랐어도 금세 회복했다. 아이는 이 때문에 머리를 면도하고 옴 때문에 유황 요법을 해도 별다른 저항 없이 묵묵히 참았고, 아귀같이 먹어 댔다. 그런데도 자신의 서글픈 상황을 아는지 설명할 수 없을 정도로 차분해 보였다. 로세르가 그 집에서 보낸 몇 주 동안, 정신 나간 안주인부터 막내 하인까지 모두 소녀에게 매료되었다. 거의 야생에 가까운 들고양이들과 다른 시절의 혼령들이나 돌아다녔던 그 어두침침한 석조 저택에는 단 한 번도 아이가 살았던 적이 없었다. 가장 마음을 뺏긴 사람은 교수였다. 그는 평소에도 영민

한 사람은 교육받을 권리가 있다고 강력하게 주장했다. 하지만 아이가 정해진 기간 없이 무작정 그곳에 머물 수만은 없었다. 돈 산티아고는 로세르가 완벽하게 건강을 되찾고 뼈에 살이 좀 붙을 때까지 기다렸다가, 아이를 방치한 부모에게 몇 가지 진실을 알리기 위해 산 건너편을 찾아가기로 마음먹었다. 그는 아내의 간청을 애써 외면하며, 아이에게 단단히 옷을 입혀 마차에 태워 데려갔다.

그들은 마을 외곽에 있는 나지막한 흙집에 도착했다. 그지역의 여느 집들과 마찬가지로 비참한 몰골이었다. 농부들은 지주나 교회의 소유지에서 노예처럼 땅을 일구며 근근이 먹고살았다. 교수가 큰 소리로 부르자 놀란 아이 몇이 문 쪽으로 나왔다. 그 뒤를 따라 검정 옷을 입은 마녀가 나왔는데, 그녀는 교수의 생각과 달리 로세르의 증조모가 아니라 어머니였다. 그들은 멋진 말들이 끄는 2인승 마차는 구경도 한 적이 없는 데다가, 로세르가 매우 지체 높은 양반과 그 마차에서 내리는 것을 보고는 얼이 빠졌다. "이 아이에 관해 얘기를 나누기 위해 왔습니다." 돈 산티아고가 대학에서 학생들을 벌벌 떨게 했던 위엄 가득한 목소리로 말했다. 하지만 그가 몇 마디 더 하기도 전에, 여자가 염소 일로 로세르에게 소리를 지르고 뺨을 때리고 야단치면서 머리채를 낚아챘다. 그러자 그는 삶에 지친 그 어머니를 나무라 봤자 아무소용이 없음을 깨닫고는 바로 그 자리에서 아이의 운명을 뒤바꿀 수도 있는 제안을 했다.

그렇게 로세르는 남은 유년 시절을 구스만의 농장에서 보냈다. 공식적으로는 피후견인이자 안주인의 개인 하녀 자격이었지만, 바깥주인의 학생이기도 했다. 아이는 하녀들을 돕고 '곱게 미친 여자'의 삶을 즐겁게 해 주는 대가로 숙식과 교육을 제공받았다. 사학자는 개인 서재의 많은 부분을 아이와 공유했고, 아이가 여느 학교에서 배울 수 있는 것보다 훨씬 많은 것을 가르쳐 주었다. 그리고 아내의 그랜드피아노를 아이가 칠 수 있도록 허락해 주었다. 이제 그의 아내는 덩치만 클 뿐 별 소용이 없는 그 시커먼 물건이 어떤 용도로 쓰이는지조차 기억하지 못했다. 일곱 살 때까지 산 후안 축제 날 밤의 술 취한 사람들의 아코디언 소리 외에 다른 음악은 접해 보지도 못한 로세르는 알고 보니 기가 막힌 청력을 지니고 있었다. 집에 축음기가 있었지만, 돈 산티아고는 자신의 피후견인이 멜로디를 한 번만 듣고도 피아노로 따라 칠 수 있다는 것을 확인한 후 음반 컬렉션과 함께 최신 기종의 축음기를 마드리드에 주문했다. 얼마 후 아직 페달에 발도 제대로 닿지 않는 로세르 브루게라는 두 눈을 감고서 음반으로 들은 곡을 연주했다. 돈 산티아고는 매우 흡족해하며, 산타페에서 피아노 선생을 구해 일주일에 세 번씩 교습을 받고는 아이가 연습하는 모습을 직접 지켜보았다. 모든 곡을 외워서 연주할 수 있는 로세르에게는 악보 읽는 법을 배우고 몇 시간씩 반복해서 연습하는 게 별 의미가 없었지만, 멘토를 존중하는 차원에서 맡은 바를 다했다.

로세르는 열네 살이 되자 피아노 선생을 능가했고, 열다섯 살이 되었을 때 돈 산티아고는 소녀에게 부유한 가톨릭 집안의 여학생들이 묵는 바로셀로나의 하숙집을 구해 주었다. 그는 로세르를 곁에 두고 싶었지만 교육자로서의 의무감이 부성애를 넘어섰다. 아이가 하느님에게서 특별한 재능을 부여받았으니 이 세상에서 그의 임무는 그 능력을 발전시킬 수 있도록 돕는 것이라고 마음먹었다. 그즈음, '곱게 미친 여자'는 삶이 거의 꺼져 들어가고 있었고, 끝내는 큰 소란 없이 생을 마감했다. 큰 집에 덩그러니 혼자 남은 돈 산티아고는 노년의 무게가 무겁게 느껴져 순례자의 지팡이를 짚고 나서던 산책도 그만두고, 벽난로 앞에 앉아 글을 읽으며 시간을 보냈다. 기르던 사냥개도 죽었지만 다른 사냥개로 대체하고 싶지는 않았다. 자기가 먼저 죽어서 주인도 없이 개만 덩그러니 혼자 남겨 두고 싶지 않았다.

1931년 제2공화국의 시작과 함께 노인의 성격은 완전히 고약해졌다. 좌파에게 유리한 선거 결과가 나오자마자 알폰소 13세는 프랑스로 망명을 떠났고, 왕당파에 극단적인 보수주의자이자 가톨릭 신자인 돈 산티아고는 자신의 세상이 무너졌다고 생각했다. 그는 빨갱이들을 절대 용납할 수 없고, 그들의 천박함에는 더더욱 적응하지 못했다. 그 잔악무도한 놈들은 소련 놈들의 하수인으로 성당을 방화하고 신부들을 총살하며 돌아다녔다. 그는 우리가 모두 평등하다는 그 말도 안 되는 소리는 이론적으로 주장할 수 있을지라도 실제로는 정신 나간 짓이라고 생각했다. 하느님이 직접 인간에게 사회 계급과 그 밖의 차이들을 만들어 줬기 때문에, 하느님 앞에서 우리 인간은 평등하지 않았다. 농지 개혁 때 그는 가치는 별로 없지만 늘 가문의 소유였던 땅을 몰수당했다. 하루아침에 농사꾼들은 그의 앞에서 모자도 벗지 않고 눈도 내리깔지 않은 채 말했다. 이 세상에서 늘 그가 가지고 있었던 위치와 위엄에 대한 직접적인 모욕이었기에, 아랫사람들의 건방진 태도가 잃어버린 땅보다 훨씬 마음이 아팠다. 그는 수십 년 동안 데리고 있던 하인들을 내보내고, 서재에 있던 물건과 예술품, 수집품, 기념품을 모두 포장하라고 명한 후 못을 박아 저택을 폐쇄했다. 짐으로 트럭 세 대가 가득 찼고, 마드리드의 아파트에 들어가지 않는 부피 큰 가구나 피아노는 놔두고 떠났다. 그리고 몇 달 후 산타페의 공화파 시장이 보육원을 세우기 위해 그 집을 몰수했다.

그 몇 년 동안 돈 산티아고가 깊은 환멸과 분노를 느꼈던 여러 이유 중에는 피후견인의 변화도 포함되어 있었다. 대학 내 폭도들, 특히 마르셀 류이스 달마우 교수라는 작자의 나쁜 영향을 받아 그의 로세르가 빨갱이가 된 것이다. 그 교수는 공산주의자인가 사회주의자인가 무정부주의자인가 하는, 결국에는 모두 매한가지인 악랄한 볼셰비키주의자였다. 로세르는 좋은 습관을 지닌 훌륭한 집안의 규수들이 있는 하숙집을 나와서, 군복을 입고 난잡함과 외설의 또 다른 이름인 자유연애를 실천으로 옮기는 창녀들과 함께 살았다.

그는 로세르가 자신을 존중하지 않은 적은 단 한 번도 없었다는 사실만은, 그것만은 확실하게 인정했다. 하지만 로세르가 그의 경고를 자주 무시하자, 당연히 그녀에 대한 원조를 중단해야 했다. 로세르는 그가 베풀어 준 많은 것을 진심으로 고마워하며, 그의 원칙에 맞게 항상 바른길로 가도록 노력하겠다고 편지로 약속했다. 그러고는 낮에는 음악을 계속 공부하고, 밤에는 빵집에서 일하고 있다고 설명했다.

돈 산티아고는 가구와 물건이 많아서 옴짝달싹할 수도 없는 마드리드의 호화 아파트에서 투우 소의 피처럼 붉고 두터운 벨벳 커튼을 치고, 거리의 소음과 친박힘에서 멀리 떨어져 살았다. 난청과 과도한 자존심 때문에 사회적으로도 격리된 채, 가장 끔찍한 원한이, 수백 년 동안 누군가의 가난과 누군가의 절대 권력이 유지된 데서 비롯된 원한이 조국에서 어떻게 드러나고 있는지 전혀 알지 못했다. 그는 프랑코 군대의 반란이 있기 네 달 전에 살라망카 동네의 아파트에서 혼자 분노에 가득 차 숨을 거뒀다. 어느 멍청한 작자가 자기에 대해 거짓으로 써서 신문에 싣는 것을 원치 않은 그는 부고 기사까지 직접 작성할 정도로 마지막 순간까지 맑은 정신으로 죽음을 맞이했다. 그는 아무와도 작별 인사를 나누지 않았다. 어쩌면 가까운 사람이 이 세상에 아무도 남아 있지 않아서일 수도 있었다. 하지만 그는 로세르 브루게라를 기억하고는, 산타페에 새롭게 문을 연 보육원 창고에 포장도 뜯지 않은 채 보관되어 있던 그랜드피아노를 품위 있는 화해의 의미로 남겨 주었다.

* * *

마르셀 류이스 달마우 교수는 여러 학생 가운데서 로세르를 꽤 일찍부터 눈여겨보았다. 그는 학생들에게 음악과 인생에 대해 자신이 아는 바를 가르쳐 주고자 노력하는 한편 정치·철학적인 이념도 거기에 녹아 들어가게 했고, 그가 생각한 것 이상으로 학생들에게 분명히 영향을 미쳤다. 그 점에서는 산티아고 구스만이 옳았다. 평소 자주 말했다시피, 달마우 교수는 모차르트 같은 학생은 아직 한 번도 겪어 보지 못했기 때문에 경험상 지나치게 쉽게 음악을 잘하는 학생을 불신했다. 그는 로세르 같은 경우를 많이 봐 왔다. 아무 곡이나 쉽게 연주할 수 있을 정도로 청력이 좋은 젊은 친구들이었지만, 금방 느슨해져서 자기가 그 일을 업으로 삼기에 충분한 자질이 있다고 자만하며 학업과 연습을 게을리했다. 실제로 몇몇은 교수의 표현에 따르면 이른바 결혼식 악사로 전락해, 파티장이나 호텔이나 레스토랑에서 연주하며 대중 밴드로 생계를 유지하기도 했다. 그는 로세르 브루게라만은 그런 대재앙에서 구해 내어 지켜 줘야겠다고 마음먹었다. 그는 로세르가 바르셀로나에서 혼자라는 사실을 알자마자 곧바로 자기 집 대문을 활짝 열어 주었고, 나중에 그녀가 피아노 한 대를 상속받았는데도 둘 데가 없다는 것을 알았을 때는 피아노를 놓을 수 있게 거실의 가구도 치워 줬다. 그러고는 그녀가 수업이 끝난 후 매일 꾸준히 찾아와 도 싫은 내색 한번 하지 않았다. 그의 아내 카르메는 로세르 가 아침 빵을 굽기 위해 새벽 3시에 빵집으로 일하러 가기 전에 몇 시간이라도 더 잘 수 있도록 전쟁에 나간 기옘의 침 대를 내줬다. 로세르는 달마우 집안 차남의 베개를 베고 젊 은 남자의 체취를 맡으며 그토록 많이 잠들다 보니, 거리와 시간과 전쟁이라는 악조건에도 굴하지 않고 그를 사랑하게 되었다.

로세르는 피를 나눈 사이라도 되는 듯 너무나도 자연스 럽게 한 가족이 되었다. 그녀는 달마우 부부가 간절히 원하 던 딸이 되어 주었다. 그들은 초라한 집에서 살았다. 약간 어 두운 데다가 수리하지 않은 채 오랜 세월 살다 보니 꽤 낡기 는 했지만, 넓은 편이었다. 두 아들이 전쟁에 나간 후 마르셀 류이스가 로세르에게 함께 살자고 제안했다. 그렇게 하면 로 세르가 생활비를 절약할 수 있고, 일하는 시간을 줄여서 원 하는 대로 피아노 연습도 할 수 있고, 그러면서 아내를 도와 집안일도 할 수 있었다. 마르셀은 활력이 남아돌지만 카르메 는 늘 숨이 차서 헉헉거리며 다녔기 때문에, 카르메가 남편 보다 꽤나 연하인데도 나이는 더 들어 보였다. "나는 시민군 에게 글을 가르쳐 줄 기력도 달려. 이제 그럴 필요도 없어지 면 나는 죽는 것 말고는 다른 방도가 없어." 카르메가 한숨 을 내쉬었다. 장남 빅토르는 의대 일 년 차 때 그녀의 폐가

콜리플라워 같다고 진단했다. "맙소사, 어머니. 어머니가 돌아가신다면 그건 담배를 피워서예요." 그녀의 마른기침 소리를 들을 때마다 남편은 야단을 쳤다. 하지만 정작 그는 자기가 피우는 담배 양은 생각조차 못 했고, 죽음이 자기에게 먼저 찾아올 거라는 것도 상상조차 못 했다.

그렇게 로세르 브루게라는 달마우 가족에게 정이 들어서, 교수가 심장병을 앓는 동안 곁을 지켰다. 그녀는 학교는 더 다니지 않았지만 빵집에서 계속 일하면서 카르메와 교대로 교수를 돌봤다. 한가한 시간에는 피아노 연주로 마르셀의 기분을 전환해 주었다. 피아노 연주로 집 안이 음악으로 가득 채워졌고, 죽어 가는 사람은 마음이 차분해졌다. 그녀는 그곳에 있었던 덕분에 교수가 장남에게 마지막 당부를 전하는 모습을 지켜볼 수 있었다.

"빅토르, 내가 없으면 네가 어머니와 로세르를 책임져야 한다. 기옘은 싸우다가 죽을 테니 말이다. 전쟁은 졌다, 아들아." 교수는 한참 말을 멈추고 숨을 들이켰다.

"아버지, 그런 말씀 하지 마세요."

"나는 3월에 바르셀로나가 폭격당했을 때 알았다. 이탈리아와 독일 비행기들이었다. 우리 편의 논리도 타당하지만, 그걸로 패배를 피하지는 못할 거다. 빅토르, 우리는 혼자다."

"프랑스와 영국, 미국이 참가하면 모두 바뀔 겁니다."

"미국은 잊어라. 그들은 절대 우리를 도와주지 않을 거다. 사람들 얘기로는 엘리너 루스벨트가 남편에게 참전하라고 열심히 설득하지만, 대통령이 반대 여론 쪽이라고 하더라."

"아버지, 만장일치일 수는 없습니다. 아버지도 보시다시피 링컨 대대*에 많은 젊은이가 있어요. 우리와 함께 죽으려고 왔습니다."

"빅토르, 그들은 이상주의자들이다. 이제 그런 건 이 세상에 거의 남아 있지도 않다. 3월에 우리 위로 떨어진 수많은 폭탄이 미국산이다."

"아버지, 우리가 여기 스페인에서 막아 내지 못한다면, 히틀러와 무솔리니의 파시즘이 유럽 전체로 퍼져 나갈 겁니다. 우리는 전쟁에서 지면 안 됩니다. 그건 우리 국민이 이뤄 낸 모든 것이 끝장나서 과거로, 우리가 수백 년 동안 살았던 봉건시대의 가난으로 되돌아간다는 의미입니다."

"아무도 우리를 도우러 오지 않을 거다. 아들아, 내가 하는 말 명심해라. 소련까지도 우리를 저버렸다. 이제 스탈린은 스페인에 관심이 없다. 공화국이 몰락하면 그 탄압은 끔찍할 거다. 프랑코가 대청소를 할 것이다. 즉, 극심한 테러, 엄청난 증오, 가장 잔혹한 복수를 쏟아 낼 거다. 협상도 용서도 없을 거야. 프랑코 군대는 말로 다할 수 없는 극악무도한 짓들을 저지를 거다……"

"그건 우리도 마찬가지입니다." 많은 장면을 목격한 빅토

---

* '에이브러햄 링컨 여단'으로도 알려진 국제여단의 혼합 여단인 제15국제여단의 17번째 대대.

르가 대답했다.

"그건 감히 비교도 할 수 없다! 카탈루냐는 피로 목욕할 것이다. 아들아, 나는 살아서 그 일을 겪지는 않을 것이다. 하지만 마음 편히 죽고 싶구나. 네 어머니와 로세르를 외국으로 데려가겠다고 내게 약속해 다오. 군인들에게 글을 가르쳤다고 파시스트들이 네 어머니를 가만두지 않을 거다. 그들은 그보다 훨씬 못한 걸 가지고도 총살한다. 너는 군 병원에서 근무한 것으로 복수당할 거고, 로세르는 젊은 여자라서 그렇게 될 거다. 그들이 젊은 여자들에게 어떻게 하는지 아느냐? 응? 여자들을 무어인들에게 내준단다. 내가 계획을 세워 두었다. 상황이 진정되어 돌아올 수 있을 때까지 모두 프랑스로 가 있거라. 내 책상에 지도 한 장과 저금해 둔 돈이 조금 있다. 그렇게 하겠다고 약속해라."

"아버지, 약속드릴게요." 빅토르는 제대로 약속을 지킬 마음도 없이 대답했다.

"빅토르, 이해해라. 비겁한 게 아니야. 생존의 문제다."

마르셀 류이스 달마우만이 공화국의 앞날을 의심한 유일한 사람은 아니었지만, 그 의심을 감히 입 밖으로 꺼낸 사람은 아무도 없었다. 이미 너무나도 많은 희생을 치러 지칠 대로 지친 국민에게 실망이나 공포를 조장하는 것이야말로 최악의 배신이었다.

다음 날, 그들은 마르셀 류이스 달마우를 매장했다. 개인적으로 장례식을 치를 수 있는 시절이 아니라 될 수 있는 한 조용히 치르려고 했다. 하지만 곧 소식이 퍼져 몬주익 공동 묘지에는 로시난테 선술집의 친구들과 대학 동료들, 나이가 지긋한 옛 제자들이 참석했다. 가장 젊은 제자들은 전선에 나가 있거나 땅 밑에 있었다. 카르메 달마우는 6월의 더위에도 불구하고 베일부터 검은 스타킹까지 완벽한 상복 차림으로 빅토르와 로세르의 부축을 받으며 남편의 관 뒤에서 걸어갔다. 기도나 연설, 눈물은 없었다. 늙은 학생들이 현악 사중주로 교수가 좋아하던 바흐의 푸가를 연주한 뒤 교수가 작곡한 시민군 노래 한 곡을 부르며 그와 작별 인사를 나눴다.

2장
1938년

그 무엇도, 승리조차
끔찍한 피 웅덩이는 지우지 못할 것이다.

파블로 네루다, 「모욕당한 대지들」, 『내 마음속 스페인』[*]

로세르 브루게라는 달마우 교수의 집에서 첫사랑을 경험했다. 달마우 교수가 로세르의 학업을 돕기 위해 그녀를 집으로 데려오면서였다. 물론 두 사람 다 교수가 로세르를 집으로 데려온 게 교육적인 목적보다는 자비로운 마음에서 비롯되었다는 것을 잘 알고 있었다. 교수는 아끼는 제자가 잘 먹지도 못하는 데다가 가족이 필요하다고, 특히 카르메 같은 누군가가 필요하다고 생각했다. 카르메의 모성애는 빅토르 앞에서는 별 반응이 없었고, 기옘 앞에서는 아무

---

[*] España en el corazón. 스페인 내전의 참혹함을 알리는 내용으로, 1937년 칠레 산티아고에서 처음 출간되었다. 그 후 실험적인 기법을 도입한 아방가르드 성향의 『지상의 거처(Residencia en la Tierra)』 중 3부로 다시 출간되었다.

런 미동도 없었다. 그해 로세르는 귀한 집안의 여식들이 사는 하숙집의 강압적인 군기에 질려서 그곳을 나온 뒤 서민적인 시민군 여자 세 명과 함께 바르셀로나의 항구 지역에서 살고 있었다. 유일하게 형편에 맞는 가격대의 방이었다. 그녀는 열아홉 살이고 다른 여자들은 네다섯 살 많았지만, 경험이나 정신 수준은 스무 살 넘게 차이 났다. 로세르와는 완전히 다른 세상에서 살았던 여성 시민군들은 그녀를 '신참'이라고 불렀고, 거의 완벽하게 무시했다. 그들은 이층 침대 네 개가 있는 방 하나를 같이 썼는데, 로세르는 침대 위층에서 잤다. 방에는 의자 두 개, 세면기, 물항아리, 작은 요강, 작은 석유 화로, 옷을 거는 못이 있었고, 화장실은 서른 명도 넘는 세입자들이 공동으로 사용했다. 그들은 혼란기의 자유를 만끽하는 쾌활하고 겁 없는 여자들이었다. 유니폼을 입고 규정에 따라 구두와 베레모를 착용했지만, 입술을 칠하고 석탄 화로에 달군 쇠로 머리칼을 지지고 다녔다. 소련과 멕시코산 무기가 남자들에게도 모두 돌아가지 않는데다가 여자들은 그 무기를 제대로 다루기엔 버겁다는 논리로, 그들에게는 운반, 보급, 주방, 의무실 업무가 배정되었다. 하지만 그들은 그런 일을 하는 대신 빌린 막대기나 총으로 훈련한 뒤 전선으로 나가 직접 적과 맞서고 싶어 했다. 몇 달 후 국민전선 부대가 스페인의 3분의 2를 점령하고 계속 전진해 오자 그들은 최전선에서 싸우고 싶다는 바람을 이루게 되었다. 그중 두 명은 모로코 부대의 공격을 받아 강간당한 뒤 참수됐고, 나머지 한 명은 스페인 내전 삼 년을 견디며 간신히 살아남아 2차 세계대전 육 년 동안 유럽 여기저기를 유령처럼 헤매고 다니다가 마침내 1950년에 미국으로 이민을 떠났다. 그녀는 링컨 대대에서 싸웠던 유대인 지식인과 결혼해 뉴욕에 정착했다. 하지만 그것은 또 다른 이야기였다.

기옘 달마우는 로세르 브루게라보다 한 살 많았다. 로세르가 유행이 지난 옷과 진지함으로 '신참'이라는 별명에 걸맞게 지내는 동안, 기옘은 세상의 주인답게 너스레도 잘 떨고 도발적이었다. 하지만 로세르는 기옘을 두어 번 겪은 후 그의 오만한 겉모습 아래로 여리고 혼란스럽고 로맨틱한 마음이 숨어 있다는 것을 알았다. 기옘은 바르셀로나로 돌아올 때마다 전보다 훨씬 진중한 모습이 되어 있었다. 촛대를 훔치던 경솔한 어린애의 모습은 오간 데 없었다. 그는 성숙한 남자였고, 잔뜩 찡그린 얼굴에는 조금만 건드려도 터질 것처럼 어마어마한 폭력성이 도사리고 있었다. 그는 주로 부대에서 생활했지만, 이틀 정도는 부모 집에서 지냈다. 무엇보다 로세르를 만날 가능성 때문이었다. 그는 애인이나 가족과 헤어진 군인들이 너무나도 힘들어하는 감정적 굴레는 남의 일일 뿐이라고 우쭐대면서, 전쟁에만 푹 빠져 절대 한눈을 팔지 않았다. 자유로운 미혼인 그에게 아버지의 여제자는 위험이 되지 않았다. 순수한 기분 전환에 불과했다. 로세르는 보는 각도와 빛에 따라 매력적일 수도 있었지만, 그렇게 보이려고 애쓰지도 않았다. 그러한 담백함이 기옘의 영혼에 신비로운 울림을 주었다. 그는 자기가 여자들에게 주로 어떤 영향을 미치는지 잘 알고 있었다. 로세르는 어떠한 교태도 부릴 위인은 아니었지만, 그녀 역시 그의 영향력을 벗어나지는 못했다. '로세르는 나를 사랑해. 그녀에게 피아노와 빵집 외에 다른 삶이 없는데, 어떻게 나를 사랑하지 않을 수 있겠어.' 기옘은 생각했다. "기옘, 조심해. 로세르는 성스러운 아이다. 그 애를 조금이라도 존중하지 않다가 걸리는 날에는……." 아버지가 그의 주의를 환기했다. "아버지, 무슨 말씀이세요! 로세르는 누이동생이에요." 하지만 다행히 누이동생은 아니었다. 그의 부모가 로세르를 보살피는 모습을 보면 그녀가 처녀인 건 분명했다. 스페인 공화국에 유일하게 남은 마지막 처녀 중 한 명임이 분명했다. 그녀와는 절대 선을 넘으면 안 되었다. 그건 절대 안 되었다. 하지만 그녀에게 정을 조금 준다고, 식탁 아래로 그녀의 무릎을 살짝 스친다고, 그녀가 영화를 보면서 울음을 흘리며 수줍음과 욕망 속에서 떠는 동안 어둠 속에서 그녀를 만져 보려는 속셈으로 극장에 초대한다고 그를 나무랄 사람은 아무도 없었다. 좀 더 과감한 애무를 위해서는, 늘 준비가 되어 있는 데다가 경험도 풍부하고 자유로운 여성 시민군 동료들이 있었다.

기옘은 바르셀로나에서의 짧은 휴가가 끝나고 나면, 오로지 살아남아 승리하는 데만 전념하겠다는 마음가짐으로 전선으로 돌아갔다. 하지만 로세르 브루게라의 걱정스러운 얼굴과 맑은 눈은 잊기 힘들었다. 그는 로세르의 편지와 군것질거리, 그녀가 뜨개질한 양말과 목도리가 자기에게 얼마나 필요한지 마음속 깊은 곳에서조차 인정하지 않았다. 그는 로세르의 사진 한 장을 가지고 있었다. 지갑에 넣어 둔 유일한 사진이었다. 로세르가 피아노 옆에 서 있었다. 어쩌면 연주회 중일 수도 있었다. 그녀는 짙은 색 소박한 블라우스에 평소보다 긴 치마를 입고 있었다. 반소매에 목에는 레이스가 달린 옷은 몸매를 감추는 촌스러운 교복 같았다. 그 흑백사진에서 로세르는 아마득하고 흐릿했다. 멋도 없고, 나이도 불분명하고, 무표정한 여인의 모습이었다. 그녀의 호박색 눈과 검은 머리카락, 조각처럼 곧은 코, 표정이 담긴 눈썹, 돌출된 귀, 기다란 손가락, 그녀에게서 나는 비누 향. 느닷없이 그를 덮쳐 고통스럽게도 하고 잠 못 이루게도 하는 섬세한 표정은 애써 떠올려야 했다. 그리고 이런 표정을 떠올리다 보면 깜빡 방심해 목숨을 잃을 수도 있었다.

* * *

아버지 장례를 치르고 아흐레가 지난 어느 일요일 오후, 사전 통보도 없이 기옘 달마우가 찌그러진 군용차를 타고 집에 도착했다. 로세르는 행주로 양손을 닦으며 그를 맞으러 나왔다가, 여성 시민군 두 명이 양쪽에서 부축하고 있는 앙상하게 마른 남자를 깜박 알아보지 못했다. 로세르는 넉 달 째 그를 보지 못했다. 그저 그동안 기욤이 마드리드에서 뭘 하는지 몇 자 적어서 뜨문뜨문 보내는 편지로 환상을 키웠 을 뿐이었다. 기욤의 편지는 공책에서 찢어 낸 종이에 초등 학생 같은 글씨체로 다정한 말 한마디 없이 보고서처럼 안 부만 전할 뿐이었다. 여기는 모두 똑같아. 우리가 어떻게 도 시를 지켜 내고 있는지 너도 잘 알 거야. 성벽은 박격포에 맞아 체처럼 구멍이 숭숭 뚫렸고, 사방이 폐허야. 파시스트 들은 이탈리아와 독일 군수품을 가지고 있고, 얼마나 가까 이 있는지 가끔은 그 빌어먹을 놈들이 피우는 담배 냄새까 지 맡을 수 있을 정도야. 우리는 그들이 두런거리는 소리를 듣고, 그들은 우리를 자극하기 위해 소리도 질러. 하지만 하 이에나처럼 아무것도 두려워하지 않는 무어인을 빼면 그들 은 두려움에 취해 있어. 무어인들은 총보다는 백정 칼로 벌 이는 일대일 몸싸움과 피 맛을 더 좋아하지. 파시스트들에 게는 매일 지원 병력이 도착하지만 그들은 1미터도 진격하 지 못하고 있어. 이곳에서 우리는 물과 전기가 부족하고 식 량도 빠듯하지만, 어떡하든 해결하고 있어. 나는 잘 있어. 건 물들 절반이 무너져 내렸고, 시신도 제대로 수습이 안 되고 있어. 다음 날 시체 안치소에서 일하는 사람들이 지나갈 때 까지 시신들은 쓰러진 곳에 그대로 버려져 있어. 아이들은 모두 피난시키지 못했어. 몇몇 엄마들이 얼마나 고집불통인 지 네가 봐야 하는데 말이야. 그들은 절대 고분고분하지 않

아. 절대로 자식을 두고 떠나거나 떨어지려고 하지 않아. 누가 그 여자들을 이해하겠어. 네 피아노는 어때? 우리 부모님은 잘 지내셔? 엄마한테 내 걱정 하지 말라고 전해 줘.

"세상에! 기옘, 하느님 맙소사! 도대체 무슨 일이 있었던 거예요?" 로세르는 한순간 가톨릭 신자로 돌아가 문지방에서 소리를 질렀다.

기옘은 아무 대답도 없었다. 고개는 가슴까지 떨궈져 있고, 양다리로 제대로 서 있지도 못했다. 그러고 있는데 카르메가 부엌에서 모습을 드러냈다. 카르메의 절규가 발끝에서부터 올라와 목구멍까지 이른 순간, 기침 발작으로 몸이 반으로 접혔다.

"동무들, 진정하십시오. 부상당한 게 아닙니다. 병이 난 겁니다." 한 여성 시민군이 확신에 차서 말했다.

"여기로." 로세르가 예전에 기옘이 썼고 지금은 자신이 묵고 있는 방으로 시민군을 안내하며 손짓했다. 두 여자는 기옘을 침대 위에 눕히고 밖으로 나갔다가 잠시 후 그의 배낭과 군용 담요와 총을 들고 돌아왔다. 그러고는 짧은 작별 인사와 함께 행운을 빌며 떠났다. 카르메가 근심에 가득 차 계속 기침하는 동안, 로세르는 악취로 인한 메스꺼움을 힘겹게 참아 내며 병든 기옘에게서 벌집처럼 구멍이 뚫린 군화와 지저분한 양말을 벗겨 냈다. 감염의 온상지인 병원으로는 데려갈 엄두가 나지 않았고, 전쟁 부상자들 때문에 하나같이 정신없는 의사들을 데려올 수도 없었다.

"카르메 아주머니, 기옘을 씻겨야 해요. 때에 찌들었어요. 그리고 물을 마시게 하세요. 저는 전화국으로 달려가서 빅토르에게 전화할게요." 똥과 오줌으로 뒤범벅된 벌거벗은 기옘을 보고 싶지 않아서 로세르가 카르메에게 말했다.

그녀는 기옘이 열이 심하고 숨이 가쁘고 설사를 한다고, 빅토르에게 전화로 설명했다.

"손이 닿으면 신음을 토해 내요. 매우 아파하는 것 같아요. 내가 보기에는 배 쪽이 그런 것 같지만, 다른 부위도 아픈 것 같아요. 오빠도 알다시피 기옘이 엄살은 부리지 않잖이요."

"로세르, 티푸스야. 전투원들 사이에 염병이 돌고 있어. 이나 벼룩, 오염된 물, 기름때가 병을 옮기고 있어. 내일 기옘을 보러 가도록 해 볼게. 하지만 자리를 비우기가 좀 힘드네. 병원이 만원이거든. 매일 열두어 명이나 되는 부상자들이 새로 도착하고 있어. 우선은 기옘에게 수분부터 공급하고 열을 내리도록 해. 찬물에 적신 수건으로 몸을 감싸고, 설탕과 소금을 약간 넣어서 끓인 물을 마시게 해."

기옘 달마우는 어머니와 로세르의 간호와 만레사에서 전달되는 형의 지시를 받으며 두 주를 지냈다. 형은 날마다 전화로 동생의 상태를 파악하고 감염을 막을 수 있게 조처했다. 그들은 옷에 있는 이를 모두 없애야 했다. 옷을 태우고, 물건은 모두 세제로 닦고, 기옘은 전용 그릇을 쓰게 하고, 기옘을 돌볼 때마다 매번 손을 닦는 게 최선이었다. 처음 사흘 동안은 상태가 좋지 않았다. 열이 40도까지 올라 헛소리를 하고, 두통과 메스꺼움으로 터질 듯했고, 몸을 앞뒤로 들썩이며 마른기침을 했고, 완두콩 수프처럼 녹색이 감도는 액체를 토해 냈다. 나흘째 되는 날 열은 내려갔지만, 계속 혼수상태였다. 빅토르는 그를 흔들어서라도 깨워서 물을 먹인 후 다시 재우게 했다. 기옘은 충분한 휴식을 취해 건강을 회복해야 했다.

환자를 직접 돌보는 일은 로세르에게 맡겨졌다. 카르메는 나이도 있고, 폐가 안 좋아서 쉽게 감염될 수 있었다. 로세르가 기옘의 침대 옆에서 책을 읽거나 뜨개질을 하면서 집 안에서 시간을 보내는 동안, 카르메는 글을 가르치고 식량을 구하러 줄을 서기 위해 외출해야 했다. 로세르는 돈 대신 빵을 받으며 계속 밤에 일했다. 렌틸콩 배급은 하루 1인당 반 컵으로 줄었고, 이제는 스튜에 넣을 고양이도, 코시도에 넣을 비둘기도 없었다. 로세르가 가져온 빵은 톱밥 맛이 나는 시커멓고 단단한 벽돌 같았고, 사치품이 된 기름은 양을 늘리기 위해 엔진오일과 섞어야 했다. 사람들은 욕조나 베란다에서 채소를 길렀다. 가족의 유품과 보석을 감자와 쌀로 바꾸기도 했다.

로세르는 자기 가족을 만나지 않았지만, 고향의 농부들과는 계속 연락을 취했다. 그렇게 그녀는 채소와 염소 치즈 한 덩어리, 아주 드물게 돼지를 잡았을 땐 살치촌 소시지를 구했다. 암시장에서는 식료품이 상당히 귀해서 카르메의 예산으로는 턱도 없었지만, 담배와 비누는 간신히 구했다. 해골만 남은 기옘의 건강을 회복시켜야 한다는 절박함 앞에서 카르메는 남편이 남긴 얼마 되지 않는 돈을 헐어서, 수프에 넣을 뭐라도 사 오도록 로세르를 산타페로 보냈다. 그녀는 마르셀 류이스가 가족을 스페인에서 멀리 떠나보내기 위해 마련한 돈이라는 걸 알고 있었다. 하지만 사실 그들 중에서 망명을 진지하게 생각한 사람은 아무도 없었다. 프랑스나 다른 어느 곳에서 그들이 뭘 할 수 있단 말인가? 그들은 자기네 집과 동네와 언어와 친척과 친구를 버리고 떠날 수가 없었다. 전쟁에서 이길 가능성이 점차 희박해지자 그들은 단념하고, 협상된 평화와 파시스트의 탄압을 견뎌 내야 할 가능성을 조용히 점쳐 보았다. 그래도 그게 망명보다는 나았다. 프랑코가 아무리 잔악무도하다고 해도 카탈루냐 주민을 모두 처형할 수는 없었다. 로세르는 살아 있는 암탉 두 마리에 돈을 투자했고, 절박한 누군가가 빼앗아 가거나 군인들이 몰수해 가지 않도록 비닐봉지에 닭을 넣고 옷 속에 숨겨서 배에 단단히 묶었다. 버스에서는 임신부로 오해받아서 자리까지 양보받았다. 로세르는 최선을 다해 부피를 줄인 후 닭들이 움직이지 않게 해 달라고 간절히 기도하며 버스에 올라탔다. 카르메는 방바닥 한쪽에 신문지를 깔고 암탉들을 길렀다. 빵 부스러기와 로시난테 바에서 가져온 음식물 쓰레기, 로세르가 빵집에서 몰래 가져온 약간의 보리와 호밀을 먹이로 주었다. 닭들은 비닐봉지의 트라우마를 극복했고, 기옘은 곧 아침 식사 때마다 달걀을 한두 개씩 먹게 되었다.

환자는 회복기로 접어들어 얼마 후 삶에 대한 애착을 다시 드러냈다. 하지만 로세르가 거실에서 연주하는 피아노 소리나 크게 탐정소설 읽어 주는 소리를 침대에 앉아서 들을 정도는 아니었다. 그는 좋은 독자인 적이 한 번도 없었다. 어릴 때는 숙제를 검사해 준 어머니와 숙제를 대신 해 준 빅토르 형의 도움으로 간신히 낙제나 면할 정도였다. 아무 일도 일어나지 않는 가운데 한없이 기다리느라 지루하기만 했던 마드리드 전선에서, 책을 읽어 주는 로세르가 있었으면 좋았겠다는 아쉬움은 들었다. 책은 남아돌았지만, 그가 펼쳐 들면 글자들이 종이 위에서 춤을 추었다. 로세르가 책을 읽어 주는 중간중간 기옘은 자신의 군 생활과, 자기네 일도 아닌 전쟁에서 싸우다 죽으려고 50개도 넘는 국가에서 지원해 온 자원병들과, 미국의 링컨 대대원들에 대해 들려주었다. 링컨 대대원들은 늘 앞장서 있었고, 가장 먼저 쓰러졌다. "파시즘에 맞서 스페인을 위해 싸우러 온 사람들이 남자는 삼만 오천 명이 넘고 여자는 수백 명이라 하더라고. 이 전쟁이 그만큼 중요한 거야, 로세르." 기옘은 물과 전기와 변소의 부족에 대해, 돌덩어리와 쓰레기와 먼지와 깨진 유리로 가득한 복도들에 대해 말했다. "한가한 시간에는 우리가 가르치면서 배우기도 했어. 어머니가 계셨더라면 글을 읽고 쓸 줄 모르는 젊은이들을 가르치느라 행복하셨을 거야. 학교에

한 번도 가 본 적 없는 사람들이 많아." 하지만 쥐와 이, 쓰레기, 오줌과 피, 들것 운반병이 도착할 때까지 피를 흘리며 몇 시간이고 기다리는 부상당한 동지들, 굶주림, 딱딱한 강낭콩과 차가운 커피가 담긴 식판, 총알 앞에서 아무렇지도 않게 맞서는 몇몇 동지들의 무모한 용기, 이와 상반된 동지들, 특히 막 도착한 어린 동지들로 이뤄진 비베론 부대 아이들의 두려움에 관해서는 로세르에게 말하지 않았다. 다행히 기옘은 비베론 부대의 코흘리개들을 동료로 맞이하지는 않았다. 그랬다면 슬퍼서 죽었을 것이다. 그리고 로세르 앞에서는 동료들이 저지른 집단 처형에 대해서도 거의 인정하지 않았다. 그들은 둘씩 묶은 적군 포로들을 트럭에 싣고 공터로 데려가 아무 절차도 없이 처형한 뒤 커다란 웅덩이에 한꺼번에 파묻었다. 마드리드에서만 그런 식으로 이천 명 넘게 사망했다.

* * *

여름이 찾아와 해가 늦게 지면서 덥고 나른한 낮이 길어졌다. 기옘과 로세르는 너무나도 많은 시간을 함께 보내면서 서로를 깊이 알게 되었다. 둘이서 아무리 책을 많이 읽고 얘기를 나눴어도, 달콤한 친근감이 감도는 기나긴 침묵 또한 이어졌다. 저녁 식사 후 로세르는 이제 카르메와 함께 쓰는 침대에 누워 새벽 3시까지 잤다. 그녀는 그 이른 시간에 빵집으로 가서 동틀 무렵 사람들에게 1인분씩 배급할 빵을 준비했다.

라디오 뉴스와 신문, 거리의 확성기에서 들려오는 소식은 낙관적이었다. 거리에서는 시민군의 노래와 무릎을 꿇고 사느니 선 채로 죽는 게 낫다는 '라 파시오나리아'의 열띤 연설문으로 귀가 따가울 정도였다. 적의 진격을 결코 인정하지 않고, 전략적인 후퇴라고 했다. 식료품부터 약품까지 거의 모든 물품이 부족하고 배급제로 분배되는 상황에 관한 언급도 없었다. 빅토르 달마우는 확성기가 전하는 내용보다 훨씬 현실적인 사실을 가족에게 들려주었다. 그는 부상자들을 실어 나르는 기차와 그의 병원에서 비극적으로 증가한 사망자 수치로 전황을 판단할 수 있었다. "나는 전선으로 돌아가야 해." 기옘은 그렇게 말하면서도 군화조차 제대로 신지 못했고, 그 전에 지쳐서 침대 위로 털썩 주저앉았다.

티푸스의 참담함 속에서 기옘을 돌보고, 스펀지로 몸을 씻기고, 요강을 비우고, 이유식을 숟가락으로 떠먹이고, 잠자리를 감시하고, 또다시 씻기고, 요강을 비우고, 먹이는 매일 반복되는 의식은 걱정과 사랑이 끊임없이 반복되는 일상이 되었다. 그리고 그 일은 그녀가 사랑할 수 있는 유일한 남자가 기옘이라는 확신을 안겨 주었다. 그녀는 다른 남자는 절대 있을 수 없다고 확신했다. 회복기로 접어들어 구 일째 되던 날, 로세르는 그의 상태가 꽤 호전된 것을 보며 이제 더는 그를 침대에 붙잡아 둘 핑계가 없다는 것을 알았다.

침대에서는 그가 오로지 그녀 혼자만을 위해 존재했었다. 기옘은 이제 곧 전선으로 돌아가야 했다. 마지막 해에는 사상자들이 너무 많아서, 공화파 군대는 청소년과 노인, 죄질이 나쁜 죄수까지 징집했다. 죄수들에게는 전쟁터로 나가서 싸우거나 감옥에서 썩거나 둘 중 하나를 선택하게 했다. 로세르는 기옘에게 이제 일어날 때가 되었고, 첫걸음은 시원하게 목욕하는 거라고 말했다. 그녀는 부엌에서 가장 큰 냄비에 물을 데우고, 커다란 빨래 통에 기옘을 앉혔다. 그러고는 머리부터 발끝까지 비누칠한 뒤 깨끗이 헹구고는 혈색 좋게 빛이 날 때까지 말려 주었다. 로세르는 그의 몸을 속속들이 잘 알아서, 이제 벌거벗은 몸은 신경도 쓰지 않았다. 기옘도 로세르에게는 창피한 게 없었다. 그는 로세르의 손에서는 갓난아기가 되었다. '전쟁이 끝나면 그녀와 결혼할 거야.' 그는 진심으로 고마워하며 마음속으로 결심했다. 그때까지 그는 한곳에 뿌리를 내려 결혼해야겠다는 생각은 해 본 적이 없었다. 전쟁 때문에 가능성이 있는 미래를 설계하지도 않았다. '나는 평화를 위한 사람은 아니야.' 그는 생각했다. '나는 공장 노동자보다는 군인이 맞아. 공부한 것도 없이 이렇게 욱하는 성격으로 달리 뭘 할 게 있겠어.' 하지만 로세르는 청초함과 순수함으로, 한없이 선량한 마음으로 그의 마음속 깊이 파고 들어왔다. 그녀의 모습은 참호 안에서 그와 함께 있었고, 떠올리면 떠올릴수록 그녀가 더욱 절실하고 아름답게 느껴졌다. 그녀의 모든 것이 그렇듯, 진중한 모습이 그녀의 매력이었다. 티푸스를 앓던 최악의 순간, 고통과 두려움이라는 오물통 속에서 허우적대며 죽을 것만 같았을 때, 그는 허우적대다가 죽지 않기 위해 절망에 가까운 몸짓으로 로세르를 꽉 붙잡았다. 혼란에 빠진 그에게 내려다보는 그녀의 얼굴은 유일한 나침판이고, 그녀의 강한 눈빛이 유일한 닻이었다. 그리고 그 강한 눈빛은 금세 생글거리는 순한 눈빛으로 바뀌었다.

기옘은 그토록 사경을 헤매며 땀범벅이 되어 있다가, 빨래 통 속에서 목욕한 이후 산 사람의 세상으로 돌아왔다. 그는 로세르의 손으로, 강하면서도 부드럽고 정확한 피아니스트의 손으로 수건에 비누칠해 몸을 문지르고, 머리카락에 거품을 내고, 미지근한 목욕물에 몸을 담근 후 되살아났다. 그는 고마워하며 완벽하게 투항했다. 그녀는 그의 몸을 씻기고, 아버지의 파자마를 입힌 후 면도를 해 주고, 머리카락과 새 발톱처럼 길게 자란 손톱도 잘라 주었다. 기옘의 볼은 아직도 푹 꺼지고 눈도 충혈되어 있었지만, 이제는 두 여성 시민군에게 질질 끌려 집에 왔을 때의 허수아비는 아니었다. 로세르는 아침에 마시다 남은 커피를 데우고, 기분이 좋아지도록 코냑 한 방울을 섞었다.

"나는 파티 갈 준비가 되었는데." 기옘이 거울에 비친 제 모습을 보며 미소를 지었다.

"당신은 침대로 돌아갈 준비가 되었어요." 로세르가 잔을 건네며 말했다. "나와 함께." 그녀가 덧붙였다.

"너 지금 뭐라고 말했어?"

"당신이 들은 대로."

"너 혹시 그런 생각 하고 있는 건 아니……."

"당신이 생각하는 것과 같아요." 그녀가 머리 위로 옷을 벗으며 대답했다.

"로세르, 뭐 하는 거야? 언제든지 어머니가 돌아올 수 있어."

"일요일이에요. 아주머니는 광장에서 사르다나 춤을 추고 있을 거예요. 그러고 나서 빅토르와 얘기하기 위해 전화국에 가서 줄을 설 거예요."

"나한테 옮을 수도 있어……."

"처음에 옮지 않았다면 이제 와서 그러기는 힘들어요. 핑계는 그만 대요. 기옘, 얼른." 로세르가 브래지어와 팬티를 벗고, 침대로 그를 밀어 넣으며 재촉했다.

로세르는 남자 앞에서 벌거벗은 적이 단 한 번도 없었다. 하지만 계속 비상 상태에서 배급으로 살며 이웃과 친구를 의심하고, 늘 죽음의 사신을 눈앞에 두고 살다 보니 소심함을 잃었다. 수녀들이 가르치는 학교에서는 귀하디귀했던 처녀성이 스무 살이나 된 그녀에게는 결함처럼 무겁게 느껴졌다. 모든 게 불확실하고, 미래도 없었다. 전쟁이 앗아가기 전에 누릴 수 있는 바로 그 순간만이 존재할 뿐이었다.

　　　　　* * *

　　1938년 7월에 시작된 에브로강 전투에서 패전이 확정되었다. 사 개월가량 지속된 전투는 추산 삼만 명의 사상자를 남겼고, 기옘 달마우도 그중 하나였다. 그는 패배자들이 집단 망명을 떠나기 직전에 세상을 하직했다. 공화군의 상황은 절망적이었다. 유일한 희망은 프랑스와 영국이 아군으로 참전하는 것이었지만, 기미도 없이 시간만 흘러갔다. 그들은 에브로강을 건너 적진에 침투해 점령한 뒤 무기를 탈취했고, 아직 자신들이 전쟁에서 지지 않았고 필요한 도움을 받으면 스페인이 파시즘을 물리칠 수 있다는 사실을 세상에 보여 주면서 시간을 벌기 위해 주력 부대와 노력을 집중적으로 쏟아부었다. 인원과 무기가 압도적으로 우세한 적군과 맞설 임무를 띠고 무려 팔만 명이 강을 건너 강기슭 오른쪽으로 야간에 은밀히 이동했다. 기옘은 돌격 부대로 앞장서 진격하는 영국, 미국, 캐나다 자원병들 바로 옆에서 링컨 대대원들과 함께 가고 있었다. 그 돌격 부대는 자칭 총알받이였다. 그들은 무자비한 여름 날씨와 가파른 지형과 싸우면서 적은 코앞에, 강은 등 뒤에, 독일과 이탈리아 비행기는 머리 위에 두고 전투에 임했다.

　　급습이 공화군에게는 어느 정도 유리했다. 공화군이 전선 가까이 다가가면서, 전투원들은 짐을 실은 겁에 질린 나귀들을 끌고 급조한 배를 타고 강을 건넜다. 공병들이 부교를 만들었고, 다리는 낮에 폭파되는 족족 밤에 다시 지어졌다. 기옘은 배급이 끊기면 식량도 물도 없이 선두에서 며칠을 버텨야 했다. 몇 주씩 씻지도 못하고, 돌바닥에서 자고, 일사병과 설사에 시달리며, 적의 무기와 모기와 쥐에 늘 노출되어 있어야 했다. 쥐는 눈에 보이는 대로 먹어 치우며 전사자들을 공격했다. 극에 다다른 한여름 불볕더위로 굶주림과 갈증, 창자의 요동, 피폐함이 가중되었다. 기옘은 극심한 탈수 상태라 땀도 거의 나지 않았고, 피부는 도마뱀 가죽처럼 시커멓게 말라비틀어졌다. 그는 이따금 이를 악물고 온몸의 세포 하나하나까지 곤두세운 채 죽음을 기다리며, 총을 쥐고 몇 시간씩 웅크려 잠복해 있었다. 그러고 나면 다리가 마비되어 말을 듣지 않았다. 티푸스 때문에 허약해져서 예전의 자신이 아니라는 생각이 들었다. 동료들이 무서운 속도로 쓰러졌고, 제 차례는 언제가 될지 자문하기도 했다. 비행기의 기관총 세례를 피하기 위해 부상자들은 전조등도 켜지 않은 차에 실려 야간에 이송되었다. 상태가 꽤 심각한 몇몇 부상자는 총 한 방을 쏴 주는 은혜를 베풀어 달라고 애원하기도 했다. 산 채로 적의 수중에 들어가는 게 죽는 것보다 수천 배 끔찍했기 때문이다. 잔인한 태양 아래에서 썩은 내가 진동하기 전에 수습할 수 없는 시신들은 말과 나귀처럼 돌로 덮거나 태워 버렸다. 시멘트처럼 단단하고 돌투성이인 그 땅에서는 구덩이를 파는 게 불가능했다. 기옘은 날아드는 총알과 수류탄도 두려워하지 않고 시신까지 가서 신원을 확인하고 가족들에게 보낼 유품을 가져왔다.

이제는 프랑코의 진영으로 전진하는 게 무의미하고 현 상황을 유지하기 위해 목숨을 버리는 것도 무모했기 때문에, 전투원 중 누구도 에브로강에서 죽는 작전을 이해하지 못했다. 하지만 목소리를 높여 불만을 드러내는 것은 비겁한 행동이자 배신이었고, 그에 대한 대가는 비싸게 치러졌다. 기옘은 링컨 대대에 합류하기 전 캘리포니아에서 대학생이었고 사자 같은 용기를 지닌 미국 장교의 지휘를 받았다. 미국 장교는 군인 경험은 없었지만, 전쟁을 위해 태어난 사람이었다. 타고난 군인으로 명령을 내릴 줄 알았고, 부하들은 그를 존경했다. 기옘은 사회주의 평등사상이 거세게 일어날 때 바르셀로나 시민군에 최초로 입대한 자원병이었다. 혁명으로 인해 군대를 비롯한 사회 구석구석으로 평등사상이 퍼져 나갔고, 군대에서는 아무도 타인 위에 군림하지 않고 더 많이 소유하지도 않았으며, 장교들은 별다른 특혜 없이 다른 부대원들과 함께 생활하고 같은 음식을 먹고 같은 옷을 입었다. 계급이나 의전도 없었고, 경례하기 위해 부동자세도 취하지 않았고, 장교들을 위한 천막이나 무기나 전용차도 없었고, 광을 낸 군화도 없었고, 일반 군대나 프랑코의 군대에는 확실하게 있는 부지런한 부관과 취사병도 없었다. 그런데 그것도 혁명의 흥분이 어느 정도 가라앉은 전쟁 첫해에 바뀌었다. 기옘은 공동생활에서의 부르주아적인 방식이, 사회계급이, 누군가의 절대 권력과 다른 누군가의 노예근성이, 팁, 매춘업, 부자들의 특권이 어떻게 은밀하게 바르셀로나로 다시 돌아오는지 역겨운 마음으로 지켜보았다. 부자들은 아무것도 부족하지 않았다. 식량도 담배도 유행하는 옷도 부족하지 않았지만, 일반 서민들은 궁핍과 배급제로 고통받았다. 기옘은 군인들에게서도 변화를 느꼈다. 징병으로 조직된 공화군은 자원한 여성 시민군들을 통합한 후 전통적인 계급과 규율을 강요했다. 그렇지만 미국 장교는 계속 사회주의의 승리를 믿었다. 그에게는 평등이 가능할 뿐만 아니라 불가피한 것이었고, 그래서 평등을 종교처럼 실천했다. 그의 지휘하에 있는 사람들은 그를 동료로 대하면서도 그의 명령에 문제를 제기하는 법이 없었다. 미국인은 에브로 전투에 대해 주로 영어로 하는 설명을 통역할 수 있을 정도로 스페인어를 배웠다. 발렌시아를 수호하기 위해서, 국민전선군에 넓은 띠 모양으로 점령되어 공화군이 차지한 다른 지역과 격리된 카탈루냐와의 연결을 복구하기 위해서였다. 기옘은 그를 존경했고, 설명이 있든 없든 어디까지라도 그를 따를 수 있었다. 9월 중순 즈음 미국인은 등 뒤에서 기관총을 맞고 신음 한번 내뱉지 못한 채 기옘 바로 옆에서 고꾸라졌다. 그는 쓰러져서도 정신을 잃을 때까지 부하들을 계속 독려했다. 기옘과 다른 군인이 그를 부축해 돌무더기 뒤에 눕히고 밤이 될 때까지 그의 곁을 지켰다. 밤이 되면 들것 운반병들이 도착해 초기 응급조치를 취할 수 있는 역으로 그를 데려갈 수 있었다. 며칠 후 기옘은 그가 목숨을 구하더라도 불구가 될 거라는 얘기를 들었다. 기옘은 차라리 그가 얼른 죽기를 간절히 바랐다.

미국인은 공화정부가 스페인 내 외국인 전투부대의 전격적인 퇴각을 공포하기 일주일 전에 사망했다. 공화정부는 프랑코 역시 독일 군과 이탈리아 군을 똑같이 철수시키리라 희망했지만, 결과는 그렇지 않았다. 이름도 없이 서둘러 구덩이에 매장된 미국인 장교는 감사한 마음을 전하는 대중의 환호 속에서 동료들과 함께 바르셀로나 거리를 행진하는 대규모 행사에 함께하지 못했다. 그들 한 명 한 명을 영원히 기억하고 싶어 하는 환호였다. 사그라지지 않는 열정으로 그 몇 년 동안 공화당원들에게 버팀목이 되어 준 '라 파시오나리아'의 작별 인사말이 가장 기억에 남았을 것이다. 그녀는 국제여단원들이 자신의 모든 것을 바치기 위해 나라와 집을 떠나왔지만 오직 스페인을 위해 죽을 수 있는 명예만을 원했다면서, 그들을 영웅적이고 이상주의적이고 용감하고 규율이 바른 자유의 십자군이라고 불렀다. 그 십자군 중 구천 명이 스페인 땅에 묻혀 영원히 머물렀다. 그녀는 승리 후 스페인으로 다시 돌아오라고, 그곳에서 조국과 친구들을 만나게 될 거라고 말하며 작별 인사를 마쳤다.*

---

*가장 투철한 혁명 세력인 무정부주의자들의 아성이었던 카탈루냐마저 프랑코 군부에 빼앗기면서 공화정부군의 패색은 짙어만 갔다. 내전 막바지에 공화국 총리가 된 네그린은 1938년 9월 스위스 제네바에서 열린 국제연맹 총회에서 "스페인 정부는 정부 편에 서서 전투

프랑코는 확성기 방송과 비행기로 뿌려 대는 전단으로, 빵과 정의와 자유를 주겠다며 투항하라고 선전했다. 하지만 탈영이 감옥에서 썩거나 제 무덤 파는 길이라는 걸 모두 잘 알고 있었다. 프랑코에게 패전한 마을에서는 총살당한 남자들의 아내와 가족들에게 총살에 사용한 총알 값을 치르게 한다는 얘기도 들렸다. 그리고 처형된 수만 명의 사람들이 너무나도 많은 피를 흘려, 이듬해 농사꾼들은 양파가 붉게 물들고 감자 속에서 사람의 이가 나왔을 정도였다고 확언했다. 그래도 빵 한 덩어리로 적을 넘어오게 하는 유인책은 효과가 있어서 몇몇이, 특히 아주 어린 징집병들이 이탈했다. 한번은 기옘이 겁에 질려 이성을 잃은 어린 발렌시아 병사를 무력으로 붙잡아야 했다. 기옘은 그의 이마에 총을 겨누고 자리에서 이탈하면 죽이겠다고 맹세했다. 병사를 진정시키는 데는 두 시간이나 걸렸고 그는 그 사실을 아무도 모르게 했다. 서른 시간 후 그 어린 병사는 죽어 있었다.

가장 기본적인 식량조차 제대로 수급되지 않는 그 생지옥 한복판으로 우편물 가방을 실은 구급차 한 대가 이따금 나타났다. 아이토르 이바라가 전투원들의 사기를 북돋워 주기 위해 그 일을 자진하고 나섰다. 에브로 전선에서 개인 편지는 마지막으로 간절히 누리고 싶은 특권 중 하나였고, 실제로 극소수만이 편지를 받았다. 외국인 대원들은 조국에서 너무 멀리 떨어져 있었고, 많은 스페인 사람들은, 특히 남부 사람들은 집안 자체가 글을 몰랐다. 기옘 달마우에게는 편지를 보내 주는 사람이 있었다. 아이토르는 단 한 명의 수신인에게 편지를 가져다주기 위해 목숨을 걸었다고 자주 농담했다. 가끔은 편지 여러 통을 끈으로 묶은 묵직한 다발을 건네 주기도 했다. 부모나 형의 편지도 늘 있었지만 대부분 로세르의 편지였다. 그녀는 두 장 정도가 될 때까지 매일 한두 문장씩 적은 다음 봉투에 넣어서, 가장 인기 있는 시민군 노래를 흥얼거리며 군 우체국으로 가져갔다. "당신이 나에게 편지를 쓰고 싶다면 / 나의 종착지는 당신이 이미 알고 있지 / 전쟁터/ 불꽃 튀기는 맨 앞줄에." 이바라도 기옘에게 편지를 건네며 같은 노래나 그 비슷한 노래로 반겨 주었는지는 알 수 없었다. 그 바스크인은 두려움을 쫓고 행운의 여신을 유혹하기 위해 꿈에서도 노래를 부르는 사람이었다.

* * *

프랑코 군대는 스페인 대부분 지역을 점령한 후 무자비하게 진격했고, 카탈루냐의 함락도 확실해졌다. 도시는 공포에 사로잡혔고, 사람들은 피난 준비를 시작했다. 이미 많은 사람이 피난을 떠났다. 1939년 1월 중순, 아이토르 이바라가 심각한 부상자 열아홉 명을 실은 고물 트럭을 운전해 만레사 병원에 도착했다. 출발할 때는 스물한 명이었지만, 오는 길에 두 명이 죽어서 길에 버려졌다. 여러 민간인 의사들이 자리를 이탈했고, 남은 의사들이 환자들의 공황 상태를 진정시키기 위해 안간힘을 썼다. 공화정부 소속 인사들도 국외에서 계속 통치하겠다는 생각으로 망명을 택했고, 그것이 시민층의 정신 파탄을 촉발했다. 그즈음 국민전선군은 바르셀로나에서 25킬로미터도 떨어지지 않은 지점까지 와 있었다.

아이토르는 쉰 시간째 잠을 자지 못했다. 그는 처참한 화물을 인도한 후 트럭을 맞으러 나온 빅토르 달마우의 품에서 탈진해 쓰러졌다. 빅토르는 자신의 왕실 침실에 아이토르를 눕혔다. 그는 등유 램프와 납작한 요강과 야전침대가 있는 자기 방을 그렇게 불렀다. 빅토르는 시간을 아끼기 위해 병원에서 살았다. 몇 시간 후 미친 듯이 돌아가는 외과 진료실에서 잠시 짬을 낸 빅토르는 렌틸 콩 수프와 그주에 어머니가 보내 준 말린 소시지, 치커리 커피 한 항아리가 담긴 그릇을 들고 친구를 찾아갔다. 그는 아이토르를 깨우느라 한참 애를 먹었다. 바스크인은 피곤에 절어 아직 멍한 상태로 정신없이 식사한 후 빅토르에게 에브로 전투 상황을 들려주었다. 빅토르도 몇 달 전부터 밀려들기 시작한 부상병들의 입을 통해 이미 대충은 알고 있었다. 그곳에서 공화군은 떼죽음당했고, 아이토르에 따르면 마지막 패배를 준비할 정도의 인원만 남아 있었다. "전투를 벌인 백십삼 일 동안 우리 편은 만 명 넘게 전사했고, 정확한 수조차 파악되지 않는 수천 명이 포로가 되었고, 폭격당한 마을마다 민간인들이 얼마나 죽었는지도 몰라. 물론 우리는 적의 사상자는 세지도 않았을 거고." 바스크인이 덧붙였다. 마르셀 류이스 달마우 교수가 죽기 전 예측한 대로 전쟁에 패한 것이었다. 공화군 지휘관이 바란 대로 평화는 협상되지 않았다. 프랑코는 조건 없는 항복만을 받아들이려 했다. "프랑코의 선전은 믿지 마. 자비나 정의는 없을 거야. 다른 곳에서 그랬듯 피바다만이 있을 거야. 우리는 제대로 엿 먹었어."

아이토르는 비극적인 순간에도 늘 도전적인 미소와 노래와 농담을 잃지 않았다. 그런 그와 함께했던 빅토르에게 아이토르의 어두운 표정은 말보다 더 많은 이야기를 담고 있었다. 친구가 배낭에서 작은 술병을 꺼내 맹맹한 커피에 따른 후 빅토르에게 건넸다. "받아. 이게 필요할 거야." 아이토르가 빅토르에게 말했다. 그는 빅토르 달마우에게 동생에 대한 나쁜 소식을 가장 부드럽게 전할 방법을 한참 찾았지만, 기옘이 11월 8일에 사망했다는 말만 간략하게 전했다.

"뭐라고?" 빅토르가 간신히 한 말 전부였다.

"참호에 폭탄이 떨어졌어. 빅토르, 미안해. 너한테 자세한 얘기는 안 하는 게 나을 것 같아."

"어떻게 된 건지 말해 줘." 빅토르가 대답했다.

"폭탄으로 여러 명이 조각 났어. 시신을 수습할 시간이 없었어. 조각 난 채로 묻었어."

"그러면 신원을 확인하지는 못했겠네."

"빅토르, 정확한 확인은 못 했어. 하지만 누가 참호에 있었는지는 알고 있었어. 기옘이 그중 한 명이었고."

"하지만 확실한 건 아니잖아. 그렇지?"

"미안하지만 확실해." 아이토르가 절반쯤 타다 만 지갑을 배낭에서 꺼냈다.

빅토르는 금세라도 바스라질 듯한 지갑을 조심스럽게 열고, 기옘의 군인 신분증과 기적적으로 전혀 훼손되지 않은 사진 한 장을 꺼냈다. 그 사진에는 그랜드피아노 옆에 서 있는 여자의 모습이 담겨 있었다. 빅토르 달마우는 몇 분 동안 아무 말도 못 한 채 친구 바로 옆, 야전침대 발치에 앉아 있었다. 아이토르는 마음은 굴뚝같았지만 감히 친구를 안아 주지 못했다. 그는 꼼짝도 않은 채 아무 말 없이 친구 옆에서 기다렸다.

"로세르 브루게라가 애인이야. 전쟁이 끝난 후 결혼하려고 했는데." 마침내 빅토르가 입을 열었다.

"빅토르, 안됐지만 네가 그녀에게 얘기해 줘야 해."

"로세르는 임신했어. 여섯 달이나 일곱 달째인 것 같아. 기옘이 죽었다는 확신 없이 얘기할 수는 없어."

"빅토르, 무슨 확신이 더 필요한데? 그 구멍에서는 아무도 살아 나오지 못했어."

"기옘이 그곳에 없었을 수도 있잖아."

"그렇다면 기옘의 지갑은 그의 주머니에 들어 있고, 그는 어딘가에 살아 있고, 우리가 이미 소식을 알고 있어야지. 두 달이나 지났어. 네가 보기에는 지갑이 충분한 증거가 되지 않아?"

그주 주말에 빅토르 달마우는 어머니 집에 들르기 위해 바르셀로나로 갔다. 어머니는 밀수로 구해 온 쌀 한 컵과 마늘 몇 쪽, 항구에서 남편의 시계와 맞바꾼 문어 한 마리로 먹물 밥을 만들어 놓고 기다리고 있었다. 수산물은 군인들을 위해 거의 몰수되었고, 민간인에게 나눠 주는 얼마 되지 않는 양은 추정컨대 병원과 어린이 시설로 보내졌다. 물론 정치인들의 식탁이나 호텔, 부르주아들이 드나드는 레스토랑에서는 수산물이 부족하지 않다고 익히 알려져 있었다. 빅토르는 슬픔과 걱정으로 늙어서 바싹 마르고 왜소해진 어머니와, 표가 나는 배와 임신부 특유의 빛으로 환해진 로세르를 본 순간 기옘의 죽음을 전할 수가 없었다. 그들은 아버지 마르셀 류이스의 죽음으로 아직 상중이었다. 그는 몇 번이고 얘기를 꺼내려고 했지만, 말이 마음속에서 얼어붙어 나오지 않았다. 그래서 그는 로세르가 출산하거나 전쟁이 끝날 때까지 기다리기로 했다. 아이를 품에 안으면 아들을 잃은 카르메의 고통과 사랑을 잃은 로세르의 고통이 조금은 견딜 만할 거라는 생각이 들어서였다.

3장
1939년

한 세기나 되는 날들이 흘렀고,
그리고 너의 망명 이후의 시간이 계속되었다.

파블로 네루다, 「아르티가스」, 『모두의 노래』*

그날, 1월 말 무렵 바르셀로나에서는 '퇴각'이라고 부르는
대탈출이 시작되었다. 맹추위와 함께 날이 밝으면서 수도관
이 얼어붙고, 차와 동물이 얼음 위에 들러붙고, 시커먼 먹구
름에 뒤덮인 하늘은 깊은 애도 속에 있었다. 집단 기억에 가
장 혹독하게 남은 겨울이었다. 프랑코 군대가 티비다보 쪽
에서 내려오자 주민들은 공포에 사로잡혔다. 수백 명에 이르
는 국민전선 군대의 포로들이 감옥에서 끌려 나와 마지막
순간에 처형되었다. 대부분이 부상자인 군인들은 수천 명

---

*Canto General. 네루다의 대표작으로 1950년에 출간되었다. 1943
년 네루다는 페루의 마추픽추 유적지를 방문한 후 인식의 지평을 칠
레에서 라틴아메리카 전체로 확대하여 역사, 자연, 지리, 인물 등 라
틴아메리카의 모든 것을 15장 231편의 서사시에 담아냈다.

에 이르는 민간인들을 따라 프랑스 국경 지역으로 길을 떠났다. 할아버지, 할머니, 엄마, 자식, 젖먹이 어린아이까지 온 식구가 각자 되는대로 짐을 꾸려 길을 떠났다. 버스나 트럭을 타고 가는 사람들도 있었고, 자전거나 달구지, 말이나 나귀를 타고 가는 사람들도 있었는데, 대부분은 소지품을 자루에 챙겨 질질 끌며 걸어서 갔다. 절망적인 사람들의 서글픈 행렬이었다. 그들은 굳게 닫아 놓은 집과 아끼는 물건들을 뒤로한 채 길을 떠났다. 반려동물들은 한참 동안 주인을 따라갔지만, 퇴각의 소용돌이 속에서 곧 길을 잃고 뒤처졌다.

빅토르 달마우는 드물게 사용 가능한 차량이나 트럭, 기차로 이송할 수 있는 부상자들을 피난시키느라 밤을 새웠다. 오전 8시경 그는 아버지의 명을 따라 어머니와 로세르를 구해야 한다고 생각했지만, 환자들을 포기할 수가 없었다. 그는 아이토르 이바라를 찾아서 두 여자를 데리고 떠나라고 간신히 설득했다. 아이토르에게는 트레일러가 달린 낡은 독일산 오토바이가 있었다. 평화로운 시절에는 그에게 가장 귀한 보물이었지만, 연료가 부족해 삼 년 동안 타고 다니지 못했다. 그는 오토바이를 친구네 차고에 깊숙이 숨겨 두었다. 상황이 상황이니만큼 극약 처방이 필요하다고 판단한 아이토르는 병원에서 휘발유 두 통을 훔쳤다. 오토바이는 훌륭한 독일 기술에 경의를 표하며 세 번 만에, 차고에서 전혀 묵혀 둔 적 없었다는 듯이 깔끔하게 시동이 걸렸다. 아이토르는 길을 가득 메운 피난민들 사이로 지그재그로 힘겹게 길을 열며, 귀가 먹을 듯한 굉음과 함께 배기관에서 연기를 내뿜으며 10시 반에 달마우네 집 앞에 모습을 드러냈다. 빅토르가 미리 얘기해 뒀기 때문에 카르메와 로세르가 기다리고 있었다. 그의 지시 사항은 명확했다. 아이토르 이바라를 꽉 붙잡고 국경을 건넌 다음, 국경 너머에서는 적십자와 연락을 취해 믿을 만한 간호사인 엘리자베트 아이덴벤츠라는 사람을 찾으라는 것이었다. 모두 프랑스에 있게 되면 그녀가 연결 고리가 되어 줄 터였다.

여자들은 몸을 감싸 줄 외투와 약간의 식량과 가족사진을 챙겨 짐을 꾸렸다. 카르메는 마지막 순간까지 떠나야 할지 망설였다. 그녀는 아무리 나쁜 일이라도 백 년이나 가는 건 없으므로 어쩌면 기다리면서 상황이 돌아가는 걸 지켜보는 게 나을 수도 있다고, 게다가 다른 곳으로 가서 새로운 삶을 시작할 자신도 없다고 말했다. 하지만 아이토르는 파시스트들이 도착해서 벌어진 일들을 생생하게 예를 들어 가며 들려주었다. 맨 먼저 사방에 깃발이 내걸렸고, 광장에서는 반드시 참석해야 하는 엄숙한 미사가 열렸다. 승리자들은 삼 년 동안 바르셀로나에서 아닌 척 숨어 있던 공화국의 수많은 적과, 두려움에 떠밀려 호의를 표하며 절대로 혁명에 참여하지 않았다고 말하는 많은 사람들의 환호를 받았다. 우리는 하느님을 믿습니다. 우리는 스페인을 믿습니다. 우리는 프랑코를 믿습니다. 우리는 하느님을 사랑합니다. 우리는 스페인을 사랑합니다. 우리는 프란시스코 프랑코 총통을 사랑합니다. 그러고 나면 싸움이 시작되었다. 싸우는 사람들이 있으면 어떤 상황이든 먼저 체포부터 당했고, 반(反)스페인, 반(反)가톨릭 행위에 부역했거나 부역했다고 의심되는 사람들은 무조건 체포되었다. 그중에는 노동조합원, 좌파, 다른 종교를 믿는 사람, 불가지론자, 프리메이슨, 교수, 교사, 과학자, 철학자, 에스페란토를 배우는 사람, 외국인, 유대인, 집시 들이 포함되어 있었고, 그렇게 끝도 없이 리스트가 이어졌다.

"카르메, 보복이 산인합니다. 그들이 단 하나의 진정한 믿음과 조국의 가치를 교육한답시고, 어미에게서 자식을 빼앗아 수녀들이 운영하는 보육원에 위탁한다는 거 아십니까?"

"그러기에는 내 자식들은 이미 커 버렸네."

"그건 한 가지 예에 불과합니다. 내가 어머님께 말씀드리고 싶은 것은, 저와 함께 가는 것 말고는 다른 방도가 없다는 겁니다. 왜냐면 어머님은 혁명가들에게 글을 가르치고 미사에 참석하지 않은 것으로 총살당할 테니 말입니다."

"이봐, 젊은이. 나는 쉰네 살이나 먹었고, 폐병 환자처럼 기침하네. 오래는 못 살 듯싶어. 망명 떠나서 어떤 삶이 나를 기다리고 있겠나? 프랑코가 있든 없든 내 집에서, 내 도시에서 죽고 싶네."

아이토르는 로세르가 개입할 때까지 십오 분을 더 설득했지만 아무 소용이 없었다.

"카르메 아주머니, 우리랑 같이 가요. 나도, 아주머니의 손자도 아주머니가 필요해요. 얼마 있다가 우리가 자리를 잡고 스페인에서 상황이 어떻게 돌아가는지 알게 되면, 그때 원하면 돌아오실 수 있어요."

"로세르, 너는 나보다 훨씬 강하고 능력도 있어. 너는 혼자서도 잘 해낼 수 있어. 울지 말거라, 얘야……."

"어떻게 안 울어요? 아주머니 없이 내가 뭘 할 수 있겠어요?"

"좋다. 하지만 내가 너와 아이를 위해 간다는 것만 알아라. 나 때문이라면 나는 그냥 이곳에 있겠다. 어려울수록 긍정적인 마음을 가지라는 말도 있잖니."

"부인들, 그만 하시지요. 지금 당장 출발해야 합니다." 아이토르가 강력하게 말했다.

"그럼 암탉들은요?"

"풀어 줘요. 누군가 데려가겠지. 자, 이제 떠날 시간입니다."

로세르는 아이토르의 오토바이 뒷자리에 걸터앉아 가려고 했지만, 카르메와 아이토르가 아이가 탈 나거나 유산될 위험이 그나마 적은 트레일러에 앉아 가라고 설득했다. 카르메는 조끼를 여러 벌 겹쳐 입은 후 양탄자처럼 묵직하고 방수가 되는 검은색 카스티야 양모 망토를 두르고 뒷좌석에 올라탔다. 그녀는 너무 가벼워서 망토가 없었다면 날아갔을지도 몰랐다. 그들은 서리가 깔린 길 위를 미끄러져 가면서,

오토바이에 강제로 올라타려고 하는 절망적인 사람들을 떼어 내며, 사람들과 차들을 피하고, 짐수레를 끄는 짐승들을 피해서 아주 천천히 앞으로 나갔다.

맹추위로 몸을 떨며 서로 앞다퉈 가려는 아수라장 속에서 바르셀로나를 떠나는 행렬은 단테가 그려내는 풍경과도 같았다. 팔다리가 잘린 사람, 부상자, 노인, 아이 들이 걷는 속도에 따라 행렬은 조금씩 굼떠졌다. 병원에서 몸을 움직일 수 있는 환자들은 탈출에 합류했고, 그렇지 않은 환자들은 갈 수 있는 곳까지 기차로 이송되었다. 나머지는 무어인의 칼과 총검에 맞서야 했다. 곧 도시는 뒤로 남았고, 들판이 나왔다. 작은 마을들에서 농부들이 몰려나와 길 떠나는 많은 군중과 뒤섞였다. 짐승을 데리고 나온 사람도 있었고, 짐을 잔뜩 실은 마차를 끌고 나온 사람도 있었다. 귀중품이 있는 사람들은 빠듯하게 남은 차의 빈자리와 그 물건을 맞바꿨다. 돈은 이미 가치가 없었다. 나귀와 말은 짐수레의 무게에 등이 휘었고, 헐떡거리며 쓰러지는 짐승도 많았다. 그러면 남자가 마구를 제 몸에 묶어 수레를 끌었고, 여자가 뒤에서 밀었다. 길에는 여행 가방부터 가구까지 아무도 싣고 갈 수 없는 물건들이 버려졌고, 죽은 사람과 부상자도 쓰러진 곳에 그대로 버려져 있었다. 이제는 아무도 가던 길을 멈추고 그들을 구하지 않았다. 동정의 수용 능력은 바닥이 났고, 각자 자기 자신과 제 식구만을 챙길 뿐이었다. 콘도르 군단의 비행기가 나지막이 날며 죽음을 살포하고 지

나간 자리에는 진흙과 얼음이 뒤엉켜 피범벅이 된 웅덩이만
남아 있었다. 희생자 대부분은 아이들이었다. 식량이 부족
했다. 용의주도한 사람들은 하루나 이틀 버틸 식량을 가져
왔고, 그 외에는 농부가 식량으로 맞바꿔 줄 의향이 없는 한
배고픔을 참아야 했다. 아이토르는 암탉을 놔두고 온 자신
을 원망했다.

겁에 질린 피난민 수십만 명은 공포와 증오의 시간이 기
다리고 있는 프랑스로 피신했다. 그 외국인들을, 언론에 따
르면 전염병을 퍼뜨리고 도둑질과 강간을 일삼고 공산주의
혁명을 부추기는 그 빨갱이들을, 그 혐오스러운 자들을, 그
더러운 사람들을, 도망자들을, 탈주자들을, 범죄자들을 아
무도 원하지 않았다. 삼 년 전부터 전쟁을 피해 도망친 스페
인인들은 하나둘 도착하면서 좋은 대접은 받지 못했어도 프
랑스 전역으로 분산되었기 때문에 거의 눈에 띄지는 않았
다. 공화군의 패배로 난민 행렬이 늘어날 거라는 예측은 있
었다. 프랑스 당국은 최대 만 명에서 만 오천 명쯤 되는 어
렴풋한 수를 생각했는데, 그 정도로도 프랑스 우파를 질겁
하게 하기엔 충분했다. 며칠 지나지 않아 혼란과 공포와 극
빈이라는 극한 상태에 이른 거의 오십만에 가까운 스페인인
인들이 국경으로 몰려들 거라고는 아무도 상상조차 하지 못
했다. 당국이 해결 방법을 모색하는 동안 국경을 닫은 것이
프랑스가 보인 첫 반응이었다.

* * *

　밤은 일찍 찾아왔다. 잠깐 내린 비에도 옷이 젖고 바닥이 질퍽거렸다. 그러고 나서 기온이 영하로 뚝 떨어지면서 뼛속까지 스며드는 칼바람이 불기 시작했다. 길을 가던 사람들은 멈춰야 했다. 어둠 속에서는 계속 걸을 수가 없었다. 사람들은 젖은 담요를 뒤집어쓰고, 되는대로 아무 데나 쭈그려 앉았다. 어머니들은 자식들을 꼭 끌어안고, 남자들은 식구들을 지키려고 애쓰고, 노인들은 기도했다. 아이토르 이바라는 두 여자를 오토바이의 트레일러에 앉힌 후 기다리고 있으라고 당부했다. 그러고는 오토바이를 탈취당하지 않도록 엔진에서 선을 뽑아 놓고, 속을 비워 낼 장소를 찾아 길에서 약간 벗어났다. 전선에 있었던 거의 모든 사람들처럼 그는 몇 달째 설사병을 앓고 있었다. 그의 랜턴 불빛이 땅이 움푹 패어 들어간 곳에서 꼼짝 않고 있는 나귀 한 마리를 비췄다. 어쩌면 양다리가 부러졌거나, 아니면 그저 지쳐서 죽으려는 것일 수도 있었다. 살아 있었다. 아이토르는 권총을 꺼내 나귀의 머리에 쐈다. 적의 기관총과 달리 고립된 총성이 몇몇 호기심 많은 사람을 끌어들였다. 아이토르는 명령을 내리는 게 아니라 받는 데 익숙해 있었지만, 그 순간만큼은 뜻하지 않게 명령을 내리는 재주가 발동해 남자들에게는 나귀를 도축하게 하고, 여자들에게는 비행기의 관심을 끌지 않도록 작게 화톳불을 피워 고기를 굽게 했다. 그 아이디어가 군중 사이로 여기저기 퍼지면서 곧 사방에서 외로운 총성이 들려왔다. 아이토르는 질긴 고기 2인분과 모닥불에서 덥힌 물을 두 잔 가져와 카르메와 로세르에게 건네주었다. "브랜디가 들어간 커피라고 생각하세요, 커피만 없을 뿐이니." 그가 코냑을 한 방울씩 잔에 타며 말했다. 아이토르는 추위 때문에 오래갈 거라고 믿으며 고기 약간과 빵 반 덩어리를 챙겨 두었다. 추락한 이탈리아 비행사의 안경과 맞바꿔서 구한 식량이었다. 그는 그 안경이 자기 손에 들어올 때까지 스무 번 넘게 손이 바뀌었고, 망가질 때까지는 또 세상을 몇 바퀴 더 돌지 생각했다.

카르메는 고기를 먹지 않겠다고 했다. 그녀는 슬리퍼 바닥처럼 질긴 고기를 씹으면 이가 부러질 수도 있다며 제 몫을 로세르에게 주었다. 그녀는 밤을 틈타 도망쳐 사라질 궁리를 하고 있었다. 추위로 호흡이 힘들었으며, 숨을 쉴 때마다 기침이 나면서 가슴이 아프고 숨이 막힐 지경이었다. "제발 한 번에 폐렴이나 걸리면 좋겠네." 그녀가 중얼거렸다. "그런 말씀 하지 마세요. 아주머니, 아들들을 생각하셔야죠." 카르메의 말을 들은 로세르가 대답했다. 카르메는 폐렴이 아니면 얼어 죽는 것도 훌륭한 방법이라고 혼자 속으로 결론 내렸다. 북극에서는 노인들이 그렇게 자살한다는 내용을 읽은 적이 있었다. 앞으로 태어날 손자나 손녀를 볼 수만 있다면 더 바랄 게 없었지만, 그 바람은 마음속에서 점차 꿈처럼 희미해져 갔다. 그녀에게는 로세르가 건강히 무사히 프랑스에 도착해 아기를 낳은 후 기옘과 빅토르와 재회하는 것만이 중요했다. 그녀는 젊은 사람들에게 짐이 되고 싶지 않았다. 그녀 나이에는 거추장스러운 짐만 될 뿐이었다. 그녀가 없다면 그들은 더 멀리, 더 빨리 갈 수 있었다. 로세르가 카르메의 의중을 눈치챈 게 분명한 것이, 카르메가 피곤에 지쳐 웅크린 채 잠들 때까지 감시했다. 그런데 정작 카르메가 고양이처럼 살그머니 곁에서 멀어졌을 때 그녀는 낌새도 느끼지 못했다.

아이토르가 카르메의 부재를 가장 먼저 눈치챘다. 아직 날이 어두워서 그는 로세르를 깨우지 않고, 고통받는 인간들 무리 한가운데로 카르메를 찾아 나섰다. 누군가를 밟지 않고 앞으로 가기 위해 랜턴으로 땅바닥을 비췄다. 카르메도 앞으로 나아가기 힘들어서 멀리 가지는 못했을 터였다. 그가 가족의 이름을 외치는 사람들 사이에서 카르메를 부르며 사람들 무리와 짐더미 사이를 헤매고 돌아다닐 때 새벽의 첫 빛이 밝아 왔다. 너무 많이 울어서 목이 쉬고 축축하게 젖은 채 추위로 시퍼레진 네 살배기 여자아이가 그의 한쪽 다리를 붙잡았다. 아이토르는 아이를 덮어 줄 만한 게 없는 걸 안타까워하며 아이의 콧물을 닦아 준 후 누군가 알아볼 수 있도록 어깨 위로 아이를 목말 태워 돌아다녔지만, 아무도 다른 사람의 처지를 눈여겨보지 않았다. "예쁜아, 네 이름이 뭐니?" "누리아." 어린 꼬마가 나지막하게 말했고, 그는 시민군이 즐겨 부르는 민요를 흥얼거리며 아이의 기분을 풀어 주었다. 모두가 잘 아는 곡으로, 몇 달 전부터 그의 입술에서 떨어지지 않아 흥얼거리는 노래였다. "누리아, 나랑 같이 노래를 부르자. 노래를 부르다 보면 슬픔이 멀어진단다." 그가 말했지만 아이는 계속 울었다. 그는 아이를 목말 태운 채 힘겹게 길을 열고 카르메를 부르면서 한참을 돌아다녔다. 그러다가 길 끝에 서 있는 트럭 한 대와 마주쳤다. 그곳에서는 간호사 두어 명이 아이들 한 무리에게 우유와 빵을 나눠 주고 있었다. 그가 간호사들에게 누리아가 가족을 찾고 있다고 설명하자 간호사들이 아이를 놔두고 가라고 했다. 트럭에 있는 아이들도 미아였다. 한 시간 후 아이토르는 카르메를 찾지 못한 채 로세르가 있는 곳으로 돌아갔다. 그제야 그들은 카르메가 카스티야 망토를 두고 떠난 것을 알았다.

날이 밝아 오면서 절망에 휩싸인 무리가 시커멓고 거대한 얼룩처럼 천천히 움직이기 시작했다. 국경이 닫히고, 점점 더 많은 사람이 길목으로 몰려들고 있다는 소문이 입에서 입으로 퍼지면서 공포는 증폭되었다. 그들은 몇 시간째 먹지 못했고, 아이와 노인과 부상자 들은 점차 쇠약해졌다. 짐수레 끄는 짐승들이 더는 계속 갈 수 없거나 연료가 떨어져서, 달구지부터 트럭까지 차량 수백 대가 길 양쪽으로 버려졌다. 아이토르는 수많은 사람으로 꼼짝도 하지 않는 도로를 버리고 감시가 덜한 길을 찾아 산 쪽으로 가는 모험을 감행하기로 했다. 로세르는 카르메 없이 떠나지 않겠다고 했지만, 아이토르는 카르메가 틀림없이 다른 사람들과 함께 국경을 넘어서 프랑스에서 다시 만날 수 있을 거라며 그녀를 설득했다. 인내심을 잃은 아이토르가 그녀를 그곳에 놔두고 혼자 떠나겠다고 협박할 때까지 그들은 한참을 말씨름했다. 로세르는 아이토르를 잘 알지 못해서 그의 말을 믿었다. 아이토르는 어렸을 때 아버지를 따라 피레네산맥을 돌아다녔기 때문에 그곳 지형을 어렴풋이 기억하고 있었다. 지금 노인네가 나와 함께할 수 있다면 뭘 줘도 아깝지 않을 텐데, 그는 생각했다. 그가 그런 생각을 한 유일한 사람은 아니었다. 벌써 산 쪽으로 방향을 잡은 그룹들이 있었다. 임신으로 부른 배와 부은 다리와 좌골 신경통 때문에 로세르에게 그 여정이 힘들었다면, 아이나 조부모가 있는 가족이나, 팔다리가 절단되었거나 피가 흥건한 붕대를 두른 군인에게는 더 힘들었을 것이다. 오토바이도 길이 있을 때나 쓸모 있었고, 로세르가 그 상태로 계속 걸어갈 수 있을지도 의문이었다.

* * *

바스크인의 예상대로 오토바이는 그들을 산으로 데려다주기는 했지만, 헐떡거리며 오르다가 더는 갈 수 없는 곳에 이르자 연기를 내뿜으며 퍼져 버렸다. 이제 그들은 걸어서 등반을 해야 했다. 아이토르는 풀숲에 오토바이를 숨기기 전에, 착한 아내보다 훨씬 더 자신에게 잘해 준 그 물건에게

반드시 다시 찾으러 오겠다고 약속하며 작별 키스까지 건
넸다. 로세르는 그를 도와 짐을 나눠서 등에 짊어졌다. 그들
은 대부분의 물건들을 버리고 보온이 되는 옷과 여벌의 신
발, 얼마 되지 않는 식량, 그리고 용의주도한 빅토르가 아이
토르에게 준 프랑스 돈 따위처럼 꼭 필요한 것만 챙겼다. 로
세르는 카스티야 망토를 두르고, 다시 피아노를 치려면 손
을 보호해야 해서 장갑을 두 겹으로 꼈다. 그들은 산을 기어
오르기 시작했다. 로세르는 천천히 갔지만 단호하게, 멈추지
않고 걸어갔다. 아이토르는 로세르의 기운을 북돋아 주기
위해 소풍 나온 듯 농담을 건네고 노래를 부르며, 몇몇 구간
에서는 그녀를 뒤에서 밀거나 앞에서 끌어 주었다. 같은 루
트를 선택해 그 높이까지 올라온 몇 안 되는 사람들이 그들
을 따라잡으며 짧은 인사말을 건네고 계속 길을 갔다. 곧 둘
만 남게 되었다. 그들이 걷고 있는, 얼어서 자꾸만 미끄러지
는, 염소들이나 다닐 것 같은 좁은 오솔길도 곧 사라졌다.
발이 눈 속으로 자꾸 빠졌다. 그들은 바위와 쓰러진 통나무
를 피해 깊은 계곡으로 돌아서 갔다. 한 발짝만 잘못 내디뎌
도 수백 미터 낭떠러지로 떨어질 수 있었다. 안경처럼 전투
중 추락한 적군 장교의 소유였던 아이토르의 군화는 낡았지
만, 로세르가 도시에서 신던 신발보다는 훨씬 나았다. 얼마
지나지 않아 두 사람 모두 발의 감각이 사라졌다. 하얗게 깎
아지른 듯한 눈 덮인 거대한 산이 보랏빛 하늘을 향해 위협
적으로 솟아 있었다. 아이토르는 길을 잃을까 두려웠다. 아

무리 운이 좋아도 프랑스까지 가려면 며칠이 걸릴 것이고, 다른 일행과 합류하지 않으면 그조차 불가능하다는 걸 깨달았다. 그는 도로를 벗어나야 한다고 뜬금없이 생각했던 자신을 조용히 원망했지만, 로세르에게는 그곳 지형이 손바닥만큼이나 훤하다고 호언장담하며 안심시켰다.

해 질 무렵 그들은 먼발치서 미세한 불빛을 보았고, 마지막 젖 먹던 힘까지 내어 작은 텐트 근처까지 왔다. 그들은 멀리서 사람들의 모습을 식별했고, 아이토르는 그들이 국민 전선파라고 해도 위험을 감수하기로 했다. 눈 속에 파묻혀 밤을 보내는 방법 말고는 선택의 여지가 없었다. 그는 로세르를 뒤에 남겨 두고, 작은 모닥불 불빛에 마른 체구의 남자 네 명이 보일 때까지 몸을 웅크린 채 다가갔다. 수염이 덥수룩한 남자들은 누더기 차림이었고, 그중 한 명은 머리에 붕대를 감고 있었다. 그들은 말도 군복도 군화도 야영 텐트도 없고 적군으로는 보이지 않는 거지 몰골이었지만 도적 떼일 수도 있었다. 아이토르는 예방책으로 외투 아래 숨겨 두었던 독일산 루거 총의 격철을 세운 채 우호적인 동작을 취하며 다가갔다. 그의 장기인 경이로운 물물거래를 통해 몇 달 전 구한 총은 그 시절에는 정말 귀한 보물이었다. 남자 중 한 명이 소총으로 무장한 채 그를 맞으러 나왔고, 두 명은 몇 발짝 뒤에서 산탄총을 들고 등 뒤를 지키고 있었다. 아이토르 못지않게 신중하고 불신하는 모습이었다. 그들은 어느 정도 거리를 두고 떨어져 있었다. 아이토르는 강한 예감에 그들에게 카탈루냐 말과 바스크 말로 "보나 닛! 카이쇼! 가본!"이라고 불렀다. 그에게는 영원과도 같은 침묵이 흐른 후 마침내 대장처럼 보이는 남자가 간단한 환영 인사말인 "옹기 에토리 부르키데!"라고 말했다. 아이토르는 그들이 자기 동료라고, 분명히 탈영병이라고 생각했다. 긴장이 풀리면서 무릎에 힘이 빠졌다. 아이토르를 에워싸며 가까이 다가온 남자들이 그의 우호적인 태도를 확인하고는 손바닥으로 등을 툭툭 치며 인사를 건넸다. "나는 에키일세. 이 사람은 이산이고, 그의 동생 홀렌일세." 소총을 든 남자가 말했다. 이번에는 아이토르가 자기소개를 하고 임신부와 함께 길을 가고 있다고 설명한 후, 그들과 함께 로세르를 데리러 갔다. 두 사람이 그녀를 거의 떠메다시피 해서 그들은 초라한 텐트에 도착했다. 하지만 천막 지붕과 불과 음식이 있는 한 막 도착한 사람들에게는 호화로움 그 자체였다.

그 이후로는 안 좋은 소식들을 교환하고, 불에 데운 병아리콩 통조림과 아이토르의 수통에 남아 있던 얼마 되지 않는 술을 나눠 먹으며 시간이 흘렀다. 아이토르는 배낭에 들어 있던 나귀 고기와 빵 조각도 나눠 줬다. "자네 식량은 넣어 두게. 우리보다 당신네한테 더 필요할 테니." 에키가 단호하게 말했다. 그러고는 자기네는 다음 날 식량을 가져다줄 산 사나이를 기다리고 있다고 덧붙였다. 아이토르는 너그러운 환대에 보답하고 싶다고 고집을 부리며 담배를 건넸다. 이 년 전부터 부자와 고위직 정치가만이 밀수로 구한 담배를 피웠고, 다른 사람들은 한 모금만 들이마시면 사라져 버리는 풀과 감초를 섞은 담배에 만족해야 했다. 아이토르의 영국 담뱃갑은 종교의식처럼 장엄하게 받아들여졌다. 그들은 담배를 말아 침묵 속에서 황홀한 표정으로 피웠다. 그들은 로세르에게 병아리콩을 대접한 후 얼어붙은 발을 녹여 줄 뜨거운 물이 담긴 병을 건네며 임시로 만든 천막에 묵게 했다. 그녀가 휴식을 취하는 동안, 아이토르는 바르셀로나 함락과 곧 다가올 공화국의 패배와 탈출로 인한 혼란에 관해 그들에게 들려주었다.

짐작하고 있던 소식이었기 때문에, 남자들은 안색 하나 바뀌지 않고 들었다. 그들은 콘도르 군단의 엄청난 비행기 폭격을 받은 게르니카에서 살아서 빠져나온 이들이었다.* 비행기들이 지나간 자리에는 유서 깊은 바스크 마을이 죽음과 폐허만을 남긴 채 초토화되어 있었다. 그들은 인근 숲에 숨어 있다가 폭탄으로 불구덩이가 된 와중에도 살아남

*스페인 내전이 한창이던 1937년 4월 26일 스페인 북부 바스크 지방의 게르니카라는 작은 도시에 독일 공군이 네 시간 동안 50톤에 이르는 폭탄을 투하했고, 게르니카는 순식간에 불바다로 변해 천육백 명의 무고한 시민이 희생되었다. 당시 파리에 있던 화가 피카소는 스페인 공화정부로부터 파리 만국박람회에 출품할 작품을 의뢰받고 구상하고 있었는데, 게르니카 폭격 소식을 듣고 분노해 한 달 만에 이를 화폭에 담아냈다. 가로 7.8미터, 세로 3.5미터의 거대한 캔버스에 그려진 「게르니카」는 1975년 프랑코가 사망한 후에야 비로소 조국 스페인으로 돌아올 수 있었다.

았다. 그들은 에우스카디 군단 소속으로 빌바오 전투 마지막 날까지 싸웠다. 도시가 적의 손으로 넘어가기 전, 바스크 고위 사령관은 군인들이 여러 대대로 나뉘어 전쟁을 계속하는 동안 민간인들이 프랑스로 피난을 떠날 수 있도록 준비했다. 빌바오 함락 일 년 후, 이산과 홀렌은 프랑코 쪽 감옥에 포로로 잡혀 있던 아버지와 동생이 총살당했다는 사실을 알게 되었다. 대가족에서 마지막까지 남아 있던 가족이었다. 이산과 홀렌은 기회가 오자마자 바로 탈영을 결심했다. 민주주의와 공화국과 전쟁은 의미를 잃었고, 이제는 자신들이 왜 싸우는지도 알지 못했다. 그들은 그 지역을 잘 아는 에키의 전략적인 명령에 따라 한 장소에서 며칠 이상 머물지 않고 숲과 가파른 산을 헤매고 다녔다.

최근 몇 주 동안은 불가피하게 다가온 종전 때문에 도망친 다른 남자들을 만났다. 그들은 어디에서도 안전하지 못했다. 프랑스에서는 패전한 군대나 퇴각하는 군인이라며 제대로 된 대접을 받지 못했다. 피난민 대접조차 받지 못하고 탈영병 취급만 받을 뿐이었다. 그들은 체포되면 바로 스페인으로 이송되어 프랑코의 수중으로 돌아가야 했다. 그들은 딱히 갈 곳도 없이 작은 무리를 지어 여기저기 떠돌아다녔다. 상황이 정상화될 때까지 무사하기 위해 동굴이나 접근이 어려운 곳에 숨어 지내는 사람들도 있었고, 승리를 거둔 군대의 강력한 힘에 맞서서 자살할 각오로 게릴라처럼 국지전으로 계속 싸우는 사람들도 있었다. 그들은 자신들이 그토록 큰 희생을 치른 공화주의 이상(理想)의 완벽한 패배를 받아들이려 하지 않았다. 그리고 그 이상이 늘 꿈에 불과했다는 사실은 더욱더 받아들이지 못했다. 그러나 아이토르와 로세르가 산에서 만난, 모든 것에 환멸을 느낀 형제와 에키는 그렇지 않았다. 에키는 언젠가 아내와 자식들을 만나기 위해 살아남는 데만 관심이 있었다.

꽤 젊어 보이고 대화에는 거의 끼지 않는, 머리에 붕대를 두른 남자는 아스투리아 사람으로 부상 때문에 귀가 먹고 정신이 좀 오락가락했다. 다른 남자들은 농담 섞인 말로, 그 청년의 조준 솜씨가 하도 기가 막혀서 두 눈을 감고도 총 한 방으로 토끼를 잡기 때문에 그를 떼어 버리고 싶어도 그럴 수 없다고 아이토르에게 말했다. 그는 총알 한 발도 낭비하지 않았으며, 그 덕분에 그들이 가끔 고기를 먹을 수 있다고 했다. 실제로도 그들에게는 다음 날 오기로 된 산 사나이와 물물교환 할 토끼 몇 마리가 있었다. 아이토르는 그들이 아스투리아 청년을 무뚝뚝하면서도 애틋하게, 어린 바보처럼 대하는 것을 느낄 수 있었다. 아이토르와 로세르가 부부라고 짐작한 그들은 아이토르에게 텐트로 들어가서 부인 옆에 누우라고 강요했다. 그 때문에 그들 중 두 사람은 밖으로 나가야 했다. 그들은 "교대는 우리가 할 겁니다."라고 말하고는, 같이 교대하겠다는 아이토르의 말은 받아들이지 않았다. 그들은 "대체 무슨 손님 대접이 그렇답니까?"라며 항의했다.

아이토르는 배를 보호하며 몸을 웅크리고 있는 로세르 옆에 누웠다. 그는 열기를 주기 위해 그녀를 뒤에서 껴안았다. 아이토르는 뼈마디가 쑤시고 팔다리가 저렸으며, 안전때문에, 심지어 예비 엄마의 목숨 때문에도 걱정이 되었다. 그는 빅토르 달마우에게 약속했듯이 그녀를 책임져야 했다. 힘들게 산을 오르는 동안 로세르는 힘이 남아돈다고, 자기 걱정은 할 필요 없다며 아이토르를 안심시켰다. "아이토르, 나는 산에서 자라며 겨울과 여름에는 염소를 돌봤어요. 나는 악천후에 익숙해요. 내가 쉽게 지친다고 생각하지 말아요." 로세르가 아이토르의 손을 잡아 자기 배 위로 가져가서 태동을 느껴 보게 한 걸 보면, 그녀가 아이토르의 걱정을 눈치챈 게 분명했다. "아이토르, 걱정하지 말아요. 이 아이는 안전해요. 더는 만족할 수 없을 정도예요." 그녀가 연달아 하품하며 말했다. 그제야 비로소, 너무나도 많은 죽음과 희생, 너무나도 많은 폭력과 악행을 지켜본 그 유쾌하고 다혈질인 바스크 남자는 로세르의 목덜미에 얼굴을 파묻고 가만히 흐느꼈다. 그 순간 그는 그녀의 체취를 영원히 잊지 못할 것 같았다. 그는 그녀 때문에 울었다. 그녀가 아직 혼자가 되었다는 걸 모르기 때문이었다. 그는 기옘 때문에 울었다. 기옘은 절대 아들을 만날 수 없을 테고, 다시는 사랑하는 여인을 품에 안을 수도 없었다. 그리고 그는 작별 인사도 없이 떠나간 카르메 때문에 울었다. 그리고 자기 자신 때문에도 울었다. 그는 너무 지쳤고, 살면서 처음으로 자신의 행운을 의심했다.

* * *

　다음 날 그들이 기다리고 있던 산 사나이가 늙은 말을 타고 느린 걸음으로 일찌감치 도착했다. 그는 앙헬이라고 소개하며 분부만 내리라고 했다. 그러고는 자신이 피난민과 탈영병의 수호천사라서 그 이름이 딱 어울린다고 덧붙였다. 그는 애타게 기다리던 식량과 산탄총용 탄약통 몇 개, 무료함을 달래고 이스투리아 청년의 상처를 소독할 독한 화주 한 병을 가져왔다. 그들이 청년의 붕대를 갈아 줄 때 아이토르는 상처가 꽤 깊은 데다가 두개골이 함몰된 걸 보았다. 분명히 강추위가 감염을 막은 것이라는 생각이 들었다. 남자가 계속 살아 있는 걸 보면 몸이 강철로 된 게 분명했다. 산 사나이는 프랑스가 국경을 닫았으며 그것도 벌써 이틀이나 되었고, 몰려든 수십만 명의 피난민들이 추위와 배고픔으로 절반은 시신이 되어 기다리고 있다는 소식을 전해 주었다. 무장한 경비병들이 통행을 막고 있었다.

　앙헬은 자기를 목동으로 소개했지만 아이토르는 속지 않았다. 아이토르의 아버지처럼 그에게서는 밀매업자의 분위기가 풍겼다. 염소를 돌보는 것보다는 훨씬 이윤이 많이 생기는 일이었다. 그 점을 짚고 넘어간 후 알고 보니, 산 사나이도 아이토르의 아버지와 아는 사이였다. 그 일대에서는 그 업종에 종사하는 사람들끼리 모두가 아는 사이라고 했다. 산으로 난 길은 적었고, 어려움은 많았고, 날씨는 국경을 접한 두 나라의 관계 당국처럼 무시무시했다. 그런 상황에서는 연대 책임이 절대적으로 필요했다. "우리는 범죄자가 아닐세. 자네 부친이 확실하게 설명했겠지만 우리는 필요한 서비스를 제공하네. 수요와 공급의 법칙이지." 그가 덧붙였다. 그는 가이드 없이 프랑스로 가는 일은 불가능하다고 장담했다. 프랑스인들이 국경을 강화했기 때문에, 그들은 평소에도 위험하지만 겨울에는 더 위험한 비밀 루트로 가야 했다. 앙헬은 전쟁 초반에 국제여단 대원들을 스페인으로 데려오기 위해 그 루트를 이용했기 때문에 길이라면 훤했다. "그 외국인들은 좋은 청년들이었네. 하지만 대부분 도시 샌님이었고, 몇몇은 가다가 포기했지. 뒤처지거나 초반에 쓰러진 사람은 그냥 그곳에 남았거든." 앙헬은 그들을 국경 너머로 데려다주겠다고 했고, 결제는 프랑스 돈으로 하기로 했다. "자네 아내는 내 말을 타고 가면 돼. 우리는 걸어가고." 그가 아이토르에게 말했다.

오전 10시경, 맛없는 커피 대용품을 나눠 마신 후 아이토르와 로세르는 남자들과 헤어져 계속 길을 갔다. 가이드는 해가 있는 동안만 걷고 꼭 필요할 때만 쉬면서 참고 가다 보면 목동들의 대피소에서 밤을 보낼 수 있을 거라고 알려 주었다. 아이토르는 혹여 그가 공격할까 봐 경계하고 감시했다. 인적이 드문 낯선 곳에서 그가 두 사람의 목을 벨 수도 있었다. 그들의 권총, 주머니칼, 군화, 카스티야 망토는 돈보다 훨씬 가치 있는 전리품이었다. 그들은 눈에 푹푹 빠지면서 추위에 흠뻑 젖고 지친 상태로 몇 시간이고 걸었다. 주인이 오랜 가족처럼 아끼는 말의 고통을 덜어 주기 위해 로세르도 한참을 걸어갔다. 그들은 두어 번 길을 멈춰서 휴식도 취하고, 눈도 녹여 마시고, 남은 나귀 고기와 빵도 먹었다. 날이 점차 어두워지고 속눈썹에 서리가 맺혀서 눈도 제대로 뜨기 어려울 만큼 기온이 뚝 떨어졌을 때, 앙헬이 멀리 있는 언덕을 가리켰다. 그가 얘기했던 대피소였다.

큼지막한 바위를 벽돌처럼 겹겹이 쌓아 돔처럼 만든 곳이었다. 문은 따로 없이 가늘게 갈라진 틈이 있었는데, 밖에서 얼어 죽지 않도록 그 틈새로 말을 간신히 집어넣었다. 천장이 낮고 둥그런 내부 공간은 밖에서 보던 것보다 훨씬 넓고 보온이 되었다. 약간의 장작과 짚더미, 물이 담긴 커다란 양동이, 도끼 두어 개, 조리용 그릇 몇 개가 있었다. 아이토르는 앙헬의 토끼 한 마리를 요리하기 위해 불을 피웠다. 앙헬은 여행 배낭에서 소시지와 딱딱한 치즈와 시커멓고 퍽퍽한 빵 한 개를 꺼냈다. 하지만 그 빵은 로세르가 바르셀로나의 빵집에서 구웠던 전쟁용 빵보다 훨씬 맛있었다. 그들은 식사를 하고 말에게도 먹이를 준 후 모닥불 불빛을 받으며 담요를 두른 채 짚 위에 누웠다. "내일 떠나기 전에 우리가 도착했을 때 그대로 해 놓고 가야 하네. 장작을 패 놓고 양동이에 눈을 채워 넣어야 해. 그리고 다른 얘기인데, 구다리*, 무기는 필요 없네. 안심하고 자도 돼. 나는 밀매업자지만 살인자는 아니니까. 게다가 자네 아버지인 늙은 이바라는 내 친구일세." 앙헬이 말했다.

* * *

프랑스 쪽 피레네산맥으로 넘어가는 일은 기나긴 사흘 밤낮이 꼬박 걸렸지만, 그들은 앙헬 덕분에 길도 잃지 않고 휑한 벌판에서 한뎃잠을 자지 않아도 되었다. 힘들고 고된 여정이었지만 매번 잠자리가 있는 곳에서 밤을 맞이했다. 이틀째 날은 숯장수 두 명과 늑대처럼 생긴 개 한 마리가 사는 오두막집에서 밤을 보냈다. 숯을 만들기 위해 산사나무 장작을 모으며 생계를 이어 가는 남자들은 거칠고 무뚝뚝하기는 했지만 돈을 받고 재워 주었다. "구다리, 이 사람들을 조심하게. 이탈리아 사람들이니." 앙헬이 따로 떨어져 아이토르에게 주의를 환기했다. 바스크인은 그 말을 참고해서, 알고 있는 이탈리아 노래 대여섯 곡으로 그들의 마음을 녹였다. 그들은 초반의 경계를 떨쳐 내고 편하게 먹고 마셨으며, 아예 자리를 잡고 앉아 손을 많이 탄 낡은 카드로 게임

---

*gudari. '전사'라는 의미의 바스크어로 스페인 내전 당시 바스크 정부군의 군인을 지칭했다.

을 했다. 로세르는 천하무적이었다. 알고 보니, 수녀들이 운영하는 학교에서 투테*와 속이는 기술까지 배운 것이었다. 그것이 집주인들에게 엄청난 호의를 끌어냈고, 그들은 내기로 건 마른 살라미 조각을 기분 좋게 잃어 주었다. 로세르는 바닥에 자루를 깔고, 온기를 찾아 곁으로 기어 들어온 개의 거친 털에 코를 파묻고 잤다. 아침에 작별 인사를 나눌 때 그녀는 편견 없이 숯장수들의 얼굴에 세 번 입맞춤하고, 솜털 침대에서도 그렇게 편하게 자지는 못했을 거라고 말했다. 개는 로세르의 발목에 딱 달라붙어 한참을 따라갔다.

떠난 지 사흘째 되는 날 오후가 되자, 앙헬은 이제 앞으로 그들끼리 가야 한다고 말했다. 그들은 무사하며, 내려가기만 하면 된다고 했다. "산등성을 따라가다 보면 다 쓰러져 가는 농가 한 채가 있을걸세. 그곳에서 묵을 수 있네." 앙헬은 그들에게 약간의 빵과 치즈를 주고, 받을 돈을 받은 후 짧은 포옹으로 작별 인사를 나눴다. "구다리, 자네 아내는 금쪽같은 사람이야. 잘 돌보게. 나는 훈련된 군인부터 범죄자까지 수백 명을 안내했지만, 그녀처럼 불평 한마디 없이 인내하는 사람은 단 한 번도 본 적이 없네. 게다가 그렇게 배가 불렀으니 더욱 귀하지."

한 시간 후 농가에 다다를 즈음, 멀리서 소총으로 무장한 남자가 나타나 그들을 맞이했다. 그들은 숨을 죽이며 가

---

* tute. 네 왕이나 네 말을 모으는 사람이 이기는 카드놀이.

만히 멈춰 섰고, 아이토르는 등에 찬 권총을 손에 쥐고 준비했다. 로세르가 한 발 앞으로 나아가 자신들은 피난민이라고 소리 지를 때까지 영원과도 같았던 짧은 순간, 그들은 50미터가량 떨어져 서로 마주보았다. 여자이고, 방금 도착한 사람들이 자기보다 더 많이 두려워하고 있다는 걸 확인하자 남자는 무기를 내려놓고 카탈루냐 말로 "베니우, 베누이, 노 엘스 파레 레스(오시오, 오시오. 나는 당신들에게 아무 짓도 하지 않을 거요.)"라고 말했다. 그들이 그곳을 지나는 첫 피난민도 아니고 마지막 피난민도 아니라고 말하며, 바로 그날 아침 자기 아들도 프랑코파에 잡힐까 두려워 프랑스로 떠났다고 덧붙였다. 그는 바닥이 흙으로 되어 있고 지붕 절반이 무너져 내린 초라한 집으로 그들을 데려가 부뚜막에 남은 음식을 먹인 후, 전에 아들이 잤던 초라하지만 깨끗한 간이침대 하나를 내줬다. 몇 시간 후 스페인 사람 세 명이 도착했고, 그들도 사람 좋은 집주인에게서 숙식을 제공받았다. 날이 밝자 주인 남자가 추위를 견디게 도와준다며 허브와 소금과 감자 조각이 들어간 따뜻한 수프를 주었다. 길을 계속 떠나기 전에 주인 남자는 로세르에게 설탕 다섯 덩이를 주었다. 배 속 아이에게 여행의 단맛을 맛보게 하기 위해 마지막으로 가지고 있던 것을 모두 내준 것이다.

아이토르와 로세르를 앞세운 일행이 국경을 향해 걷기 시작했다. 그들을 재워 준 카탈루냐 남자가 알려 준 대로, 온종일 걸어서 저물녘에 산 정상에 오른 순간 불 켜진 집들이 하나둘 모습을 드러냈다. 스페인에서는 비행기 폭격에 대한 두려움 때문에 아무도 불을 켜지 않았기 때문에 자신들이 프랑스에 와 있다는 것을 알았다. 그들은 불빛 방향을 따라 내려가다가 차도에 도착했다. 차도를 걸은 지 얼마 되지 않았을 때 프랑스 지방 경비대인 '기동 헌병대' 차 한 대가 나타났고, 그들은 기꺼이 투항했다. 그들은 연대 책임이 있는 프랑스에, 자유와 평등과 박애의 프랑스에, 사회주의자 대통령의 좌파 정부가 이끌고 있는 프랑스에 있기 때문이었다. 헌병들이 난폭하게 소지품을 검사했고, 아이토르에게서 권총과 주머니칼과 수중에 남아 있던 얼마 되지 않는 돈을 빼앗았다. 다른 스페인 사람들은 무기가 없었다. 수백 명씩 몰려드는 피난민을 수용하기 위해 마련된, 원래는 제분기가 있었던 단층 창고 건물로 헌병들이 그들을 데려갔다. 그곳은 남녀노소 사람들로 넘쳐났다. 모두 겁에 짓눌리고 굶주렸으며, 환기가 되지 않는 데다가 곡식 먼지가 떠다녀서 숨이 막혔다. 갈증을 달래 줄, 그러나 위생 상태가 의심스러운 물이 든 드럼통이 있었다. 화장실 대신에 창고 밖에 파 놓은 구덩이가 있었고, 그곳에서 그들은 감시를 받으며 쭈그리고 앉아 볼일을 봐야 했다. 경비병들이 비웃는 동안 여자들은 수치심으로 울먹였다. 아이토르가 로세르를 따라가겠다고 고집을 부렸고, 경비병들은 그녀가 부른 배를 하고 불안하게 뒤뚱거리며 걷는 것을 보고는 허락했다. 그들은 한쪽 구석에 쭈그리고 앉아 마지막 빵 조각과 이탈리아 사람들이 준

말린 살라미를 나눠 먹었다. 아이토르는 붙잡혀 있는 사람들에게서 순식간에 터져 나오는 절망의 충동과 혼란 속에서 그녀를 지켜 주려고 노력했다. 그곳은 거쳐 가는 곳이고, 곧 '포로 관리 센터'로 이송될 거라는 소문이 돌았다. 그리고 그들은 그 말의 의미를 알지 못했다.

다음 날 여자와 아이는 군용 트럭으로 이송되었다. 가족들은 패닉에 가까운 장면을 연출했다. 헌병들이 몽둥이를 휘두르며 그들을 떼어 놓아야 했다. 로세르는 아이토르를 끌어안고, 그가 해 준 많은 것에 고마운 마음을 전하며, 자신은 잘 지낼 거라고 안심시킨 뒤 트럭 쪽으로 침착하게 걸어갔다. "로세르, 내가 당신을 찾을 거예요. 약속해요!" 아이토르가 미처 날뛰고 욕설을 퍼부으며 무릎 꿇고 쓰러지기 전에 그녀를 향해 외쳤다.

* * *

민간인 대부분이 패전군 생존자들과 함께 프랑스 국경 너머로 피난을 떠났지만, 빅토르 달마우와 여전히 제자리를 지키고 있는 의사들, 몇몇 자원봉사자들은 기차와 구급차와 트럭에 병원의 부상자들을 싣고 이송했다. 상황이 너무나도 처참해서, 병원을 계속 지휘하고 있던 병원장은 가슴 아프지만 심각한 중환자들은 두고 떠나기로 힘든 결정을 내렸다. 어차피 중환자들은 도중에 사망할 터라, 생존할 희망이 있는 사람들을 태우고 가는 게 낫다고 판단한 것이다. 막 수술을 마친 전투원, 부상자, 시각장애인, 절단 환자, 열병이나 티푸스나 이질이나 괴저로 열이 펄펄 끓는 환자 들은 먹을 것도 없이 추위에 떨며 가축 운반차나 삐거덕거리는 차에 빼곡히 실려 이리 흔들리고 저리 흔들리며 맨바닥에 드러누운 채 바르셀로나를 떠나갔다. 고통을 줄여 줄 방법이 없는 진료진은 물과 위로의 말 이외에는 줄 것이 없었다. 그리고 죽어 가는 사람이 원하면 가끔 기도문을 외워 줄 뿐이었다.

빅토르는 의사들과 긴밀하게 협력하며 이 년 넘게 근무했다. 그는 전투가 한창인 전선에서 많은 것을 배웠고, 병원에서도 그 못지않게 많은 것을 배웠다. 병원에서는 이제 아무도 그에게 자격증에 대해 묻지 않고 열심히 일하기만을 바랐다. 빅토르 자신조차 졸업하려면 아직 몇 년 더 공부해야 한다는 사실을 잊었고, 환자들에게 확신을 주기 위해 의사처럼 굴기도 했다. 그는 끔찍한 상처들을 봐 왔고, 마취제없는 절단 수술에도 참여했으며, 몇몇 불운한 사람들이 죽는 걸 도와주면서 자신은 악어가죽처럼 단단해서 고통과 폭력을 잘 이겨 낸다고 생각했다. 하지만 배당된 차를 타고 가면서 겪은 그 비극적인 여정은 그에게 큰 트라우마를 안겨 주었다. 기차는 헤로나에서 정차해 다른 차들을 기다렸다. 빅토르는 먹지도 자지도 못한 채 자기 품에서 죽어 가는 어린 소년에게 물을 먹이기 위해 고군분투하면서 서른여덟 시간을 흘려보내자 가슴에서 뭔가 폭발하는 기분이 들었다. "내 심장이 고장이 났군." 그가 중얼거렸다. 그 순간 그는 그 말의 깊은 의미를 깨달았다. 유리 박살 나는 소리가 들리면서 자기 존재의 본질이 빠져나가서, 과거의 기억도 현재의 의식도 미래에 대한 희망도 없이 텅 비어 버린 느낌이었다. 그는 구하지 못한 수많은 이들처럼 자신도 피투성이로 살아가야 한다는 결론에 이르렀다. 인간끼리 싸우는 그 전쟁은 너무나도 고통스럽고 너무나도 추악했다. 계속 죽이고 죽어 가느니 차라리 지는 편이 나았다.

프랑스는 지치고 낙담한 인파가 국경으로 어마어마하게 몰려드는 광경을 두려움에 떨며 지켜보았다. 무장 군인들과 터번을 두르고 말에 올라 소총과 채찍을 휘두르는 세네갈과 알제리의 섬뜩한 식민지 군대들이 피난민들을 간신히 진압하고 있었다. 나라는 공식적으로 '원치 않는 사람들'로 간주한 피난민들의 대탈출로 포화 상태였다. 삼 일째 되는 날 프랑스 정부는 국제 여론에 떠밀려 여자와 아이와 노인만 통과시켜 주었다. 그 후 나머지 민간인들이 입국했고, 마지막으로 병사들이 입국했다. 그들은 굶주림과 피곤함으로 거의 막바지 상태에 이르러 행진하다가, 무기를 버린 후 주먹을 높이 치켜세우고 노래를 부르며 앞으로 나아갔다. 도로 양편으로 총이 산처럼 수북이 쌓였다. 그들은 스페인 사람들을 억류해 두기 위해 서둘러 세운 임시 피난민 수용소로 강제 행렬을 이루며 걸어갔다. 말을 탄 경비병들이 프랑스 말로 "움직여! 움직여!" 소리를 지르며 협박과 모욕을 퍼붓고 채찍을 휘두르며 자극했다.

이제 아무도 그들을 기억하지 않게 되었을 때 살아남은 부상자들도 이송되었다. 그리고 그들 가운데에는 빅토르와 그곳까지 그들을 동행한 몇 안 되는 의사들과 간호사들도 있었다. 그들은 피난민들이 처음 몰려들었을 때보다는 쉽게 프랑스로 입국했지만, 그렇다고 더 나은 환대를 받은 건 아니었다. 지역 병원에서 받아 주지 않았고 아무도 그들을 원치 않기 때문에 부상자들은 어쩔 수 없이 학교나 역, 심지어 길거리에서 처치를 받았다. '원치 않는 사람들' 무리에서 도움의 손길이 가장 절실한 사람들이 그들이었다. 그토록 많은 환자들을 위한 충분한 처치도, 의료진도 없었다. 빅토르는 자기가 맡은 사람들을 돌볼 수 있도록 허락받았고, 그렇게 그는 비교적 자유롭게 지낼 수 있었다.

* * *

로세르는 아이토르 이바라와 헤어진 후 다른 여자들과 아이들과 함께 국경에서 35킬로미터 떨어진 아르헬레스수르 메르의 수용소로 이송되었다. 그곳에는 이미 수만 명의 스페인 사람들이 도착해 있었다. 울타리가 쳐진 해변으로 헌병과 세네갈 부대원들이 감시하고 있었다. 모래와 바다, 그리고 가시 철조망만이 펼쳐져 있었다. 로세르는 자신들이 각자 운명에 떠맡겨진 포로라는 사실을 깨닫고, 무슨 일이 있어도 살아남아야 한다고 굳게 마음먹었다. 힘든 산길도 버티고 견뎌 냈는데, 어떤 일이 닥쳐도 견뎌 내야 한다고 마음먹었다. 배 속의 아이와 자신을 위해서, 그리고 기옘을 만날 희망을 위해서. 피난민들은 최소한의 위생 시설도 없이 추위와 비에 그대로 노출된 채 야외에서 생활했다. 화장실도, 수돗물도 없었다. 그곳에 파 놓은 우물에서는 제때 거둬가지 않은 시신과 쓰레기와 오줌으로 뿌옇게 오염된 짠물이 나왔다. 여자들은 모든 것을 잃은 후 체면조차 남지 않은 남자 포로들과 경비병들의 성폭력으로부터 스스로 지키기위해 무리를 지어 다녔다. 로세르는 모래가 섞인 매서운 북풍을 피해서 잠을 자기 위해 손으로 구덩이를 팠다. 따가운 모래가 피부를 망가뜨리고 눈을 멀게 하고, 몸속 여기저기로 들어와 상처를 내고 감염을 일으켰다. 하루에 한 번 허여멀건한 렌틸콩 수프가 배급되었고, 가끔 차가운 커피가 나왔다. 트럭이 지나가면서 빵 덩어리를 던져 주기도 했다. 남자들은 빵을 잡기 위해 죽기 살기로 달려들어 몸싸움을 벌였고, 여자들과 아이들은 누군가 측은한 마음으로 나눠 주는 빵 부스러기나 받아먹었다. 하루에 삼사십 명이나 되는 많은 사람이 죽어 갔다. 맨 먼저 아이들이 이질로 죽었고, 그다음엔 노인들이 폐렴으로, 그리고 나머지 사람들이 조금씩 죽어 갔다. 밤이 되면 얼어 죽지 않기 위해 십 분이나 십오 분 간격으로 번갈아 가며 서로 깨워서 몸을 움직이게 했다. 로세르 바로 옆 구덩이 안에서 잠들었던 여자가 오 개월 된 딸의 시신을 끌어안은 채 아침을 맞이하기도 했다. 기온이 영하로 내려간 날이었다. 다른 피난민들이 아이 시신을 데려가 조금 떨어진 바닷가에 묻었다. 로세르는 수평선에 시선을 고정한 채 눈물도 흘리지 않고 아무 말 없이 가만있는 여자 곁을 온종일 지켰다. 그날 밤 여자는 바닷가로 나가 물속으로 사라졌다. 그 여자 혼자만이 아니었다. 훗날 세상은 정확한 수치를 발표해야 할 것이다. 그 프랑스 수용소에서만 만 오천 명 가까운 사람들이 굶주림과 영양실조와 학대와 질병으로 사망했다. 그리고 어린아이 얼 명 중 아홉 명이 사망했다.

결국 프랑스 당국은 해안가 다른 쪽에 이중 가시 철조망을 쳐서, 여자들과 아이들을 남자들과 격리 수용했다. 피난민들이 크고 허름한 바라크를 직접 지을 수 있도록 자재가 도착하기 시작했고, 여자들이 거주할 곳의 지붕을 올리기 위해 남자 여러 명이 동원되었다. 로세르는 수용소 책임자와 면담을 요청해 어머니들이 자식에게 먹일 빵 부스러기 때문에 서로 싸우지 않도록 얼마 되지 않는 식량이라도 제대로 배급해 달라고 설득했다. 이 문제를 해결하기 위해 적십자의 여자 간호사 두 명이 파견되었다. 예방주사와 분유가 보급되었고, 젖병을 준비하기 전에 물을 헝겊에 여과시킨 후 몇 분 동안 끓이라는 지침도 함께 도착했다. 간호사들은 담요와 따뜻한 아이 옷과 함께, 가정부나 가내 수공업 노동자로 일할 스페인 여자들을 고용할 마음이 있는 프랑스 가족 명단도 가지고 왔다. 물론 그들은 아이가 없는 여자들을 선호했다. 로세르는 엘리자베트 아이덴벤츠가 프랑스에 있을지도 모른다는 희망으로 간호사들 편에 전갈을 보냈다. "저는 빅토르 달마우의 제수인데 임신부예요. 그녀에게 전해 주세요."

엘리자베트는 초반에는 전선에서 전투원들을 따라다니다가, 후반으로 접어들어 패전이 임박했을 때는 망명을 택해 피난민 행렬에 합류했다. 그녀는 하얀 앞치마와 푸른 망토를 두르고 누구의 저지도 받지 않고 국경을 건넜다. 그녀는 수백 건에 이르는 구조 요청 속에서 로세르의 전갈을 받았고, 어쩌면 빅토르 달마우의 이름이 없었더라면 그 전갈을 눈여겨보지 않았을 수도 있었다. 그녀는 약간 애틋한 마음으로, 기타를 칠 줄 알고 자기와 결혼하고 싶어 했던 수줍음 많은 남자로 그를 기억하고 있었다. 그녀는 그의 안부가 자주 궁금했고, 그가 살아 있을지 모른다는 상상으로 위로를 받았다. 전갈을 받은 다음 날, 엘리자베트는 로세르 브루게라를 찾아 아르헬레스수르메르로 향했다. 엘리자베트는 피난민 수용소의 처참한 상황에 대해 알고는 있었지만, 헝클어진 머리와 기름때로 범벅된 창백한 얼굴에 보랏빛 귀, 모래 때문에 시뻘겋게 충혈된 눈, 배가 뼈에 달라붙은 듯 보일 정도로 마른 젊은 여자를 본 순간 울컥했다. 외모와 달리 로세르는 강단 있는 목소리로 평소의 품위를 지키며 자신을 당당하게 소개했다. 그녀의 말에서는 불안감이나 체념 따위는 전혀 느낄 수 없었다. 마치 자기가 상황을 완벽하게 통제하고 있는 듯한 모습이었다.

"빅토르가 우리에게 당신 이름을 줬어요. 당신이 우리가 다시 만날 수 있도록 연결 고리가 될 수 있다고 했어요."

"누가 당신과 함께 있나요?"

"현재는 저 혼자입니다. 하지만 빅토르와, 빅토르의 동생이자 제 아기의 아버지인 기옘, 친구 아이토르, 그리고 어쩌면 빅토르와 기옘의 어머니인 카르메 달마우 여사가 올 수도 있어요. 그들이 오게 되면 내가 어디 있는지 전해 주세요. 부탁이에요. 출산 전에 그들을 만나길 바랍니다."

"로세르, 당신은 여기서 머물 수 없어요. 내가 지금 임신부와 젖먹이 아기를 데리고 있는 여자들을 돕고 있어요. 이런 수용소에서는 갓 태어난 아기가 절대 살아남지 못해요."

엘리자베트는 예비 어머니들을 위한 집이 한 군데 문을 열었다고 로세르에게 말했다. 하지만 수요는 많은데 공간이 한정적이라서 엘나에 버려진 별장 한 곳을 눈여겨보고 있다고 했다. 엄청난 슬픔 한복판에서 그녀는 여자와 갓난아기에게는 오아시스와 다름없을 적당한 조산원을 세우겠다는 꿈을 갖고 있었다. 그런데 그 꿈은 폐허에서 일으켜 세워야 했고, 몇 달이 걸릴 수도 있었다.

"하지만 로세르, 당신은 기다릴 수 없어요. 여기서 당장 나와야 해요."

"어떻게요?"

"수용소 소장은 당신이 나랑 같이 가는 것으로 알고 있어요. 사실 그들이 유일하게 바라는 것은 피난민들에게서 벗어나는 거예요. 그들은 피난민들의 본국 송환을 강요하려고 하고 있어요. 누구든지 후원을 받거나 일자리를 구하면 바로 풀려나요. 지금 나랑 같이 가요."

"이곳에는 여자와 아이들이 많아요. 임신부도 있고요."

"내가 할 수 있는 건 해 볼게요. 내가 더 많은 도움을 가지고 돌아올게요."

밖에는 적십자 표지가 그려진 자동차 한 대가 그들을 기다리고 있었다. 엘리자베트는 로세르에게 무엇보다 따뜻한 음식이 절실하다고 생각해서, 길에서 맨 처음 눈에 띈 식당으로 그녀를 데리고 들어갔다. 그 시간에 몇 명 되지 않는 손님들은 청결한 간호사를 따라 고약한 악취를 풍기며 들어온 거지꼴을 한 여자 앞에서 숨기지 않고 혐오감을 드러냈다. 로세르는 닭고기 스튜가 나오기도 전에 식탁에 있는 식전 빵을 모두 먹어 치웠다. 젊은 스위스 여자는 자동차가 자전거라도 되는 듯 차들 사이를 지그재그로 운전하며 목축용 길을 오르고, 교통 표지판과 사거리는 선택 사항일 뿐이라고 살짝 무시하면서 제법 빨리 페르피냥에 도착했다. 그녀는 조산원 역할을 하는 집으로 로세르를 데려갔다. 그곳에는 젊은 여자 여덟 명이 있었다. 막달인 여자들도 몇 명 있고, 갓난아기를 품에 안은 여자들도 있었다. 그들은 스페인인 특유의 감상주의 없이 친절히 맞아 주었고, 수건과 비누와 샴푸를 그녀에게 건네면서 샤워부터 하고 오라며 했다. 그사이 그들은 로세르에게 입힐 옷을 찾았다. 한 시간 후 로세르는 젖은 머리에 검은 치마와 배까지 내려오는 짧은 울 튜닉을 입고 굽이 있는 구두를 신은 깨끗한 모습으로 엘리자베트 앞에 나타났다. 엘리자베트는 그날 밤 당장 영국인 퀘이커교도 부부가 사는 곳으로 로세르를 데려갔다. 전쟁의 희생자인 아이들에게 식량과 옷과 보살핌을 지원하며 마드리드 전선에서 함께 일했던 이들이었다.

"로세르, 당신은 필요한 시간만큼, 적어도 출산할 때까지는 그들과 함께 있을 거예요. 그러고 나서 보자고요. 아주 좋은 사람들이에요. 퀘이커교도들은 늘 자기네를 필요로 하는 곳에 있어요. 그들은 성인이에요. 내가 유일하게 존경하는 성인들이지요."

4장
1939년

나는 도시 외곽 작은 부르주아들의
장점과 단점을 칭송한다.

파블로 네루다, 「빈민가」, 『노란 심장』*

    '태평양의 여왕호'는 5월 초 칠레 발파라이소항을 출발해, 이십칠 일 후 리버풀항에 도착했다. 유럽에서는 봄이, 피할 수 없는 전운의 위협이 감도는 불확실한 여름에게 자리를 내주고 있었다. 몇 달 전 유럽 강대국들이 뮌헨 평화협정에 서명했지만 히틀러는 협정을 따를 마음이 전혀 없었다. 서구 세계는 나치 세력의 확장을 속수무책으로 지켜보고만 있었다. 그런데도 태평양의 여왕호 선상에서는, 물 위로 17,702톤짜리 거대 도시를 떠받치고 두 대양을 오가는 디젤엔진의 소음과 머나먼 거리 때문인지, 조금씩 다가오는

---

* El Corazón Amarillo. 1974년 네루다 사후 출간한 작품으로 사회 비평적인 시각이 담겨 있다.

전운이 미미하게 느껴졌다. 백육십이 명 이등칸 승객과 사백 사십육 명 삼등칸 승객에게는 항해가 길게 느껴졌지만, 일 등칸의 세련된 분위기 속에서는 항해의 불편함이 사라졌다. 시간이 순식간에 흘러갔고, 여행의 즐거움은 넘실대는 파도 에 방해받지 않았다. 갑판에서는 엔진 소리도 들리지 않았 고, 은은한 배경 음악과 승객 이백팔십 명이 다양한 언어로 나누는 대화 소리, 머리부터 발끝까지 하얗게 빼입은 선원 들, 장교들, 금빛 단추가 달린 유니폼을 입은 웨이터들, 오케 스트라와 여성 현악 사중주단이 오가는 소리, 크리스털 잔 과 도자기 그릇, 은 포크와 나이프가 부딪치는 영롱한 소리 만이 들려왔다. 주방에서는 새벽이 다가오는 가장 고즈넉한 시간에만 잠깐 휴식을 취할 수 있었다.

침실 두 개와 화장실 두 개, 거실, 테라스가 딸린 스위트 룸에서 라우라 델 솔라르는 댄스파티에 입고 갈 드레스를 침대 위에 펼쳐 놓은 채 억지로 거들을 꺼입느라 안간힘을 쓰고 있었다. 항해가 끝나기 이틀 전인 그날 밤, 일등칸 승객 들은 트렁크에서 가장 멋진 옷과 최고의 보석을 뽐내러 나 오기 위해 준비 중이었다. 부에노스아이레스에서 주문한 샤 넬 디자인의 주름 장식이 있는 푸른 공단 드레스는 산티아 고에 있는 그녀의 디자이너가 이미 6센티쯤 여유 있게 늘려 놨지만, 항해한 지 몇 주 만에 제대로 들어가지도 않았다. 모서리를 비스듬하게 자른 크리스털 거울 안에서 그녀의 남 편 이시드로 델 솔라르가 흐뭇한 표정으로 연미복의 흰색

타이를 매고 있었다. 아내보다 단것을 덜 좋아하고 더 규칙적인 생활 습관을 가진 그는 몸무게를 잘 유지한 덕에 쉰아홉의 나이에도 준수한 편이었다. 출산과 단 음식으로 망가진 아내와 달리, 그는 결혼 이후 많이 변하지 않았다. 라우라가 고개를 숙이고 양어깨를 떨군 채 서글픈 표정을 지으며 고블랭직 태피스트리 안락의자로 가서 앉았다.

"라우라, 왜 그래?"

"이시드로, 오늘 밤 당신과 함께 참석하지 않아도 괜찮죠? 머리가 아파요."

남편은 늘 아내를 굴복시키는 짜증스러운 표정을 지으며 그녀 앞에 멈춰 섰다.

"라우라, 아스피린 두 알 먹어. 오늘은 선장이 주관하는 만찬이야. 게다가 중요한 사람들과 한자리야. 그 자리를 얻으려고 집사를 구워삶느라 얼마나 애먹었는데. 모두 여덟 명이라 당신 하나만 빠져도 표가 많이 날 거야."

"이시드로, 그러니까 내가 너무 안 좋아서……."

"노력해 봐. 나한테는 사업을 위한 식사 자리야. 트루에바 상원의원과 우리 모(毛) 구매에 관심을 보이는 영국 사업가 두 명과 합석한단 말이야. 내가 당신한테 그 사람들에 대해 얘기했던 거 기억나? 벌써 함부르크에 있는 군복 공장에서 주문이 들어왔어. 하지만 독일인들과 의견 일치를 보는 게 힘들어."

"트루에바 상원의원의 부인은 참석할 것 같지 않던데요."

"그 여자는 아주 터무니없는 사람이거든. 사람들 얘기로는 죽은 사람들하고 말한다더군."[*]

"이시드로, 모든 사람이 가끔은 죽은 사람들과 얘기해요."

"라우라, 무슨 바보 같은 소리야!"

"드레스가 안 들어가요."

"몇 킬로 더 찐 게 무슨 대수야? 다른 옷 입어. 당신은 항상 아름다워." 그는 이미 수백 번은 말한 듯한 투로 말했다.

"이시드로, 내가 무슨 살이 안 쪘어요? 우리가 배에 있으면서 한 일이라고는 먹고 또 먹은 일밖에 없는데요."

"좋아. 하지만 예컨대 운동을 하거나 수영장에서 수영할 수도 있었잖아."

"망측하게 어떻게 사람들 앞에 수영복 차림으로 나서란 말이에요?"

"라우라, 당신한테 강요할 생각은 없어. 하지만 오늘 만찬에 당신이 참석하는 게 매우 중요하다고 다시 말해 두겠어. 나를 실망시키지 마. 내가 드레스 단추 채우는 걸 도와줄게. 사파이어 목걸이를 해 봐. 완벽할 거야."

"너무 화려해요."

"전혀 안 그래. 우리가 여기 배에서 만난 다른 여자들의 보석과 비교하면 겸손해." 이시드로가 조끼 주머니에 넣고

---

[*] 이사벨 아옌데의 첫 소설 『영혼의 집』의 남녀 주인공을 등장시키고 있다.

다니는 열쇠로 금고를 열면서 말했다.

라우라는 산티아고 집 한쪽, 동백꽃이 피어 있는 테라스와 그 은신처에서 놀고 있을 레오나르도가 그리웠다. 그곳에서 그녀는 남편의 열정적인 활동과 혼란의 돌풍을 피해 혼자 조용히 기도하고 뜨개질할 수 있었다. 이시드로 델 솔라르는 그녀의 운명이었지만, 결혼은 의무감처럼 그녀를 무겁게 짓눌렀다. 그녀는 봉쇄 수도원의 수녀인 다정다감한 동생 테레사를 자주 부러워했다. 테레사는 명상하고, 신앙 서적을 읽고, 상류층 신부(新婦)들의 혼수에 수를 놓으며 시간을 보냈다. 라우라가 감내해야 하는 요란한 생활 없이, 자식이나 친척의 멜로드라마를 걱정할 필요도 없이, 집안일 하는 사람들과 신경전을 벌이거나 헌신적인 아내로 살거나 남의 집 방문에 시간을 낭비하지도 않고, 오롯이 신에게만 바치는 삶이었다. 이시드로는 참석하지 않는 곳이 없었고, 우주는 그 자신과 그의 욕망과 욕구를 중심으로 돌았다. 그녀의 할아버지와 아버지도 그랬다. 또한 모든 남자들이 그랬다.

"라우라, 기운 내." 이시드로는 그녀에게 목걸이를 걸어 주면서 작은 걸쇠와 씨름했다. "나는 당신이 즐겁게 보내면 좋겠어. 이 여행이 기억에 남으면 좋겠단 말이지."

몇 년 전, 막 운항을 시작한 대서양 횡단 정기 여객선 '노르망디호'를 타고 떠났던 여행은 기억에 남을 만했다. 그 배에는 칠백 명이 이용할 수 있는 식당, 랄리크가 디자인한 아르데코풍 등과 샹들리에, 이국적인 새들이 노는 새장으로 꾸민 겨울 정원이 있었다. 프랑스에서 뉴욕으로 항해하는 단 오 일 동안, 솔라르 부부는 검소함이 미덕인 칠레에서는 알지 못했던 호화로움을 경험했다. 칠레에서는 돈이 많으면 많을수록 그렇게 보이지 않기 위해 더 많은 신경을 써야 했다. 장사로 거부가 된 아랍 이민자들만이 부를 과시했다. 하지만 라우라는 그런 아랍인은 본 적이 없었다. 그 부류는 그녀의 테두리 밖에 있었고, 앞으로도 늘 그럴 것이다. 그녀는 다섯 자식을 조부모와 영국인 가정교사와 고용인들에게 맡겨 두고 '노르망디호'에서 남편과 함께 제2의 신혼여행을 즐겼다. 놀랍게도 또 임신이 되었는데 생각도 못 한 일이었다. 그녀는 그 짧은 항해 기간에 그녀의 '아가', 불쌍하고 순진한 레오나르도를 임신했다고 확신했다. '아가'는 그때까지 집안의 막내였던 오펠리아가 태어나고 몇 년 뒤에 태어났다.

태평양의 여왕호는 화려함에서는 '노르망디호'와 비교할 수 없었지만 나쁘지는 않았다. 늘 그랬듯 라우라는 침대에서 아침 식사를 한 후 예배당에서 미사를 보기 위해 오전 10시쯤 옷을 갈아입고 브리지 쪽으로 바람을 쐬러 나갔다. 그러면 예약해 둔 물가 쪽 의자로 웨이터가 소고기 스튜와 샌드위치를 가져왔다. 그렇게 그곳에 있다가 적어도 네 가지 요리가 서빙되는 점심 식사 테이블로 향했다. 그리고 티타임에는 머핀과 케이크를 먹었다. 칵테일파티와 저녁 식사를 위해 옷을 갈아입기 전에 낮잠을 자거나 카나스타 카드놀이를 할 시간도 없었다. 저녁 식사에서 그녀는 마지못해 미소를 머금고 남의 의견을 경청하는 시능을 해야 했다. 그러고 나서 댄스파티는 의무적으로 참석해야 했다. 이시드로는 발이 가볍고 귀가 밝았지만, 그녀는 모래 위의 바다표범처럼 굼뜨게 움직였다. 오케스트라가 휴식을 취하는 자정 간식 시간에는 푸아그라, 캐비아, 샴페인, 디저트가 나왔다. 그녀는 앞의 셋은 자제하려고 노력했지만, 단것만큼은 뿌리치기 힘들었다. 전날 밤에는 절제라고는 전혀 모르는 프랑스인 주방장이 크리스털 물고기의 입에서 녹은 초콜릿이 쏟아져 나오는 독창적인 분수가 분위기를 압도하는, 온갖 모양의 초콜릿이 등장하는 파티를 열었다.

라우라에게 그 여행은 남편의 또 다른 강요였다. 휴가를 떠나는 거라면 남쪽에 있는 목장이나 하루하루가 느긋하고 나른한 비냐델마르의 바닷가 별장으로 가는 게 더 좋았다. 긴 산책과 나무 그늘에서 마시는 차, 아이들과 집안일 하는 사람들과 가족끼리 모여서 하는 묵주 기도가 좋았다. 남편에게 그 유럽 여행은 인맥을 쌓고 새로운 사업의 씨를 뿌리는 기회였으며, 그들이 방문하는 수도(首都)에서는 하나같이 일정이 빡빡했다. 라우라는 속은 기분이었다. 진정한 휴가가 아니었다. 이시드로는 제 입으로 얘기하듯 미래에 대한 비전을 가진 남자였다. 그런데 라우라의 집안에서는 그것이 안 좋게 비쳤다. 모험을 거는 장사로 돈을 쉽게 버는 것은 새로운 부자들, 벼락부자들, 출세주의자들이나 하는 짓이었다. 그나마 그가 카스티야와 바스크의 유서 깊은 혈통을 이어

받았다는 걸 아무도 의심하지 않았기 때문에, 라우라의 가족은 이시드로의 그런 결점을 묵인했다. 그의 피에는 아랍인이나 유대인의 피도 전혀 섞이지 않았다. 이시드로는 흠 잡을 데 없이 신망이 높은 솔라르 가문의 후손이었지만, 그의 아버지가 유일한 예외였다. 이시드로의 아버지는 소박한 학교 교사와 느지막히 사랑에 빠졌고, 둘의 관계가 발각되기도 전에 이미 그녀와의 사이에 자식이 둘이나 생겼다. 그의 가문과 비슷한 계층의 다른 가문들은 본부인과 합법적인 자식들의 편을 들었지만, 아버지는 애인을 포기하지 않았다. 스캔들이 아버지를 침몰시켰다. 그때 이시드로는 열다섯 살이었다. 그는 다시는 아버지를 만나지 못했다. 아버지는 같은 도시에서 살고 있었지만 엄격한 사회 계급에서 두어 계단 내려가 완전히 사라졌다. 그 드라마는 더는 사람들의 입에 오르내리지 않았지만, 모두 그 사실을 알고 있었다. 버림받은 부인의 형제들이 최소한의 연금으로 그녀를 도왔고, 장남 이시드로를 고용했다. 그때 이시드로는 학업을 중단하고 일을 해야 했다. 결과적으로 그는 친척 전부를 합친 것보다 훨씬 똑똑하고 끈기가 있었고, 몇 년 지나지 않아 가문에 걸맞은 경제 상황을 일구게 되었다. 그에게는 아무에게도 빚지지 않았다는 자부심이 있었다. 그는 좋은 평판과 사회적으로 그럭저럭 인정받는 여러 사업에 힘입어 스물아홉 살에 라우라 비스카라에게 청혼했다. 이시드로는 파타고니아에 양 사육장이 있었고, 에콰도르와 페루에서 골동품을 수입했으며, 이익은 많지 않지만 꽤 명성 높은 목장이 있었다. 16세기에 식민지 총독 대리였던 돈 페드로 데 비스카라의 후손인 신부의 가문은 가톨릭 집안으로 극히 보수적이고 미개하고 폐쇄적이었다. 그 집안 사람들은 다른 사람과 섞이지도 않았고, 그 세기의 새로운 사상을 알려는 의지도 없이 저희끼리 살다가 결혼하고 죽어 갔다. 그들은 과학과 예술과 문학에는 문외한이었다. 이시드로는 대체로 잘 보였고, 그의 어머니 쪽이 비스카라 가문과 친척뻘이라는 걸 보여 줌으로써 결혼 허락을 받았다.

* * *

태평양의 여왕호에서 이시드로 델 솔라르는 인맥을 넓히고 운동하면서 이십 일 넘는 항해 기간을 보냈다. 그는 탁구를 치고 펜싱 수업을 받았다. 넓은 갑판 길을 따라 몇 바퀴씩 속보로 걸으며 하루를 시작했고, 자정이 지나서는 귀부인은 환영받지 못하는 남성 전용 살롱과 바에서 사귄 지인이나 친구 들과 함께 하루를 마감했다. 사업 얘기에 과도한 관심을 드러내면 품위 없어 보이기 때문에 신사들은 무심한 척 지나가는 말로 얘기를 나눴지만, 정치 문제에서는 열띤 논쟁을 벌였다. 전보로 뉴스를 받아 인쇄한 후 오전에 승객들에게 나눠 주는 두 장짜리 선상 신문을 통해 그들은 새로운 소식을 전해 들었다. 오후가 되면 뉴스는 효력을 잃었다.

눈앞이 아찔해질 정도로 모든 것이 급변했고, 알고 있던 세상이 거꾸로 뒤집혔다. 유럽과 비교하면 칠레는 행복하게 낙후되어 멀리 떨어져 있는 천국이었다. 물론 현재로서는 중도 좌파 정부가 집권하고 있고 대통령은 우파가 혐오하는 급진당의 프리메이슨인 탓에 '괜찮은 집안'에서는 대통령 이름을 입에 올리지도 않지만, 이 상황은 얼마 가지 않을 게 분명했다. 좌파는 천박한 현실주의와 무식함 때문에 미래가 없었고, 그러니 칠레의 주인들이 책임져야 했다. 이시드로는 아내와 함께 점심 식사도 하고, 오후 공연도 관람했다. 여객선에서는 영화, 연극, 음악, 서커스, 복화술, 최면술사와 예언가의 강연을 제공했는데, 귀부인들은 재밌어하며 매력을 느꼈지만 신사들은 비웃었다. 개방적이고 처세술이 좋은 이시드로는 죄와 퇴폐의 냄새를 풍기는 강요된 쾌락 앞에서 눈살을 찌푸리는 아내의 행동에 전혀 개의치 않고, 한 손에는 담배를 들고 다른 손에는 술잔을 든 채 모든 것을 칭송했다.

라우라는 터져 나오려는 눈물을 간신히 참으며 거울을 들여다보았다. 다른 여자가 그 옷을 입었다면 멋졌을 거라는 생각이 들었다. 그녀는 자신이 가진 거의 모든 것을 누릴 자격이 없듯, 그 옷도 입을 자격이 없다고 생각했다. 그녀는 특권을 누리고 있는 자신의 상황을 잘 알고 있었다. 운이 좋아 비스카라 가문에서 태어났고, 이시드로 델 솔라르와 결혼했고, 특별히 노력하거나 계획하지 않고도 신기하게 온갖 혜택을 받았다는 것도 잘 알고 있었다. 그녀는 늘 보호

받고 시중받았다. 그녀는 기저귀 한번 갈지 않고, 젖병에 우유 한번 타지 않고 자식을 여섯이나 길렀다. 그 일은 유모와 하인 들을 감독하는, 사람 좋은 후아나가 도맡아 했다. 이제 곧 스물아홉 살이 될 펠리페를 포함해 모든 아이를 후아나가 길렀다. 라우라는 후아나가 몇 살인지, 자기 집에서 얼마나 오랫동안 일했는지 물어볼 엄두도 내지 않았고, 어떻게 그 집에 오게 되었는지도 기억하지 못했다. 하느님이 너무나도 많은 것을 주셨다. 왜 나한테? 하느님은 그 대가로 내게 뭘 원하시는 걸까? 그녀는 그것을 의심하지 않았고, 신에게 빚졌다는 채무감이 그녀를 괴롭혔다. '노르망디호'에서는 스위트룸 방문에 붙어 있는 경고, 즉 위생상 다른 칸 승객들과 섞이지 말라는 지시 사항를 어기고 호기심으로 삼등칸 갑판의 삶을 몰래 관찰한 적이 있었다. 직원이 그녀를 불러서 나무라며, 운 나쁘게 결핵이나 다른 전염병이라도 돌고 있었다면 모든 사람이 검역을 받았을 수도 있다고 설명했다. 라우라는 충분히 보았다. 그리고 가톨릭 부인회 회원들과 함께 빈민가에 자선 활동을 하러 갔을 때 받았던 느낌을 그곳에서도 확인할 수 있었다. 가난한 사람들은 피부색이 다르고, 이상한 냄새가 나고, 좀 더 어두운 피부 톤에 머리카락은 윤기 없이 푸석푸석하고, 색 바랜 옷을 입고 있었다. 누가 삼등칸에 있는 사람들인가? 그들은 산티아고의 인디오들처럼 누더기도 걸치지 않고 절망적이지도 않았지만, 똑같은 잿빛 녹청색을 띠고 있었다. "왜 내가 아니라 그들이란 말인가?" 라우라는 안도와 부끄러움이 뒤섞인 마음으로 그때 자기 자신에게 되물었다. 그 질문이 끈질긴 소음처럼 머릿속에 둥둥 떠다니며 남아 있었다. 태평양의 여왕호에서도 등급 간의 구분은 노르망디호와 비슷했지만, 세월이 변한 데다가 증기선도 덜 호화스러워서 그 차이는 덜 극적이었다. 칠레와 페루, 태평양의 다른 항구들에서 승선한 맨 아래 갑판의 사람들은 요즘 말로 하자면 이코노미석 승객들로, 공무원, 고용인, 학생, 소규모 사업가, 유럽에 사는 가족을 방문하러 가는 사람들이었다. 라우라는 그들이 노래와 춤, 맥주, 경연 대회, 게임 등을 즐기며 유쾌하고 느슨한 분위기에서 일등칸 승객들보다 훨씬 즐겁게 지내는 것을 보았다. 오찬에는 트위드 옷, 차 마시는 시간에는 실크 옷, 만찬에는 정장으로 갈아입는 사람은 아무도 없었다.

항해가 이틀 남은 그날 밤, 무도복으로 중무장한 후 진한 향수를 뿌리고 어머니에게 물려받은 목걸이를 두르고 거울 앞에 선 라우라는 신경안정제를 몇 방울 섞은 셰리주 한 잔을 들이켜고 침대에 편히 누워 몇 달이고 자고 또 자면 더 바랄 게 없을 것 같았다. 그렇게 여행이 끝나고 시원한 방이 있는 자기 집으로 돌아가서 레오나르도와 함께 익숙한 환경으로 복귀하면 더 바랄 게 없었다. 그녀는 레오나르도가 보고 싶었다. 아들과 그렇게 오랜 시간 멀리 떨어져 있는 게 고문 같았다. 어쩌면 돌아가더라도 아들이 자기를 못 알아볼 수도 있었다. 그에게서는 모든 게 그렇듯, 기억도 허망할 뿐이었다. 그러다가 자기가 아프면? 그것은 생각하지 않는 게 나았다. 하느님이 그녀에게 정상적인 자식 다섯을 주시고, 덤으로 그 순박한 아이를, 순수한 영혼을 주셨다. 잘 수만 있다면 자고 싶었다. 상실감으로 속이 타들어 가고, 가슴 안에서 답답한 신음이 뒤엉킨 기분이었다. '늘 내가 양보해야 하고, 늘 이시드로의 뜻대로 해야 하고, 그는 재미있는 농담이라도 되는 듯이 첫 번째도 두 번째도 세 번째도 늘 자기가 우선이라는 말을 반복해서 말하고 나는 그 말을 받아들였어. 차라리 과부라도 되면 좋을 텐데!' 라우라는 생각했다. 그녀는 수시로 찾아드는 그 생각을 기도와 참회로 떨쳐내야 했다. 타인의 죽음을 바라는 것은 죽을죄였다. 이시드로는 성질은 고약하지만 훌륭한 남편이고 아버지였다. 따라서 결혼할 때 제단 앞에서 충성과 복종을 맹세한 아내가 남편에게 그런 삐뚤어진 마음을 품을 정도는 아니었다. "나는 뚱뚱한 데다가 미치기까지 했어." 그녀가 한숨을 내쉬었다. 그러고는 갑자기 그런 결론을 내린 게 재미있다는 생각이 늘었다. 그렇게 그녀는 환한 미소를 짓지 않을 수 없었고, 남편은 그것을 아내의 허락으로 해석했다. "그래야 좋지, 내 예쁜이." 그는 노래를 흥얼거리며 화장실로 향했다.

* * *

오펠리아가 노크도 없이 부모의 스위트룸으로 들어왔다.

열아홉 살이나 되었는데도 여전히 버릇이 없었다. 이시드로는 오펠리아는 언제 철이 들려는지, 라며 입버릇처럼 말하기는 했지만 그다지 확신은 없었다. 자식 중에서 그녀가 유일하게 자기를 닮아 대담하고 고집이 세서, 해 달라는 대로 모두 해 주는 편이었다. 사실 그 고집을 꺾기란 불가능했다. 오펠리아는 학교가 적성에 맞지 않았지만, 오로지 수녀들이 그녀에게서 벗어나고 싶어 했던 덕에 졸업은 할 수 있었다. 학교에 다니는 십이 년 동안 배운 것은 거의 없었지만, 싹싹하고 본능적으로 입을 다물고 관찰할 줄 아는 능력 덕분에 무식함은 알아서 잘 감췄다. 그녀의 좋은 기억력은 역사 수업을 통과하거나 구구단을 외우는 데까지는 미치지 못했다. 하지만 라디오에서 연주하는 노래 몇 곡의 가사 정도는 알았다. 발랄하고 애교가 많고 미모도 출중해서, 아버지는 그녀가 양심 없는 남자들의 손쉬운 먹잇감이 될까 봐 걱정이었다. 이시드로는 유람선의 승무원들과 노인을 비롯한 남자 승객들 절반의 레이다망에 딸이 들어가 있을 거라고 확신했다. 갑판 위에서 오펠리아가 그린 수채화를 보며 그의 딸이 얼마나 재주가 많은지 모르겠다고 언급한 사람이 적어도 한 명은 넘었지만, 그들은 그녀의 무미건조한 그림을 칭찬하려는 게 아니라 다른 목적으로 그녀의 주위를 맴도는 것이었다. 이시드로는 딸이 일찍 결혼하기를 바랐다. 그러면 딸은 바로 마티아스 에이사기레가 ── 사람들에 따르면 그는 세간 남자들과 완전히 결이 달랐다. ── 책임지게 될 것이고, 그는 안도의 한숨을 내쉴 수 있을 터였다. 하지만 언니들처럼 너무 일찍 결혼하면 몇 년도 지나지 않아 성질만 더러운 유부녀로 변할 테니 조금 더 기다리는 것도 나쁘지 않았다.

아메리카 대륙에서도 머나먼 남쪽에 있는 칠레에서 오다 보니, 유럽 여행은 극소수의 가족만이 감당할 수 있는 비싸고도 기나긴 오디세이였다. 솔라르 가족은 진짜 부자 축에는 들지 않았지만, 꽤 잘사는 편이었다. 어쩌면 이시드로의 부친이 가족을 버리기 전에 집안의 유산을 모두 탕진하지 않고 잘 남겨 줬더라면 진짜 부자 축에 들 수도 있었다. 어찌 됐든, 사회적 지위는 혈통보다는 돈에 덜 좌우되었다. 돈은 많지만 촌스러운 많은 가문과 달리, 이시드로는 여러 나라를 여행하는 게 필요하다고 믿었다. 칠레는 북쪽으로는 가장 척박한 사막으로, 서쪽으로는 꽉 막힌 안데스산맥으로, 동쪽으로는 태평양으로, 남쪽으로는 꽁꽁 얼어붙은 남극 대륙으로 막혀 있는 섬이었다. 국경 너머에서는 20세기가 전력으로 질주하고 있는데도 칠레 사람들이 자기네 배꼽만 내려다보며 사는 것도 어쩔 수 없는 일이었다. 그에게는 여행이 꼭 필요한 투자였다. 두 아들은 충분한 나이가 되기도 전에 미국과 유럽으로 보냈고, 딸들에게도 똑같이 해 주고 싶었지만 그가 여행을 보내 줄 적당한 기회를 찾기도 전에 딸 둘은 결혼해 버렸다. 그는 오펠리아에게는 그런 시행착오를 하지 않을 생각이었다. 그는 산티아고라는 지나치게 종교적이고 폐쇄적인 환경에서 딸을 꺼내어 문화라는 광택제를 발라 주고 싶었다. 그는 여행이 끝나 갈 즈음 런던에 있는 여학교에 오펠리아를 두고 오겠다는 비밀스러운 생각을 품고 있었는데, 현재로서는 아내도 전혀 모르는 일이었다. 한두 해 영국식 교육을 받으면 오펠리아에게 득이 되고 영어도 훨씬 잘할 것 같았다. 오펠리아도 당연히 레오나르도를 제외한 다른 자식들처럼 어릴 때부터 가정교사와 개인 선생을 두고 공부했다. 독일이 유럽의 주인이 되지 않는 한 영어가 미래의 언어가 될 수도 있었다. 런던에서 학교를 다니는 것이 딸이 어릴 때부터 정혼자인 마티아스 에이사기레와 결혼하기 전에 해야 할 일이었다. 그는 외교관으로서의 미래를 꿈꾸고 있었다.

오펠리아는 부모의 방과 문으로 분리된 스위트룸의 작은 방을 사용했다. 몇 주 동안 그녀의 선실은 대혼란이 지배했다. 궤짝, 트렁크, 뚜껑이 열린 모자 상자, 옷, 구두, 어지럽게 펼쳐진 화장품, 테니스 라켓, 잡지 들이 바닥에 널려 있었다. 하녀들의 손에서 자란 오펠리아는 자기가 어질러 놓은 것들을 누가 치우거나 청소하는지 신경도 쓰지 않고 태풍이 휩쓸고 지나간 것처럼 혼란만을 초래하며 돌아다녔다. 종을 흔들거나 벨을 누르면 누군가 요술처럼 나타나 시중을 들었다. 그날 밤 그 대혼란 속에서 오펠리아는 꽉 끼는 얇은 옷을 구출해 끄집어냈고, 그 옷은 불만 가득한 아버지의 탄성을 자아냈다.

"싸구려 여자들이나 입고 다니는 옷은 대체 어디서 난 거니?"

"아버지, 유행하고 있는 거예요. 테레사 이모처럼 수녀복 입은 모습이 보고 싶으신 거예요?"

"건방지게 굴지 말거라. 마티아스가 그런 옷을 보면 어떻게 생각하겠니!"

"맨날 그러듯이 입을 헤벌리겠지요, 아버지. 괜한 꿈 꾸지 마세요. 나는 그와 결혼할 생각 없어요."

"그렇다면 기다리게 하면 안 되지."

"그는 신앙심이 깊어요."

"그럼 마티아스가 무신론자면 좋겠니?"

"나는 그가 대머리건, 가발을 두 개 쓰건 다 싫어요, 아버지. 그런데 엄마! 할머니 목걸이를 빌리러 왔는데 벌써 차고 계시네요. 굉장히 잘 어울려요."

"오펠리아, 네가 해라. 나보다는 네게 훨씬 잘 어울리겠다." 어머니가 걸쇠로 양손을 가져가며 서둘러 말했다.

"라우라, 절대 안 돼! 오늘 밤 당신이 그 목걸이를 하기를 바란다고 내가 한 말 못 들었어?" 남편이 퉁명스럽게 말을 자르며 얘기했다.

"무슨 상관이에요, 이시드로. 아이한테 더 잘 어울릴 텐데……."

"나하고 상관 있어! 그만해. 오펠리아, 너는 숄이나 조끼를 걸쳐라. 가슴이 너무 파였어." 그는 적도선을 지날 때 열린 선상 가면 파티에서 오펠리아가 얼굴에 베일을 두르고 속이

훤히 비치는 잠옷을 입고 터키 후궁으로 변장하는 바람에 망신당했던 일을 떠올리며 딸에게 명했다.

"아버지, 나를 모르는 척하세요. 나는 운 좋게도 그 지겨운 노인네들하고 아버지 식탁에 앉을 필요는 없어요. 멋진 남자들이 걸리면 좋겠어요."

"천박하게 굴지 좀 말아라!" 그녀가 플라멩코 댄서 흉내를 내며 나가기 전에 이시드로가 소리 질렀다.

라우라와 오펠리아 델 솔라르에게 선장의 만찬은 영원처럼 길게만 느껴졌다. 가운데로 불꽃이 뿜어져 나오는 화산처럼 생긴 메렝게 아이스크림을 후식으로 먹은 후 라우라는 편두통 때문에 자신의 스위트룸으로 물러났고, 딸은 장엄한 트럼펫 소리에 맞춰 스윙 스텝을 밟으며 살롱에서 멋지게 복수했다. 샴페인을 과음한 그녀가 당근색 머리카락에 겁 없는 손을 가진 스코틀랜드 직원과 키스하며 갑판 문틈 사이로 사라져 버린 것이다. 그곳에서 아버지가 그녀를 한 번에 낚아채 구출해 냈다. "하느님 맙소사! 네가 내 속을 뭉그러뜨리는구나! 소문이 기척 없이 날아다니는 거 모르겠니? 우리가 리버풀에 정박하기도 전에 마티아스가 이 사실을 알게 될 거다! 이제 두고 봐라!"

* * *

산티아고의 마르델플라타 거리에 있는 집에서는 길게 연

장된 휴가 분위기가 감돌았다. 집주인 내외가 사 주 일정의 여행을 떠났고, 이제는 개조차 주인 내외를 그리워하지 않았다. 그들의 부재로 일상이 바뀌거나 하인들이 할 일이 줄어들지는 않았지만, 아무도 급하게 서두르지 않았다. 라디오에서는 연속극과 볼레로 음악, 축구 경기가 나왔고, 낮잠 잘 시간도 있었다. 종일 엄마에게만 붙어 있던 레오나르도까지도 흡족해 보였고, 더는 엄마를 찾지 않았다. 그들이 떨어진 것은 처음이었고, '아가'는 그것을 슬퍼하기는커녕, 기회를 틈타 지하실부터 차고, 포도주 저장고, 다락방까지 3층으로 된 저택에서 금지된 곳들을 구석구석 탐험했다. 집과 동생을 책임지고 있는 장남 펠리페는 가장의 자질이 부족한 데다가, 그보다 더 흥미로운 일들이 있어서 가장 역할을 소홀히 했다. 스페인 난민들의 일로 정치판이 시끄러워서, 식탁에 허여멀건한 수프가 나오든 게 요리가 나오든 '아가'가 개를 데리고 침대에서 자든 그는 신경도 쓰지 않았고, 창고의 회계장부도 살피지 않았으며, 지시를 내려 달라고 하면 평소처럼 하라고만 대답했다.

남쪽 깊은 숲에서 마푸체 인디오 여자와 백인 남자 사이에서 태어난 후아나 낭쿠체오는 나이를 가늠하기가 힘들었다. 키가 작고, 태어난 숲에 서식하는 오래된 나무들처럼 단단했다. 머리를 양 갈래로 길게 땋아 내리고, 녹황색 피부에 매너는 투박했지만, 천성적으로 충직했다. 기억도 할 수 없을 정도로 오래전부터 그녀는 집안일을 지휘했다. 후아나는 청소하는 여자 셋과 요리사, 세탁부, 정원사, 바닥에 왁스 칠하는 남자를 엄한 표정으로 관리했다. 아무도 이름을 기억하지 못해서 그저 '땅딸보 심부름꾼'이라고 불리는 그 남자는 장작과 석탄도 실어 나르고, 암탉들도 돌보고, 가장 힘든일을 도맡아 했다. 유일하게 후아나의 감시망을 벗어난 사람은 운전기사였다. 그는 차고 위쪽에 살면서 주인 내외에게서 직접 명령을 받았다. 후아나에 의하면, 기사는 그 상황을 과하게 악용할 소지가 있었다. 후아나는 운전기사가 믿을 수 없는 사람이라며 집중해서 지켜보았다. 후아나는 그가 여자들을 방으로 끌어들인다고 확신했다. "이 집에는 집안일 하는 사람들이 남아돌아." 이시드로 델 솔라르는 자주말했다. "주인님, 그럼 누구를 쫓아낼 생각인데요?" 후아나가 이시드로의 말을 잘랐다. "아무도. 그냥 하는 말일세." 그는 바로 취소했다. '무슨 이유가 있을 거야.' 후아나는 혼자속으로 삭였다. 아이들은 성장했고, 닫아 놓은 방도 여럿 되었다. 위로 딸 둘은 결혼해서 자식을 낳았고, 둘째 아들은카리브해에서 기후 변화를 공부한다며 돌아다녔다. 물론 그건 공부할 게 전혀 없고 참기만 하면 되는 거라고 후아나는주장했다. 그리고 펠리페는 자기 집에서 살았다. 어린 오펠리아만이 남았다. 그런데 그녀도 정말 친절하고 정말 신사답고 정말 사랑스러운 젊은 마티아스와 결혼할 거고, 그녀의작은 천사인 '아가'는 더는 자라지 않기 때문에 그녀와 함께영원히 함께 있을 것이다.

집주인 내외는 그전에도, 레오나르도가 태어나기 전 아이들이 훨씬 어렸을 때도 여행을 다녔고, 그러면 후아나가 그 집의 안주인이 되었다. 그때 그녀는 목소리 한번 높이지 않고 자신의 의무를 다했지만, 이번에는 집주인 내외가 무슨 생각인지 펠리페에게 모든 책임을 떠맡겼다. 마치 그녀가 아무짝에도 쓸모없는 바보라도 되는 듯. 이런 무시나 당하려고 그토록 오랜 세월 이 가족의 시중을 들었나 하는 생각이 들었다. 그녀는 옷가지를 챙겨서 다른 곳으로 가고 싶었지만, 달리 갈 곳도 없었다. 라우라의 아버지인 비센테 비스카라가 사례 명목으로 그녀를 선물받았을 때 그녀는 여섯 살이나 일곱 살 무렵이었다. 비스카라 씨가 합판 사업을 할 때였지만, 마푸체 지역의 향기로운 숲은 이미 도끼와 톱에 훼손되어 아무것도 남지 않았고, 종이를 만들기 위해 군인들처럼 줄지어 심은 싸구려 나무들로 대체되었다. 후아나는 스페인어라곤 몇 마디도 제대로 알아듣지 못하고 맨발로 뛰어다니던 코흘리개 어린아이였다. 그녀의 언어는 마푸체 말이었다. 고분고분하지 않게 생긴 어린아이였지만 거절하면 채무자에게 엄청난 모욕이 될 수도 있어서 비스카라는 그녀를 받아들였다. 그는 후아나를 산티아고로 데려와 아내에게 넘겨주었고, 아내는 집안일을 하는 사람들에게 그녀를 넘겨서 기본적인 집안일을 가르치게 했다. 말귀를 알아듣는 능력과 복종하는 의지 외에 나머지 일들은 별다른 학교 교육 없이 후아나 혼자 알아서 했다. 비스카라 집안의 여러 딸 중 하나인 라우라가 이시드로 델 솔라르와 결혼할 때, 후아나는 딸려 가서 시중을 들게 되었다. 태어났을 때 아무도 출생신고를 하지 않은 탓에 법적으로는 존재하지 않았지만, 당시 후아나는 열여덟 살쯤 되었을 거라 추정했다. 이시드로와 라우라 델 솔라르는 처음부터 그녀에게 열쇠를 맡겼다. 그들은 그녀를 맹목적으로 신뢰했다. 어느 날 그녀는 많이는 아니더라도 주인 내외가 조금이라도 월급을 줄 수 있을지, 그런 청을 해서 미안하다며, 자기도 쓸데가 있고 필요한 것들이 있다고…… 더듬더듬 용기를 내서 얘기를 꺼냈다. "하지만 하느님 맙소사, 너는 가족이야. 그런데 어떻게 돈을 주라는 거야!" 그것이 대답이었다. "죄송합니다. 하지만 나는 가족이 아닙니다. 나는 더도 말고, 덜도 말고 시중드는 사람이지요." 후아나 낭쿠체오는 처음으로 월급을 받기 시작해, 아이들에게 군것질거리도 사 주고, 일 년에 새 신발 한 켤레 정도는 사 신었다. 그리고 나머지는 저금했다. 그 집안 식구 하나하나를 그녀보다 잘 아는 사람은 아무도 없었다. 그녀는 비밀의 파수꾼이었다. 레오나르도가 갓난아기였을 때부터 달처럼 다정한 얼굴이 확실히 다른 아이들과는 달랐다. 후아나는 마지막 날까지 그 아이를 돌볼 수 있을 정도만 살겠다고 작정했다. '아가'는 심장에 문제가 있어서 의사들에 따르면 얼마 살지 못한다고 했지만, 후아나의 직감과 사랑으로 그 진단을 이겨 냈다. 후아나는 인내심을 가지고 '아가'에게 혼자 식사하는 법과 변기 사용법을 가르쳤다. 다른 집에

서라면 그런 아이를 신이 내린 벌이라도 되는 듯 숨기고 창
피해했겠지만, 후아나 덕분에 솔라르 가족은 '아가'를 그렇
게 대하지 않았다. '아가'가 깨끗하고, 소리 지르거나 발버
둥 치지 않는 한, 부모는 다른 자식들과 똑같이 아이를 소
개했다.

* * *

후아나 낭쿠체오에게 집안의 장남 펠리페는 눈에 넣어도
아프지 않을 빛과 같은 아이였고, 그것은 레오나르도가 태
어난 이후에도 변함이 없었다. 각기 다른 사랑이었다. 후아
나는 펠리페를 자기가 늙으면 버팀목이 되어 줄 지팡이처
럼, 멘토처럼 생각했다. 펠리페는 늘 착한 아이였고, 다 자
란 지금도 그녀에게는 여전히 착한 아이였다. 그는 변호사
였다. 하지만 그 직업은 마지못해 억지로 하는 일이었다. 아
버지 말대로 그의 취향은 이 세상에서 아무 짝에도 쓸모
없는 예술과 대화와 사상이었다. 펠리페는 그 나라에서 가
장 보수적이고 뛰어난 가문의 자제들이 다니는 종교 학교
에서 공부하면서 후아나에게 읽고 쓰고 계산하는 법을 가
르쳤다. 그 일로 그들은 더욱 확고하게 공범 의식으로 묶였
다. 후아나는 펠리페의 장난을 덮어 주었고, 그는 후아나에
게 모든 것을 이야기해 주었다. "펠리페 도련님, 지금 뭐 읽
는 거예요?", "책 다 읽을 때까지 기다려. 그러면 내가 이야

기해 줄게. 해적 이야기야." 아니면 "후아나, 유모한테 흥미로울 건 전혀 없어. 페니키아 사람들에 대한 거야. 수백 년 전에 살았던 사람들인데, 아무도 눈곱만큼도 관심을 가지지 않아. 신부님들은 왜 이런 쓸데없는 것들을 우리에게 가르치는지 모르겠어." 펠리페는 덩치도 커지고 나이도 먹었지만 그래도 여전히 후아나에게 책 내용을 들려주고 세상일을 설명해 주었다. 나중에는 그녀가 저축한 돈을 이시드로 델 솔라르가 매입한 것과 똑같은 주식에 투자하는 것도 도와주었다. 펠리페는 후아나를 대할 때도 세심하게 배려했다. 그녀의 방에 몰래 들어가 베개 밑에 돈이나 캐러멜을 놔두었다. 그녀는 펠리페의 건강에 늘 신경 썼다. 그는 병약하고, 찬바람만 맞아도 바로 감기에 걸리고, 스트레스를 받거나 기름진 음식을 먹으면 소화가 되지 않았다. 불행히도 그녀의 펠리페는 남의 거짓말이나 배신을 눈치채지 못하는 레오나르도만큼이나 순수했다. 사람들은 그를 '이상주의자'라고 불렀다. 게다가 몹시 산만해서 뭐든 잃어버렸고, 성격이 나약해서 잘 이용당했다. 돈을 빌려주고 다녔지만 갚는 사람은 아무도 없었다. 후아나는 세상에는 별다른 대책이 없기 때문에 그가 아무리 숭고한 명분을 찾아다녀도 쓸데없는 짓이라고 생각했다. 그가 결혼을 못 한 데는 다 이유가 있었다. 그녀 말마따나 어떤 여자가 그런 쓸데없는 생각들을 견뎌 내겠는가. 달력에 있는 성인들에게는 괜찮지만, 합리적인 신사에게는 아니었다. 이시드로 델 솔라르도 아들의 너그러움을 높이 평가하지 않았다. 아들은 도와주고 싶다는 충동을 한 차원 더 확대해 사상까지 모호해졌다. "언젠가는 그 녀석이 공산주의자가 되었다는 새로운 소식을 가지고 올 거야." 아버지는 한숨을 내쉬었다. 부자간의 말다툼은 볼만했다. 후 아나에 따르면, 두 사람 다 관계 없고 가족과도 아무 상관없는 국내외 정세 따위로 말다툼을 벌이다가 문을 쾅 닫고 나가는 것으로 결말이 난다는 것이었다. 그렇게 부자끼리 대립하다가, 결국 펠리페가 집에서 여섯 블록 떨어진 곳에 집을 빌려서 나가게 되었다. 착한 아들은 결혼 전이 아니라 결혼해서 부모 집을 떠나는 법이라 후아나는 대성통곡했다. 하지만 나머지 가족들은 별다른 드라마를 연출하지 않고 사실을 받아들였다. 펠리페가 영원히 사라진 것은 아니었다. 그는 매일 점심 식사를 하러 들렀고, 후아나는 그를 위해 메뉴를 준비하고 그가 좋아하는 식으로 옷을 빨아서 다려야 했다. 후아나는 펠리페의 집에 가서 그가 고용한 사람들의 일을 감시했다. 그녀가 보기에는 인디오 여자 두 명이 게으르고 지저분했다. 어찌 됐든 일만 더 많아졌다. 후아나는 펠리페가 평소처럼 자기 방에서 지내는 게 훨씬 낫다며 투덜거렸다. 부자간의 갈등은 영원히 끝나지 않을 것 같았지만, 도냐 라우라의 심각한 간 질환 때문에 둘은 어쩔 수 없이 화해했다.

후아나는 그 싸움의 이유를 기억했다. 나라 전체를 뒤흔들었고, 아직도 라디오에서 그 이야기가 나오고 있었기 때문에 그것을 잊기란 불가능했다. 작년 봄, 대통령 선거를 치르던 시기였다. 세 명의 대선 후보가 있었다. 이시드로 델 솔라르가 지지하던 사람은 명성이 자자한 투기업자이자 백만장자 보수주의자였다. 그리고 펠리페가 표를 던지고 싶어 하는 사람은 급진당 소속으로 교육자에 변호사인 상원의원이었다. 그리고 독재자로서 이미 대통령직을 수행했던 장군이 나치당의 지지를 받아 후보로 나왔다. 그 사람은 가족 중 아무도 좋아하지 않았다. 펠리페는 어릴 때부터 프러시아 군대의 납 병정들을 수집했지만, 히틀러가 권력을 잡았을 때 독일 사람들에 대한 호감을 완전히 잃어버렸다. "후아나, 산티아고 시내에서 누런 군복을 입고 한 팔을 높이 치켜세우고 행렬하는 나치들 봤어? 정말 웃기지도 않아!" 그랬다. 그녀는 그들을 봤고, 펠리페가 얘기해 줬기 때문에 히틀러라는 사람에 대해서도 알고 있었다.

"도련님 아버지는 자기 후보가 이길 거라고 확신하세요."

"맞아. 여기서는 항상 우파가 이기니까. 장군의 지지자들은 우파가 이기는 걸 막으려고 쿠데타를 일으키려고 한 거야. 결과는 좋지 않았지만."

"라디오에서 아이 몇 명을 개처럼 죽였다고 하던데요."

"후아나, 미쳐 날뛰는 나치 패거리였어. 나치들이 칠레 대학교의 건물과 대통령 궁 앞에 있는 다른 건물을 점령했어. 경찰과 군인이 그들을 신속하게 진압했어. 그들은 두 손을 높이 들고는 무기를 버리고 투항했어. 그런데도 그들에게 총을 쏴서 죽였어. 한 사람도 살려 두지 말라는 명령을 받았거든."

"도련님 아버지는 멍청한 놈들은 당해도 싸다고 하던데요."

"후아나, 그런 건 누구에게도 당연한 게 아니야. 아버지는 그런 말을 할 때 조금 더 조심해야 해. 칠레가 부끄러워해야 할 학살이었어. 나라가 분노로 들끓고 있어. 그 때문에 우파는 선거에서 그 대가를 치렀지. 후아나 유모도 알다시피, 페드로 아기레 세르다가 이겼어. 이제 우리에게는 급진적인 대통령이 있어."

"그게 뭔데요?"

"그는 진보 사상을 가진 사람이야. 아버지에 따르면 그 사람은 좌파야. 아버지처럼 생각하지 않는 사람은 모두 좌파지."

후아나에게 왼쪽과 오른쪽은 길거리의 방향이지 사람들을 가리키는 게 아니었다. 그리고 그 대통령의 이름은 아무것도 의미하지 않았다. 그는 알려진 가문의 사람이 아니었다.

"페드로 아기레 세르다는 중도파 정당들과 좌파 정당들로 이뤄진 '인민 전선'을 대표해. 스페인과 프랑스에 있던 것과 비슷하지. 내가 스페인 내전에 관해 설명했던 거 기억나?"

"그러니까 여기도 똑같은 일이 벌어질 수 있다는 거네요?"

"후아나, 그러지 않기를 바라야지. 유모가 투표할 수 있다면 아기레 세르다에 투표할 텐데. 언젠가 여자들도 대통령 선거에서 투표할 수 있을 거야. 내가 약속할게."

"펠리페 도련님, 도련님은 누구한테 투표할 거예요?"

"아기레 세르다. 그 사람이 최고의 후보자야."

"도련님 아버지는 그 사람 안 좋아하시던데."

"하지만 나와 유모는 좋아하잖아."

"나는 그런 거에 대해서는 전혀 아는 바가 없어서요."

"유모, 그런 걸 모른다는 건 안 좋은 거야. '인민 전선'은 노동자와 농부, 북쪽 지방의 광부, 유모 같은 사람들을 대표하는 이들이야."

"나는 그런 사람들이 아니고, 그건 도련님도 마찬가지예요. 나는 집안일을 하는 가정부예요."

"후아나 유모는 노동자 계층이야."

"내가 아는 바로는, 당신은 도련님이에요. 도련님이 왜 노동자 계층을 위해 투표하는지 모르겠어요."

"유모에게는 교육이 부족해. 대통령은 통치가 교육이라고 했어. 칠레의 모든 어린이를 위해 무상 의무 교육을. 모두를 위해서 공공 위생을. 더 나은 급여를. 노조를 강화하고. 어떤 것 같아?"

"나는 다 똑같아요."

"후아나, 정말 어리석기는! 어떻게 다 똑같을 수가 있어! 유모한테 학교에 다니는 게 얼마나 필요한데."

"펠리페 도련님, 도련님은 교육을 많이 받았죠. 하지만 코도 제대로 풀 줄 몰라요. 그리고 마침 기회가 되니 하는 말인데, 사전에 말도 없이 사람들을 집으로 데려오지 마세요. 요리사가 성질을 부리고, 나도 진땀을 흘리고 싶지 않아요. 사람들이 이 집에서는 제대로 손님 대접할 줄도 모른다고 얘기하며 가는 것도 바라지 않고. 도련님 친구들도 교육을 많이 받았을 거예요. 하지만 허락도 구하지 않고 주인어른의 술을 마시죠. 도련님 아버지가 돌아오면 두고 보세요. 포도주 창고에 술이 모자라는 걸 알게 되면 뭐라고 하실지 두고 보자고요."

* * *

후아나 낭쿠체오가 별명을 붙인 '광란자 살롱'의 비공식 모임은 그달 마지막 둘째 주 토요일에 있었다. 평소에는 펠리페의 집에서 모였지만, 그의 부모가 부재중일 때부터는 음식이 매우 훌륭한 마르델플라타 거리의 저택에서 모임을 가졌다. 후아나는 그 사람들이 마음에 들지는 않았지만 정성껏 신선한 굴을 준비하고 부엌에서 가장 훌륭한 음식들을 내놓았다. 성질은 더럽지만 음식 맛은 좋은 여자였다. 펠리페의 친구들은 그 계층에 속하는 남자들이라면 그렇듯 유니온 클럽의 회원이었다. 그곳에서 그들은 국내 금융과 정치 문제는 물론, 개인 문제들도 터놓고 얘기했다. 하지만 어두운 색 나무 패널과 샹들리에, 벨벳 안락의자가 있는 음침한 살롱은 '광란자 살롱'의 열띤 철학 토론에는 어울리지 않았다. 게다가 유니온 클럽은 남성 전용이라, 몇몇 자유로운 독신 여성과 여성 예술가, 여성 작가, 상류층 여성 모험가 들이 출석해 상큼하게 분위기를 북돋우는 건 상상도 할 수 없었다. 여성 모험가 중에는 지도에도 나와 있지 않은 곳을 혼자 여행하는 크로아티아 성을 가진 여전사도 있었다. 지난 삼 년 동안 가장 많이 입에 오르내린 주제는 스페인 상황이었고, 지난 몇 달 동안은 1월부터 프랑스 난민 수용소에서 시름시름 앓다가 죽어 가는 공화주의자 난민들의 운명이었다. 카탈루냐에서 프랑스 국경으로 향하는 난민들의 집단 탈출은 1월 칠레를 온통 뒤흔든 지진과 시기가 일치했다. 칠레 역사상 최악으로 기록된 지진이었다. 펠리페는 여간해선 고치기 어려운 합리주의자를 자랑스레 자처했지만, 그 우연의 일치에서 동정과 연대 책임을 느끼지 않을 수 없었다. 지진으로 추산 이만 명이 넘는 사망자가 나오고 도시들이 무너졌지만, 비교하자면 수십만 명의 사망자와 부상자와 난민이 속출한 스페인 내전이 훨씬 큰 비극이었다.

그날 밤 그들에게는 특별한 손님이 있었다. 서른네 살에 그 세대 최고의 시인으로 평가받은 파블로 네루다였다. 시인들이 잡초 취급을 받는 칠레에서는 엄청난 쾌거였다. 『스무 편의 사랑의 시』 중 몇 편은 대중 민요와도 같았고, 글을 모르는 사람들까지 외우고 다닐 정도였다. 네루다는 비와 나무가 많은 남쪽 지방 사람으로 철도 근로자의 아들이었다. 그는 걸걸한 목소리로 자신의 시를 낭송했으며, 자신을 코가 단단하고 눈이 매우 작다고 묘사했다.* 그는 유명세는 물론이고 좌파, 특히 공산당에 대한 호의로 논란의 중심에 있는 인물이었다. 훗날 그는 공산당에서 군인으로 활동했으며, 아르헨티나, 버마, 스리랑카, 스페인, 그리고 최근에는 프랑스에서 영사를 지냈다. 그를 적대하는 정치가와 문인 들에 따르면, 번갈아 가며 정권을 잡은 정부들이 그를 나라에서 멀리 떼어 놓기 위해 영사로 보낸 것이었다. 그는 스페인 내전이 일어나기 직전에 마드리드에 체류하면서 그곳의 지식인이며 시인 들과 우정을 쌓았다. 그중에는 프랑코파에게 암살당한 페데리코 가르시아 로르카와 퇴각 중 프랑스 국경의 한 마을에서 사망한 안토니오 마차도도 있었다. 그는 공화당 전사들의 영광을 기리는 찬가인『내 마음속 스페인』을 출간했다. 한창 전쟁 중일 때 몬세라트 수도원에서 동군(東軍) 소속 시민군들이 피 묻은 셔츠부터 적군의 깃발까지 수중에 있는 것을 모아 종이를 만들고 그 종이에 인쇄해서 번호를 매겨 초판본 500권을 출간했다. 이 시집은 칠레에서도 정식으로 출판되었지만, 펠리페는 초판본을 가지고 있었다. "아이들의 피가 그냥 아이의 피처럼 거리로 흘러

---

* 파블로 네루다가 「자화상(Autorretrato)」이라는 시에서 자신을 이렇게 묘사했다.

내린다. (……) 길거리에 있는 피를 보러 오시오. 길거리에 있는 피를 보러 오시오." 네루다는 열정적으로 스페인을 사랑하고, 파시즘을 증오했다. 그는 패전한 공화주의자들의 운명을 너무나도 걱정한 나머지, 우파 정당들과 가톨릭교회의 거센 반대에 부딪히면서도 새로 취임한 대통령을 설득해 공화주의자들을 칠레에 받아들이는 데 성공했다. 이 일에 관해 이야기하기 위해 네루다가 '광란자 살롱'의 모임에 초대받은 것이었다. 시인은 몇 주 동안 아르헨티나와 우루과이에서 난민들을 위한 경제 원조를 타진한 후에 잠시 산티아고에 들른 것이었다. 우파 신문들에 의하면, 돈은 제공하더라도 빨갱이들을 받으려는 나라는 한 곳도 없었다. 그 빨갱이들은 수녀 강간범이자 살인자, 무기 소지자, 양심 없는 무신론자, 유대인이라 나라의 안전을 위협할 수도 있었다.

네루다는 스페인 사람들의 이민을 위한 특별 영사로 임명되어 다음 날 파리로 떠날 거라고 '광란자 살롱'에 알렸다.

"프랑스 주재 칠레 공사관에서는 나를 원하지 않습니다. 모두 내 임무를 방해하려고 작정한 우파 매복병이지요." 시인이 말했다.

"정부는 단 1페소도 쥐여 주지 않고 나를 보냅니다. 내 손으로 배 한 척을 구해야 합니다. 내가 어떻게 해결할 수 있을지 두고 봅시다."

네루다는 칠레 노동자들에게 일을 가르쳐 줄 수 있는 전문 인력을 선별하라는 명을 받았다고 설명했다. 온순하고 정직한 사람들로 선발하되, 정치가나 신문 기자나 지나치게 위험한 지식인은 절대 안 된다고 했다. 네루다에 따르면 칠레의 이민 기준이 이미 오래전부터 인종차별적이라, 집시, 흑인, 유대인부터 해석의 여지가 있는 이른바 동양인이라고 불리는 사람들까지 특정 부류, 인종, 국적을 가진 사람들에게는 비자를 거부하라는 은밀한 지시가 영사들에게 내려져 있었다. 외국인 혐오에 지금은 정치적 요소까지 더해졌다. 공산주의자, 사회주의자, 무정부주의자는 절대 불가였다. 하지만 영사들에게 내려진 지침은 아직 서면으로 조목조목 명시되지 않아서, 어느 정도 재량을 발휘할 여지는 있었다. 그에 더해 네루다에게는 헤라클레스급의 어마어마한 과업이 주어졌다. 그는 선박을 운행할 자금을 조달하고 운용해야 했다. 이민자를 선발한 뒤에는, 칠레에 친척이나 친구가 없는 사람들을 위해 체재비 입증용으로 정부가 요구하는 금액을 구해야 했다. 칠레 화폐로 300만이 필요했고, 그들은 승선하기 전에 중앙은행에 그 금액을 신탁해야 했다.

"난민 몇 명을 말하는 겁니까?" 펠리페가 파블로 네루다에게 물었다.

"대략 천오백 명 정도입니다. 하지만 남자들만 데려오고 아내와 자식들은 남겨 둘 수 없기 때문에 더 될 수도 있습니다."

"이곳에는 언제 도착할 예정입니까?"

"8월 말이나 9월 초쯤입니다."

"그러니까 재정적인 원조를 요청하고 집과 일자리를 구하는 데 대략 석 달 남았다는 거네요. 게다가 우파의 선동을 막고, 이 스페인 사람들에게 우호적인 여론을 조성하기 위한 캠페인이 필요합니다." 펠리페가 말했다.

"그건 수월할 수 있습니다. 대중은 공화주의자들에게 호의적이니까요. 칠레에 들어와 있는 스페인 거류민들의 대다수라 해도 좋을 바스크인과 카탈루냐인 들이 그들을 도울 준비가 되어 있습니다."

새벽 1시에 '광란자들'은 헤어졌고, 펠리페는 자신의 포드 자동차로 시인을 숙소로 데려다주었다. 돌아오는 길에 그는 뜨거운 커피 한 항아리를 들고 살롱에서 기다리고 있던 후아나와 맞닥뜨렸다.

"후아나, 무슨 일이야? 자고 있어야 하지 않나?"

"도련님 친구들이 하는 얘기를 듣고 있었어요."

"우리를 감시하고 있었다고?"

"도련님 친구들은 죄수처럼 먹어 대더군요. 먹는 모습은 또 뭐라고 말할 수 있겠습니까. 눈 화장한 그 여자들이 남자들보다 더 먹더군요. 하나같이 천박해요. 인사도 안 하고, 고맙다는 말도 안 하고."

"그런 얘기를 하려고 나를 기다리고 있었다니 믿기지 않는데."

"그 시인이 왜 유명한지 설명을 들으려고 기다리고 있었어요. 시를 낭독하며 잠시도 입을 다물지 않더군요. 조끼를 닙은 불고기니, 황혼에 물든 눈이니, 멍청한 얘기를 줄줄이 하던데요. 그리고 그 병이란 게 무슨 병인지 또 알게 뭐람."

"후아나, 메타포야. 그게 시라고."

"하늘에 있는 자기 할머니나 비웃으라지. 마푸체 말이 시 그 자체인데, 내가 어떻게 시가 뭔지 모르겠어요. 장담컨대 도련님이야말로 시를 모르지! 그리고 분명히 네루다 그 사람도 모를 겁니다. 우리말을 못 들은 지도 꽤 한참이 되었지만, 기억하고 있어요. 시는 머릿속에 남는 거라 잊히지 않아요."

"아하! 그리고 음악은 휘파람을 불 수 있는 거고. 그렇지?"

"그건 펠리페 꼬마 도련님이 한 말이고."

* * *

이시드로 델 솔라르는 영국 본토에서 아내와 딸과 함께 한 달을 꼬박 보낸 후 사보이 호텔에서 투숙하던 마지막 날 아들 펠리페의 전보를 받았다. 런던에서는 쇼핑, 연극, 콘서트, 경마 같은 필수적인 관광 코스를 둘러보았다. 라우라 비스카라의 수많은 사촌 중 한 명인 영국 주재 칠레 대사가 시골 들판을 둘러보고 옥스퍼드와 케임브리지 대학을 방문할 수 있도록 관용차 한 대를 내줬다. 그리고 공작인가 후작인가 하는 사람의 성에서 그들을 점심 식사에 초대하도록 주선했다. 칠레에서는 귀족 작위가 오래전에 폐지되어 이제는 아무도 기억하지 않았기 때문에 그들은 유서 깊은 역사에 자신이 없었다. 대사가 행동 규범과 의상에 대한 주의를 줬다. 시중드는 사람은 없는 듯 대해야 하지만, 개한테는 인사를 건네야 했다. 음식에 대한 평은 삼가야 하지만, 장미꽃 앞에서는 황홀해하며 감탄해야 했다. 수수한 옷을, 가능한 한 낡은 옷을 입어야 했다. 들판에서는 귀족이 가난한 사람처럼 옷을 입기 때문에 주름 장식이나 실크 넥타이는 절대 안 되었다. 그들은 스코틀랜드와 웨일스에도 들렀다. 이시드로는 스코틀랜드에서 파타고니아 양모 사업을 확장했다. 웨일스에서도 똑같이 할 생각이었지만 결과는 좋지 않았다.

아내와 딸 모르게 이시드로는 17세기에 상류 사회 여자들을 위해 설립된 '피니싱 스쿨'을 방문했다. 켄싱턴 궁전과 정원 앞에 위치한 위풍당당하고 오래된 저택이었다. 그곳에서 오펠리아에게 부족한 여러 역량 중 예의범절과 사교 기술, 손님맞이 방법, 메뉴 준비, 몸가짐, 자세, 이미지메이킹, 실내장식을 배우게 할 생각이었다. 이시드로는 아내가 그런 것들을 전혀 배우지 않았다는 게 아쉬웠다. 칠레에 있는 원석 그 자체인 수많은 아가씨들을 세련되게 만들기 위해 이런 학교를 세운다면 훌륭한 사업이 될 것 같았다. 당분간 오펠리아에게는 숨길 생각이었다. 안 그러면 난동을 피워서 남은 여행을 망칠 수도 있었다. 딸에게는 막판에 발버둥 칠 시간만 남았을 때 얘기할 생각이었다.

그들은 흰색과 금색과 상아색이 어우러진 크리스털 원형

천장으로 장식된 호텔 살롱에서 꽃무늬 도자기 잔으로, 피할 길 없는 5시의 티타임을 즐기고 있었다. 그때 제독 유니폼을 입은 벨보이가 펠리페의 전보를 가지고 왔다. "시인의 망명자들이 방을 사용할 겁니다. 후아나가 열쇠를 내놓지 않습니다. 지시를 내려 주십시오." 이시드로는 전보를 세 번 읽은 후 라우라와 오펠리아에게 넘겨주었다.

"이 개소리는 무슨 소리야?"

"제발 아이 앞에서 그렇게 말하지 마세요."

"펠리페가 행동으로 옮기지 않았길 바랄 뿐이야." 이시드로가 중얼거렸다.

"뭐라고 답장하실 거예요?" 라우라가 물었다.

"지옥에나 떨어지라고."

"이시드로, 화내지 말아요. 차라리 답장하지 않는 게 좋겠어요. 대부분은 그냥 내버려 두면 저절로 해결되니까요."

"오빠가 무슨 말 하는 거예요?" 오펠리아가 물었다.

"나도 전혀 모르겠다. 우리랑은 전혀 상관없는 얘기야." 그녀의 아버지가 대답했다.

그들이 파리의 호텔에서 머물 때도 똑같은 내용의 전보가 도착했다. 이시드로는 영어를 전혀 몰랐기 때문에 영국에서는 뉴스를 보지 못했지만, 학교 다닐 때 프랑스어를 조금 배운 덕에 《르 피가로》지는 간신히 읽을 수 있었다. 그는 일간지를 통해 프랑스 공산당과 스페인 난민 대책 위원회가 '위니펙호'라는 화물선 한 척을 구해, 이천 명 가까운 망명자들을 칠레로 보내기 위해 준비하고 있다는 사실을 알게 되었다. 이시드로는 거의 뇌졸중을 일으킬 뻔했다. 바로 그게 이 힘든 고비에 꼭 필요한 거겠지. 처음에는 급진당의 대통령이 나오더니 종말론적인 지진이 일어나질 않나, 이제는 나라를 공산주의자들로 채우려고 하네, 이시드로가 투덜거렸다. 전보의 불길한 의미가 완벽하게 밝혀졌다. 다름 아니라 그의 아들이 그 괴물들을 자기 집에 들이려는 것이었다. 열쇠를 내놓지 않는다니, 후아나에게 축복이 있기를.

"아버지, 망명자들의 이야기를 좀 설명해 주세요." 오펠리아가 계속 물었다.

"예쁜아, 보거라. 스페인에서 나쁜 사람들이 혁명을 일으켰다. 좀 엄청났지. 군인들이 들고일어나 조국의 가치와 도덕을 위해 싸웠다. 당연히 군인들이 이겼고."

"그 사람들이 이긴 게 뭐예요?"

"내전이다. 그들이 스페인을 구한 거지. 펠리페가 말하는 망명자들은 도망치는 겁쟁이들이고, 지금 프랑스에 있다."

"왜 도망쳤는데요?"

"왜냐면 싸움에서 졌고, 그 대가를 치러야 하기 때문이지."

"이시드로, 난민 중에는 여자와 어린아이도 많은 것 같아요. 신문에서는 수십만이라고 하던데……." 라우라가 수줍게 끼어들었다.

"어찌 됐든. 칠레가 그거랑 무슨 상관이냐고? 이게 다 네루다 때문이야! 그 공산당! 펠리페는 최소한의 판단력도 없어. 내 아들 같지가 않아. 우리가 돌아가면 그놈하고 확실하게 해 둬야겠어."

라우라는 펠리페가 미친 짓을 하기 전에 서둘러 산티아고로 돌아가는 게 낫겠다는 말을 하기 위해 계속 물고 늘어졌지만, 신문에서는 배가 8월에야 출발할 거라고 했다. 에비앙 온천과 루르드도 가고, 이탈리아의 산안토니 대성당에 들러 라우라에게 자주 했던 약속도 지키고, 영국으로 돌아가기 전에 바티칸에 가서 새로 선출된 교황 비오 12세에게 개인적으로 강복받고도 남을 시간이었다. 그 강복을 받기 위해서는 엄청난 영향력과 돈이 필요했다. 그는 필요하다면 강제로라도 오펠리아를 피니싱 스쿨에 남겨 두고 아내와 함께 태평양의 여왕호를 타고 영국에서 칠레로 돌아갈 생각이었다. 결론적으로 완벽한 여행이었다.

2부   ★

망명, 사랑
그리고 엇갈림

5장
1939년

분노, 고통, 눈물은 넣어 두자.
서글픈 공허함은 채워 보자.
한밤의 모닥불이
사그라진 별빛을 떠올릴 수 있도록.

파블로 네루다, 「호세 미겔 카레라*(1810)」, 『모두의 노래』

빅토르 달마우는 로세르가 그곳에 있었으리라고는 상상
도 못 한 채 아르헬레스수르메르의 수용소에서 몇 달을 지
냈다. 그는 아이토르의 소식은 알지 못했지만, 그가 어머니
와 로세르를 스페인 밖으로 데려가는 임무는 완수했을 것
이라고 생각했다. 그 당시 수용소에 있는 대부분의 사람들
은 배고픔과 비참함, 간수들의 구타, 끊임없는 굴욕에 노출
된 수만 명에 이르는 공화당 군인들이었다. 상황은 여전히
비인간적이었지만, 적어도 더없이 혹독한 겨울은 고비를 넘
기고 있었다. 포로들은 미치지 않고 살아남기 위해 대책을
마련했다. 그들은 전쟁 중에 그랬던 것처럼 정당별로 나눠

---

*José Miguel Carrera(1785~1821). 칠레 독립에 큰 공을 세운 장군.

서 혁명 집회를 열었다. 노래를 부르고, 손에 잡히는 대로 읽고, 필요한 사람들에게 글을 가르쳐 주고, 신문을 — 손으로 쓴 한 장짜리 신문으로 한 사람씩 돌려 가며 읽었다. — 발행했다. 그리고 머리를 자르고, 서로 이를 잡아 주고, 얼음장 같은 바닷물로 목욕하고 빨래하며 존엄성을 지키려고 노력했다. 그들은 길에 시적인 이름을 붙여서 수용소를 구분하고, 모래와 진흙 위로 바르셀로나의 람블라스 거리 같은 광장이며 길을 마치 신기루처럼 만들어 냈다. 그들은 악기 없이 오케스트라를 상상해 클래식 음악과 팝 음악을 연주하고, 요리사들이 자세히 묘사하는 가운데 다 같이 두 눈을 감고 음미하며 눈에는 보이지 않는 음식이 나오는 레스토랑을 상상했다. 그들은 힘들게 구한 얼마 되지 않는 재료로 창고와 바라크와 움막을 세웠다. 또, 다른 전쟁이 터지기 일보 직전인 바깥세상의 소식과 자유롭게 나갈 수 있을 가능성에 촉각을 곤두세우고 살았다. 준비가 잘된 몇몇은 수용소나 산업체에 고용되기도 했다. 하지만 대부분의 사람들은 군인으로 오기 전에 농부나 나무꾼, 목동, 어부였다. 다시 말해 프랑스에서는 일할 만한 직업이 없었다. 그들은 포로들을 본국으로 송환하려는 프랑스 당국의 계속된 압박을 견뎌 냈고, 몇몇 경우에는 속아서 스페인 국경까지 끌려간 사람들도 있었다.

빅토르는 맡은 임무 때문에 의사와 환자로 이뤄진 소규모 집단과 함께 남아 지옥과도 같은 그 바닷가에서 환자와 부상자와 정신 이상자 들을 돌봤다. 노르테역에서 죽은 청년의 심장을 살려 냈다는 전설 같은 소문이 그가 오기 전부터 돌았다. 그로 인해 빅토르는 환자들의 맹목적인 신임을 얻었다. 좀 더 심각한 병은 의사에게 가야 한다고 몇 번을 얘기해도 소용없었다. 일을 다 보려면 하루 이십사 시간도 부족했다. 지루함과 우울증이라는, 그곳 사람들 대부분에게 나타나는 부정적인 증상이 그에게는 나타나지 않았다. 정반대로 그는 뿌듯함 비슷한 흥분을 느꼈다. 그는 수용소의 다른 거주민들 못지않게 몹시 여위고 쇠약했지만, 배는 고프지 않았다. 마른 대구가 나오는 얼마 되지 않는 급식을 다른 사람에게 준 적도 있었다. 동료들은 그가 모래를 먹고 산다고 했다. 그는 새벽부터 일하면서도, 해가 지고 난 다음에 시간이 나면 기타를 들고 노래를 불렀다. 스페인 내전이 벌어지던 몇 년 동안에는 그런 적이 드물었지만, 수줍음을 물리치라고 어머니가 가르쳐 준 낭만적인 노래는 물론, 다른 사람들도 함께 따라 부르는 혁명가도 불렀다. 기타는 어느 안달루시아 청년이 전쟁을 치르면서도 끌어안고 놓지 않던 것이었다. 청년은 기타를 손에서 놓지 않고 망명을 떠났다가, 폐렴에 걸려 세상을 하직한 2월 말까지 아르헬레스수르메르에서 기타와 함께 살았다. 청년은 마지막 며칠 동안 돌봐 준 빅토르에게 기타를 남겨 주었다. 수용소에서 몇 개 되지 않는 진짜 악기였다. 다른 악기들은 귀 밝은 남자들이 소리를 흉내 내는 환상 속의 악기였다.

사람들이 수용소로 몰려들면서 빚어진 과부하는 몇 달 동안 차츰 나아졌다. 노인들과 환자들은 죽어서 근처 공동 묘지에 매장되었다. 운이 좋은 사람들은 멕시코와 남미로 이민 갈 수 있게 후원을 받고 비자를 얻었다. 외국 부대는 규율이 엄격한 데다 범죄자도 있다고 악명이 자자했지만, 무엇도 수용소에 있는 것보다는 나았기 때문에 많은 군인 이 외국 부대에 자진 입대했다. 필요 요건을 갖춘 사람들은 전쟁을 준비하는 프랑스의 노동력을 대체하기 위해서 만든 '외국인 근로자 회사'에 고용되었다. 나중에는 적군(赤軍)에 서 싸우기 위해 소련으로 가거나 프랑스 레지스탕스에 합류 한 이들도 있었다. 그중에서 수천 명은 나치의 절멸 수용소 에서 죽어 갔고, 또 다른 수천 명은 스탈린의 집단 농장에 서 죽어 갔다.

4월의 어느 날, 견딜 수 없는 겨울 추위가 봄에게 자리를 내주고 벌써 한여름의 이른 더위가 서서히 모습을 드러낼 즈음, 빅토르는 수용소 지휘관의 사무실로 호출되었다. 그를 찾아온 사람이 있었다. 밀짚모자를 쓰고 백구두를 신은 아 이토르 이바라였다. 아이토르가 눈앞에 서 있는 누더기를 걸친 허수아비에게서 빅토르의 모습을 찾는 데는 거의 일 분이나 걸렸다. 그들은 감격해 부둥켜안았고, 둘 다 눈가가 촉촉해졌다.

"너를 찾느라 얼마나 고생했는지. 아무 명단에도 없어서 죽은 줄만 알았어."

"거의 죽을 뻔했지. 그런데 너는 왜 기생오라비처럼 하고 다니는 거야?"

"사업가라고 말할 수 있지. 그 얘기는 차차 들려줄게."

"우선 어머니와 로세르가 어떻게 되었는지 얘기해 봐."

아이토르는 그에게 카르메의 실종에 대해 얘기했다. 아이토르는 열심히 알아보고 다녔지만, 구체적인 것은 아무것도 알아내지 못했다. 그녀가 바르셀로나로는 돌아가지 않았고, 바르셀로나 집이 몰수당했다는 사실만 알아냈을 뿐이다. 그곳에는 다른 사람이 살고 있었다. 반면에 로세르에 대해서는 좋은 소식을 가지고 왔다. 아이토르는 바르셀로나를 떠난 과정과 피레네산맥의 정상을 도보로 통과한 후, 어떻게 그녀와 프랑스에서 헤어지게 되었는지 간략하게 들려주었다. 한동안은 그녀에 대한 소식은 알 수 없었다.

"빅토르, 기회가 되자마자 나는 바로 빠져나왔어. 너는 왜 시도도 하지 않는지 이해가 되지 않아. 어렵지 않은데."

"이곳에서는 내가 필요해."

"동무, 그런 정신 상태로는 되는 게 없는 법이야."

"맞아. 그런데 어떡하겠어. 다시 로세르 얘기나 해 봐."

"네 여자 친구라는 그 간호사 이름을 기억해 낸 다음에는 별 문제 없이 로세르를 찾아냈어. 너무 힘든 일이 많아서 그 이름이 머릿속에서 지워졌거든. 로세르도 바로 이 수용소에 있었어. 그러다가 엘리자베트 아이덴벤츠 덕분에 이곳을 나갔지. 페르피냥에서 그녀를 받아 준 가족과 함께 살고 있어.

바느질하면서 피아노 수업도 하고 있어. 건강한 사내아이를 낳았고. 벌써 한 달이 됐고, 엄청나게 잘생겼어."

아이토르는 사업을 하면서 예전과 마찬가지로 혼자 알아서 잘 헤쳐 나아갔다. 전쟁 중인데도 담배와 설탕부터 신발과 모르핀까지, 가장 귀한 것들을 구해서는 다른 물건과 부지런히 교환하면서 늘 조금이나마 이익을 남겼다. 로세르에게 강한 인상을 남겼던 독일 권총과 미국 만년필 같은 귀한 보물도 구했다. 절대 넘겨주고 싶지 않은 그 물건들을 빼앗겼을 때를 떠올리면 아직도 화가 치밀어 올랐다. 그는 몇 년 전 베네수엘라로 이민을 떠난 먼 친척들과 연락이 닿았다. 그들이 그 나라에서 아이토르를 맞이하고 일자리를 구해 줄 것이었다. 그는 타고난 능력을 발휘해 여행 경비와 비자 비용을 모아 두었다.

"빅토르, 나 일주일 안에 떠나. 가능한 한 빨리 유럽을 떠나야 해. 또 다른 세계대전이 덮쳐 오고 있고, 1차 대전보다 더 심각할 거야. 베네수엘라에 도착하자마자 네가 이민 올 수 있도록 절차를 밟을 생각이야. 내가 배표도 보내 줄게."

"로세르와 아이를 저버릴 수 없어."

"당연히 그들도 함께 오는 거지."

아이토르의 방문 이후 빅토르는 며칠 동안 말이 없었다. 또다시 옴짝달싹 못 하고 붙잡혀 있다는 확신이 들었다. 자신의 운명을 통제하지 못한 채 지옥에 갇힌 기분이었다. 그는 수용소 환자들에 대한 책임감의 무게를 재고 가늠해 보면서 몇 시간 동안 해변을 걸은 후 로세르와 아이, 그리고 자기 자신의 운명에 대한 책임감에 우선권을 줘야 할 때가 되었다고 결론을 내렸다. 4월 1일, 프랑코가 총통이라는 칭호하에 구백팔십팔 일 동안 지속됐던 전쟁의 종언을 선언했다. 프랑스와 대영제국은 프랑코 정부를 승인했다. 조국을 잃었고, 돌아갈 희망도 없었다. 빅토르는 비누도 없이 모래로 문질러 바다에서 목욕하고, 동료에게 부탁해 이발을 하고 정성껏 면도한 후, 매주 그랬듯 지역 병원에 보내는 의약품 상자를 찾으러 가기 위한 통행증을 신청했다. 처음에는 경비병이 따라다녔지만, 몇 달 오고 가다 보니 이제는 혼자 가도록 허락을 받았다. 그는 아무 문제 없이 외출했다가 그대로 돌아가지 않았다. 그는 아이토르가 남겨 두고 간 얼마 간의 돈으로 1월 이후 처음으로 먹을 만한 음식과 죄다 중고지만 상태는 비교적 좋은 회색 정장과 와이셔츠 두 벌, 새 구두 한 켤레를 구했다. 그의 어머니에 따르면 신발이 좋아야 좋은 대접을 받는다고 했다. 트럭 기사가 히치하이크로 그를 태워 주었고, 그렇게 그는 여자 친구를 찾기 위해 페르피냥의 적십자 사무실까지 오게 되었다.

* * *

아이덴벤츠는 양팔에 아이를 하나씩 안고 임시 조산원에서 빅토르를 맞이했다. 그녀는 너무 바빠서 그들 사이에 시작도 되지 않았던 로맨스조차 기억하지 못했다. 빅토르는 그녀를 잊지 않았다. 빅토르는 청초한 눈에 흰색 유니폼을 입고 평소처럼 차분한 그녀를 본 순간, 그녀가 완벽하다는 생각이 들었다. 그런 그녀가 자기한테 마음이 있다고 상상했다니, 참으로 어리석었다. 그 여자에게는 연인이 아니라 선교사의 자질이 있었다. 그를 알아본 순간 엘리자베트는 아이들을 다른 여자들에게 넘겨준 후 진심 어린 애정을 드러내며 끌어안았다.

"빅토르, 너무 많이 변했어요! 고생 많이 했나 봐요."

"다른 사람들보다는 덜했지요. 그나마 나는 운이 좋았어요. 그런데 당신은 평소와 다름없이 좋아 보이네요."

"그래 보여요?"

"어떻게 당신은 항상 완벽하고, 차분하고, 미소를 띠고 있죠? 당신을 처음 만났을 때 전투 한복판에서도 그런 모습이었는데, 지금도 똑같아요. 우리가 겪었던 힘든 시간이 당신은 비껴간 것 같군요."

"힘든 시간에 단련이 되기도 했고, 힘들게 일했어요, 빅토르. 로세르 때문에 나를 만나러 온 거지요? 그렇죠?"

"당신이 그녀에게 해 준 일에 대해 어떻게 고마워해야 좋을지 모르겠군요, 엘리자베트."

"고마워할 거 전혀 없어요. 로세르의 마지막 피아노 수업이 끝나는 8시까지 우리끼리 시간을 보내야 해요. 로세르는 여기 살지 않아요. 나를 도와서 조산원 사업의 재원을 마련해 주는 퀘이커교도 친구들과 같이 지내요."

그들은 그렇게 했다. 엘리자베트는 그 집에 사는 산모들을 빅토르에게 소개하고, 시설을 보여 주었다. 그러고 나서 둘은 자리에 앉아 비스킷을 곁들여 차를 마시며, 테루엘에서 마지막으로 만난 이후 각자 겪은 풍파를 이야기했다. 8시에 엘리자베트는 운전대보다는 대화에 더 정신이 팔린 채 자기 차로 그를 데려다주었다. 빅토르는 자기가 짝사랑하는 애인이 모는 차에서 바퀴벌레처럼 압사나 당하려고 그 험한 전쟁과 난민 수용소에서 간신히 살아 남았다는 사실이 정말 아이러니하다는 생각이 들었다.

퀘이커교도들의 집은 이십 분 거리에 있었고, 로세르가 문을 열어 줬다. 그녀는 빅토르를 본 순간 헛것이라도 본 듯 소리 지르며 양손을 얼굴로 가져갔고, 그는 양팔을 벌려 그녀를 안아 주었다. 빅토르의 기억에 그녀는 날씬하고, 골반이 작고, 가슴이 밋밋하고, 눈썹이 짙고, 이목구비가 뚜렷했다. 나이가 들면서 비쩍 마르거나 남성적으로 보일 수 있는, 허영기가 없는 타입이라고 기억하고 있었다. 그는 12월 말에 배가 부르고 얼굴에 기미가 낀 그녀를 마지막으로 보았다. 출산이 그녀를 부드럽게 했다. 예전에는 각졌던 곳이 곡선을 이뤘다. 그녀는 아들에게 모유 수유 중이라 가슴이 커졌고, 피부가 맑고 머리카락에서 광채가 났다. 재회가 너무나도 감동적이라, 그런 가슴 아픈 장면들에 이골이 난 엘리자베트마저도 감격했다. 빅토르는 조카를 보고 이루 말로 표현할 수가 없었다. 그 또래 아이들은 모두 윈스턴 처칠처럼 생겨서 뚱뚱하고 대머리였다. 한 번 더 자세히 보니, 달마우 집안의 검정 올리브색 눈을 비롯한 식구들의 모습이 보이기도 했다.

"이름이 뭐야?" 그가 로세르에게 물었다.

"지금은 꼬마라고 불러요. 호적에 올릴 이름을 짓기 위해 기옘을 기다리고 있어요."

그녀에게 안 좋은 소식을 전할 기회였지만, 빅토르는 또다시 용기가 부족했다.

"기옘이라고 부르지 그래?"

"기옘이 자식들은 절대 자기 이름으로 부르고 싶지 않다고 했어요. 자기 이름을 안 좋아해서요. 우리는 아버지와 어머니를 기려서 아들이면 마르셀, 딸이면 카르메라고 부르기로 했어요."

"좋아, 그러면 잘 알다시피……."

"나는 기옘을 기다릴 거예요."

아버지와 어머니, 두 아이로 이뤄진 퀘이커교도 가족이 빅토르와 엘리자베트를 저녁 식사에 초대했다. 영국인이 만든 것치고 음식은 먹을 만했다. 그들은 전쟁 중 어린이 단체를 도우며 스페인에서 지낸 덕에 스페인어를 훌륭하게 구사했다. 퇴각 때부터는 난민을 위해서 일했다고 했다. 그들은 자신들의 말 그대로 영원히 그 일에 종사할 생각이었다. 엘리자베트가 주장하듯 어딘가에는 늘 전쟁이 있었다.

"우리는 정말 감사하고 있습니다." 빅토르가 그들에게 말했다. "당신들 덕분에 아이가 우리와 함께 있습니다. 아르헬레스수르메르 수용소에서는 살아남지 못했을 겁니다. 그리고 그건 로세르도 마찬가지였을 거예요. 우리가 오랫동안 당신들의 호의를 남용하지 않아야 할 텐데요."

"선생님, 아무도 고마워할 필요 없습니다. 로세르와 아이는 이미 식구인걸요. 서둘러 떠날 필요 없어요."

빅토르는 친구인 아이토르 이바라에 대해서, 그리고 그 친구가 자신들을 도울 수 있을 때 베네수엘라로 이민을 떠나기로 한 계획에 대해서 들려주었다. 그게 유일하게 현실 가능한 탈출구 같았다.

"이민을 원한다면, 어쩌면 칠레로 가는 것도 고려해 볼 수 있겠네요." 엘리자베트가 제안했다. "일간지에서 스페인 사람들을 칠레로 데려갈 배에 관한 기사를 봤어요."

"칠레? 그 나라는 어디 있어요?" 로세르가 물었다.

"내가 알기로는 세상의 발끝에." 빅토르가 대답했다.

다음 날 엘리자베트는 어제 말했던 기사를 찾아서 빅토르에게 전했다. 정부의 위임을 받은 시인 파블로 네루다가 망명자들을 자기네 나라로 데려가기 위해 위니펙호라는 배를 정비하고 있었다. 엘리자베트는 파리행 기차를 탈 돈을 빅토르에게 건네며, 그 시인과 좋은 일이 있기를 바랐다.

***

빅토르 달마우는 시내 지도를 보며, 앵발리드 근처에 있는 라모트피케 2번가에 도착했다. 그곳에 우아한 칠레 공사관 관저가 있었다. 입구에 줄이 늘어서 있고, 성질이 고약한 수위가 통제하고 있었다. 건물 안의 공무원들도 불친절해서 인사에 응대조차 하지 않았다. 무겁고 긴장감이 감도는 파리의 봄날이 안 좋은 전조를 띠고 있어 빅토르에게는 나쁜 징조처럼 느껴졌다. 히틀러가 유럽 영토를 게걸스럽게 물어뜯으며 먹어 치우고 있었고, 이미 하늘은 전쟁의 먹구름으로 시커멓게 뒤덮여 있었다. 줄 선 사람들은 스페인어로 말했고, 거의 다 오려 낸 신문지 조각을 손에 들고 있었다. 빅토르의 차례가 되자 사람들이 아래층 쪽은 대리석과 청동으로 시작했다가 위로 가면서 다락방 비슷하게 좁아지며 볼품없어지는 계단 쪽을 가리켰다. 엘리베이터가 없어서 그는 자기보다 더 심하게 절룩거리는 스페인 남자를 도와줘야 했다. 남자는 다리 하나가 없어서 난간을 붙잡고 올라가기도 힘들었다.

"공산주의자들만 받아들인다는 게 사실입니까?" 빅토르가 그에게 물었다.

"그렇게 얘기하더군요. 당신은 어느 쪽입니까?"

"나는 공화주의자 그 이상도 아닙니다."

"일을 복잡하게 하지 말아요. 그냥 시인에게 당신이 공산주의자라는 말만 하면 돼요."

가구라곤 의자 세 개와 책상 한 개가 전부인 골방에서 파블로 네루다가 그를 맞이했다. 심문하는 듯한 눈과 아랍인 같은 눈꺼풀에 살짝 굽은 두툼한 어깨를 가진, 아직은 젊은 남자였다. 빅토르가 일어나 방을 나서면서 확인한 바에 의하면, 네루다는 단단하고 실제보다 훨씬 살집이 있어 보였다. 인터뷰가 십 분밖에 걸리지 않았기 때문에 빅토르는 자기 계획이 실패했다는 인상을 받았다. 네루다는 나이, 결혼 여부, 학력, 경력 등 칸에 적힌 질문 몇 가지를 그에게 했다.

"듣기로는 공산주의자들만 선별하신다고 하던데……."
빅토르는 시인이 자신의 정치 성향을 묻지 않은 걸 의아해하며 말을 꺼냈다.

"잘못 들으신 겁니다. 공산주의자, 사회주의자, 무정부주의자, 자유주의자 모두에게 할당되었습니다. 그건 '스페인 난민 대책위원회'와 내가 결정합니다. 가장 중요한 것은 당사자의 성격과 칠레에 유용할 것인가 여부입니다. 나는 수백 장의 신청서를 살펴보는 중이고, 아직 결정을 내리지 않았습니다. 나중에 통보해 드리지요. 걱정하지 마십시오."

"네루다 선생님, 선생님의 대답이 긍정적이라면, 저 혼자 가지 않을 거라는 걸 제발 염두에 두셨으면 합니다. 몇 달 되지 않은 갓난아이가 있는 친구도 함께 데려갈 생각입니다."

"친구라고 하셨나요?"

"로세르 브루게라, 제 남동생의 연인입니다."

"그 경우라면 동생분이 직접 와서 신청서를 제출해야 합니다."

"선생님, 제 동생은 에브로 전투에서 사망한 것으로 추정됩니다."

"정말 안타깝군요. 그런데 직계 가족에게만 우선권이 있다는 걸 아셨으면 합니다."

"이해합니다. 허락하신다면 사흘 후 다시 찾아뵙겠습니다."

"이보십시오, 사흘 안에는 답을 드릴 수 없습니다."

"하지만 저는 드릴 수 있습니다. 매우 감사합니다."

바로 그날 오후 빅토르는 페르피냥으로 돌아가는 기차를 타고 밤늦게야 지쳐서 도착했다. 샤워조차 못 한 채 이가 들끓는 호텔에서 잠을 잔 그는 다음 날 로세르의 바느질 공방에 나타났다. 그들은 이야기를 나누기 위해 거리로 나왔다. 빅토르가 그녀의 팔짱을 끼고 근처 광장에 놓인 한적한 벤치로 데리고 가서, 칠레 공사관에서 있었던 일을 들려주었다. 칠레 공무원의 불친절과 네루다가 언급한 불확실함 같은 구구절절한 이야기는 생략했다.

"그 시인이 당신을 받아들인다면 당신은 어떡하든 가야 해요. 내 걱정은 하지 말아요."

"로세르, 몇 달 전부터 네게 해야 할 말이 있었지만, 말하려고 할 때마다 강철 같은 손이 목을 졸라 입을 다물게 했어. 그 말을 내 입으로 안 한다면 더 바랄 게 없을……."

"기옘? 기옘에 대한 거예요?" 로세르가 놀라서 소리 질렀다.

빅토르는 그녀를 제대로 보지 못한 채 고개만 끄덕였다. 그리고 그녀를 꽉 끌어안고는, 그녀가 온몸을 떨며 절규하는 어린아이처럼 소리 내어 울 수 있도록 시간을 주었다. 그녀는 목이 쉬고 눈물이 더 나오지 않을 때까지 그의 중고 재킷에 얼굴을 파묻고 울었다. 빅토르가 느끼기에 로세르는 오랫동안 참아 왔던 울음을 한꺼번에 쏟아 내는 것 같았다. 그것만이 기옘의 침묵을 설명할 수 있기에 그녀는 그 끔찍한 소식에도 놀라지 않는 듯했고, 그녀 또한 오래전부터 의심해 오고 있었다는 생각이 들었다. 물론 전쟁 중에는 사람을 잃어버리기도 하고, 부부가 헤어지기도 하고, 가족이 흩어지기도 하지만, 로세르는 본능적으로 기옘의 죽음을 직감하고 있었던 게 분명했다. 그녀는 증거조차 요구하지 않았지만, 빅토르는 기옘이 늘 가지고 다니던 반쯤 타다 만 지갑과 사진을 보여 주었다.

"로세르, 왜 너를 놔두고 갈 수 없는지 알겠지? 칠레에서 우리를 받아 준다면 나와 함께 가야 해. 프랑스에서 또 전쟁이 일어날 거야. 우리가 아이를 지켜야 해."

"그럼 어머니는요?"

"우리가 바르셀로나를 떠난 이후로 아무도 어머니를 보지 못했어. 난리 통에 사라지셨지. 어머니가 살아 계시다면 나나 네게 연락하셨을 거야. 나중에 나타나신다면 우리가 어머니를 도울 방법을 찾을 수 있을 거야. 지금은 너와 네 아들이 가장 중요해. 알겠어?"

"빅토르, 알겠어요. 내가 뭘 해야 하나요?"

"미안한데, 로세르…… 나랑 결혼해야 해."

그녀가 몹시 놀란 표정으로 한참이나 쳐다보는 바람에 빅토르는 웃지 않을 수가 없었다. 그토록 진지한 순간에 어울리지 않는 웃음이었다. 그는 네루다에게 들은 대로, 가족에게 우선권을 준다는 말만 반복해서 들려주었다.

"로세르, 너는 내 제수(弟嫂)도 아니야."

"나는 서류도 없이, 신부의 축복도 없이 기옘과 결혼했어요."

"그런 건 이 경우에 고려되지 않을 것 같아 걱정이야. 간단히 말하자면 로세르, 너는 실제 과부도 아닌데 과부가 된 거야. 가능하다면 오늘 당장 결혼하고, 아이를 우리 아들로 호적에 올리자. 내가 아버지가 될 거야. 내가 친자식처럼 돌보고 지켜 줄게. 네게 약속할게. 그리고 그건 너한테도 마찬가지야."

"우리는 서로 사랑하지 않잖아요……."

"너는 많은 것을 요구하는구나. 애정과 존중만으로 충분하지 않니? 요즘 같은 시절에는 그것만으로도 충분해. 로세르, 네가 원하지 않는 관계는 절대 강요하지 않을게."

"그게 무슨 의미예요? 나랑 잠자리하지 않겠다는 말이에요?"

"로세르, 바로 그 말이야. 나는 파렴치한이 아니야."

그렇게 그들은 광장의 벤치에서 짧은 시간에 자기네 인생은 물론, 아이의 인생까지 뒤바꿔 놓을 중대 결정을 내렸다. 서둘러 피난을 떠나오다 보니 수많은 난민들이 신분증도 없이 프랑스에 왔고 신분증을 길이나 수용소에서 잃어버린 사람들도 있었지만, 다행히 그들은 제대로 소지하고 있었다. 시청에서 치른 간단한 의식에 퀘이커교도 친구들이 참석해서 결혼식 증인이 되어 주었다. 빅토르는 새 구두에 광택을 냈고, 빌린 넥타이로 빛이 났다. 로세르는 너무 많이 울어서 두 눈이 퉁퉁 부었지만 이제 차분해져서, 가지고 있는 가장 좋은 옷을 입고 봄 모자를 썼다. 그들은 결혼식을 올린 후 마르셀 달마우 브루게라라는 이름으로 아이의 출생 신고를 마쳤다. 아이의 아버지가 살아 있었다면 아이의 이름을 그렇게 지었을 것이다. 그들은 엘리자베트 아이덴벤츠의 작은 조산원에서 샹티 크림 케이크로 특별한 만찬을 열어 축하했다. 부부가 케이크를 잘라 참석자들에게 공평하게 나눠 주었다.

파블로 네루다에게 얘기한 대로, 빅토르는 정확하게 사흘 만에 파리 주재 칠레 공사관 사무실에 나타나 결혼 증명서와 출생 증명서를 책상 위에 내려놓았다. 네루다는 졸음이 가득한 눈을 들어 궁금한 표정으로 한참 동안 서류를 검토했다.

"젊은이, 보아하니 당신에게는 시인의 상상력이 있군요. 칠레에 오신 것을 환영합니다." 그가 신청서에 도장을 찍으며 마침내 허락했다. "당신의 아내가 피아니스트로 되어 있던데요."

"네, 그렇습니다. 그리고 바느질 일도 합니다."

"칠레에 삯바느질을 하는 여자들은 많지만 피아니스트는 부족합니다. 금요일 아주 일찍 보르도의 트롱프루 부두에 아내와 아들과 함께 오십시오. 저물녘에 위니펙호를 타고 출발할 겁니다."

"선생님, 저희는 뱃삯이 없습니다……."

"다 마찬가지입니다. 그건 두고 봅시다. 그리고 몇몇 영사들이 챙기려고 하는 칠레 비자료도 잊으십시오. 난민들에게 비자료를 받는 건 혐오스러운 일 같습니다. 그것도 보르도에서 두고 봅시다."

* * *

1939년 8월 4일, 보르도. 한여름이었던 그날은 빅토르 달마우와 로세르 브루게라를 비롯해, 그 길쭉한 남미 국가로 떠나는 이천 명 넘는 스페인 사람들의 기억에 영원히 남을 것이었다. 그들은 바다로 떨어지지 않기 위해 산을 꽉 움켜쥐고 있는 그 나라에 대해 전혀 알지 못했다. 네루다는 그 나라를 "하얗고 새까만 거품의 허리띠를 두르고, 바다와 포도주와 눈으로 이뤄진 기다란 꽃잎"*이라고 정의했다…….

하지만 그 시는 망명자들에게 자기네 목적지가 어떤 곳인지 확실하게 밝혀 주지 못했다. 지도 위의 칠레는 길쭉하고 먼 나라였다. 사람이 몇 분마다 어마어마하게 늘어나 보르도 광장은 바글바글 들끓었고, 새파란 하늘 아래 더위로 거의 숨이 막혀 죽을 듯했다. 기차와 트럭, 그리고 사람으로 꽉 찬 차량이 속속 도착했으며, 대부분의 사람들은 난민 수용소에서 바로 나와서 제대로 씻지도 못한 몰골에 굶주리고 쇠약했다. 남자들이 아내와 자식과 몇 달 동안 떨어져 지냈기 때문에, 부부와 가족의 재회는 감동과 열광의 드라마였다. 사람들은 차창에 매달린 채 목청껏 이름을 부르고 서로 알아보고는 울음을 터뜨리며 끌어안았다. 에브로 전투에서 아들이 죽은 줄로만 알고 있었던 아버지, 마드리드 전선에서부터 서로 소식을 전혀 모르고 지냈던 형제, 다시는 만나지 못할 줄 알았던 아내와 자식들을 발견한 시커멓게 그을린 군인. 그리고 이 모든 것은 완벽한 질서 속에서, 프랑스 경비병들을 할 일 없게 만든 타고난 규율 본능 속에서 이뤄졌다.

발끝에서 머리끝까지 하얗게 입은 파블로 네루다는 챙넓은 모자를 쓰고, 마찬가지로 하얗게 차려입은 아내 델리아 델 카릴과 함께 신분 확인과 위생 점검과 선발 작업을 지

---

* 파블로 네루다의 시 「언젠가 칠레」에 나오는 시구.

휘하고 있었다. 네루다는 기다란 탁자에 자리 잡은 영사들과 서기관들, 그리고 친구들의 도움을 받아 거의 신처럼 지휘했다. 그가 초록색 사인을 하고, '스페인 난민' 스탬프가 찍히면 허가증이 준비되었다. 네루다는 단체 비자로 비자 문제를 해결했다. 스페인 사람들이 단체로 사진을 찍어 서둘러 현상하면, 누군가 얼굴을 허가증에 붙였다. 자비로운 자원봉사자들이 간식거리와 위생 용품을 일일이 나눠 주었다. 삼백오십 명의 아이는 완벽한 어린이 용품 세트를 받았는데, 엘리자베트 아이덴벤츠가 나눠 주는 일을 맡고 있었다.

출발 당일인데도 시인이 대규모 이민을 위한 경비를 충당하기엔 여전히 돈이 꽤 부족했다. 칠레 정부가 적대적이고 분열된 여론 앞에서 명분을 세우기 불가능하다며 비용 부담을 거절했기 때문이었다. 그러고 있는데 정장을 차려입은 몇 안되는 이들이 함께 부두에 나타나 뱃삯의 절반을 내겠다고 했다. 로세르가 멀리서 보고는 아이를 빅토르 품에 맡기고 줄을 이탈해 달려가서 그들에게 인사했다. 그들은 17세기에 첫 출범할 때부터 인류에 봉사하고 평화를 증진한다는 의무를 실행하기 위해 단체를 대표해서 온 것이었다. 로세르가 엘리자베트에게서 들은 이야기를 그들에게 다시 전했다. "당신들은 가장 필요한 곳에 늘 계시는군요."

빅토르와 로세르와 아이는 뱃전 통로를 따라 가장 먼저 승선하는 그룹에 들어갔다. 아프리카로 화물을 운송하고 1차 세계대전 때는 군대를 호송한 5,000톤짜리 낡은 배였다. 선원 스무 명으로 단거리 항해를 하는 용도로 제작되었지만, 한 달 동안 이천 명 넘게 실어 나를 수 있도록 재정비되었다. 창고에 세 단짜리 나무 간이침대를 서둘러 짜 넣었고, 부엌과 식당, 의사 세 명이 있는 보건실도 준비했다. 선상에서 침실을 정해 주었는데, 빅토르는 남자들과 함께 배 앞쪽에 배정되었고, 로세르는 여자들과 아이들과 함께 배 뒤쪽에 배정되었다.

그 뒤로 몇 시간 동안 운 좋은 승객들이 모두 탑승했고, 탑승하지 못한 수백 명의 난민은 아래에 남았다. 위니펙호는 저물녘에 높은 파고를 헤치며 닻을 올렸다. 갑판에는 조용히 흐느끼는 사람들도 있었고, 가슴에 손을 얹고 「이민자」 노래를 카탈루냐어로 부르는 사람들도 있었다. "다정한 카탈루냐여/ 내 마음의 조국/ 너에게서 멀어질 때/ 그리움으로 죽어 가네." 어쩌면 그들은 다시는 고향으로 돌아올 수 없으리라는 걸 예감하고 있는지도 몰랐다. 파블로 네루다는 난민들이 시야에서 벗어날 때까지 부두에서부터 손수건을 흔들며 작별 인사를 건넸다. 그에게도 그날은 잊을 수 없는 날이라 몇 년 후 이렇게 저술했다. "원한다면 비평은 내 시를 모두 지우도록 하십시오. 하지만 오늘 기억하고 있는 이 시는 아무도 지울 수 없을 것입니다."

간이침대는 공동묘지의 무덤 구덩이 같았다. 기어 올라가 지푸라기를 가득 채운 매트리스에서 꼼짝도 못하고 누워 있어야 했다. 그래도 젖은 모래가 깔린 난민 수용소의 토굴과 비교하면 호화스러운 편이었다. 변소는 쉰 명당 한 개씩 돌아갔고, 식당은 삼교대로 번갈아 가야 했지만, 모두 불평 한 마디 없이 따랐다. 비참함과 굶주림을 견디다가 온 사람들은 천국에 와 있었다. 그들은 따뜻한 음식은 몇 달째 입에 대 보지도 못했다. 배에서의 식사는 매우 간단했지만 맛있었다. 콩 요리는 원하는 만큼 몇 번이고 먹을 수 있었다. 이와 벼룩에 시달리기는 했지만, 세면대에서 시원한 물과 비누로 씻을 수 있었다. 그들은 절망 속에서 포로로 지내다가 지금은 자유를 향해 항해하고 있었다. 심지어 담배까지 있었다! 지불 능력이 되는 사람들은 작은 바에서 맥주나 술도 마실 수 있었다. 거의 모든 승객은 기계를 작동하는 것부터 감자 껍질을 벗기고 갑판을 솔질하는 것까지 배에서 하는 일에는 자진해 참여했다. 오전 이른 시간에 빅토르는 보건실 의사들의 지시에 따랐다. 의사들은 그를 반갑게 맞이해 하얀 가운을 빌려준 후 몇몇 난민들에게 이질과 기관지염 증상이 있고, 보건당국이 놓친 티푸스 환자도 두엇 있다고 알려 주었다.

여자들은 계획을 세워서 아이들을 돌봤다. 가벽을 세워 갑판 위로 유치원과 학교를 위한 공간을 만들었다. 첫날부터 오전에 한 시간 반, 오후에 한 시간 반씩 어린이집 수업, 게임, 예술, 운동, 수업을 했다. 로세르도 대부분의 사람들과 마찬가지로 멀미를 했지만, 간신히 몸을 일으킬 수 있게 되자 실로폰이며 물통으로 만든 북을 가지고 어린아이들에게 음악을 가르치기 시작했다. 그러고 있는데 공산당원인 프랑스인 이등 항해사가 와서, 네루다가 그녀를 비롯해 악기를 연주할 수 있는 사람들을 위해 피아노 한 대와 아코디언 두 대를 준비해 줬다는 희소식을 전해 줬다. 몇몇 승객은 기타 두어 대와 클라리넷을 가지고 있었다. 그때부터는 바스크 사람들의 활기 넘치는 합창 이외에도 아이들에게는 음악이, 어른들에게는 음악회와 춤이 있었다.

오십 년이 흘러 빅토르 달마우가 당시 망명의 오디세이를 회고하는 텔레비전 인터뷰를 하게 되었을 때 그는 그 옛날 위니펙호는 희망의 배였다고 말했다.

* * *

그 여행은 빅토르 달마우에게는 쾌적한 휴가와도 같았지만, 퀘이커교도 친구들의 집에서 몇 달 동안 편안하게 지낸 로세르는 처음엔 비좁은 공간과 악취 때문에 힘들어했다. 그래도 그녀는 너무 무례한 것 같아서 그 사실을 입 밖으로 꺼낼 생각도 하지 않았고, 곧 불편함을 느끼지 못할 정도로 익숙해졌다. 그녀는 즉석에서 만든 배낭으로 마르셀을 등에 업고는 모든 곳을 돌아다녔다. 심지어 피아노를 연주할 때도 마르셀을 업고 했다. 보건실에서 근무하지 않을 때는 빅토르가 교대로 아이를 돌보았다. 로세르는 아이에게 모유를 수유하는 유일한 여자였다. 다른 엄마들은 영양실조 때문에 배에 탄 마흔 명의 영아를 위한 완벽한 젖병 서비스를 이용했다. 여러 여자들이 로세르가 손을 망가뜨리면 안 된다며 옷과 기저귀를 빨아 주겠다고 자청하고 나섰다. 다년간 고된 일에 단련된 농사꾼이자 일곱 아이의 어머니인 여자는 건반도 보지 않고 어떻게 피아노에서 음을 뽑아낼 수 있는지 그저 신기해하며 로세르의 손을 물끄러미 바라보았다. 그 손가락들이 신기하기만 했다. 그녀의 남편은 전쟁 전에는 코르크 마개를 만드는 기술자였다. 네루다가 칠레에는 코르크나무가 없다고 하자, 그는 앞으로는 있게 될 거라고 간단히 대답했다. 시인에게는 그 대답이 황홀하게 들려서, 생각만으로 사람을 선발하지 말라는 칠레 정부의 지침에도 불구하고 어부, 농부, 육체 노동자, 근로자, 지식인들과 함께 그도 배에 태웠다. 네루다는 정부의 명령을 깨끗하게 무시했다. 자기 생각을 영웅적으로 지켜 내는 남자와 여자들을 내버려 두는 것은 어리석은 짓이었다. 시인은 조국이 빠진 섬 특유의 깊은 수면 상태를 그들이 뒤흔들어 놓기를 은근히 바랐다.

배 안은 환기 상태도 최악에다 너무 비좁아서 돌아다니기조차 힘들었기 때문에, 사람들은 갑판 위에서 상당히 늦은 시간까지 머물렀다. 승객들은 히틀러가 점차 영역을 확장해 나가면서 하루가 다르게 악화되고 있는 바깥세상의 소식들로 신문을 만들었다. 항해 십구 일째 그들은 8월 23일 소련과 나치 독일이 불가침 조약을 체결했다는 사실을 알았다.

파시즘에 맞서 싸웠던 많은 공산주의자들은 깊은 배신감을 느꼈다. 공화국 정부를 파멸로 이끈 정치 분열은 선상에서도 계속되었다. 지난 잘못과 원한 때문에 가끔 싸움이 벌어졌지만, 푸핀 선장이 개입하기 전에 다른 승객들이 얼른 진압했다. 우파인 푸핀 선장은 자신이 담당한 승객들에게 절대로 호의적이지는 않았지만 의무감만큼은 저버리지 않았다. 그의 성격을 알지 못하는 사람들은 배신한 선장이 방향을 바꿔 자신들을 유럽으로 되돌려 보낼지도 모른다고 의심했다. 그들은 항해 경로를 주시하는 관찰력으로 똑같이 선장도 관찰했다. 이등 항해사와 선원 대부분은 공산주의자들이었다. 그들 역시 푸핀 선장을 예의 주시했다.

오후에는 로세르의 연주회와 합창, 댄스, 카드놀이, 도미노 게임이 열렸다. 빅토르는 체스를 둘 줄 알거나 배우고 싶어 하는 사람들을 위해 체스 클럽을 만들었다. 체스는 이제 더는 어쩔 수 없을 정도로 영혼이 지칠 대로 지쳐 개처럼 드러누워 죽고 싶은 유혹이 들었던 전쟁터와 난민 수용소에서 틈틈이 시간 날 때마다 그를 절망으로부터 구해 주었다. 함께 둘 사람이 없을 때면 투명한 체스판과 말을 가지고 자신을 상대로 상상 속에서 게임을 했다. 배에서 과학과 여러 주제에 대한 콘퍼런스가 열렸지만, 정치와 관련된 건 전혀 없었다. 혁명을 선동할 수 있는 이론은 유포하지 않기로 칠레 정부와 약속했기 때문이었다. "다른 말로 하자면, 여러분, 우리 닭장을 뒤흔들러 오지 마십시오." 위니펙호를 타고 여행하던 몇 안 되는 칠레 사람 중 하나가 요약한 말이었다. 칠레 사람들은 스페인 사람들이 앞으로 맞닥뜨릴 것들에 대비해 많은 얘기를 들려주었다. 네루다는 스페인 사람들에게 칠레에 대한 간단한 팸플릿 한 권과 상당히 현실적인 편지 한 통을 건네주었다. "스페인 사람들에게. 어쩌면 여러분에게 칠레는 광활한 아메리카 전체에서도 가장 머나먼 지역일 수 있습니다. 여러분의 조상들에게도 마찬가지였습니다. 스페인 정복자들은 수많은 위험과 수많은 불행을 이겨 냈습니다. 그들은 삼백 년 동안 절대 길들지 않는 아라우카 원주민들과 맞서서 계속 싸우며 살았습니다. 그 힘든 삶 속에서 난관에 익숙해진 종족만이 남았습니다. 칠레는 낙원과는 상당히 거리가 멉니다. 우리 땅은 힘들게 일한 사람들에게만 힘을 실어 줍니다." 이것 외에도 칠레 사람들이 건넨 여러 충고에 겁먹은 사람은 아무도 없었다. 칠레 사람들은 우파와 가톨릭교회의 테러 선동을 견뎌 내며 야당과 맞선 페드로 아기레 세르다 대통령의 인민 정부 덕분에 칠레가 스페인 사람들에게 문을 열어 줬다고 설명했다. "말인즉슨, 스페인에 있었던 적들이 그곳에도 똑같이 있다는 거지." 빅토르가 말했다. 여러 예술가들이 대통령을 기리며 거대한 캔버스에 그림을 그릴 때, 그 말이 영감을 주었다.

그들은 칠레가 몹시 가난한 나라로 광물, 그중에서도 특히 구리에 경제를 의존하고 있지만, 정착해서 성공할 수 있는 비옥한 땅도 많고, 어업에 종사할 수 있는 수천 킬로미터의 해안도 있고, 무수히 많은 숲과 사람이 거의 살지 않는 지역도 있다는 사실을 알게 되었다. 달과 같은 북쪽 황무지부터 남쪽의 빙하까지 칠레의 자연은 경이로웠다. 칠레 사람들은 한순간에 모든 걸 무너뜨려 사망자와 이재민이 속출하는 지진 같은 자연재해와 가난에 길들여져 있었다. 하지만 망명자들에게는 자기네가 살아왔던 과거와 프랑코 권력하에 있는 스페인의 미래에 비하면 칠레는 불행 중 다행이었다. 칠레 사람들은 그들이 많은 것을 받을 테니 보답할 준비나 하라고 했다. 칠레 사람들은 전체적으로 가난하지만 인색하지 않고, 오히려 친절하고 너그러웠다. 칠레 사람들은 늘 두 팔 벌려 자기네 집을 열어 줄 준비가 되어 있었다. "오늘은 나를 위해, 내일은 너를 위해." 그것이 슬로건이었다. 그리고 총각들에게는 칠레 여자에게 한번 찍히면 도망칠 방법이 없으니 조심하라고 충고했다. 칠레 여자들은 매력적이고 강하고 권위적이라 죽음의 조합이었다. 그 모든 말이 스페인 사람들에게는 판타지처럼 들렸다.

항해 이틀째 날, 빅토르는 보건실에서 여자 아기의 탄생을 목격했다. 너무나도 끔찍한 부상과 갖가지 모습을 띤 죽음을 목도했지만, 삶의 출발에 참여한 적은 한 번도 없었다. 갓난아기가 어머니 품에 안겼을 때 빅토르는 눈물을 감추기가 힘들었다. 선장이 아그네스 아메리카 위니펙의 출생 증명서를 발급했다. 어느 날 아침, 빅토르의 침실에서 위쪽 간이 침대를 쓰던 남자가 아침 식사 때 나타나지 않았다. 자는 줄 알고 정오가 될 때까지 아무도 그를 방해하지 않았다. 빅토르가 점심 먹으라며 흔들었다가 죽어 있는 그를 발견했다. 이번는 푸핀 선장은 사망 증명서를 발급해야만 했다. 그날 오후, 간단한 의식을 치른 후 시신은 천막 천에 싸여 바다로 던져졌다. 갑판 위로 정렬해 있던 그의 동료들이 바스크 사람들의 합창과 함께 전투곡을 부르며 작별 인사를 나눴다. "빅토르, 삶과 죽음은 늘 손잡고 다니네요." 로세르가 울컥해서 말했다.

부부들은 구명보트를 이용해 사생활 부족으로 인한 불편을 해결했다. 그들은 사랑을 위해 질서 정연하게 교대해야 했다. 연인들이 보트에서 즐기는 동안 친한 사람 한 명이 보초를 서며 다른 승객들에게 주의를 줬고, 승무원이 다가오면 주의를 다른 곳으로 돌렸다. 빅토르와 로세르가 신혼부부라는 게 알려지자, 그들에게 차례를 양보한 사람이 적어도 한 명은 되었다. 그러면 그들은 정중하게 고마움을 표하며 거절했다. 하지만 한 달 내내 사랑에 조급함을 전혀 드러내지 않으면 의심을 살 수도 있어서, 모든 커플이 암묵적인 관례에 따라 하는 것처럼 두어 번은 따로따로 사랑의 장소로 향하기도 했다. 한 자원봉사자가 갑판 위에서 마르셀을 돌보는 동안 그녀는 부끄러워 얼굴이 발갛게 달아올랐고, 그는 바보 같은 기분이 되었다. 보트 안은 갑갑하고 불편하고 썩은 대구 냄새가 진동했지만, 보는 사람 없이 단둘이 조용히 대화할 수 있다는 점이 성관계를 갖는 것 이상으로 그들을 더욱 끈끈하게 만들었다. 로세르는 빅토르의 어깨에 머리를 기대고 옆으로 나란히 누워, 여기 없는 사람들, 기옘과 카르메에 대해 이야기했다. 그들은 카르메가 죽었다고 생각하고 싶지 않았다. 그리고 세상 끝에서 그들을 기다리고 있는 낯선 땅을 상상하며 미래를 계획했다. 그들은 칠레에 정착해 무슨 일이든 해야 했다. 그게 가장 절실했다. 그런 다음에야 그들은 이혼할 수 있고, 둘 다 자유로워질 수 있었다. 대화 내용이 그들을 슬프게 했다. 로세르는 이제 빅토르가 자기와 마르셀에게 남은 유일한 가족이니 늘 친구처럼 지내자고 제안했다. 산타페에 있는 신짜 가족은 가족이라는 생각이 들지 않았다. 산티아고 구스만이 그녀를 데려다 같이 산 이후로는 간 적이 거의 없어서, 원래 가족과는 유대가 거의 없었다. 빅토르는 마르셀에게 좋은 아버지가 되어 주겠다는 약속을 한 번 더 했다. "내가 일할 수 있는 동안은 당신과 마르셀에게 아무것도 부족하지 않을 거야." 그가 덧붙였다. 로세르는 혼자서도 생계를 유지하며 아이를 잘 키울 자신이 있었기 때문에 그런 소릴 하려던 것은 아니었지만, 아무 말 하지 않기로 했다. 둘 다 되도록이면 감상적인 이야기는 깊이 들어가려고 하지 않았다.

* * *

식량과 물을 선박에 비축하기 위한 첫 경유지는 프랑스령

과달루페선이었다. 그들은 독일 잠수함과 맞닥뜨릴 가능성을 늘 경계하며 파나마까지 항해했다. 그곳에서 행정적인 문제가 있다는 얘기를 확성기로 들을 때까지 그들은 아무 영문도 모른 채 오랜 시간을 붙잡혀 있었다. 푸핀 선장이 프랑스로 돌아갈 좋은 핑곗거리가 생겼다고 확신한 승객들 사이에서는 거의 소요에 가까운 사태가 일어났다. 침착하다고 선발된 빅토르와 다른 두 남자에게 상황을 파악하고 해결책을 협상하라는 임무가 주어졌다. 푸핀은 상당히 언짢아하면서 잘못은 이번 여행을 조직한 사람들에게 있다고, 그들이 파나마운하 통행세를 내지 않아 지금 자기가 지옥에서 시간과 돈을 낭비하고 있는 거라고 설명했다. 위니펙호를 물위에 떠 있게 하기 위해 자그마치 얼마나 드는지 알기나 합니까? 그 문제를 해결하기 위해 근심 가득한 기다림 속에서 그들은 닷새를 허비했다. 마침내 통과가 허락되어 첫 수문으로 들어설 때까지 승객들은 용광로처럼 뜨거운 배에서 북적거리며 지냈다. 빅토르와 로세르, 승객들, 승무원들은 그들을 대서양에서 태평양으로 옮겨 주는 수문 시스템을 신기해하며 주의 깊게 바라보았다. 배 양쪽의 지상에서 일하는 사람과 갑판에서 얘기를 나눌 수 있을 정도로 협소한 공간에서 이뤄지는 작업은 경이로울 정도로 정교했다. 알고 보니 그들 중 두 명이 바스크 사람이라, 위니펙호의 동료들은 바스크 말로 노래를 합창하며 그들을 환대했다. 파나마에서 난민들은 자기네가 유럽에서 완전히 멀어졌다는 사실을 실감했다. 운하가 그들을 고향과도 과거와도 갈라놓았다.

"우리는 언제나 스페인으로 돌아갈 수 있을까요?"로세르가 빅토르에게 물었다.

"곧. 그러기를 바라야지. 총통이 영원히 총통이지는 않을 거야. 하지만 모두 전쟁에 달려 있어."

"왜요?"

"로세르, 전쟁이 임박해 있어. 이념과 원칙의 전쟁이 될 거야. 세상과 삶을 이해하는 두 방식 사이의 전쟁이고, 나치와 파시스트와 맞선 민주주의의 전쟁이고, 자유와 권위주의가 맞선 전쟁이지."

"프랑코가 스페인을 히틀러 편에 서게 할 거예요. 소련은 어느 편에 설까요?"

"프롤레타리아의 민주주의지. 하지만 나는 스탈린을 믿지 않아. 그는 히틀러와 동맹해서 프랑코보다 더 끔찍한 폭군이 될 수도 있어."

"빅토르, 독일인들은 절대 무적이에요."

"그렇다고 하더군. 두고 봐야지."

처음으로 태평양을 항해하는 여행객들에게 바다는 '태평'이라는 의미와는 거의 상관이 없어서, 그들은 그 이름에 적잖이 놀랐다. 여행 초반의 멀미를 이제 어느 정도 극복했다고 생각한 다른 많은 사람들과 마찬가지로 로세르도 분노로 일렁거리는 파도에 초주검이 되었다. 하지만 빅토르는 다른 사내아이의 탄생으로 보건실에서 분주하게 일하며 정신

없이 그 혼란을 넘기느라 별다른 영향을 받지 않았다. 그들은 콜롬비아와 에콰도르를 뒤로한 채 남반구의 겨울로 들어섰다. 공간이 부족해서 더 끔찍했던 더위가 지나간 후에는 승객들의 기분이 훨씬 나아졌다. 그들은 독일인들에게서 멀리 있었고, 푸핀 선장이 선로를 바꿀 가능성도 점차 희박해졌다. 그들은 희망과 두려움이 뒤섞인 마음으로 목적지에 가까이 다가가고 있었다. 전보에서 전하는 소식들을 통해, 그들은 칠레의 여론이 분열되어 있고 자기네 상황이 의회와 언론에 거론되는 열띤 논쟁거리라는 것을 알았다. 하지만 정부와 좌파 정당, 노조, 그들보다 먼저 도착한 스페인 이민자 단체들이 숙소와 일자리를 준비해 자기네를 도울 계획이라는 것도 알았다. 그들은 버림받지 않았다.

6장
1939~1940년

우리의 조국은 홀쭉하고,
칼집이 벗겨진 날카로운 칼날 위로
우리의 정교한 국기(國旗)가 이글거린다.

파블로 네루다, 「그렇소, 동무, 정원을 즐길 시간이오」, 『바다와 종들』*

8월 말 위니펙호는 칠레 북부의 첫 항구인 아리카에 도착했다. 난민들이 남미 국가에 가지고 있던 생각과는 꽤 동떨어진 곳이었다. 선정적인 정글이나 코코야자 나무가 늘어선 눈부신 해변과는 전혀 거리가 멀었다. 오히려 사하라 사막과 매우 흡사했다. 칠레는 기후가 온화하다더니 그곳은 사람이 사는 곳으로는 지구상에서 가장 메마른 곳이었다. 바다에서부터 해안이 보였는데, 저 멀리 라벤다 빛 깨끗한 하늘 위로 수채화를 붓으로 그려 놓은 듯 보랏빛 산들이 굽이굽이 펼쳐져 있었다. 배는 깊은 바다 위에 정박했고, 곧

---

*El Mar y las Campanas. 1973년 출간한 시집으로, 복잡한 삶에서 벗어나기 위해 바닷가 이슬라네그라로 내려간 네루다가 바다와 자연의 모습을 담아냈다.

이민국 공무원과 영사관 직원 들이 탄 보트가 다가와 선상에 올라왔다. 선장이 자기 사무실을 내줘서, 그들은 난민들을 인터뷰한 후 신분증과 비자를 발급하고 직업에 따라 칠레의 어느 지역에서 거주할 것인지 알려 주었다.

빅토르와 로세르는 마르셀을 품에 안고 선장의 비좁은 사무실로 들어가 젊은 영사 공무원인 마티아스 에이사기레 앞에 섰다. 그가 서류에 일일이 비자 스탬프를 찍고 서명했다.

"여기 나온 바로는, 당신들이 살 곳은 탈카주(州)에 있습니다." 마티아스가 설명했다. "당신들이 거주해야 할 곳이 이렇게 정해져 있다는 건 이민국 공무원들이 바보라는 의미입니다. 칠레에는 절대적인 이주의 자유가 있습니다. 이건 신경 쓰지 마십시오. 당신들이 원하는 곳으로 가도 됩니다."

"당신은 바스크 사람입니까? 성이⋯⋯." 빅토르가 물었다.

"조부모님이 바스크 출신이셨습니다. 이곳에서는 우리 모두 칠레 사람입니다. 칠레에 오신 걸 환영합니다."

마티아스 에이사기레는 위니펙호까지 오기 위해 아리카행 기차를 타고 왔는데, 배가 파나마에서 문제가 생겨 이틀이나 연착했다. 영사관에서 가장 젊은 직원 중 한 명인 그는 책임자와 함께였다. 그들은 칠레의 난민 수용 입장에 대해 상반된 의견을 가지고 있었기 때문에 두 사람 모두 즐거운 마음으로 온 것은 아니었다. 나라가 심각한 취업난을 겪고 있고 경제 위기와 지진에서 아직 회복하지 못하고 있는 바로 그때 빨갱이에 무신론자, 범죄자일 가능성이 큰 사람들이 떼로 몰려와 칠레 사람들의 일자리를 뺏는다는 논리가 파다했지만, 그들은 의무를 다하고 있는 것이었다. 그들은 항구에서 빈약한 보트에 몸을 싣고 파도와 맞서 싸우며 위니펙호에 도착했다. 그곳에서 그들은 험악한 프랑스 선원들이 아래에서부터 밀어 주는 가운데 바람에 흔들리는 밧줄 계단을 기어 올라가야 했다. 선상에서는 푸핀 선장이 코냑 한 병과 쿠바산 시가와 함께 그들을 맞이했다. 공무원들은 푸핀 선장이 마지못해 그 항해를 한 데다 자기가 싣고 온 것을 혐오한다는 사실을 잘 알고 있었다. 하지만 선장을 만난 후 그들은 놀라움을 금치 못했다. 푸핀이 스페인 사람들과 함께 지낸 한 달 동안 그들에 대한 의견이 바뀐 것이었다. 물론 그의 정치 성향은 그대로였다. "여러분, 이 사람들은 큰 고생을 했습니다. 아주 도덕적이고, 질서 정연하고, 예의 바른 사람들입니다. 열심히 일해서 자신의 삶을 재건하기 위해 당신네 나라에 온 것입니다." 선장이 그들에게 말했다.

마티아스 에이사기레는 가톨릭적이고 보수적인 분위기 속에서 이민에 반대하는 귀족 가문 출신이었지만, 난민들을, 남자와 여자와 아이 한 명 한 명을 직접 마주하면서 푸핀처럼 상황에 대한 인식이 바뀌었다. 그는 가톨릭 학교에서 교육받았고, 가문의 특권 속에서 보호받으며 살았다. 조부와 부친은 대법원 판사를 지냈고 형제 중 두 명이 변호사라 그 역시 적성에 맞지는 않지만 가족의 기대에 따라 법을 공부했다. 그는 열심히 대학교에서 이 년을 공부한 후 집안 연줄로 영사관에 들어갔다. 말단부터 시작한 그가 스물네 살에 위니펙호에서 비자 스탬프를 찍게 되었을 때는 이미 훌륭한 공무원이자 외교관이 될 자질이 입증된 상태였다. 두어 달 후면 첫 임무를 띠고 파라과이로 나가기로 되어 있었다. 그때 그는 결혼해서 나가거나, 아니면 적어도 사촌 오펠리아 델 솔라르의 정식 애인이 되어 나갈 수 있기를 바랐다.

서류가 처리되자 북부에 일자리가 마련된 열두어 명의 승객이 하선했고, 다시 위니펙호는 네루다의 시에 나오는 그 '기나긴 꽃잎'의 남부를 향해 항해했다. 배 위에서 스페인 사람들은 침묵에 잠긴 채 점차 기대감에 사로잡혀 갔다. 9월 2일 그들은 마지막 목적지인 발파라이소의 측면을 보게 되었고, 저물녘에는 배가 항구 앞쪽으로 들어갔다. 배 위에서는 집단적인 흥분 속에서 조바심이 일렁거렸고, 이천 명이 넘는 사람들이 낯선 땅 위로 첫발을 내디딜 순간을 기다리며 간절한 얼굴로 맨 위쪽 갑판 위로 몰려나와 있었다. 하지만 항구 관계자들은 다음 날 새벽 날이 밝았을 때 차분하게 하선하기로 결정했다. 발파라이소 항구와 그곳 언덕 꼭대기 집들에서 반짝이며 흔들리는 수천 개의 불빛이 별빛과 경쟁하느라, 약속된 낙원이 어디서 끝나고 어디서 하늘이 시작하는지 분간되지 않았다. 계단과 푸니쿨라 선로, 나귀가 다니는 좁은 골목으로 이뤄진 어수선한 도시였다. 가파른 언덕에는 집들이 미친 듯 매달려 있고 떠돌이 개들이 우글거리는, 찢어지게 가난하고 지저분한 도시였다. 거의 모든 항구가 그렇듯 상인과 선원과 악습이 들끓는 도시였다. 하지만 황홀한 도시였다. 배에서부터 보면 다이아몬드가 흩뿌려진 전설 속 도시처럼 반짝였다. 그날 밤에는 아무도 잠자리에 들지 않았다. 그들은 시간을 손꼽아 세면서, 마법과도 같은 광경에 황홀해하며 갑판 위에 남아 있었다. 빅토르는 그날 밤을 인생에서 가장 아름다운 밤 중 하나로 기억했다. 아침이 되자 위니펙호는 면포 위에 그려진 페드로 아기레 세르다 대통령의 거대한 초상화와 칠레 국기를 옆으로 늘어뜨리고 마침내 칠레 땅에 닿았다.

배 위에 있던 사람들은 그렇게 환영받을 거라고는 아무도 기대하지 않았다. 그들은 우파의 흑색선전과 가톨릭교회의 극심한 반대, 잘 알려진 칠레인의 무뚝뚝함에 대해 너무나도 많은 주의를 들었다. 그래서 처음에는 항구에서 벌어지고 있는 광경을 이해하지 못했다. 스페인, 공화국, 바스크, 카탈루냐의 국기와 플래카드를 들고 가이드라인 뒤로 몰려 있던 수많은 사람들이 모두 한목소리로 환영한다며 열화와 같은 환호를 보내고 있었다. 악단이 칠레 국가와 스페인 공화국 국가와 인터내셔널가를 연주했고, 수백 명의 목소리가 합창했다. 칠레 국가는 손님을 환대하는 마음과 그들을 맞이하는 국가의 자유정신을 다소 감상적으로 드러내며 단 몇 줄로 요약되었다. "달콤한 조국, 너의 성단에서 칠레가 맹세한 소명을 맞이한다. 너는 자유로운 사람들의 무덤이 되리라. 아니면 억압에 맞선 피난처가 되리라." 갑판 위에서는 너무도 혹독한 시련을 겪은 거친 전사들이 울고 있었다. 오전 9시에 일렬로 줄을 선 채 뱃전 통로를 따라 하선이 시작되었다. 아래쪽에서는 가장 먼저 예방접종부터 하기 위해 한 명씩 보건실 천막을 통과했고, 세월이 흘러 빅토르 달마우가 파블로 네루다에게 개인적으로 감사한 마음을 표현할 수 있게 되었을 때 말한 그대로, 칠레의 품에 안겼다.

1939년 9월 3일, 스페인 망명자들이 칠레에 도착한 바로 화창했던 그날 유럽에서는 제2차 세계대전이 발발했다.

* * *

펠리페 델 솔라르는 길을 떠나 위니펙호가 도착하기 하루 전날 발파라이소 항구에 도착했다. 그가 밝힌 대로 그 역사적 사건의 현장에 있고 싶었던 것이다. '광란자 클럽'의 친구들은 그가 도를 넘었다고 했다. 난민에 대한 열정이 마음에서 우러나왔다기보다는 아버지와 집안의 뜻을 거스르고 싶은 마음 때문이라는 것이었다. 거의 하루 종일 그는 난민들을 맞이하러 나온 사람들과 뒤섞이기도 하고, 그곳에서 만난 지인들과 얘기도 나누면서 막 도착한 사람들에게 인사를 건넸다. 부두에서 열광한 군중 가운데는 정부 당국의 관계자들과 노동자 대표들, 카탈루냐와 바스크 출신 거

주민들이 있었고, 지난 몇 달 동안 위니펙호의 도착을 준비하기 위해 펠리페가 연락을 취한 예술가, 지식인, 신문기자, 정치인도 있었다. 발파라이소 출신 의사 살바도르 아옌데도 있었는데, 대표적인 사회주의자인 그는 며칠 후 보건부 장관으로 임명되었고, 삼십 년 후에는 칠레의 대통령이 되었다. 살바도르 아옌데는 젊은 축에 속했지만 정치권에서는 독보적인 인물이었다. 그를 떠받드는 사람도 있고 거부하는 사람도 있었지만, 모두가 그를 존경했다. 그는 '광란자 클럽'의 모임에 적어도 한 번 참석한 적이 있었고, 군중 속에서 펠리페 델 솔라르를 알아보고는 멀리서 인사를 건네기도 했다.

펠리페는 발파라이소에서 산티아고까지 난민들을 이송하는 특별 열차에 오를 수 있는 초대장을 구했다. 그곳에서 그는 언론과 파블로 네루다 같은 소수의 증언으로만 알려진, 스페인에서 벌어진 일에 대해 몇 시간 동안 직접 듣고 싶었다. 칠레에서 볼 때 스페인 내전은 다른 시대 일인 듯 까마득하게 먼 사건이었다. 기차는 멈추지 않고 앞으로 나갔지만, 역마다 사람들이 몰려나와 깃발을 흔들고 노래를 부르며 기차 바로 옆을 달리고 차창으로 엠파나다나 케이크를 건네며 막 도착한 난민들을 반겼기 때문에 동네 역 앞을 지날 때면 아주 천천히 지나갔다. 산티아고역에서는 걸어 다닐 수도 없을 만큼 빽빽하게 몰려나온 군중이 그들을 기다리고 있었다. 기둥 위까지 올라가 들보에 매달린 채 소리 높여 외치면서 노래 부르고 허공에 꽃을 뿌리는 사람들도 있었다. 전형적인 칠레 음식으로 차려진 준비 위원회의 저녁 만찬에 스페인 사람들을 데려갈 수 있도록 역에서 데리고 나오는 역할은 경찰관들의 몫이었다.

기차를 타고 가면서 펠리페 델 솔라르는 불행이라는 공통된 커다란 줄기로 엮인 여러 사연을 들을 수 있었다. 그러다가 두 차량 사이에서 빅토르 달마우와 함께 담배를 피우게 되었다. 빅토르는 그에게 역에서 응급조치하고 병원에서 피난을 시도하면서 목격한 피와 죽음의 관점으로 본 전쟁에 대해 들려주었다.

"우리가 스페인에서 겪은 일이 장차 유럽에서 사람들이 겪게 될 일의 전례입니다." 빅토르가 결론지었다. "독일인들은 우리에게 자기네 무기를 시험하며, 온 나라를 쑥대밭으로 만들었습니다. 유럽에서는 더 심각할 것입니다."

"현재는 영국과 프랑스만이 히틀러에게 맞서 싸우고 있습니다. 하지만 분명히 동맹국들이 합류할 겁니다. 미국인들이 결정해야 합니다." 펠리페가 말했다.

"그러면 칠레의 입장은 어떻게 될까요?" 로세르가 몇 달 동안 사용해온 배낭에 아이를 업은 채 다가오면서 물었다.

"제 아내 로세르입니다." 빅토르가 그녀를 소개했다.

"만나서 반갑습니다, 부인. 펠리페 델 솔라르라고 합니다. 남편분께서 제게 부인에 대해 말씀하셨습니다. 피아니스트라고요? 그렇죠?"

"네, 편하게 말씀하세요." 로세르는 대답한 후 앞선 질문을 재차 했다.

펠리페는 수십 년 전부터 칠레에 정착해 살아온 수많은 독일인들의 마을에 대해 들려주고 칠레 나치도 언급했다. 하지만 칠레는 확실하게 전쟁에서 중립을 지킬 테니 조금도 걱정할 필요 없다고 덧붙였다. 그는 능력에 따른 일자리를 스페인 사람들에게 주고 싶어 하는 제조업자와 기업가 목록을 그들에게 보여 주었지만, 어떤 일자리도 빅토르에게 적합하지 않았다. 자격증 없이는 그가 유일하게 알고 있는 직업에 종사할 수가 없었다. 펠리페는 그에게 무상인 데다 상당히 권위 높은 칠레 대학교에 등록해 의학 공부를 마치라고 충고했다. 어쩌면 바르셀로나에서 그가 수료한 과정과 전쟁에서 터득한 지식을 인정받을 수도 있었지만, 설령 그렇다 하더라도 자격증을 딸 때까지는 몇 년이 더 걸렸다.

"우선은 생계를 위해 일해야 합니다." 빅토르가 대답했다. "낮에 공부할 수 있도록 밤에 할 수 있는 일을 찾아보겠습니다."

"나도 일이 필요해요." 로세르가 끼어들었다.

"당신은 수월할 수 있어요. 이쪽에서는 늘 피아니스트가 필요하거든요."

"파블로 네루다도 그렇게 말씀하셨습니다." 빅토르가 덧붙였다.

"당분간은 우리 집에 머무세요." 펠리페가 결단을 내렸다.

그에게는 빈방 두 개가 있었고, 위니펙호의 도착에 앞서 집안일을 할 사람을 더 고용해 두었다. 요리사 한 명과 집안일 하는 여자가 둘 있었고, 그러면 더 이상 후아나와 문제가 생길 일도 없었다. 후아나가 절대 내주지 않는 본가의 빈방 열쇠 꾸러미가 그들이 이십몇 년 동안 유일하게 다툰 이유였다. 하지만 그 때문에 척을 지기에는 두 사람은 지나치게 서로 사랑했다. 빨갱이는 절대 집에 들이지 말라고 확실히 선을 그은 아버지의 전보가 파리에서 날아왔을 때 펠리페는 이미 자기 집에 스페인 사람들을 맞이할 준비를 마친 상태였다. 그에게는 달마우 가족이 이상적이었다.

"당신에게는 매우 고맙지만, 난민 위원회가 여관에 숙소도 마련해 주고 육 개월치 숙박비도 지급해 주는 것으로 알고 있습니다." 빅토르가 말했다.

"우리 집에는 피아노가 있고, 나는 하루 종일 변호사 사무실에서 있습니다. 로세르, 아무에게도 방해받지 않고 원하는 대로 피아노를 칠 수 있습니다."

그 논리가 결정적으로 작용했다. 펠리페는 꼭 필요한 가구만 사들였기 때문에, 손님들에게 바르셀로나 최고급 동네 못지않게 멋져 보이는 동네의 그 집은 우아한 겉모습에 비해 안은 거의 텅 비어 있었다. 그는 부모님의 과한 취향을 혐오했다. 무늬가 들어간 유리창에는 커튼도 없고, 쪽모이 세공마루에는 카펫도 없었으며, 눈에 띄는 꽃병이나 화분 하나없을뿐더러 벽에는 아무것도 걸려 있지 않았다. 하지만 장식이 거의 없는데도 확실히 세련된 분위기가 감돌았다. 달마우 가족에게는 방 두 개와 욕실 한 개, 펠리페가 베이비시터 역할을 맡긴 가정부 한 명의 전적인 돌봄이 배정되었다. 마르셀은 부모가 일하는 동안 돌봐 줄 사람이 생겼다.

이틀 후 펠리페는 대표와 잘 아는 라디오 방송국으로 로세르를 데려갔다. 그리고 그날 오후 바로 그녀는 피아노를 치며 프로그램을 반주하게 되었다. 이 일을 계기로 연주자이자 음악 거장으로서 그녀의 재능이 알려졌다. 이제 그녀에게는 일자리가 아쉬울 일은 절대 없었다. 빅토르는 능력보다는 지인들의 인맥이 통하는 전통적인 시스템으로 경마장의 바에 일자리를 구했다. 저녁 7시에서 새벽 2시까지 일하는 자리인 덕분에 그는 의대에 입학하자마자 바로 공부할수 있었다. 펠리페에 의하면, 대학 총장이 자기 어머니 쪽 비스카라 집안의 친척이라 빅토르의 입학이 수월했다. 빅토르는 와인을 구별하고 칵테일을 만들 수 있을 때까지 맥주 박스를 나르며 컵을 닦기 시작했다. 그때는 검정 양복에 하얀 와이셔츠를 입고 나비넥타이를 매고 바 뒤에 서서 일했다. 그에게는 갈아입을 속옷 한 벌과 아르헬레스수르메르를 도망칠 때 아이토르 이바라의 돈으로 산 양복 한 벌밖에 없었지만, 펠리페가 자기 옷 방을 개방해 주었다.

후아나 낭쿠체오는 호기심이 자존심을 이길 때까지 펠리페의 손님들에 대해 묻지 않고 일주일을 버텼다. 그녀는 오븐에 갓 구운 머핀 한 접시를 가지고 일이 어떻게 돌아가는지 냄새를 맡으러 갔다. 어린아이를 품에 안은 새로 온 가정부가 문을 열어 주었다. "주인님들은 안 계시는데요." 그녀가 말했다. 후아나는 가정부를 한쪽으로 밀쳐 낸 후 성큼성큼 안으로 들어갔다. 그녀는 돈 이시드로가 말하는 빨갱이들이 상당히 깨끗하고 정리 정돈을 잘한다는 사실을 확인하며 꼼꼼하게 모든 곳을 살펴보았다. 그녀는 부엌에 있는 냄비의 뚜껑을 열어 본 후 베이비시터에게 주의를 주었다. 후아나가 보기에 그녀는 지나치게 어리고 멍청해 보였다. "애 엄마는 어디를 싸돌아다니는 거야? 애를 낳아 내팽개쳐 두는 것도 참 잘하는 짓이지. 꼬마 마르셀은 귀엽군. 그건 부정할 수 없겠어. 눈도 크고, 통통하고, 겁도 전혀 없어. 내 목에 양팔을 두르고는 땋아 내린 내 머리를 잡아당기거든." 나중에 그녀가 펠리페에게 얘기했다.

* * *

9월 4일, 파리에서 이시드로 델 솔라르는 런던에 있는 여학교에 대해 자신이 내린 결정을 전하기 위해 아내에게 좋은 말을 늘어놓고 있었다. 오펠리아를 이미 그 학교에 등록해 놓았는데, 그때 전쟁이 발발했다는 소식이 갑자기 전해진 것이었다. 몇 달 전부터 전쟁 조짐은 있었지만, 그는 휴가를 방해받을까 봐 애써 모른 척하며 집단 공포를 물리치려고 했다. 언론이 과장한 거야. 세상은 늘 일촉즉발의 전쟁 위기에 놓여 있어. 그것 때문에 조바심 낼 필요가 있겠는가? 하지만 방문 밖으로 고개만 내밀어도 일의 심각함을 알 수 있었다. 광기 가득한 움직임이 감지되었다. 호텔 직원들은 트렁크와 가방을 들고 뛰어다녔고, 투숙객들은 서로 밀쳐 댔다. 귀부인들은 작은 강아지를 끌어안고 다녔고, 신사들은 빈 택시를 잡기 위해 다퉜고, 아이들은 멍해져서 울음을 터뜨렸다. 거리에서도 전쟁의 혼란이 군림했다. 상황이 확실해질 때까지 도시 절반이 시골로 피난을 떠나려고 했다. 지붕까지 짐을 잔뜩 실은 차들이 뒤엉킨 채 멈춰서 있었다. 차들은 바삐 걸어가는 보행자들 사이를 지나가려고 했고, 확성기에서 다급한 지시 사항들이 쏟아졌고, 기마 경찰들이 질서를 유지하려고 고군분투했다. 이시드로 델 솔라르는 조용히 영국으로 돌아가, 칠레로 가져가려고 구매한 최신 자동차를 찾아서 태평양의 여왕호에 승선하려는 계획이 모두 수포로 돌아갔다는 사실을 받아들여야 했다. 서둘러 유럽을 떠나야 했다. 그는 프랑스 주재 칠레 대사를 불렀다.

공사관이 마지막 칠레 배에 그들을 위한 자리를 마련해 줄 때까지 그들은 사흘 동안 마음을 졸여야 했다. 평소 오십 명이 승선하는 화물선에 삼백 명이 타서 터져 나갈 정도로 만원이었다. 솔라르 가족에게 자리를 마련해 주려고 애쓰는 와중에, 하마터면 할머니의 보석을 칠레 영사에게 뇌물로 쥐여 주고 비자를 받았을 뿐 아니라 뱃삯까지 낸 유대인 가족이 내릴 뻔한 일까지 생겼다. 유대인을 받으려는 나라가 없었기 때문에 유대인은 아예 배에 태우지 않거나 유대인을 태운 배가 출발지로 되돌아가는 일마저 벌어지고 있었다. 배에 탄 다른 많은 가족들처럼 그 가족도 끔찍한 제재를 당한 후 귀중품마저 일절 챙기지 못한 채 독일을 떠나왔다. 그들에게는 유럽에서 멀어지는 것이 생사가 달린 문제였다. 오펠리아는 그들이 선장에게 애원하는 소리를 듣고, 부모와 상의도 하지 않고 서둘러 자기 방을 그들에게 내줬다. 그것은 엄마와 좁은 침대를 같이 써야 한다는 의미였지만 개의치 않았다. "힘든 시절에 적응해야 한다."고 이시드로가 말했다. 하지만 그는 다양한 계층의 사람들이 뒤섞인 상황과 육십 명의 유대인, 쌀만 계속 나오는 최악의 식사, 부족한 목욕물, 비행기를 피하기 위해 어둠 속에서 항해하는 두려움이 불편했다. 아내는 기도하고 딸은 배 위 정경과 사람들을 그리며 아이들과 놀아 주는 동안, 이시드로는 녹슨 통조림 안에 빽빽이 든 정어리처럼 어떻게 한 달을 견뎌 낼 수 있을지 아마득하기만 했다. 곧 오펠리아는 펠리페 오빠의 더없이 너그러운 마음에 영감을 받아, 입은 옷 외에는 아무것도 없이 배에 오른 유대인들에게 자기 옷을 나눠 주었다. "이 어린 것이 쇼핑한 것들을 나눠 주게 하려고 우리가 가게에서 그렇게 많은 돈을 썼나 보군. 혼숫감이 화물칸 트렁크에 있는 게 그나마 다행이야." 이시드로가 철없어 보이는 딸의 행동에 놀라서 투덜거렸다. 몇 달 후 오펠리아는 2차 세계대전이 자기를 여학교에서 구해 주었다는 사실을 알게 되었다.

평상시 항해는 이십팔 일이 걸렸지만, 바다 위 기뢰를 피하고 사방에서 출몰하는 전투함을 따돌리며 전속력으로 달린 끝에 이십이 일 만에 끝났다. 그들은 칠레의 중립 깃발을 달고 항해했기 때문에 이론상으로는 무사해야 했지만, 실제로는 비극적인 오해로 독일인이나 연합군에게 침몰당할 수도 있었다. 파나마운하에서 그들은 사보타주를 방지하기 위한 엄청난 보호 조치와 수문에 남겨졌을지도 모르는 폭탄을 수거하기 위한 저인망과 잠수부들을 목격했다. 라우라와 이시드로 델 솔라르에게 더위와 모기는 고문이자 진절머리 나는 불편함이었고, 전쟁의 불안은 소화 불량을 일으켰다. 하지만 오펠리아에게 그 경험은 에어컨과 초콜릿 파티가 있던 태평양의 여왕호를 타고 한 항해보다 훨씬 재미있었다.

펠리페는 자기 자동차는 물론, 짐을 운반하기 위해 빌린 트럭까지 가지고 발파라이소에서 그들을 기다렸다. 트럭은 솔라르 가족의 기사가 운전했다. 펠리페는 늘 어리석고 외모가 경박하다고 느꼈던 여동생을 보고 깜짝 놀랐다. 여동생이 좀 더 성숙하고 진지해진 것 같았다. 몸도 훌쩍 자랐고, 얼굴 윤곽도 또렷해졌다. 이제는 예전의 인형 얼굴을 한 소녀가 아니라 꽤 흥미로운 젊은 여자였다. 친동생만 아니라면 오펠리아가 꽤 미인이라고 말할 수도 있었다. 마티아스 에이사기레도 고분고분하지 않은 애인에게 선물할 장미 한 다발과 자동차를 가지고 항구에 와 있었다. 그도 펠리페처럼 오펠리아에게 깊은 인상을 받았다. 그녀는 늘 매력적이지만 지금은 아름다워 보였고, 마티아스는 자기보다 더 똑똑하거나 돈 많은 남자가 나타나 그녀를 낚아채 갈지도 모른다는 섬뜩한 불안이 엄습해 오는 것을 느꼈다. 그는 계획을 앞당기기로 했다. 그녀에게 첫 외교 임무를 즉시 알리고, 단둘만 있게 되면 바로 증조모의 다이아몬드 반지를 건네겠다고 마음먹었다. 긴장으로 셔츠가 땀에 젖었다. 결혼해 파라과이로 가서 살자는 얘기에 그 변덕스러운 오펠리아가 어떻게 나올지는 아무도 모를 일이었다.

자동차 두 대와 트럭으로 이뤄진 행렬이 하켄크로이츠가 새겨진 붉은 깃발을 흔드는 스무 명 남짓한 청년 그룹 사이를 지나갔다. 그들은 배를 타고 온 유대인들을 반대하며, 그들을 맞으러 나온 사람들에게까지 욕설을 퍼붓고 있었다. "불쌍한 사람들. 독일에서 도망쳐 왔는데, 이곳에서 맞닥뜨린 것을 봐요." 오펠리아가 말했다. "그들은 신경 쓰지 말아요. 경관들이 그들을 해산시킬 테니까." 마티아스가 그녀를 안심시켰다.

포장도 되지 않은 구불구불한 길로 네 시간을 달려 산티아고로 오는 동안 펠리페는 부모와 동승한 차에서, 스페인 사람들이 얼마나 잘 적응하고 있는지 한 달도 되지 않아 대부분 자리를 잡고 일하고 있다고 얘기했다. 수많은 칠레 가족이 그들에게 숙소를 제공했는데, 빈방이 대여섯 개나 되는 큰 집이 있으면서도 그렇게 하지 않는 것은 부끄러운 일이라고 했다. "네가 공산당 무신론자 몇 명을 집에 데리고 있는 거 알고 있다. 후회할 거다." 이시드로가 그에게 주의를 당부했다. 펠리페는 그들이 무정부주의자일 수는 있지만 공산주의자는 절대 아니며, 무신론자인지는 알아볼 일이라고 분명히 밝혀 두었다. 펠리페는 그들에게 달마우 가족에 관해 들려주었다. 그들이 얼마나 점잖고 교양이 있는지 칭찬하고, 후아나와 사랑에 빠진 아이 얘기도 들려주었다. 이시드로와 라우라는 충직한 후아나 낭쿠체오가 배신했다는 것을 이미 알고 있었다. 아이 아빠가 바에 처박혀 지내는 동안 후아나의 말내로 엄마는 밖으로만 돌며 피아노를 핑계로 집에 절대 붙어 있지 않았기 때문에, 후아나가 음식을 챙겨 주고 레오나르도와 함께 일광욕을 시키기 위해 매일 마르셀을 보러 가서는 공원으로 데리고 나갔다. 펠리페는 자기 부모가 그 깊은 바다에서 어떻게 그 많은 정보를 얻을 수 있었는지 그저 경이로울 뿐이었다.

* * *

12월에 마티아스 에이사기레는 아랫사람에게는 월권을 휘두르고 사회적으로 높은 계층에게는 비굴한 대사의 명을 받아 파라과이로 출발했다. 마티아스는 그 정도 직급은 되었다. 오펠리아가 스물한 살이 될 때까지는 결혼하지 않겠다고 아버지와 약속했다며 반지를 거절하자 마티아스는 혼자 떠났다. 그는 오펠리아가 결혼하고 싶은 마음만 있다면 누구도 그녀를 막을 수 없다는 것을 알고 있었다. 하지만 위험을 감수한 채 체념하고 기다리기로 했다. 오펠리아에게는 구애자들이 흘러넘쳤지만, 미래의 장인 장모가 오펠리아를 잘 돌보고 있겠다며 그를 안심시켰다. "아이에게 시간을 주게. 오펠리아는 아직 철이 너무 없네. 결혼해서 아주 행복하게 해 달라고 너희를 위해 기도할게." 도냐 라우라가 그에게 약속했다. 마티아스는 연애편지로 홍수라도 난 듯 끊임없이 편지를 써서 멀리서도 오펠리아를 완벽하게 넘어오게 할 생각이었다. 그러라고 우체국이 있는 거고, 그는 말보다 글이 훨씬 유창했다. 인내심이 필요했다. 그는 어릴 때부터 오펠리아를 사랑했고, 그들은 천생연분이었다. 의심의 여지가 없었다.

크리스마스 며칠 전 이시드로 델 솔라르는 매년 그 무렵이면 하던 대로 우유를 먹여 기른 돼지 한 마리를 시골에서 주문했고, 도축업자 한 명을 고용해 라우라와 오펠리아와 '아가'의 눈에 띄지 않도록 집에서 멀찍이 떨어진 세 번째 마당에서 작업하게 시켰다. 후아나는 불쌍한 짐승이 스테이크며 소시지며 갈비, 하몽, 베이컨으로 변해 가는 과정을 감독했다. 그녀가 많은 가족을 한자리에 모이게 하는 12월 24일 만찬과, 이탈리아에서 가져온 석고 인형들로 벽난로에 크리스마스트리를 장식하는 일을 책임지고 있었다. 아침 일찍 후아나는 서재로 커피를 가지고 가서 주인 어른 앞에 섰다.

"후아나, 무슨 일이 있나?"

"제가 보기에는, 펠리페 도련님의 공산주의자 친구들을 초대하셔야 할 것 같습니다."

이시드로 델 솔라르가 신문에서 시선을 들어 당황한 기색으로 물끄러미 바라보았다.

"꼬마 마르셀 때문에 그러는 겁니다." 그녀가 말했다.

"누구?"

"주인어른, 어르신은 제가 누구 얘기를 하는지 알고 계십니다. 코흘리개, 그러니까 공산주의자들의 아들 말이에요."

"후아나, 공산주의자들은 크리스마스에 관심 없어. 그들은 하느님을 믿지 않고, 아기 예수는 눈곱만큼도 관심 없다고."

후아나는 소리 지르고 싶은 마음을 꾹 참고 성호를 그었다. 펠리페가 계급 평등과 싸움에 대한 공산주의자들의 어리석은 짓거리를 한바탕 설명한 적이 있었다. 하지만 하느님을 믿지 않고 아기 예수에 관심이 없다는 말은 한 번도 들어 본 적이 없었다. 그녀가 다시 말문을 열 때까지 영원과도 같은 일 분이 흘렀다.

"주인님, 그렇게 하십시오. 하지만 코흘리개 어린것은 그 일에 아무 잘못이 없습니다. 제 생각에는 크리스마스이브에 그 사람들이 여기서 식사해야 할 것 같습니다. 제가 이미 펠리페 도련님에게 말씀드렸고 도련님도 동의했습니다. 라우라 마님과 오펠리아도 그렇고요."

* * *

그렇게 달마우 가족은 칠레에서 솔라르 가족 전체와 첫 크리스마스를 보내게 되었다. 로세르는 페르피냥에서 결혼식을 올릴 때 입었던 옷을 입었다. 깃에 흰색 꽃 모양 아플리케가 달린 짙푸른 옷이었다. 그러고는 검은 유리구슬이 달린 망사 장식으로 머리를 묶어 올리고, 기옘의 자식이 태어날 거라는 사실을 알고 카르메가 선물해 준 흑옥 핀으로 고정했다. "이제 너는 내 며느리다. 그 때문에 서류가 필요하지는 않다." 카르메는 그녀에게 말했었다. 빅토르는 품이 약간 넉넉하고 기장이 짧은 펠리페의 양복을 입었다. 그들이 마르델플라타 거리에 있는 집에 도착했을 때, 후아나가 마르셀을 낚아채 레오나르도와 함께 놀 수 있도록 데려갔다. 그 사이 펠리페는 어색한 첫인사를 나누기 위해 달마우 부부를 거실로 밀어 넣었다. 그는 달마우 부부에게 칠레에서 사회 계급은 페이스트리처럼 수천 겹으로 되어 있는 파이와 같고 돈으로 가문을 살 수 없기 때문에 내려가기는 쉬워도 올라가기는 거의 불가능하다고 말했다. 파블로 네루다 같은 재능과 몇몇 여자들의 미모가 유일한 예외였다. 평범한 영국 상인의 딸인 오펠리아의 외할머니가 그 경우였다. 그녀의 자손인 비스카라 집안 사람들이 말하듯, 그녀는 왕비의 자태를 띤 미모로 가문을 일으켰다. 달마우 가 사람들이 칠레인이라면 절대 솔라르 가문의 식사에 초대받는 일은 없었을 것이다. 하지만 이국적인 외국인이라 당분간은 경계에서 왔다 갔다 할 것이다. 그들이 잘되면 중산층 아래쪽에 해당하는 수많은 가문 중 하나가 될 수 있었다. 펠리페는 자기 부모 집에서는 보수적이고 종교적이고 편협한 사람들에게 서커스 동물처럼 검사당할 거라고 그들에게 미리 주의를 주었다. 하지만 일단 초반의 호기심이 사라지고 난 다음에는 칠레의 의무적인 손님 대접에 따라 환영받을 거라고 했다. 그리고 일은 정말 그렇게 흘러갔다. 아무도 그들에게 스페인 내전이나 망명 이유에 대해서 묻지 않았다. 어느 정도는 그들이 무식해서였지만 ── 펠리페에 의하면 《엘 메르쿠리오》 신문의 사회면도 제대로 읽지 않았다. ── 친절해서이기도 했다. 그들은 손님들을 불편하게 하고 싶지 않았다. 빅토르는 극복했다고 믿었던 사춘기 시절의 수줍음이 갑자기 밀려와 입이 얼어붙었는지, 가능한 한 최소로 대답하면서 프랑스식 거실의 한쪽 구석, 이끼색 실크 태피스트리가 벽에 걸린 루이 15세 스타일의 안락의자 두 개 사이에 서 있었다. 반면에 로세르는 편해 보였다. 사람들이 간곡하게 청하지 않았는데도 그녀가 피아노로 경쾌한 곡을 연주하자 한 잔 넘게 마신 여러 사람이 그 곡을 따라 불렀다.

　달마우 가족에게 가장 깊은 인상을 받은 사람은 오펠리아였다. 그들에 관한 많지 않은 정보는 후아나의 이야기에 근거한 것이었다. 마티아스가 위니펙호에서 비자에 스탬프를 찍어 줄 때 스페인 사람들에게서 받았던 인상을 전반적으로 좋게 들려주기는 했지만, 그녀는 그들을 우울한 소련 공무원 커플 정도로 상상했다. 로세르 달마우는 교만하거나 출세주의자 같은 느낌은 전혀 주지 않는, 확신에 찬 젊은 여자였다. 그녀는 피아노로 먹고살기 전에는 염소를 돌보는 목동이었고 빵집에서 일한 적이 있고 바느질도 했다고 귀부인들에게 들려주었다. 귀부인들은 모두 한결같이 진주 목걸이에 검정 옷을 입고 있었는데, 그 복장은 품위 있는 칠레 여자들의 유니폼과도 같은 것이었다. 로세르가 너무 자연스럽게 얘기한 덕에, 그녀가 심심풀이 삼아 그런 일을 하기라도 한 듯 박수갈채까지 받았다. 그러고 나서 로세르는 피아노에 앉아 귀부인들을 완벽하게 유혹했다. 오펠리아는 무지하고 할 일 없는 아가씨인 자기 삶과 로세르의 삶을 비교하는 순간 질투와 부끄러움이 뒤섞인 묘한 감정이 들었다. 펠리페가 말해 준 바에 의하면 로세르는 그녀보다 두 살 많았을 뿐이지만, 세 가지 삶을 살았다. 그녀는 가난한 집안에서 태어나 패배한 전쟁에서 살아남아 망명의 비참함을 겪었다. 그녀는 어머니이자 아내이며, 바다를 건너 어떤 것도 두려워하지 않고 맨주먹으로 용감하게 남의 나라에 도착했다. 오펠리아는 품위 있고, 강하고, 용감해지고 싶었다. 로세르처럼 되고 싶었다. 이런 오펠리아의 생각을 읽기라도 한 듯 로세르가 다가와, 잠시 둘은 베란다에서 담배를 피우며 더위를 피했다. 로세르에게는 한여름의 크리스마스가 이해되지 않았다. 오펠리아는 파리나 부에노스아이레스로 가서 그림을 그리는 데 전념하고 싶은 꿈을 낯선 여자에게 얘기하고 있는 자신이 놀라웠다. 불행하게도 가족과 사회 규범에 얽매인 여자의 삶을 사는 그녀는 그 일이 얼마나 미친 짓인지도 얘기했다. 그러고는 울고 싶은 마음을 애서 감춘 채 비웃는 표정으로, 예술은 절대 밥벌이가 되지 않기 때문에 독립할 수 없는 게 최악의 걸림돌이라고 덧붙였다. "당신이 그림에 소질이 있다면 언젠가는 그림을 그리게 될 거예요. 일찍할수록 좋지요. 왜 굳이 파리나 부에노스아이레스여야만해요? 연습만이 필요해요. 피아노와 같아요. 알겠어요? 먹고 살 수 있는 경우는 매우 드물어요. 하지만 시도는 해 봐야해요." 로세르가 말했다.

저녁 내내 오펠리아는 거실에서 자기를 따라다니는 빅토르 달마우의 뜨거운 시선을 여러 번 느꼈다. 하지만 그가 가까이 다가오려는 기색도 없이 한쪽 구석에만 있었기 때문에 펠리페에게 소개해 달라고 속삭였다.

"이분은 내 친구 빅토르, 바르셀로나 출신이야. 스페인 내전 때 시민군이었어."

"사실 저는 전문의 보조였습니다. 총을 쏴 본 적도 없습니다." 빅토르가 확실하게 밝혀 두었다.

"시민군요?" 오펠리아는 한 번도 그런 단어를 들어 본 적이 없었다.

"정규군에 입대하기 전의 전투병들을 그렇게 부릅니다." 빅토르가 그녀에게 설명했다.

펠리페가 그들을 단둘이 남겨 두었다. 오펠리아는 공통 주제도 찾지 못하고 별 반응도 얻지 못한 채, 대화를 이어 보려고 애쓰면서 빅토르와 잠시 함께 있었다. 그러다가 후아나에게 들은 적이 있는 바에 관해 물었고, 그가 스페인에서 시작했던 의학 공부를 마치려고 한다는 얘기만 겨우 알아냈다. 자꾸 얘기가 중단되자 오펠리아는 마침내 짜증이 나서 그를 혼자 남겨 두고 자리를 떠났다. 그러다가 자기를 주시하고 있는 빅토르를 발견하고는, 그의 과감함에 살짝 불편해졌다. 물론 매부리코에 조각한 듯한 광대뼈, 금욕적인 얼굴, 손가락이 길쭉하고 힘줄이 튀어나온 손, 마르고 단단한 몸에 매력을 느껴서 그녀도 아닌 척하면서 그를 살펴보기는 했다. 오펠리아는 그를 그려 보고 싶었다. 대형 캔버스의 회색 바탕에 검정과 흰색 붓 터치로 벌거벗은 채 양손으로 소총을 들고 있는 그의 모습을 그리고 싶었다. 그 생각에 오펠리아는 얼굴이 빨갛게 달아올랐다. 그녀는 나체는 한 번도 그려 본 적이 없었다. 그리고 남성의 신체 구조에 대해 알고 있는 얼마 안 되는 지식은 유럽의 미술관들에서 본 게 전부였다. 동상 대부분이 그곳은 잘려 나가거나 포도 잎사귀로 가려져 있었다. 가장 과감한 조각품조차 미켈란젤로의 다비드 상처럼 손은 어마어마한데 거기는 아기 것만 해서 실망스러웠다. 마티아스의 벌거벗은 모습을 본 적은 없었지만, 바지 아래로 감춰져 있는 것을 충분히 알 수 있을 정도로 애무하기는 했다. 판단하려면 눈으로 봐야 할 것 같았다. 그런데 저 스페인 남자는 왜 다리를 저는 걸까? 전쟁에서 얻은 영광스러운 상처일 수도 있었다. 오펠리아는 펠리페에게 물어볼 생각이었다.

빅토르에 대한 오펠리아의 호기심은 상호적이었다. 빅토르는 그들이 다른 행성에서 왔으며, 저 젊은 여자가 자신이 과거에 알던 여자들과는 다른 종자라고 결론 내렸다. 전쟁이 기억력을 포함해 그의 모든 것을 망가뜨렸다. 어쩌면 그전에도 오펠리아처럼 젊고 싱싱한 여자들이 있었을지 모른다. 얼룩 한 방울 없이 우아한 필체로 자신의 운명을 써 내려갈 수 있는, 배지처럼 티 없이 맑게 세상의 흉한 것들과 멀찌감치 떨어져 사는 여자들이 있었을지 모르지만, 빅토르는 그런 여자는 단 한 명도 기억 나지 않았다. 그녀의 아름다움이 그를 주눅 들게 했다. 그는 가난이나 전쟁으로 지나치게 일찍 겉늙어 버린 여자들에 익숙했다. 오펠리아는 긴 목부터 가느다란 발까지 모든 게 길쭉길쭉하고 커 보였다. 하지만 가까이 가서 보니 그의 턱에 닿을 정도였다. 검은 벨벳 머리띠를 두른 다채로운 갈색 톤의 단발머리에, 루비 색 루주를 바른 입은 치아가 남아도는 듯 항상 살짝 벌어져 있었다. 가장 눈에 띄는 것은 끝이 활처럼 휜 눈썹과 푸른 눈이었다. 꽤 간격이 넓은 두 눈은 바다를 바라보는 사람처럼 멍한 표정이 담겨 있었다. 빅토르는 그녀가 약간 사시라서 그렇다고 생각했다.

저녁 식사 후 아이와 하인까지 온 가족이 행렬을 지어 동네 성당에서 열리는 자정 미사에 참석하러 갔다. 솔라르 가족은 무신론자로 알고 있던 달마우 가족이 따라나선 걸 보고, 게다가 로세르가 수녀들에게서 배운 듯 라틴어로 의식을 따라 하는 것을 보고는 깜짝 놀랐다. 가는 길에 확실하게 해 두기 위해, 펠리페가 오펠리아의 팔을 잡아 뒤로 끌어당겼다. "네가 달마우에게 꼬리치다가 나한테 걸리면 아버지에게 그 즉시 얘기할 거다. 내 말 알아들었지? 네가 유부남에, 주머니에 동전 한 푼 없는 이민자에게 눈길을 줬다는 걸 아버지가 아시면 어떻게 나올지 두고 볼 일이야." 오펠리아는 그런 생각은 전혀 해 본 적도 없다는 듯 깜짝 놀란 척했다. 펠리페는 망신을 주고 싶지 않아서 빅토르에게는 아무 경고도 하지 않았다. 하지만 그가 다시 자기 누이를 만난다면 무슨 수를 써서라도 막기로 작심했다. 그 둘 사이의 끌림이 너무나도 강해서 다른 사람들도 확실히 눈치챈 것이다. 그리고 그 느낌은 맞았다. 나중에 빅토르가 다른 방에서 마르셀과 자고 있는 로세르에게 잘 자라고 인사하러 갔더니, 그녀도 그 길로 모험을 떠나고 싶은 유혹을 경계하라며 주의를 줬다.

"그 여자는 닿을 수 없는 곳에 있어요. 그 여자를 당신 머리에서 지워요, 빅토르. 당신은 절대 그녀의 사회 계층에는, 더군다나 그녀의 가족에는 들어갈 수 없어요."

"그건 별로 중요하지 않지. 사회 계층보다 더 큰 난관들이 있지."

"맞아요. 그 폐쇄된 집안의 눈으로 보면 당신은 도덕적으로 의심스럽고 가난할 뿐만 아니라 절대 친절한 인상이 아니에요."

"당신은 가장 중요한 걸 잊었군. 나에게는 아내와 자식이 있어."

"우리는 이혼하면 돼요."

"로세르, 이 나라에는 이혼이 없어. 그리고 펠리페에 의하면 앞으로도 없고."

"그럼 당신 말은 우리가 영원히 서로에게 구속되어 있다는 의미네요!" 로세르가 놀라서 소리 질렀다.

"좀 더 부드럽게 표현할 수도 있잖아. 이곳에서 사는 동안 우리는 법적으로 부부지만, 스페인으로 돌아가면 이혼할 수 있어. 그러면 되는 거야."

"그건 시간이 오래 걸려요, 빅토르. 그러는 동안 우리는 여기서 자리를 잡을 거고요. 나는 마르셀이 칠레 사람으로 자라면 좋겠어요."

"당신이 원한다면 칠레 사람으로 자라게 하자. 하지만 우리의 뿌리는 늘 카탈루냐에, 긍지 높은 가문에 있어."

"프랑코가 카탈루냐어로 말하는 걸 금지했잖아요." 로세르가 상기시켰다.

"로세르, 바로 그래서야."

7장
1940~1941년

시커먼 땅이
산 자와 죽은 자들과 빙글빙글 맴도는 동안
나는 밤새도록
너와 함께 잠을 잤다.

파블로 네루다, 「섬에서 보낸 밤」, 『대장의 노래』*

빅토르 달마우는 칠레 지인들의 확실한 인맥 덕에 의대
과정을 마치기 위해 대학에 들어갔다. 펠리페 델 솔라르가
사회당 창당인 중 한 명으로 대통령의 신임을 얻은 인물이

---

* Los Versos del Capitán. 1952년 이탈리아 편집자 파올로 리치(Paolo Ricci)가 초판을 작가 미상으로 출간하면서, 로살리아 데 라 세르다(Rosalía de la Cerda)라는 여인이 스페인 내전에 참전했던 사랑하는 군인에게서 받은 편지들을 모아서 보낸 원고를 시집으로 출간했다는 프롤로그를 실었다. 하지만 훗날 파블로 네루다가 자서전 『살아 있음을 고백하노라(Confieso que he vivido)』(1974)에서 언급한 바에 의하면, 네루다와 마틸데 우루티아(Matilde Urrutia)의 사랑을 이야기한 시집으로, 당시 아내였던 델리아 델 카릴(Delia del Carril)의 마음을 다치지 않기 위해 거짓 프롤로그와 함께 작가 미상으로 출간한 것이다.

자 보건복지부 장관이기도 한 살바도르 아옌데에게 빅토르를 소개했다. 아옌데는 언젠가 자기도 칠레에서 그 비슷한 갈등으로 삶을 버리게 될지도 모른다는 예감이라도 든 듯, 스페인에서 일어난 공화국의 승리와 뒤이은 군사 쿠데타와 민주주의의 패배와 프랑코가 수립한 독재를 열렬한 관심으로 쭉 지켜보고 있었다. 아옌데는 빅토르 달마우가 전쟁과 망명에 대해 들려준 얼마 되지 않는 이야기만 듣고도 나머지는 알아맞혔다. 전화 한 통으로, 빅토르가 스페인에서 수료한 과정을 칠레 의대에서 인정받아 삼 년 안에 공부를 마치고 자격증을 얻을 수 있게 해 주었다. 학업은 힘들었다. 빅토르는 실전에서는 교수들 못지않게 밝았지만, 이론에 대해서는 거의 아는 바가 없었다. 부러진 뼈를 고치는 것과 이름으로 뼈 부위를 식별하는 것은 다른 얘기였다. 그는 어떻게 은혜를 갚아야 할지도 모르고 고마운 마음을 전하기 위해 장관의 집무실을 찾아갔다. 아옌데는 그에게 체스를 둘 줄 아느냐고 묻고 사무실에 있던 판을 가져와서 체스를 두자고 했다. 아옌데가 기분 좋게 졌다. "내게 은혜를 갚고 싶다면, 내가 부를 때 체스를 두러 오십시오." 헤어질 때 그가 빅토르에게 말했다. 체스는 두 남자의 우정에 초석이 되었고, 빅토르 달마우의 두 번째 망명을 결정지었다.

로세르와 빅토르와 아이는 집세를 낼 형편이 될 때까지 몇 달 동안 펠리페와 함께 살았다. 그들은 자기네보다 도움이 더욱 절실한 사람들이 있기 때문에 위원회의 지원은 받지 않았다. 펠리페는 그들을 자기 집에 붙잡아 두고 싶었지만, 그들은 이미 많이 받았고 이제 자립할 때가 되었다고 생각했다. 이제 마르셀을 보려면 전차를 타고 가야 했기 때문에 후아나 낭쿠체오가 그 변화로 가장 심하게 타격받은 사람이었다. 빅토르와 펠리페의 우정은 계속되었지만, 활동 영역이 다른 데다가 둘 다 몹시 바빠 우정을 발전시키기는 힘들었다. 펠리페는 빅토르 달마우가 클럽에 얼마나 공헌할 수 있을지 계산해 보며 '광란자 클럽'에 가입시키려고 했다. 클럽이 지적으로 점점 노력하지 않은 탓에 갈수록 경박해지는 것도 사실이었지만, 빅토르가 펠리페의 친구들은 공통분모가 전혀 없는 게 확실했다. 딱 한 번 모임에 참석했을 때, 빅토르는 자신의 파란만장한 삶과 스페인 내전에 대해 쏟아지는 질문 폭탄을 단음절로 막아 냈다. 클럽 회원들은 그에게서 얼마 되지 않는 정보를 빼내는 데 곧 싫증을 느끼고 더는 관심을 두지 않았다. 펠리페는 빅토르가 오펠리아와 만나는 것을 방지하기 위해 부모의 집으로는 다시 데려가지 않았다.

빅토르가 바에서 하는 밤일로는 생계도 제대로 유지할 수 없었지만, 그 특이한 업종을 배우고 동네 사람들을 알아 가는 데는 도움이 되었다. 그렇게 그는 조르디 몰리네라는 사람을 알게 되었다. 카탈루냐 태생의 홀아비로 신발 공장 주인이며, 이십 년 전에 칠레에 온 이민자였다. 그는 바에 자리 잡고 앉아 카탈루냐 말로 대화하고 술을 마셨다. 기나긴 어느 날 밤, 그가 술잔을 어루만지며 신발 만드는 일은 상당히 이윤이 남긴 하지만 고되다고 빅토르에게 설명했다. 그러고는 홀로 되어 늙어 가는 지금은 자신에게 즐거움을 주고 싶다고 했다. 그는 빅토르에게 카탈루냐 스타일 주점을 함께 차리자고 제안했다. 그가 시작할 자금을 대고, 빅토르는 경험을 대라는 것이었다. 빅토르는 자신의 천직은 의사이지 술집 주인이 아니라고 대답했다. 하지만 그날 밤 카탈루냐 남자가 제안한 엄청난 얘기를 전해들은 로세르는 꽤 좋은 생각이라고 판단했다. 남을 위해 일하는 것보다는 자기 사업을 하는 게 훨씬 나았다. 그리고 결과가 좋지 않다고 해도, 신발 공장 사장이 위험을 무릅쓰고 자본을 댄다니 그는 잃을 게 별로 없었다. 지출에만 신경 쓰고, 손님들이 술을 마시러 와서 시름을 잊고 싶어 한다는 점만 명심하면 되었다. 다른 것은 그다지 중요하지 않았다. 그들은 빅토르의 아버지가 생애 마지막 날까지 도미노 게임을 했던 바르셀로나의 술집 로시난테를 떠올렸다. 그들은 초라한 아지트 같은 곳에 테이블 대신 술통을 들여놓고, 하몽과 마늘이 천장에 매달린, 숙성한 포도주 냄새를 풍기는 사업장을 열었다. 그래도 산티아고의 시내 한복판으로 위치는 좋았다. 두 동업자보다 머리가 훨씬 잘 돌아가고 셈도 빠른 로세르가 합류해서 계산을 맡았다. 그녀가 장부 정리를 하는 동안 마르셀은 술집 뒤편에 있는 마당에서 장난감을 가지고 놀았다. 가장 저렴한 맥주 한 잔도 그녀의 빈틈 없는 장부를 피해 가지는 못했다. 그들은 가지를 깍둑썰기로 곁들인 소시지 요리와 안초비 절임 요리, 마늘에 튀긴 오징어 요리, 토마토를 곁들인 참치 요리 등 머나먼 나라의 맛난 음식을 할 줄 아는 요리사를 구해서 스페인 이민자들을 충실한 단골로 확보하게 되었다. 술집 이름은 '위니펙'으로 정했다.

빅토르와 로세르는 결혼해서 살아온 십팔 개월 동안 아주버니-제수로서, 또 동료로서 완벽한 관계를 유지했다. 그들은 침대만 빼고 모든 것을 공유했다. 로세르는 기옘에 대한 추억 때문에, 빅토르는 복잡한 일을 피하기 위해서였다. 로세르는 사랑이란 단 한 번 오는 것인데, 자기 몫은 이미 끝났다고 생각하기로 했다. 한편 빅토르는 로세르의 처분만을 기다리며 자신의 복잡한 속마음을 다스렸다. 그에게는 그녀가 가장 친한 친구였고, 그녀를 알아 갈수록 더욱더 사랑하게 되었다. 가끔은 그들 사이에 놓여 있는 보이지 않는 선을 넘고 싶었다. 순간적으로 그녀의 허리를 낚아채 키스하고 싶었지만, 동생을 배신하는 일이라 끔찍한 결과를 초래할 수도 있었다. 어느 날 그들은 그것에 대해, 얼마나 오랫동안 상(喪)을 지속할지, 죽은 사람들 때문에 얼마나 오랫동안 슬퍼해야 할지 얘기를 나눠야 했다. 거의 모든 것을 로세르가 결정하듯이 그날 또한 로세르가 결심하는 순간 찾아올 것이므로, 그때까지 그는 쓸데없는 기대를 안고, 복권 당첨을 바라듯 오펠리아 델 솔라르를 생각하며 마음을 달랬다. 그는 사춘기 소년 같은 강렬한 마음으로 첫눈에 그녀를 사랑하게 되었지만, 다시 만나지 못하면서 그 사랑은 바로 전설이 되어 버렸다. 그는 쓸데없는 환상을 꿈꾸며 그녀의 얼굴, 그녀의 움직임, 그녀의 옷, 그녀의 목소리를 찬찬히 떠올렸다. 오펠리아는 잠시만 머뭇거려도 바로 사라져 버리는 흔들리는 신기루였다. 예전의 음유 시인처럼 그는 이론상으로 그녀를 사랑했다.

처음부터 빅토르와 로세르는 서로 신뢰하고 돕는 시스템을 구축했다. 망명지에서 사이좋게 살며 함께 헤쳐 나가기 위해서는 꼭 필요한 시스템이었다. 그들은 마르셀이 열여덟 살이 될 때까지가 가장 중요하다는 데 합의했다. 빅토르는 마르셀이 아들이 아니라 조카라는 사실을 제대로 기억도 못했지만, 로세르는 항상 염두에 두고 있었다. 그래서 그녀는 빅토르가 자기 아들을 좋아해 주는 것 못지않게 빅토르를 좋아했다. 두 사람의 돈은 공동 경비를 위한 담배 상자 안에 넣어 두고, 로세르가 살림을 맡았다. 그녀는 매달 쓸 돈을 한 주치씩 봉투 네 개에 나눠 담아 두고 강낭콩만 먹고 지낼지언정 지출 금액만은 엄격하게 지켰다. 빅토르는 수용소에서 질릴 대로 질린 렌틸 콩은 거들떠보지도 않았다. 돈이 남으면 아이를 데리고 아이스크림을 먹으러 갔다.

빅토르와 로세르는 성격이 정반대라 오히려 서로 잘 통했다. 로세르는 이민자들의 감상주의에 빠지는 법이 없었고, 뒤 돌아보는 법도 없었으며, 이제는 존재하지도 않는 스페인이라는 나라를 이상화하지도 않았다. 그들은 뭔가 확실한 이유가 있어서 떠난 것이었다. 확실한 현실 감각이 좌절한 욕망과 쓸데없는 원망, 괴로운 원한, 자책하는 나쁜 습관에서 그녀를 구해 주었다. 그녀는 피로와 절망에 아랑곳하지 않았고, 어떤 노력이나 희생도 과하다고 생각하지 않았으며, 장애물을 헤쳐 나가는 데 탱크 같은 추진력이 있었다. 그녀의 계획은 확고하고 분명했다. 라디오 연속극을 위해서는 더 이상 피아노를 치지 않기로 했다. 줄거리에 따라 서글프거나 낭만적이거나 전투적이거나 음산한 곡들로 늘 똑같은 레퍼토리였다. 그녀는 「아이다」의 「개선 행진곡」과 「푸른 도나우강」에는 넌덜머리가 나 있었다. 진지한 음악이 삶의 유일한 목표이고 다른 음악은 안중에도 없었지만 참고 기다려야 했다. 주점으로 생계를 유지하다가 빅토르가 졸업하면 바로 음악 대학에 등록할 생각이었다. 그녀는 스승의 길을 따라 마르셀 류이스 달마우처럼 교수이자 작곡가가 될 생각이었다.

반면에 그녀의 남편은 나쁜 기억의 급습과 지독한 향수병으로 자주 초주검이 되었다. 빅토르는 학교에 계속 다니고 공부하고 밤에는 주점을 돌봤지만 몽유병 환자처럼 멍하니 생각에 잠길 때가 많았고, 언제 그가 기분이 가라앉는지 아는 사람은 로세르뿐이었다. 그는 말처럼 서서 잠깐씩 자야 하는 피로감보다는, 복잡한 책임감의 포로가 되어 소모되고 있다는 느낌 때문에 우울했다. 로세르가 찬란한 미래를 상상하는 동안 그는 여기저기서 어두운 그림자를 보았다. "스물일곱 살에 나는 이미 늙었어." 그가 말했다. 하지만 로세르는 그런 얘기를 들으면 매몰차게 나무랐다. "당신은 용기가 부족해요. 우리 모두 힘든 시기를 겪었어요. 당신은 불평만 늘어놓느라 우리가 가진 것을 높이 평가하지 못해요. 당신은 고마워할 줄 몰라요. 바다 건너편에는 끔찍한 전쟁이 있고, 우리는 이곳에서 배부르고 편안하게 지내요. 그리고 당신에게 경고하는데, 우리는 이곳에서 오래 살 거예요. 빌어먹을 총통이 아주 건강한 데다가 못된 놈들은 오래 살거든요." 그렇지만 밤에 빅토르가 자다가 지르는 비명을 들으면 로세르는 부드러워졌다. 로세르는 그를 깨우러 갔다가 그의 침대에서 엄마처럼 꼭 끌어안고는, 잘려 나간 사지와 토막 난 몸통, 기관총, 총검, 피 웅덩이, 뼈로 가득한 웅덩이가 잔뜩 나오는 악몽에서 그가 빠져나올 수 있도록 도와주었다.

* * *

오펠리아와 빅토르가 다시 만날 때까지는 일 년이 넘는 시간이 흘러야 했다. 그즈음 마티아스 에이사기레는 아순시온 최고 중심가에 멋진 집 한 채를 빌렸다. 이등 서기관이라는 직급과 공무원 월급으로는 가당치 않은 집이었다. 그는 대사에게 불손하다고 찍혀서 틈만 나면 트집 잡혔다. 마티아스는 칠레에서 잔뜩 보내온 가구와 장식품으로 집을 꾸몄고, 그의 어머니는 집안일 하는 사람들을 훈련시키기 위해 파라과이까지 특별히 따라왔다. 집안일 하는 사람들이 과라니 말을 해서 절대 쉬운 일이 아니었다. 그의 끈질긴 연애편지, 그리고 미래의 장모 도냐 라우라의 미사와 구 일 기도의 효력 덕분에 고집 센 약혼녀가 드디어 청혼에 응했다. 12월 초, 오펠리아가 스물한 살이 되었을 때 마티아스는 약혼식을 위해 산티아고로 향했다. 솔라르의 저택 정원에서 열린 파티에 두 집안의 가까운 친척들이 이백 명 가까이 모였다. 반지는 도냐 라우라의 조카인 비센테 우르비나 신부의 축성을 받았다. 그는 활력이 넘치는 책략가로 카리스마가 넘치는 사제로, 사제복보다는 대령 군복이 훨씬 어울리는 사람이었다. 우르비나는 아직 마흔도 되지 않았지만, 교회의 고위직 사제들과 부촌의 신도들에게 막강한 영향력을 미쳤다. 그들에게 그는 조언자이자 중재자이자 판사와도 같았다. 그가와 가족인 것은 큰 특권이었다.

결혼 날짜는 이듬해, 우아한 식을 올리기에 좋은 9월로 정했다. 마티아스는 어딘가에 있을 수 있는 경쟁자들에게 오펠리아의 임자가 있다는 사실을 알리기 위해 그녀의 오른손 약지에 오래된 다이아몬드 반지를 끼워 주었다. 그리고 결혼식 날, 이제 돌이킬 수 없다는 사실을 알리기 위해 그 반지를 왼손에 바꿔 끼워 줄 생각이었다. 마티아스는 오펠리아를 왕비처럼 맞이하기 위해 파라과이에서 진행되고 있는 준비 상황을 자세히 들려주고 싶었지만, 그녀는 듣는 둥 마는 둥 하며 그의 말을 가로막았다. "마티아스, 뭐가 급해요? 지금부터 9월까지는 많은 일이 일어날 수 있어요." 마티아스가 깜짝 놀라 무슨 얘기냐고 묻자, 그녀는 2차 세계대전이 칠레까지 번질 수도 있고, 파라과이에서 지진이나 자연재해가 일어날 수도 있다고 했다. "그러니까, 우리랑은 전혀 상관이 없는 거네." 마티아스가 결론 내렸다.

오펠리아는 박엽지와 라벤더 가지로 혼수품을 포장해 트렁크 속에 정리하며 기다림과 기대감의 시간을 즐겼다. 그 기간에 그녀는 자기 이름과 마티아스의 이름을 번갈아 자수하도록 테이블보와 이불 시트와 수건을 테레사 이모의 수도원으로 보냈다. 크리욘 호텔의 티룸에서는 여자 친구들의 축하 속에서 웨딩드레스와 결혼 후 입을 옷을 다시 입어 보았다. 언니들에게서는 가정 살림의 기본을 배웠는데, 게으르고 지저분하다는 그녀의 명성에 걸맞지 않게 놀라운 소질을 보여 주었다. 결혼까지는 아직 아홉 달이 남아 있었지만, 그녀는 그 기간을 좀 더 늘릴 방법을 궁리했다. 영원한 결혼으로 가족들과 멀리 떨어져서 과라니 인디오들에게 둘러싸인 채 아무도 모르는 다른 나라에서 마티아스와 함께 자식을 낳고 어머니와 언니들처럼 순종적으로 서글프게 살아야 하는 되돌릴 수 없는 발걸음을 내딛기가 두려웠다. 하지만 대안은 더욱 두려웠다. 노처녀로 남는다는 것은 경제적으로 아버지와 펠리페 오빠에게 의존하고, 사회적으로 최하층이 된다는 의미였다. 생계를 위해 일할 가능성은 몽마르트르

언덕의 다락방에서 그림을 그리러 파리로 떠나는 것 못지않게 황당한 환상이었다. 오펠리아는 단 하나의 진정한 사랑인 빅토르 달마우를 하늘이 자기에게 보내 주리라고는 상상도 하지 못한 채, 결혼을 연기하기 위한 핑곗거리를 잔뜩 궁리하고 있었다. 약혼식 두 달 후, 그리고 결혼 날짜까지는 일곱 달이 남은 시기에 빅토르와 우연히 마주친 순간, 오펠리아는 소설 속에 등장하는 사랑을 발견했다. 변하지 않는 충성심을 지닌 마티아스에게서는 절대 느낄 수 없는 사랑이었다.

뜨겁고 건조한 산티아고의 한여름, 여건이 되는 사람들은 해변이나 시골로 대규모 이동할 때, 빅토르와 오펠리아는 우연히 길에서 마주쳤다. 두 사람은 잘못하다가 들킨 사람들처럼 화들짝 놀라 얼어붙었다. 그녀가 먼저 들릴락 말락 하게 "안녕하세요."라는 말을 집어삼키듯 건네기까지 영원과도 같은 일 분이 흘렀다. 빅토르는 그 인사를 자기 좋을 대로 해석했다. 일 년 동안 그는 눈곱만큼의 희망도 없이 저 혼자 그녀를 사랑하고 있다고 믿고 있었는데, 알고 보니 그녀 역시 그를 생각하고 있었던 것이다. 조랑말 같은 젊은 여자가 잔뜩 긴장한 걸 보면 확실했다. 맑은 눈, 까무잡잡하게 탄 피부, 가슴이 파인 원피스, 학생 모자에서 삐져나온 헝클어진 머리카락. 그녀는 그가 기억하고 있던 것보다 훨씬 아름다웠다. 그는 간신히 마음을 가라앉히고 무뚝뚝한 대화를 시작해, 솔라르 가족이 여름 석 달 동안 비냐델마르에 있는 목장과 해변 저택을 오가며 지내고 있다는 사실을 알게 되었다. 그녀는 머리를 자르고 치과 의사를 만나기 위해 산티아고에 온 것이었다. 이번에는 빅토르가 로세르와 아이와 대학교와 주점에 대해 네 문장으로 간단하게 얘기했다. 곧 얘깃거리가 떨어진 그들은 땡볕 아래서 땀을 흘리며 침묵을 지켰다. 그들은 그냥 이렇게 헤어지면 소중한 기회를 잃게 되리라는 걸 잘 알고 있었다. 그녀가 작별 인사를 하려고 하자, 빅토르가 그녀의 팔을 붙잡고 가장 가까운 그늘이 있는 약국의 차양 아래로 끌고 가더니, 느닷없이 함께 오후를 보내자고 제안했다.

"비냐델마르로 돌아가야 해요. 기사가 기다리고 있어요." 오펠리아가 별 확신 없이 말했다.

"기다리라고 하세요. 우리는 얘기를 해야 해요."

"빅토르, 나는 결혼할 거예요."

"언제요!"

"무슨 상관이에요? 당신은 이미 결혼했는데."

"바로 그 점에 대해 우리가 얘기해야 합니다. 당신이 생각하는 그런 게 아니에요. 당신에게 설명할 수 있게 해 주세요."

빅토르는 그런 일에도 지출이 허락되지 않았지만, 오펠리아를 싸구려 모텔로 데려갔다. 그리고 그녀는 거의 자정이 되어, 부모가 경찰에 실종 신고를 하기 직전에 비냐델마르로 돌아갔다. 적당히 매수당한 기사가 오는 길에 타이어가 펑크 났다고 둘러댔다.

＊＊＊

오펠리아는 키가 다 자라고 여성의 몸매를 갖추게 된 열다섯 살 때부터 자신의 의도와는 달리 강렬한 매력을 풍기며 남자들을 잡아끌었다. 사랑에 빠진 남자가 위협적으로 굴어서 아버지가 개입해야 했던 몇몇 경우를 제외하고도, 그녀가 스치고 지나가면서 뿌린 사랑의 비극은 셀 수도 없었다. 아가씨의 평온한 삶은 양날의 검과 같은 편애와 감시 속에서 흘러갔다. 한편으로는 위험이 줄었지만, 또 한편으로는 지나치게 보호받다 보니 총명함이나 직감이 발달하지 못했다. 그녀의 애교 가득한 행동 아래에는 놀라울 정도의 순진함이 숨어 있었다. 그 후 몇 년 동안 그녀는 외모로 문을 열어서 거의 모든 것을 손쉽게 얻어 낼 수 있다는 사실을 확인했다. 외모는 다른 사람들이 그녀에게서 첫 번째로 보는 것, 때로는 유일하게 보는 것이었다. 그녀의 생각이나 의견은 흔적도 없이 사라지기 때문에 그녀 쪽에서 기울이는 노력 따위는 아무 소용이 없었다. 식민지의 야만적인 정복자로부터 사백 년이라는 세월이 흐르는 동안 비스카라 가문은 순수한 유럽인의 피로 자기네 가문의 유전자를 세련되게 정제했다. 물론, 펠리페 델 솔라르에 따르면, 칠레에서는 막 도착한 이민자들을 제외하면 아무리 백인처럼 보이더라도 인디오의 모습이 없는 사람은 아무도 없었다. 오펠리아는 여자들이 아름다운 집안의 후손이었지만, 영국계 외할머

226

니의 푸르고 멋진 눈을 빼닮은 유일한 여자였다. 라우라 델 솔라르는 아름다운 사람으로 인해 고통받는 사람과 타인을 매혹하는 사람 양쪽 모두의 영혼을 빼앗으려는 단 한 가지 목적으로 악마가 아름다움을 만들었다고 믿었다. 그래서 그녀의 집에서는 외모에 대해서는 절대 언급하는 법이 없었다. 그것은 나쁜 취향이고, 완전한 허영심이었다. 그녀의 남편은 다른 여자들의 아름다움을 높이 샀지만, 딸들은, 특히 오펠리아는 순결을 지켜야 하기 때문에 자기 딸들만큼은 아름다움이 문제라고 생각했다. 미모와 지능이 반비례한다는 가족의 이론은 결국 오펠리아에게도 적용되었다. 둘 중 하나를 가질 수는 있지만, 둘 다 가질 수는 없었다. 그것이 오펠리아가 학교에서 공부를 못하고, 그림 그리기에 게으름을 피우고, 우르비나 신부가 연설하는 바른길로 제대로 가지 못하는 상황에 대한 설명이 될 수 있었다. 뭐라 딱 꼬집어 말할 수 없는 그녀의 관능미는 그녀를 힘들게 했다. 살면서 뭘 할 생각이냐는 우르비나 신부의 끊임없는 질문에 오펠리아는 답을 찾지 못한 채 머릿속으로 이 생각 저 생각만 했다. 결혼해 자식들을 낳는 운명은 수녀원만큼이나 숨이 막혔지만, 어쩔 수 없는 일이라고 받아들였다. 단지 조금만 늦추고 싶었다. 그리고 모두가 그녀에게 반복해서 말하듯, 그녀는 너무나도 착하고 너무나도 숭고하고 너무나도 잘생긴 마티아스 에이사기레가 있다는 데 감사해야 했다. 그녀의 운은 남들이 부러워할 만한 것이었다.

마티아스는 어릴 때부터 정해진 정혼자였다. 오펠리아는 엄격한 가톨릭 교육과 천성적으로 신사다운 그의 행동이 허락하는 선에서 그와 함께 욕망을 발견하고 탐구해 갔다. 결국 따지고 보면 옷을 입은 채 탈진할 때까지 애무하는 것과 그저 벌거벗고 죄를 짓는 것과의 차이가 애매하기 때문에 그녀는 가끔 그 경계를 넘어서려고 했다. 신이 내리는 벌은 매한가지일 것 같았다. 오펠리아의 나약함을 보고, 마티아스는 혼자서 두 사람의 금욕을 책임지게 되었다. 그는 남자들이 자기네 누이를 존중하듯이 오펠리아를 존중했고, 솔라르 가족이 그에게 보내는 신뢰를 절대 저버리지 않겠다고 다짐했다. 육체적인 욕망은 자식을 갖기 위한 목적으로 교회가 맺어 준 결합 안에서만 만족될 수 있다고 믿었다. 금욕하는 가장 큰 이유가 존중이나 죄가 아니라 임신에 대한 두려움이라는 것을 마음속 가장 비밀스러운 곳에서조차 인정하지 않았을 것이다. 오펠리아는 그 주제에 대해서는 엄마나 언니들과 한 번도 얘기해 본 적이 없었지만, 아무리 하찮은 것이라도 그러한 결함은 결혼을 해야만 지워진다고 알고 있었다. 고해성사는 그 불경함을 용서하지만, 사회는 용서하지도 잊지도 않았다. 수녀들은 정숙한 아가씨의 명성이 순백색 실크와도 같아서 조금만 얼룩이 져도 못쓰게 된다고 강조했다. 마티아스와 얼마나 많은 얼룩을 만들었는지 굳이 말할 필요가 있겠는가.

무더웠던 그날 오후, 오펠리아는 빅토르 달마우와 함께

모텔에 갔다. 오펠리아는 이번만큼은 자기를 혼란스럽고 화나게 했던 마티아스의 지지부진한 국지전과는 다르리라는 것을 알고 있었다. 오펠리아는 순간적으로 내린 자기 결정이 놀라웠다. 그리고 그에 못지않게, 빅토르와 단둘이 한방에 있게 되자 자기가 먼저 허물없이 기선을 제압한 것 또한 놀라웠다. 그녀는 이전에 배운 적도 없는데 잘 알고 있는 듯, 평소 오랜 경험이 있는 듯 능수능란하면서도 주도적으로 행동했다. 수녀들에게서는 옷을 일부만 벗으라고 배웠다. 먼저 목에서 발끝까지 오는 긴팔 잠옷을 입고, 아래부터 조금씩 빗으라고 배웠다. 하지만 그날 오후 빅토르에게는 조심성을 보이지 않았다. 그녀는 원피스와 속치마와 브래지어와 팬티를 훌러덩 바닥에 벗어 놓고, 앞으로 벌어질 일에 대한 호기심과 위선적인 마티아스에 대한 짜증이 뒤섞인 표정으로 벌거벗은 채 당당히 그 위를 밟고 지나갔다. 그녀는 흥분해서, 자기가 바람을 피워도 어쩔 수 없다고 작정했다.

빅토르는 오펠리아가 처녀일 거라고는 의심조차 하지 못했다. 압도적으로 확신에 찬 젊은 여인의 모습에는 그럴 가능성이 전혀 없었기 때문에 그런 생각조차 하지 않았다. 처녀성은 거의 잊힌 사춘기 시절의 머나먼 옛날이야기였다. 그는 다른 현실을, 사회적인 차별과 위선적인 관습과 종교의 권위가 혁파된 혁명을 거친 사람이었다. 스페인 공화국에서 처녀성은 고리타분한 개념이었다. 그가 잠깐 사랑에 빠졌던 시민군이나 간호사 들은 그와 똑같은 성적 자유를 누렸다.

그는 오펠리아가 자기를 사랑해서 따라왔지, 응석받이 여자가 충동적으로 따라왔으리라고는 상상도 하지 못했다. 그는 사랑에 빠졌고, 그녀도 그럴 거라고 자동적으로 생각했다. 오래 써서 누레진 시트에 처녀성의 흔적인 피가 얼룩진 침대에서 사랑을 나눈 후, 그들은 꼭 끌어안은 채 휴식을 취하며 뒤늦게 사태의 심각성을 따져 보게 되었다. 그는 로세르와 어떻게 왜 결혼하게 되었는지를, 그리고 일 년 넘게 오펠리아가 나오는 꿈을 꾸고 있다는 사실을 고백했다.

"처음이라고 왜 나한테 말하지 않았어요?" 빅토르가 오펠리아에게 물었다.

"그러면 당신이 뒷걸음쳤을 테니까요." 그녀가 고양이처럼 몸을 늘이며 대답했다.

"오펠리아, 당신에게 좀 더 조심했어야 했는데, 미안해요."

"미안할 거 전혀 없어요. 행복해요. 몸이 간질간질하고요. 하지만 이제 가야 해요. 이미 많이 늦었어요."

"언제 다시 만날 수 있을지 말해 줘요."

"빠져나올 수 있을 때 연락할게요. 우리는 삼 주 안에 산티아고로 돌아올 거에요. 그러면 훨씬 쉬워질 거예요. 아주 아주 많이 조심해야 해요. 이 사실이 알려지면 당신이 비싼 대가를 치러야 할 테니까요. 우리 아버지가 무슨 짓을 할지 생각도 하고 싶지 않아요."

"언젠가는 내가 아버님과 얘기를 나눠야겠지요……."

"머리가 어떻게 되었어요? 무슨 말도 안 되는 생각을! 내가 애 딸린 이민자 유부남과 눈맞아 돌아다닌다는 걸 알면, 우리 둘 다 죽일 거예요. 펠리페가 이미 내게 주의를 줬어요."

오펠리아는 산티아고에서 한 번 더 만나기 위해, 머리를 짜내 치과 의사 핑계를 대고 외출했다. 만나지 못했던 지난 몇 주 동안 그녀는 초반의 호기심이 그날 오후 모텔에서 있었던 일들을 하나하나 곱씹는 집착으로, 다시 빅토르를 만나 사랑을 나누고 얘기하고 또 얘기하며 자신의 비밀을 공유하고 그의 과거를 알고 싶은 참기 힘든 절박함으로 변한 것이 놀라웠다. 오펠리아는 빅토르가 왜 나리를 서는지 묻고 싶었고, 몸에 난 상처들을 세어 보고 싶었고, 그의 가족에 대해서, 그리고 로세르에 대한 감정에 대해서 알고 싶었다. 그 남자는 너무나도 많은 수수께끼를 안고 있었다. 그 수수께끼들을 모두 풀려면 기나긴 작업이 될 것 같았다. 망명, 군사 쿠데타, 공동묘지, 난민 수용소가 뭔지, 배가 터져서 죽은 나귀나 전쟁용 빵이 뭔지 알고 싶었다. 빅토르 달마우는 마티아스 에이사기레와 거의 비슷한 또래였지만 비교할 수 없을 정도로 성숙해 보였다. 겉은 시멘트처럼 강하고, 안은 끌로 조각한 듯 속을 알 수 없었다. 그는 흉터 자국이 많고, 나쁜 기억에 시달렸다. 다이너마이트 같은 성격에 변덕이 죽 끓듯 하는 그녀를 칭찬하는 마티아스와 달리, 빅토르는 그녀에게서 확실하게 지적인 모습을 보고 싶어 했고 그녀의 유치한 행동에는 인내심을 잃었다. 가식적인 것에는 전혀 관심이 없었다. 빅토르는 그녀에게 질문할 때면, 그녀가 말을 바꾸거나 농담으로 얼버무리지 못하도록 선생님처럼 주의 깊게 대답에 귀 기울였다. 놀란 오펠리아는 자기를 진지하게 대하는 그의 태도가 신경 쓰였다.

사랑을 나눈 후 몇 분 동안 깜빡 잠들었다가 연인의 품에서 두 번째로 깨어났을 때, 오펠리아는 인생의 남자를 만났다는 결단이 섰다. 가족의 돈과 권력으로 팔자가 늘어지고, 잘난 척하고 유약하고 응석받이로 자란 주변 젊은 남자들은 누구도 빅토르와 경쟁자가 되지 못했다. 빅토르 또한 그녀가 선택받은 여자라는 느낌 때문에 감격하며 고백을 받아들였지만 이성은 잃지 않았다. 그는 둘이 나눠 마신 포도주 병과 그 상황이 그녀에게 어떤 변화를 가져올지 저울 위에 올려놓고 재 보았다. 사태가 엄청난 결과를 불러올 수 있었다. 몸이 식고 나면 얘기해야 할 문제였다.

오펠리아는 빅토르가 허락한다면 망설이지 않고 마티아스 에이사기레와 파혼할 수도 있었다. 하지만 빅토르는 자기가 혼자가 아니며, 조급하게 끝나는 금지된 만남 외에는 그녀에게 해 줄 수 있는 게 아무것도 없다고 얘기했다. 그러자 오펠리아가 알아볼 사람이 아무도 없는 브라질이나 쿠바로 함께 도망가서 야자수 나무 아래서 살자고 제안했다. 칠레에서는 몰래 만나는 운명일 수밖에 없지만 세상은 넓었다. "내 의무는 로세르와 마르셀과 함께 있는 겁니다. 게다가 당신은 가난과 망명이 어떤 일인지 알지 못해요. 당신은 그 야자수 나무 아래서 나와 일주일도 버티지 못할 겁니다." 빅토르의 대답은 명쾌했다. 오펠리아는 마티아스의 편지에 답장을 보내지 않기 시작했다. 마티아스가 무관심에 질리기를 기대했지만, 집요한 약혼자가 그녀의 침묵을 예민한 신부의 불안 정도로 여겼기 때문에 그렇게 되지는 않았다. 한편 오펠리아는 자신의 이중성에 스스로 놀라워하며, 계속 가족들에게 상냥하게 굴었다. 결혼식 준비를 하면서 느꼈던 감정과는 거리가 멀었다. 오펠리아는 결단을 내리지 못한 채 간신히 짬을 내서 몰래 빅토르와 만나며 몇 달을 보냈다. 하지만 9월이 다가오면서 빅토르의 동의가 있건 없건 약혼을 깨기 위해서는 용기가 필요하다는 것을 깨달았다. 이미 청첩장을 돌렸고,《엘 메르쿠리오》신문에 결혼식을 올린다는 발표까지 실렸다. 마침내 그녀는 아무에게도 얘기하지 않고 외무부를 찾아가, 파라과이로 봉투 하나를 외교 행랑으로 보내 달라고 친구에게 부탁했다. 봉투 안에는 다른 남자를 사랑하게 되었다는 내용의 편지와 반지가 들어 있었다.

* * *

한창 세계대전 중에는 멋진 비행을 할 휘발유가 부족했기 때문에, 마티아스 에이사기레는 오펠리아의 봉투를 받자마자 군용기 바닥에 앉아 칠레로 날아왔다. 그는 티타임에 마르델플라타의 집으로 회오리바람처럼 들이닥쳤다. 부서

지기 쉬운 소형 테이블과 다리가 구부러진 의자 따위에 마구 부딪히며 들어섰다. 오펠리아 앞에 낯선 남자가 와 있었다. 너그럽고 뭐든지 들어주던 약혼자가 아니라, 그녀의 혼을 빼놓은 악마에 씐 남자가 와 있었다. 마티아스는 분노로 얼굴이 시뻘겋게 달아올라 땀과 눈물 범벅이었다. 그가 절규하며 원망하는 소리가 가족들을 끌어모았고, 그렇게 이시드로 델 솔라르는 바로 자기 코밑에서 얼마 전부터 일어나고 있던 일을 알게 되었다. 이시드로는 그 불의를 자기 식으로 해결하겠다고 약속하며, 분노한 약혼자를 간신히 집에서 내보냈다. 하지만 그의 실추된 권위는 영악하게 머리를 쓰는 딸의 황소고집과 부딪혔다. 오펠리아는 설명도 하지 않았고, 애인의 이름도 밝히지 않았으며, 게다가 결정을 후회하지도 않았다. 오펠리아가 그저 입을 꾹 닫은 채 아버지의 협박과 어머니의 통곡과 비센테 우르비나 신부의 말세론 앞에서도 표정 하나 변하지 않았기 때문에, 그녀에게서 말 한마디 끌어낼 방법이 없었다. 영적인 지도자이자, 하느님이 벌로 내리는 번개를 주관하는 자로서 비센테 신부가 급히 연락을 받고 달려왔다. 이시드로는 오펠리아와 이성적인 대화를 나누는 게 불가능해 보이자 그녀를 집에서 나가지 못하게 하고, 후아나에게 오펠리아를 책임지고 가둬 두라고 명했다.

마티아스 에이사기레에게 정이 많이 든 후아나 낭쿠체오는 상황을 심각하게 받아들였다. 그 청년은 집안 좋고 매너 좋은 신사로, 집안일 하는 사람들까지 일일이 이름을 부르며 인사하고, 소녀 오펠리아를 떠받들었다. 뭘 더 바라겠는가. 그녀는 주인님이 내린 명령을 충실하게 받들려고 했지만, 간수의 노력은 연인들의 영악함 앞에서 맥도 출 수 없었다. 빅토르와 오펠리아는 머리를 짜내어 생각지도 못한 시간과 장소를 잡아서 만났다. 영업이 끝난 위니펙 바에서, 싸구려 모텔에서, 공원과 극장에서 항상 기사의 도움으로 만남이 이뤄졌다. 오펠리아는 일단 후아나의 감시망을 벗어난 후에는 자유 시간이 많아졌다. 하지만 빅토르는 공부와 일을 병행하기 위해 이쪽저쪽을 뛰어다니며 일분일초를 아끼며 살았기 때문에 그녀와 함께 있기 위해서 여기서 한 시간, 저기서 한 시간을 쪼개 간신히 시간을 냈다. 가족은 전혀 신경을 쓰지 못했다. 로세르는 그의 일상에 변화가 생겼다는 것을 눈치채고, 평소처럼 솔직하게 대놓고 물었다. "당신 연애하지요? 그렇죠? 누군지는 알고 싶지 않아요. 하지만 제발 신중하게 처신하세요. 이 나라에서 우리는 객이라 당신이 골치 아픈 일에 휘말리면 우리 식구 모두 쫓겨날 거예요. 분명히 알아들었어요?" 로세르가 그렇게 냉정하게 얘기하는 게 그들의 이상한 결혼 계약에서 보면 당연했지만, 빅토르는 기분이 언짢았다.

11월에 페드로 아기레 세르다 대통령이 정권 삼 년 만에 폐결핵으로 서거했다. 그의 개혁으로 혜택을 받은 가난한 사람들은 이례적으로 매우 감명 깊은 장례식에서 아버지를 잃은 듯 서글피 울었다. 우파 진영의 적들조차 대통령

의 정직함을 인정해 마지못해 그의 비전을 받아들여야 했지
만 — 대통령은 국책 사업과 보건 정책과 교육 정책을 추진
했다. — 칠레가 좌파 쪽으로 기우는 건 원치 않았다. 저 멀
리 있는 야만적인 소련인들에게는 사회주의가 괜찮지만 자
기 조국에서는 절대 안 될 말이었다. 고인이 된 대통령의 독
립적이고 민주적인 정신은 위험한 선례였고, 반복되어서는
안 되었다.

장례식장에서 펠리페 델 솔라르는 달마우 가족과 마주쳤
다. 몇 달 동안 만나지 못했기 때문에, 펠리페는 장례 행렬
이 끝난 후 근황을 알기 위해 그들을 점심 식사에 초대했다.
그는 두 사람의 발전과, 아직 두 살도 되지 않은 마르셀이 벌
써 카탈루냐어와 스페인어로 옹알이를 한다는 것도 알게 되
었다. 그는 자기네 가족의 이야기도 들려주었다. '아가'가 심
장이 안 좋은데 안타깝게도 칠레에는 성자들이 거의 없어
서, 어머니가 리마에 있는 산타로사 성당으로 성지 순례차
데려갈 예정이라고 했다. 그리고 누이 오펠리아의 결혼식이
미뤄진 얘기도 했다. 오펠리아의 이름을 듣는 순간, 빅토르
는 안에서부터 요동치는 떨림을 전혀 드러내지 않았지만, 로
세르는 그의 피부가 살짝 반응하는 것을 보고 그제야 남편
의 애인이 누구인지 확실히 알게 되었다. 애인의 정체를 미
스터리로 남겨 두는 게 더 나을 뻔했다. 이제 그녀의 이름을
알게 된 이상 그것은 피할 수 없는 현실이 되어 버렸다. 상황
은 상상했던 것보다 훨씬 안 좋았다.

"빅토르! 내가 그 여자는 잊으라고 했잖아요!" 그날 밤 단 둘만 있게 되자 로세르가 빅토르를 나무랐다.

"로세르, 어쩔 수가 없었어. 당신이 기옘을 어떻게 사랑하게 되었는지 기억 안 나? 그리고 아직도 그를 사랑하는 것도? 나도 오펠리아랑 마찬가지야."

"그럼 그녀는요?"

"서로 좋아하는 거야. 우리가 드러내 놓고 절대 같이 있을 수 없다는 걸 잘 알면서도 받아들였어."

"그 아이가 당신의 첩 노릇을 얼마다 참아 낼 수 있을 것 같아요? 그녀는 특별한 삶이 눈앞에 펼쳐저 있어요. 당신 때문에 그 삶을 포기한다면 미친 게 분명해요. 빅토르, 다시 한 번 말하는데, 이 사실이 밝혀지면 우리는 발길질당하며 이 나라에서 쫓겨날 거예요. 그 사람들은 큰 힘이 있어요."

"아무도 모를 거야."

"언젠가는 모두 알게 될 거예요."

* * *

오펠리아의 결혼식은 신부의 건강이 좋지 않다는 핑계로 취소되었고, 마티아스 에이사기레는 상관이나 외무부의 허락도 없이 급하게 비운 파라과이의 자기 자리로 돌아갔다. 그가 외교에서 흔치 않은 능력을 발휘해 불평 많고 그다지 명석하지 않은 대사도 들어가지 못하는 정치와 사회 분야에서 자리를 잡았기 때문에, 그의 이탈은 큰 말썽 없이 훈방 조치로 끝났다. 오펠리아는 강제로 아무 일도 하지 말라는 벌을 받았다. 그녀는 스물한 살의 나이에 후아나 낭쿠체오의 감시를 받으며, 집안에서 팔짱만 낀 채 지겨워 죽으려고 했다. 식구들이 그녀에게 확실하게 보여 줬듯이, 그녀는 갈 곳도 없고 혼자 살아갈 자신도 없었기 때문에 법적으로 어른이라는 논리도 전혀 통하지 않았다. "오펠리아, 단단히 조심해라. 밖으로 한 발자국이라도 나가는 날이면 너는 이 집에 다시는 들어올 수 없다." 그녀의 아버지가 협박했다. 펠리페나 언니 중 한 명이라도 자기편이 되어 주었으면 했지만, 가문의 명예를 지키기 위해 온 집안이 똘똘 뭉쳤다. 그러다가 마침내 타협이 가능한 기사의 도움만 간신히 얻어 냈다. 사교 생활도 끝이 났다. 아프다고 알려졌는데 어떻게 파티에 가겠는가. 외출이라고는 가톨릭 부녀자 단체와 함께 빈민가를 방문하고, 가족과 미사를 보러 가고, 주변 누군가를 어렵사리 만날 수 있는 그림 수업을 할 때뿐이었다. 그녀가 영웅적으로 발버둥 친 덕분에 그녀의 아버지가 수업은 겨우 허락했다. 기사는 미술 학교 문 앞에서 서너 시간 동안 그녀를 기다리라는 지시를 받았다. 오펠리아가 그림에 별다른 진전을 보이지 않고, 가족 모두 이미 알고 있듯이 재능이 부족하다는 사실이 재차 확인되면서 몇 달이 흘렀다. 사실 그녀는 캔버스와 이젤과 물감으로 무장한 채 미술 학교 정문으로 들어가 건물을 통과한 후 뒷문으로 빠져나갔다. 그러면 그곳에서 빅토르가 기다리고 있었다. 빅토르가 간신히 짜낸 자유 시간이 오펠리아의 수업 시간과 일치하기가 매우 힘들어서 둘은 자주 만나지 못했다.

빅토르는 자주 밤을 새운 탓에 몽유병 환자처럼 눈밑이 시커메져 돌아다녔다. 너무 피곤한 나머지 가끔은 모텔에 들자마자 애인이 옷도 벗기 전에 잠이 들었다. 반면에 로세르는 아무도 깨뜨릴 수 없는 에너지를 과시했다. 그녀는 도시에 익숙해지면서 칠레 사람들을 이해하게 되었다. 칠레 사람들은 너그럽고, 침착하지 않고, 드라마틱하다는 점에서도 스페인 사람들과 꽤 비슷했다. 그녀는 친해지려고 노력하며 피아니스트로서 명성을 쌓아 갔다. 그녀는 라디오와 크리욘 호텔, 대성당, 클럽, 개인 집을 돌며 피아노를 연주했다. 외모가 단정하고 예의 바른 젊은 여자로, 주문하는 대로 악보도 없이 연주할 수 있다는 소문이 돌았다. 두어 소절 휘파람만 불어도 그녀는 몇 초 만에 그 멜로디를 피아노로 연주했다. 그녀는 파티나 진지한 행사에 이상적인 파트너였다. 빅토르가 위니펙에서 버는 것보다 그녀가 훨씬 많이 벌었지만, 엄마의 역할은 소홀해질 수밖에 없었다. 마르셀은 네 살이 될 때까지 그녀를 엄마라고 부르지 않고 부인이라고 불렀다. 아이의 첫 마디는 아버지의 주점 뒤 작은 뜰에서 카탈루냐어로 발음한 '백포도주(vino blanco)'였다. 로세르와 빅토르는 아이가 꽤 무거워질 때까지 번갈아 가며 배낭 안에 넣어 메고 다녔다. 배낭이 좁고 따뜻해 엄마나 아빠 몸에 딱 달라붙어 있으면 안정감을 주었다. 마르셀은 차분하고 말이 없는 아이로 혼자 놀았으며, 뭔가를 요구하는 일이 무척 드물었다. 엄마는 라디오 방송국으로, 아빠는 주점으로 데리고 다녔지만, 마르셀은 대개는 어느 과부의 집에서 고양이 세 마리와 함께 지냈다. 그녀가 적은 돈을 받고 그를 돌봐 주었다.

빅토르와 로세르의 관계는 생각과 달리, 그 정신없던 시절에 더욱 단단해졌다. 그때 그들은 각자 생활이 달라서 거의 만나지도 못했고, 빅토르는 다른 여자에게 마음을 빼앗긴 상태였다. 오랜 우정이 비밀이나 의심, 모욕이 들어설 수 없는 끈끈한 공범 관계를 만들었다. 그런 감정은 그들이 서로 해치지 않을 것이며 설령 그런 일이 일어난다고 해도 오해일 것이라는 믿음에서 출발했다. 두 사람은 서로 뒤를 봐 주고, 그렇게 현재의 슬픔과 과거의 환영들을 견뎌 냈다.

로세르는 페르피냥에서 퀘이커교도들과 함께 지냈던 몇 달 동안 바느질을 배웠었다. 그녀는 칠레에서 처음 모은 돈으로 까맣고 번쩍거리는 몸체에 금박 글씨와 꽃무늬가 박히고 페달이 달린 싱어 재봉틀을 한 대 구입했다. 효율성의 기적이었다. 리드미컬한 재봉틀 소리는 피아노 소리와 비슷했다. 그래서 옷이나 갓난아기 속옷을 한 벌 만들고 나면, 관중의 박수갈채 같은 뿌듯함을 느꼈다. 그녀는 패션 잡지를 따라 옷을 잘 입고 다녔다. 음악 연주를 위해 잿빛의 긴 드레스를 만들었는데, 갖가지 색깔의 리본과 길고 짧은 소매,

깃, 꽃, 핀을 드레스에 붙였다 떼었다 하면서 매번 다른 모습으로 외출했다. 그녀는 목덜미 위로 말아 올린 머리에 장식용 빗이나 브로치를 꽂아서 옛날식으로 손질했다. 새치가 희끗희끗하고 입술이 메마른 뒤에도, 죽는 그날까지 그녀는 손톱과 입술을 빨갛게 칠하고 다녔다. "당신 아내는 매우 예뻐요." 한번은 오펠리아가 빅토르에게 말했다. 한 삼촌의 장례식장에서 오펠리아는 로세르와 마주친 적이 있었다. 고인의 친척들이 행렬을 이뤄 과부와 자식들에게 조의를 표하는 동안, 로세르가 오르간으로 슬픈 곡을 연주했다. 로세르는 오펠리아를 본 순간 연주를 멈추고 그녀의 뺨에 입을 맞추며 인사했다. 그러고는 필요한 일이 있으면 뭐든지 자기에게 상의하라며 귓속말로 속삭였다. 그 일로 오펠리아는 빅토르가 자기 아내와 남매처럼 지낸다는 얘기가 사실임을 확인했다. 빅토르에게 로세르는 비쩍 마르고 소박한 스페인 여자라는 이미지에, 부모님이 입양한 오갈 데 없는 아이이며 기옘의 그저 그런 애인이었기 때문에, 로세르의 외모에 대한 오펠리아의 평에 그는 깜짝 놀랐다. 로세르가 여전히 예전의 그 여자이든 방금 오펠리아를 감탄하게 만든 여자이든 간에, 그가 로세르를 얼마나 어떻게 사랑하는가, 라는 근본적인 것은 바뀌지 않았다. 오펠리아와 함께 야자수가 있는 낙원으로 도망치고 싶다는 참을 수 없는 유혹도, 다른 어떤 것도 그를 로세르와 아이로부터 갈라놓을 수는 없었다.

8장
1941~1942년

자 이제,
당신이 나를 조금씩 조금씩 사랑하지 않는다면,
나는 당신을 조금씩 조금씩 사랑하지 않겠습니다.

당신이 갑자기
나를 잊어
나를 찾지 않는다면,
그때 나는 이미 당신을 잊었을 것입니다.

파블로 네루다, 「당신이 나를 잊는다면」, 『대장의 노래』

오펠리아가 마르델플라타 거리의 집에 갇힌 이후로 모텔에서 갖는 사랑의 밀회는 점차 산발적이 되었고 짧아졌다. 잠깐씩 짬을 내서 오펠리아를 만나던 리듬이 바뀌면서 빅토르 달마우는 시간이 길게 느껴졌다. 그러면서 가끔은 체스를 두자는 살바도르 아옌데의 초대에도 응할 수 있었다. 여전히 오펠리아를 마음에 담고 있었지만, 이제는 아무도 모르게 그녀를 안기 위해 도망쳐 나오고 싶었던 갈급증도 잦아들었고, 그녀와 함께 보낸 시간을 보충하기 위해 밤새도록 공부하지 않아도 되었다. 아무도 출석 체크를 하지 않는 이론 수업은 책과 노트 필기로 혼자 공부할 수 있었기 때문에 슬그머니 도망쳐 나왔다. 그는 실험 수업과 해부와 병원 실습에만 집중했다. 그 시간에 그는 교수들에게 굴욕감을 안기지 않기 위해 자신의 경험을 애써 감춰야 했다. 주점에서는 한가한 시간에 공부도 하고 한쪽 눈으로는 마르셀이 노는 작은 뜰을 지켜보면서 야간 근무를 완벽하게 해냈다. 카탈루냐 출신의 신발 공장 사장 조르디 몰리네는 이상적인 동업자였다. 몰리네는 위니펙의 소박한 수익금에 늘 만족했다. 그리고 친구들과 얘기도 나누고, 독주를 탄 네스카페도 마시고, 고향 음식도 맛보고, 아코디언으로 노래도 연주하기 위해, 남자 혼자 사는 자기 집보다 훨씬 포근한 자기만의 공간이 있다는 데 고마워했다. 빅토르가 체스를 가르쳐 주려고 노력했지만, 몰리네는 아무런 물질적 이익도 없이 체스판에서 이리저리 말을 움직이는 이유를 절대 이해하지 못했다. 빅토르가 많이 피곤해 보이는 밤이면, 몰리네는 동네 사람들에게 포도주와 맥주와 코냑밖에 제공할 수 없는데도 빅토르를 집으로 보내고 흔쾌히 자리를 대신 지켰다. 그는 칵테일에 대해 아는 바가 전혀 없었고 동성애자들이 만든 유행이라고 여겼다. 그는 로세르를 존중하는 만큼 마르셀에게도 깊은 애정을 느껴서, 아이에게 장난치려고 바뒤에서 한참을 웅크리고 있곤 했다. 마르셀은 그에게 없는 손자나 다름없었다. 어느 날 로세르가 혹시 카탈루냐에 가족이 남아 있느냐고 물었을 때, 그는 삼십 년도 더 전에 밥

벌이를 찾아 고향을 떠나왔다고 했다. 그는 동남아시아에서 선원 일도 하고, 오리건에서 나무도 벌채하고, 아르헨티나에서 기차 운전도 하고, 공사장에서 일도 했다. 결국 신발 공장으로 돈을 벌려고 칠레에 오기 전까지 많은 직업을 거쳤다.

"처음에는 그곳에도 가족이 있었다고 할 수 있지. 하지만 그들에게 무슨 일이 있었을지 누가 알겠나. 전쟁 때 모두 흩어졌지. 어떤 사람들은 공화주의자고, 어떤 사람들은 프랑코 쪽으로 가고. 한쪽에는 공산주의 시민군들이 있고, 저쪽에는 신부들과 수녀들이 있고."

"연락하는 사람은 있나요?"

"있지. 친척 두어 명. 전쟁이 끝날 때까지 숨어 다니던 사촌이 있는데 지금은 동네 이장이라더군. 파시스트지만 좋은 사람이야."

"며칠 있다 사장님께 부탁 하나 드리려고 하는데요……."

"지금 당장 말해 봐요, 로세르."

"그러니까, 피난 오다가 시어머니를 잃어버렸어요. 빅토르의 어머니요. 그 뒤로 그분 소식을 전혀 몰라요. 프랑스에 있는 난민 수용소도 찾아보고 국경 양쪽으로 조사도 해 봤지만, 전혀 알아낸 게 없어요."

"많은 사람이 그런 일을 겪었지. 너무나도 많은 사망자와 망명자, 부적응자 들이 있지! 너무나도 많은 사람이 숨어 살고 있고! 감옥마다 터져 나갈 정도고, 매일 밤 아무 포로나 골라서 총살하고 있어. 재판이고 뭐고 없이, 그냥 그렇게. 그게 프랑코의 정의지. 로세르, 나는 비관주의자는 되고 싶지 않아. 하지만 당신 시어머니는 돌아가셨을 수도 있어……."

"알아요. 카르메 아주머니는 망명보다는 죽음을 원하셨어요. 프랑스로 가는 길에 우리와 헤어졌어요. 작별 인사도 없이, 흔적도 없이 한밤중에 사라지셨어요. 사장님이 카탈루냐와 연락이 되면, 혹 어머니 소식을 알아보실 수 있을까 해서요."

"자료를 주게. 그러면 내가 알아보지. 하지만 희망은 별로 없을 걸세, 로세르. 전쟁은 지나가면서 많은 것을 초토화하는 태풍과도 같아."

"돈 조르디, 저도 잘 알아요."

로세르가 찾는 사람은 카르메 달마우만이 아니었다. 그녀가 자주 하는 비정규 업무 중 하나로 베네수엘라 대사관 일이 있었다. 울창한 나무 사이로 정원이 포근하게 안긴 대사관 건물에 공작새 한 마리가 거닐고 있었다. 발렌틴 산체스 대사는 맛난 음식과 고급 술, 특히 음악을 사랑하는 미식가였다. 그는 음악가와 시인과 몽상가 들을 배출한 집안 사람이었다. 사라진 악보를 찾기 위해 유럽을 여러 번 다녀왔으며, 그의 음악 살롱에는 모차르트의 것으로 추정되는 하프시코드부터 그가 가장 아끼는 보물, 즉 주인 말에 따르면 매머드의 어금니로 조각한 선사시대 플루트까지, 진귀한 악기들이 수집되어 있었다. 하프시코드나 플루트의 진위가 의심되기는 했지만 로세르는 가만있었다. 하지만 발렌틴 산체스가 빌려주는 예술사와 음악사에 관한 책들은 고마워했다. 영광스럽게도 대사의 악보 컬렉션을 이용할 수 있도록 허락받은 유일한 사람이 자신인 것에도 감사했다. 어느 날 밤, 손님들이 모두 떠나고 난 후 로세르는 집주인과 술 한잔을 하면서, 대사의 컬렉션에 영감받아 고(古)음악 오케스트라를 만들어 보고 싶다는 엉뚱한 프로젝트를 제안했다. 두 사람 모두 그 주제에 똑같이 열광했다. 그녀는 오케스트라를 운영하고 싶어 했고, 그는 그녀를 후원하고 싶어 했다. 헤어지기 전에 로세르는 피난길에 잃어버린 사람을 찾고 싶은 마음에 용기를 내어 도움을 청했다. "아이토르 이바라라는 사람인데 베네수엘라로 갔습니다. 그곳에 건축업에 종사하는 친척들이 있었거든요." 로세르가 대사에게 말했다. 두 달 후 대사관의 비서가 마라카이보에 있는 건축 자재 회사인 '이냐키 이바라 에 이호스'에 대해 전화로 알려 주었다. 로세르는 빈 병에 편지를 넣어 바다로 떠내려 보내는 심정으로 편지를 여러 통 썼다. 답장은 한 번도 받지 못했다.

* * *

마티아스 에이사기레와의 결혼 연기를 설명하기 위해 가족들이 몇 달 동안 우려먹은 오펠리아의 건강 문제는 이듬해 초가 되자 완벽하게 들어맞았다. 후아나 낭쿠체오는 오펠리아가 임신했다는 사실을 알아챘다. 무엇보다도 이른 시간의 헛구역질이 증거였다. 후아나는 회향풀과 생강과 커민을 우린 차로 가라앉혀 보려고 했지만 아무 소용이 없었다. 그러다 그녀는 세탁실에서 아홉 주 가까이 생리대를 보지 못했다는 사실을 깨달았다. 변기에 대고 속을 비우고 있던 오펠리아를 다시 보게 된 날, 후아나는 양손으로 허리를 받치고 그녀와 대치했다. "주인어른이 누군지 알아보기 전에 아가씨가 누구랑 그랬는지 나한테 말하는 게 좋을 겁니다." 후아나는 그녀에게 맞섰다. 자기 몸에 대한 오펠리아의 무지는 거의 절대적이었다. 후아나가 누구랑 그랬냐며 다그칠 때까지도 오펠리아는 아픈 이유를 빅토르 달마우와 연관시키지 못했다. 단순히 위염이라고 생각했다. 그제야 자기에게 일어난 일을 깨달은 오펠리아는 놀라서 목소리도 나오지 않았다. "그 사람이 누구냐니까요?" 후아나가 계속 다그쳤다. "죽어도 말하지 않을 거야." 간신히 입을 뗄 수 있게 된 오펠리아가 대답했다. 훗날 오십 년 동안 그녀의 입에서 나온 유일한 대답이었다.

후아나는 기도와 민간요법으로 가족들에게 의심을 사지 않고 해결할 수 있으리라 생각하며 자기 선에서 해결하려고 했다. 그녀는 모든 하인의 수호성인인 성 유다에게 향초 몇 개를 바치겠다고 약속하고, 오펠리아에게는 운향을 다린 차를 먹이고 질에 파슬리 줄기를 집어넣었다. 후아나는 위에 구멍이 뚫리는 게 사생아보다는 덜 심각하다고 생각했기 때문에, 운향이 독이라는 걸 알면서도 오펠리아에게 먹였다.

일주일 후 오펠리아가 구토만 몹시 심해지고 녹초가 될 정도로 피로할 뿐 아무 결과도 보이지 않자, 후아나는 늘 신뢰하는 펠리페를 찾아가기로 했다. 펠리페는 처음에는 아무에게도 말하지 않겠다고 맹세했지만, 무슨 일인지 듣고 나자 둘이서 짊어지기에는 지나치게 심각한 비밀이라며 후아나를 설득했다.

펠리페는 침대에 누워 있는 오펠리아와 마주했다. 그녀는 운향 때문에 복통으로 몸을 웅크리고 있었고, 고통으로 열까지 났다.

"어떻게 이런 일이 생긴 거야?" 그가 마음을 가라앉히려고 애쓰며 물었다.

"늘 일어나는 일이지." 그녀가 대답했다.

"우리 가족에게 이런 일은 한 번도 없었어."

"펠리페, 그건 오빠 생각이고. 그런 일은 수시로 일어나고 있는데 사람들이 모를 뿐이야. 여자들만의 비밀이지."

"너 누구랑……." 그는 모욕하지 않고 어떻게 말해야 할지 몰라 망설였다.

"죽어도 오빠한테는 말하지 않을 거야." 그녀가 거듭 말했다.

"오펠리아, 너는 말해야 할 거야. 너에게 이런 짓을 한 사람과 결혼하는 게 유일한 출구니까."

"그건 불가능해. 이곳에 살지 않아."

"이곳에 살지 않는다는 게 무슨 말이야? 그 자식이 어디에 있든지 우리가 찾아낼 거야, 오펠리아. 그리고 너랑 결혼하지 않는다면……."

"어떻게 할 생각인데? 그 사람을 죽이기라도 할 거야?"

"하느님 맙소사! 하는 말이라고는. 내가 그놈이랑 담판을 지을게. 하지만 그게 아무 소용이 없다면 아버지가 개입하실 거다……."

"안 돼! 아빠는 안 돼!"

"오펠리아, 뭐라도 해야 해. 이걸 감추는 건 불가능해. 곧 모든 사람이 알게 될 거고, 스캔들이 엄청날 거야. 내가 최선을 다해서 도울게. 약속해."

어머니가 아버지 의중을 떠볼 수 있도록 결국 그들은 어머니에게 얘기하기로 의견을 모았다. 그다음은 두고 볼 일이었다. 라우라 델 솔라르는 하느님에게 많은 빚을 져서 이제는 하느님이 계산서를 청구하는 거라고 확신하면서 그 소식을 들었다. 오펠리아의 드라마는 라우라가 하늘에 갚아야 할 빚의 일부였다. 다른 빚은 가장 무거운 빚으로, 정신없이 요동쳤다가 침묵을 지키는 레오나르도의 심장이었다. 태어났을 때 의사들이 예측한 대로 그의 신체 기관은 병약하고 명이 짧을 것 같았다. '아가'는 가차 없이 꺼져 갔고, 어머니는 기도와 성인들의 은혜에 매달리며 눈에 보이는 증상들을 받아들이지 않았다. 라우라는 가족을 끌어들여서 깊은 늪으로 함께 빠져드는 기분이었다. 바로 두통이 시작되었다. 눈이 멀 것처럼 시야가 뿌예지며 뒷덜미를 쇠망치로 얻어맞은 기분이었다. 이시드로에게 뭐라고 말해야 한단 말인가? 어떠한 임기응변도 그의 충격이나 반응을 약화시킬 수는 없을 것 같았다. 하느님의 자비가 자연스럽게 오펠리아의 문제를 해결해 주시길 지켜보며 조금 기다리는 방법밖에는 없었다. 많은 임신이 배 속에서 곧잘 잘못될 수 있었다. 하지만 펠리페는 기다리면 기다릴수록 상황만 더 악화될 거라며 어머니를 설득했다. 라우라와 오펠리아가 집 한쪽 구석에서 웅크린 채 순교자의 열정으로 기도를 올리는 동안, 펠리페가 책임지고 서재로 들어가 아버지와 직접 담판 지었다.

한 시간 좀 넘게 지나고 나서야 후아나가 모녀를 찾아와 곧바로 서재로 오라는 전갈을 전했다. 이시드로 델 솔라르가 그들을 문지방에서 맞이하더니, 라우라가 앞을 가로막고 펠리페가 이시드로의 팔을 붙잡기도 전에 다짜고짜 오펠리아의 뺨을 두 번 갈겼다.

"내 딸을 망친 그 빌어먹을 놈이 대체 누구냐? 누군지 말해!" 그가 포효했다.

"죽어도 말 못 해요." 오펠리아가 소매로 코피를 닦으며 대답했다.

"매질을 해서라도 네게서 그 이름을 듣고 말 테다."

"때리세요. 절대 아무에게도 말하지 않을 거예요."

"아버지, 제발……." 펠리페가 중재했다.

"조용히 해! 이 어리석은 것이 갇혀 있어야 한다고 내가 명하지 않았더냐? 라우라, 당신은 어디에 있었어? 이런 일을 허락하다니. 악마가 집 안을 돌아다니는 동안 미사를 보고 있었겠지. 불명예와 스캔들을 생각해 보라고! 어떻게 사람들 앞에 얼굴을 들고 다닐 수 있겠어!" 펠리페가 두 번째 중재에 성공할 때까지 그는 이성을 잃고 한참을 소리 질렀다.

"아버지, 진정하세요. 해결 방법을 찾아보자고요. 제가 좀 알아볼게요……."

"알아본다고? 무슨 말이냐?" 이시드로는 자기가 그 확실한 방법을 제안할 사람이 아니라는 데 갑자기 안도하며 물었다.

"나를 유산시키려는 거군요." 오펠리아가 안색도 변하지 않고 말했다.

"그럼 다른 해결책이 있냐?" 이시드로가 그녀를 날카롭게 후벼팠다.

그제야 라우라 델 솔라르가 처음으로 개입해, 떨리지만 매우 단호한 목소리로, 그런 대죄는 생각도 하지 말라고 했다.

"죄건 아니건, 이 골치 아픈 일은 하늘에서 해결해 주지 않아. 여기 땅에서 해야지. 우리는 꼭 필요하면 할 거야. 하느님도 이해해 주실 거야."

"그 전에 우르비나 신부님과 상의하지 않고는 절대 아무 조치도 취하지 않을 거예요." 라우라가 말했다.

　　　　　　　　　＊ ＊ ＊

비센테 우르비나 신부는 솔라르 가족의 부름을 받고 곧바로 그날 밤 왔다. 그의 존재만으로도 가족은 안심이 되었다. 그는 불온한 영혼과 싸울 줄 알고 하느님과 직접 대화하는 사람답게 확실히 총명하고 단호해 보였다. 그는 자기에게 따라 준 포르투 포도주를 받았다. 그러고는 이제 얼굴이 부어올라 한쪽 눈이 감긴 오펠리아부터 시작해 한 사람씩 따로 얘기를 나누겠다고 했다. 그는 오펠리아와 거의 두 시간 가까이 있었지만 애인의 이름도 알아내지 못했고, 그녀에게서 눈물 한 방울도 짜내지 못했다. "마티아스는 아니에요. 그를 탓하지 마세요." 오펠리아는 느리고 서정적인 중세 선율로 스무 번이나 반복해서 말했다. 우르비나는 신도들에게 겁을 줘서 얼을 빼놓는 데 익숙했는데, 여자아이가 얼음장같이 냉정하자 오히려 자기가 이성을 잃을 뻔했다. 죄를 지은 여자의 부모며 오빠와 얘기가 끝났을 때는 자정이 넘은 시간이었다. 그는 수수께끼의 애인이 누군지 의심조차 할 수 없자, 아무 말도 해 줄 수 없는 후아나까지 취조했다. "성령일 거예요. 글쎄요, 신부님." 영악한 후아나가 결론을 내렸다.

유산 얘기는 우르비나가 화들짝 놀라며 단번에 거절했다. 법 앞에서도 범죄이고, 삶과 죽음을 유일하게 허용하는 하느님 앞에서도 혐오스러운 죄였다. 다른 대안이 있으니 며칠

간 고민해 보자고 했다. 가장 중요한 것은 그 일이 집 밖으로 절대 새어 나가지 않는 것이었다. 오펠리아의 언니들이나 다른 오빠를 포함한 누구도 알아서는 안 되었다. 다행히 다른 오빠는 카리브해에서 태풍을 관측하느라 집에서 떠나 있었다. 이시드로가 제대로 말한 대로, 모든 소문에는 날개가 달려 있었다. 오펠리아의 평판과 가족의 명예를 돌보는 게 중요했다. 우르비나는 한 명 한 명에게 적절한 충고를 해 주었다. 이시드로에게는 폭력이 실수로 이어지며, 최대한 신중하게 처신해야 하는 시기인 만큼 폭력을 삼가라고 했다. 라우라에게는 계속 기도하고 성당의 자선 활동에 기여하라고 했다. 그리고 오펠리아에게는, 육신은 약하고 하느님의 자비는 무한대이므로 회개하고 고해성사를 보라고 했다. 마지막으로 펠리페는 한쪽으로 데리고 가서, 이런 위기에서는 그가 가족의 버팀목이 되어야 한다며 함께 계획을 세우러 자기 사무실로 오라고 했다.

우르비나 신부의 계획은 지극히 단순했다. 오펠리아가 산티아고에서 멀리 떨어진, 아무도 모르는 곳에서 몇 달을 보내다가, 나중에 배를 감출 수 없을 때가 되면 수녀원으로 피정을 가는 거였다. 그곳에서 그녀는 출산 때까지 지극정성의 돌봄과 그녀에게는 너무나도 부족한 정신적인 도움을 받게 될 것이다. "그러고 나면요?" 펠리페가 물었다. "사내아이든 여자아이든 좋은 집안으로 입양 보낼 겁니다. 당신은 부모와 누이를 안심시키고, 세부 사항을 맡아 주십시오. 당연히 경비가 좀 들어서……." 펠리페는 자기가 그 일을 일체 맡아서 하고 수녀원의 수녀들에게도 보상하겠다고 확답했다. 펠리페는 출산 일이 다가오면 다른 수도회의 수녀인 테레사 이모가 조카 옆에 있을 수 있도록 허락해 달라고 부탁했다.

가족 목장에서 지낸 몇 달 동안 도냐 라우라는 기도하고 성인에게 다짐하고 회개와 자선 행위에 전념했으며, 후아나 낭쿠체오는 여기저기 뛰어다니며 집안일을 하고, 기저귀 시절로 돌아간 탓에 채소를 갈아 만든 이유식을 숟가락으로 떠먹여야 하는 '아가'를 돌보고, 오펠리아를 불행한 아이라고 부르며 감시했다. 이시드로 델 솔라르는 산티아고의 집에 머문 채, 펠리페가 소문을 잠재웠다고 확신하면서 집안 여자들이 멀리서 겪고 있는 드라마를 모른 척했다. 그는 자기 사업에 영향을 줄 수 있는 정치 상황이 더 걱정이었다. 우파 진영이 선거에서 패한 데다가, 급진당 소속의 새 대통령이 선임자의 개혁을 계속 이어받아서 진행하려 하고 있었다. 스코틀랜드와 독일로의 양털 수출 때문에 2차 세계대전에 관한 칠레의 입장에 이시드로의 생사가 달려 있었다. 우파 진영은 중립을 주장했다. 뭐하러 잘못될 수도 있는 위험에 휩쓸릴 필요가 있겠는가. 하지만 정부와 국민은 대체로 연합군을 지지했다. 그 지지가 구체화하는 날이면 독일 판매는 모두 물 건너간 일이 될 판이었다.

운전기사가 꽤 요란하게 해고당한 후 포로가 되어 시골로 끌려가기 전에 오펠리아는 기사를 통해 빅토르 달마우에게 간신히 편지 한 통을 전달했다. 기사를 끔찍이도 싫어하던 후아나는 기사와 오펠리아가 수군대는 장면을 몇 번 목격한 것 말고는 아무 물증도 없이 그를 밀고했다. "주인님, 제가 얘기했잖습니까. 하지만 주인님이 제 말을 안 들으셨지요. 그 촌놈이 원흉입니다. 그놈 잘못으로 오펠리아 아가씨가 임신한 거라고요." 이시드로 델 솔라르는 모든 피가 머리로 쏠려 뇌가 터지는 것만 같았다. 집안일 하는 사내 녀석들이 가끔 가정부들을 건드릴 수는 있지만, 자기 딸이 인디오 얼굴에 곰보 자국이 있는 아랫사람과 그랬다는 건 도저히 상상도 할 수 없는 일이었다. 차고 윗방에서 빌어먹을 개자식에 하층민인 운전기사의 품에 안긴 벌거벗은 딸의 모습을 어렴풋이 상상한 그는 거의 정신을 잃을 정도였다. 후아나가 기사는 뚜쟁이에 불과하다는 사실을 분명히 밝히자 그는 크게 안도했다. 이시드로는 기사를 서재로 불러 당사자가 누군지 밝히라고 소리소리 지르며 심문하고, 경찰들이 감옥에 처넣고 개머리판으로 때리고 발길질로 진실을 캐내게 하겠다고 협박했다. 하지만 그것도 아무 소용이 없자 기사를 매수하려고 했지만, 기사는 한 번도 빅토르를 본 적이 없었기 때문에 아무 말도 해 줄 수가 없었다. 미술학교에 오펠리아를 내려 주고 데리러 간 시간만 말해 줄 수 있을 뿐이었다. 이시드로는 딸이 수업에는 한 번도 가지 않았다는 사실을 알게 되었다. 학교에서 애인의 품으로 걸어가거나 택시를 타고 갔던 것이다. 몹쓸 딸은 그의 생각보다 멍청하지 않거나, 아니면 육욕으로 영악해졌다.

오펠리아의 편지에는 만나서 직접 전했어야 하는 설명이 담겨 있었지만, 그녀가 간신히 전화를 걸 수 있었던 유일한 순간에 빅토르는 집에도 위니펙에도 없었다. 목장에 가면 그녀가 연락할 방도가 없을 게 분명했다. 가장 가까이 있는 전화도 15킬로미터나 떨어져 있었다. 오펠리아는 그에게 사실만을 전달했다. 그 열정은 그녀의 이성을 잃게 한 숙취 같은 것이라고, 그가 항상 얘기했던 게 이제는 이해가 된다고, 그들을 갈라놓는 걸림돌은 구제 불능이라고 했다. 사실 자신의 감정은 사랑이라기보다는 분출된 욕망이며, 새로워서 휩쓸리기는 했지만 그를 위해 평판과 삶을 희생할 수는 없다고 장사꾼 같은 말투로 얘기했다. 오펠리아는 한동안 어머니와 함께 여행을 떠날 생각이고, 그러고 나서 생각이 좀 더 분명해지면 마티아스에게 다시 돌아갈 가능성이 크다고 알렸다. 그러고는 확실하게 작별을 고하며, 더 이상 연락할 생각은 하지 말라는 경고로 편지를 마쳤다.

빅토르는 이미 기다리고 있었으며 단념할 준비가 되어 있었던 사람처럼 모든 걸 체념하고 오펠리아의 편지를 받아들였다. 로세르가 처음부터 확실하게 말했듯이, 그 역시 그 사랑이 잘될 거라고는 생각하지 않았다. 로세르는 그 사랑이 어쩔 수 없이 시들어 버릴 뿌리 없는 식물이라고, 비밀의 어둠 속에서는 아무것도 자라지 않으며 사랑이 커지려면 빛과 공간이 필요하다고 주장했다. 빅토르는 편지를 두 번 읽고 나서 로세르에게 건네주었다. "늘 그렇듯 당신 말이 옳아." 빅토르가 그녀에게 말했다. 로세르는 한번 쓱 훑어만 보고도 행간을 읽었고, 오펠리아가 살벌할 정도로 차갑게 나오는 게 엄청난 분노를 제대로 숨기지 못했기 때문이라고 이해할 수 있었다. 그녀는 그 이유를 알 것 같았다. 단순히 빅토르와 미래가 없어서라거나 변덕스러운 아가씨의 투정이 아니라고 생각했다. 그녀는 오펠리아가 임신이라는 수치를 감추려는 가족에게 납치당했다고 추측했다. 하지만 너무 잔인한 것 같아 그 의심을 빅토르에게는 말하지 않았다. 뭐하려고 더 많은 의심으로 빅토르를 고통스럽게 한단 말인가. 로세르는 너무나도 쉽게 상처받는 순진한 오펠리아에게 호감과 안타까움이 뒤섞인 감정이 들었다. 오펠리아는 순진한 열정이라는 돌풍에 휩쓸린 줄리엣이었다. 하지만 젊은 로미오 대신에 둔감한 남자와 얽혔다.

그녀는 부엌 식탁에 편지를 내려놓은 후, 빅토르의 손을 잡고 팔걸이 없는 소파로 데려갔다. 그 소박한 집에서 유일하게 편안한 의자였다. "누워 봐요. 내가 당신의 머리를 마사지해 줄게요." 빅토르는 로세르의 치마에 머리를 묻고 소파에 누워 피아니스트의 부드러운 손길에 몸을 맡겼다. 로세르가 살아 있는 동안은 이 불행한 세상에 자기 혼자 있을 일은 없을 거라는 확신이 들었다. 그녀와 함께 가장 나쁜 기억도 버텨 냈다면, 오펠리아가 가슴 한가운데에 뻥 뚫어 놓은 구멍도 버텨 낼 수 있을 것 같았다. 그는 숨 막히게 하는 고통을 로세르에게 털어놓고 싶었지만, 오펠리아와 있었던 일을 모두 얘기하기에는 단어가 부족했다. 언젠가 그녀가 같이 도망치자고 했던 일이나, 영원히 사랑하자고 맹세하게 했던 일은 말할 수 없었다. 하지만 로세르는 그것을 너무나 잘 알고 있었고, 이미 분명히 알고 있을지도 몰랐다. 그러고 있는데 마르셀이 그들을 소리쳐 부르며 낮잠에서 깨어났다.

오펠리아의 감정에 대한 로세르의 예감은 틀리지 않았다. 오펠리아가 자기 상태를 알게 된 이후 며칠 동안, 열정은 그녀의 속마음을 새까맣게 태우는 소리 없는 분노가 되었다. 그녀는 우르비나 신부가 시킨 대로 몇 시간이고 자기가 했던 행동을 분석하고 자신의 마음을 검토해 보았지만, 지은 죄를 후회하기보다는 명백한 어리석음을 후회했다. 그녀는 임신을 예방하기 위해 어떻게 할지 빅토르에게 물어볼 생각도 하지 않았다. 그가 모두 알아서 할 거라 믿었고, 어쩌다 한번씩 만났기 때문에 아무 일도 일어나지 않을 거라 생각했다. 놀라운 발상이었다. 그 용서할 수 없는 사고에 대한 책임은 어른인 데다가 경험도 있는 빅토르에게 있었다. 그런데 피해자인 그녀가 두 사람 몫을 책임져야 했다. 기가 막힐 정도로 불공평했다. 서로 공통점이라고는 거의 없는 그 남자에 대한 희망도 없이, 왜 그런 사랑에 매달렸는지 기억도 나지 않았다. 항상 지저분한 어딘가의 침대에서 그와 함께 보내고 나면, 그녀는 마티아스와 살금살금 더듬다가 말했던 것 못지않게 불만족스러웠다. 그녀는 신뢰가 좀 더 쌓이고 서로를 알 수 있는 시간이 생기면 달라지리라 생각했다. 하지만 그런 감정은 빅토르와는 전혀 생기지 않았다. 그녀는 사랑이라는 개념을, 낭만적인 이야기를, 사람들이 전사라고 부르는 그 남자의 영웅적인 과거를 사랑했다. 그녀는 필연적으로 비극으로 끝날 수밖에 없는 오페라를 경험했다. 빅토르가 자기를 사랑한다는 것은 알았다. 적어도 상처투성이 심장이 할 수 있는 그런 사랑이었다. 하지만 오펠리아에게는 충동이었다. 환상이었고, 그녀가 부리는 변덕 중 하나였다. 오펠리아는 너무나도 불안하고 덫에 걸린 기분에다 몸까지 안 좋아서, 빅토르와 있었던 모든 시시콜콜한 일들이, 심지어 가장 행복했던 순간까지도 자기 삶을 망쳤다는 두려움으로 일그러졌다. 그에게는 위험 없는 쾌락이었고, 그녀에게는 쾌락 없는 위험이었다. 그리고 결국 지금은 그녀가 그 결과로 고통받고 있었고, 그는 아무 일도 없었다는 듯이 자기 삶을 계속 이어 갈 수 있었다. 오펠리아는 빅토르를 증오했다. 임신했다는 사실을 그에게 감췄다. 빅토르가 그 사실을 아는 순간 아버지 역할을 주장하며 가만 놔두지 않을 것 같아서 두려웠다. 그 임신에 대해 어떤 결정을 내리든, 그것은 그녀만이 할 수 있었다. 아무도 뭐라고 얘기할 권리가 없었고, 이미 자기를 충분히 해코지한 그 남자는 더더욱 할 수 없었다. 편지에는 이런 얘기가 전혀 담겨 있지 않았지만 로세르는 어렴풋이 알 수 있었다.

세 달 만에 오펠리아는 헛구역질을 멈추고 전에는 한 번도 경험해 보지 못한 급물살에 휩쓸리는 듯한 힘을 느꼈다. 빅토르에게 편지를 보낸 순간 그녀는 한 챕터를 마감했고, 몇 주 지나지 않아서는 자기가 할 수 있었던 일에 대한 반추로 더는 스스로를 괴롭히지도 않았다. 오펠리아는 애인에게서 벗어난 기분이었다. 사춘기 소녀 같은 의욕이 생겨서 강하고 건강해진 느낌이었다. 개들을 데리고 씩씩하게 들판으로 나가서 한참을 산책하기도 하고, 부엌에 처박혀 목장 아이들에게 나눠 줄 과자와 머핀 따위를 끝도 없이 굽기도 하고, 레오나르도와 함께 엉뚱한 것들을 그리며 놀기도 했다. 어마어마하게 커다란 색색의 얼룩으로, 전에 그녀가 그리던 풍경이나 죽은 자연보다 훨씬 흥미롭게 느껴졌다. 빨래를 담당하는 여자가 당혹스러워하는 앞에서 시트를 다림질하겠다고 나섰고, 무거운 석탄 다리미로 땀을 흘리며 몇 시간이고 다림질하면서도 만족스러워하기도 했다. "놔둬. 이제 괜찮아질 거야." 후아나가 예언했다. 오펠리아가 기분 좋은 게 도냐 라우라는 거슬렸다. 라우라는 딸이 아기 옷을 뜨개질하며 눈물범벅이 되기를 바랐다. 하지만 후아나가 라우라 역시 임신했을 때 배가 무거워서 견딜 수 없을 지경이 되기 전 몇 달 동안은 들떠 있었다고 상기해 주었다.

펠리페는 일주일에 한 번 목장에 들러 경비도 계산하고 후아나에게 지시도 내렸다. 주인마님이 성인들과 복잡한 협상을 벌이느라 바빠서 후아나가 안주인이 되었다. 펠리페가 아무도 신경 쓰지 않는 산티아고의 소식과 함께, 오펠리아가

쓸 물감과 잡지, 레오나르도 '아가'를 위한 곰 인형과 딸랑이를 가져다주었다. '아가'는 이제 말도 하지 않고 다시 기어다녔다. 비센테 우르비나는 후아나 낭쿠체오의 말처럼 신성한 냄새를 풍기면서 상황도 살피고, 오펠리아를 영적인 길로 인도해 완벽한 고백을 받아내기 위해서 두어 번 모습을 드러냈다. 그 신성한 냄새란 바로 다름 아닌 빨지 않은 신부복의 악취와 면도 로션 냄새였다. 오펠리아는 배 속에 종양이라도 들어 있는 듯 엄마가 된다는 설렘도 일절 내비치지 않고, 귀먹은 여자처럼 멍한 표정으로 학식이 깊은 신부의 말만 듣고 있었다. 그렇다면 입양이 훨씬 수월하겠군, 우르비나는 생각했다.

* * *

시골 체류는 늦여름에서 겨울까지 연장되었고, 하늘을 향한 도냐 라우라의 광기 어린 애원은 다행히 점차 진정되어 갔다. 그녀는 감히 자연 유산의 기적을 바라지는 못했다. 그것은 남편의 죽음을 바라는 것만큼이나 심각한 일이라 가족의 비극이 될 수도 있었다. 그럼에도 기도 중에 은근히 그랬으면 하는 바람을 내비치기는 했지만, 변함없이 차분하게 평화로운 자연과 기나긴 낮, 고요한 밤, 마구간의 거품 가득한 따뜻한 우유, 과일이 가득 담긴 커다란 쟁반, 진흙 오븐에서 갓 나온 향기로운 빵이 내향적인 그녀의 성격에는 시골벅적한 산티아고보다 훨씬 잘 맞았다. 마음대로 할 수만 있다면 그곳에서 영원히 살고 싶었다. 오펠리아도 전원적인 환경에서 마음이 많이 풀려, 빅토르 달마우에 대한 증오가 막연한 원망으로 바뀌었다. 빅토르 혼자 잘못한 게 아니었고, 그녀에게도 책임이 있었다. 오펠리아는 살짝 그리운 마음으로 마티아스 에이사기레를 떠올리기 시작했다.

저택은 식민지풍으로 두툼한 벽돌 벽과 기와, 나무 대들보, 세라믹 바닥으로 된 옛날식 건축물이었지만, 돌무더기와 다름없는 그 지역 집들과 달리 1939년의 지진을 무사히 견뎌 냈다. 벽에 몇 군데 균열이 가고 기와 절반이 떨어져 나갔을 뿐이었다. 지진 후 혼란스러운 가운데 그 일대에서는 강도가 들끓고 빌어먹는 노숙자와 실직이 증가해서, 1930년대 세계 경제 공황과 칠레 초석 산업의 위기에 한몫했다. 자연 초석이 인공 초석으로 대체되었을 때 수천 명의 노동자가 휴직에 들어갔고, 그 후폭풍은 십 년 후에야 본격적으로 드러나기 시작했다. 시골에서는 밤에 도둑이 들어와 개에게 독을 먹인 후 과일과 암탉을, 때로는 내다 팔려고 돼지나 나귀를 훔쳐 가기도 했다. 농장 관리인이 총을 쏘며 쫓아갔다. 하지만 오펠리아는 이런 상황은 전혀 알지 못했다. 여름에는 낮이 지나치게 길었다. 이제는 '아가'가 커다란 캔버스에 붓으로 얼룩을 그리며 그녀와 함께할 수 없어서 오펠리아는 시원한 복도에서 휴식을 취하거나 시골 풍경을 그리면서 더위를 이겨 냈다. 그녀는 건초를 잔뜩 실은 황소가 끄는 달구지와 암탉이 노니는 마당, 빨래하는 여자들, 포도 수확하는 장면을 작은 엽서에 그렸다. 솔라르 가문의 포도주는 다른 유명 포도주와 질적으로 경쟁도 되지 않고 생산도 제한적이라, 전량 이시드로와 안면이 있는 레스토랑에 판매되었다. 그의 포도주는 수익성과는 거리가 멀었지만, 그에게는 명문 가문 클럽과 다름없는 포도주 사업가 반열에 오르는 게 중요했다.

오펠리아가 임신 여섯 달째로 접어들고 가을이 시작되자 해가 일찍 지고 추워지면서 어두운 밤이 영원처럼 길어졌다. 그 오지에서는 전기가 설치되기까지 몇 년이 더 흘러야 했기 때문에 담요와 석탄 난로로 몸을 따듯하게 하고 촛불로 불을 밝혔다. 오펠리아는 행복감에 도취되어 있던 지난 몇 달 동안 굼뜬 바다사자처럼 되어 추위를 거의 타지 않았다. 몸만이 그런 게 아니라 ─ 15킬로그램이나 늘었고, 다리도 하몽처럼 부어올랐다. ─ 마음도 그랬다. 그녀는 오 분 안에 잠들었기 때문에 엽서에 그림을 그리는 것도, 목장을 산책하는 것도, 책을 읽고 뜨개질하고 수를 놓는 것도 그만두었다. 그녀가 계속 살이 쪄도 개의치 않고 자포자기하자, 후아나 낭쿠체오가 억지로 목욕하고 머리를 감으라고 시켜야 했다. 그녀의 어머니는 아이를 여섯이나 낳으면서 좀 더 신경 썼더라면 젊었을 때의 매력이 조금이라도 남았을 거라며 딸에게 주의를 환기했다. "엄마, 무슨 상관이에요? 모두 얘기하는 것처럼 나는 망했어요. 내가 어떤 모습이든 아무도 신경 쓰지 않을 거예요. 나는 뚱뚱한 노처녀가 될 거예요." 그녀는 태어날 아기에 관한 결정에 참견하지 않고, 우르비나 신부와 가족들의 말대로 고분고분하게 굴었다. 시골에 숨어 비밀리에 지내는 것에 동의했듯이, 신부와 주변 사람들이 주입한 치욕을 받아들여 입양이 어쩔 수 없는 일이라고 생각하게 되었다. 그녀에게는 다른 출구가 없었다. "내가 조금만 젊었더라도 네 아이를 내 자식으로 하고, 가족의 품 안에서 기를 수도 있을 거야. 하지만 나는 쉰두 살이야. 아무도 믿지 않을 거다." 어머니가 오펠리아에게 말했다. 그 시기에 오펠리아는 만사가 귀찮아 생각할 수도 없었다. 원하는 유일한 것은 먹고 자는 것뿐이었다. 하지만 일곱 달째로 접어들면서는 더는 몸 안에 종양 덩어리가 있다고 상상하지 않았고, 자신이 잉태한 생명체가 분명히 느껴졌다. 전에는 생명체가 놀란 새의 날갯짓처럼 모습을 드러냈지만, 지금은 배를 쓰다듬으면 작은 몸체의 윤곽이 느껴지고 발인지 머리인지 구별할 수도 있었다. 그러면서 그녀는 다시 연필을 들어 스케치북에 빅토르 달마우의 흔적은 전혀 없이 자기만 쏙 빼닮은 사내아이와 여자아이를 그렸다.

보름에 한 번씩 우르비나 신부가 보낸 조산사가 오펠리아를 보러 목장에 들렀다. 이름이 오린다 나랑호로, 신부에 따르면 생식과 관련된 여성 질병에 대해서는 웬만한 의사보다 훨씬 많이 아는 여자였다. 그녀는 목에 십자가 모양 펜던트가 달린 은 목걸이를 걸고 간호사 옷을 입고 있었으며, 직업상 필요한 도구가 든 손가방을 들고 다녀서 한눈에 믿음이 갔다. 그녀는 오펠리아의 배 크기를 재고, 혈압을 확인하고, 죽어 가는 여자에게 말하듯 감정이 과잉된 말투로 충고했다. 오펠리아는 그녀에게 깊은 불신을 갖고 있었지만, 출산이 임박하면 그 여자가 중요하므로 친절히 대하려고 노력했다. 오펠리아는 생리가 언제인지, 애인과 언제 만났는지 전혀 계산하지 않았기 때문에 언제 임신이 되었는지 알지 못했다. 하지만 오린다 나랑호가 배 크기를 보고 출산 예정일을 가늠했다. 그녀는 오펠리아가 초산인 데다가 평균 이상으로 살이 쪄서 분만이 힘들 수도 있다고 예측했지만, 자기가 경험이 많으니 안심해도 좋다며 기억할 수도 없이 많은 아이를 이 세상으로 데려왔다고 말했다. 그녀는 필요한 것들이 갖춰져 있는 의무실과 비상시를 대비해 가까이에 병원이 있는 산티아고의 수녀원으로 오펠리아를 옮기라고 권했다. 그들은 그렇게 했다. 펠리페는 여동생을 옮기기 위해 가족의 자동차를 가지고 왔다가, 기미 낀 얼굴에 뚱뚱하고 퉁퉁 부은 발로 슬리퍼를 질질 끄는 데다 양 냄새가 진동하는 판초를 두른 생판 낯선 여자와 마주했다. "여자가 된다는 건 비극이야, 펠리페." 그녀가 설명 조로 말했다. 그녀의 짐은 천막처럼 생긴 임부복 두 벌, 두툼한 남자 조끼 한 벌, 물감 박스, 그녀의 어머니와 후아나가 아이를 위해 준비한 옷이 든 고급 트렁크 한 개가 전부였다. 그녀가 뜨개질한 얼마 안 되는 것들은 모양이 기형적이었다.

　　　　　＊　＊　＊

　오펠리아 델 솔라르는 수녀원에서 머문 지 일주일째 되는 날, 땀범벅이 된 채 갑자기 악몽에서 깨어났다. 몇 달 동안 기나긴 어둠 속에 잠들어 있었던 기분이었다. 철제 간이 침대 한 개, 말갈기로 채운 매트리스 한 개, 가공하지 않은 양털이 섞인 껄끄러운 담요 두 장, 의자 한 개, 옷을 보관하는 서랍장 한 개, 다듬지 않은 나무 책상 한 개가 전부인 수녀방이 그녀에게 배정되었다. 그녀는 그 이상 필요하지 않았고, 자신의 심리 상태에 가까운 스파르타식 단순함이 고마웠다. 수녀 방에는 수녀원 정원이 내려다보이는 창문 한 개가 있었다. 정원 한가운데로 무어 양식 분수와 오래된 나무, 이국적인 식물, 약초가 담긴 나무 쟁반이 있었고, 봄이면 장미 덩굴로 뒤덮이는 철제 아치 사이로 돌이 깔린 좁은 오솔길이 나 있었다. 느지막한 새벽의 겨울빛과 창가의 비둘기 울음소리가 오펠리아의 잠을 깨웠다. 오펠리아는 자기가 어디에 있는지, 자기에게 무슨 일이 있었는지, 왜 숨 쉬기도 버거울 정도로 무거운 살덩어리 속에 갇혀 있는지 깨닫기까지 몇 분 걸렸다. 꼼짝도 할 수 없었던 몇 분이 지나자 꿈의 내용이 자세하게 떠올랐다. 꿈에서 그녀는 예전의 가볍고 날렵했던 소녀의 모습으로 검은 모래가 깔린 바닷가에서 얼굴에 햇살을 그대로 받은 채 머리카락을 짭짤한 산들바람에 마구 흩날리며 맨발로 춤추고 있었다. 그러다가 갑자기 바다가 동요하기 시작하더니, 파도가 인어의 태아처럼 비늘로 뒤덮인 여자아이를 모래 위로 뱉어 냈다. 오펠리아는 미사를 알리는 종소리를 들으며 한참 동안 침대에 누워 있었다. 그리고 한 시간 후 수련 수녀 한 명이 트라이앵글을 치면서 아침 식사를 알리고 지나갔다. 그녀는 오랜만에 처음으로 식욕을 잃고 나머지 오전 시간 내내 잠을 청했다.

바로 그날 오후, 로사리오 기도 시간에 비센테 우르비나 신부가 찾아왔다. 검은색 수녀복과 흰색 수녀 두건 들이 퍼덕거리며 달려왔고, 부지런한 여신도들이 야단법석을 피우며 그의 손에 입을 맞추고 축복을 청하며 그를 맞이했다. 신부는 아직 젊고 거만한 남자로, 신부복으로 변장한 것 같았다. "내 보호 아래 있는 여인은 어떤가?" 그가 걸쭉한 초콜릿 음료 한 잔을 들고 자리 잡고 앉더니 기분이 좋아져서 물었다. 사람들이 오펠리아를 찾으러 갔다. 그녀가 거대한 다리로 범선처럼 뒤뚱거리며 도착했다. 우르비나 신부가 평소처럼 입을 맞추도록 성스러운 손을 내밀었지만, 그녀는 간단히 인사하며 악수만 했다.

"애야, 기분이 어떠니?"

"배 안에 수박 한 덩어리가 들어 있는데 내가 어떤 기분이면 좋겠어요?" 그녀가 무뚝뚝하게 대답했다.

"애야, 이해한다. 하지만 너의 불편함은 받아들여야 한다. 네 상황에서는 정상적인 거란다. 전지전능하신 하느님께 바치거라. 성경에서 남자는 이마에 땀을 흘리며 일해야 하고,

여자는 고통스럽게 출산해야 한다고 했다."

"신부님, 제가 알기로 신부님은 일하며 땀을 흘리시지는 않는데요."

"그래, 그래. 네가 좀 기분이 안 좋구나."

"우리 테레사 이모님은 언제 오시나요? 이모님이 저랑 함께 있을 수 있도록 신부님께서 허락해 주신다고 했잖아요."

"얘야, 두고 보자. 두고 보자고. 오린다 나랑호 얘기로는 몇 주 있으면 아이가 나올 거라고 하던데. 희망의 성모 마리아님께 도와 달라고 기도하고, 네 죄를 깨끗하게 씻을 수 있도록 준비해라. 출산 과정에서 많은 여자들이 하느님께 영혼을 바치기도 한다는 걸 명심해라."

"저는 고해성사를 했어요. 그리고 여기에 도착한 이후로는 매일 영성체를 해요."

"빠짐없이 고해했니?"

"신부님은 제가 아이의 아버지 이름을 고해 신부께 말했는지 알고 싶으신 거지요…… 중요한 건 죄를 지었다는 거지, 누구와 죄를 지었느냐가 아니기 때문에 제가 보기에는 불필요해요."

"오펠리아, 네가 죄의 등급에 대해 뭘 안다는 거냐?"

"전혀요."

"완벽하지 않은 고해성사는 고해성사를 하지 않은 것과 다름없다."

"신부님은 궁금해서 죽겠지요, 그렇죠?" 오펠리아가 미소를 머금었다.

"무례하게 굴지 말거라! 사제로서의 내 임무는 너를 좋은 길로 인도하는 것이다. 너도 알고 있다고 믿는다."

"네, 신부님. 그리고 아주 고마워하고 있어요. 제 처지에 신부님의 도움이 없었다면 어떻게 되었을지 모르겠어요." 그녀가 너무나도 겸손하게 말해서 오히려 아이러니하게 들리기까지 했다.

"결국, 얘야, 어쨌든 너는 운이 좋았다. 네게 좋은 소식을 가지고 왔다. 네 아기의 입양을 위해 가능한 한 최고로 좋은 부모를 찾기 위해 꽤 많이 알아봤다. 그리고 그런 부모를 찾았다고 네게 미리 말해 줄 수 있다. 매우 좋은 사람들이다. 성실하고, 경제적으로 여유도 있고, 당연히 가톨릭 신자고. 네게 더는 말해 줄 수는 없구나. 하지만 안심하거라. 내가 너와 네 아들을 보살피겠다."

"딸이에요."

"네가 어떻게 아니?" 신부가 깜짝 놀랐다.

"꿈을 꿨으니까요."

"꿈은 꿈일 뿐이란다."

"예지몽도 있어요. 하지만 어쨌든, 아들이건 딸이건 나는 그 아이의 엄마이고, 내가 키울 생각이에요. 입양은 잊어버리세요, 우르비나 신부님."

"하느님 맙소사! 대체 무슨 말을 하는 거냐!"

오펠리아의 결심은 단호했다. 신부가 아무리 설득하고 협박해도 오펠리아는 안색 하나 변하지 않았다. 나중에 수녀원장까지 합세하고 어머니와 펠리페 오빠가 설득해 보려고 애를 쓰자 오펠리아는 그들이 바리새인의 말로 얘기한다는 듯이 약간 재미있어하며, 그들이 하는 말을 가만히 듣고만 있었다. 하지만 과도한 비난과 끔찍한 경고를 마구 쏟아 낸 것이 결국에는 그녀에게 효과를 드러내기 시작했다. 어쩌면 매년 수십 명의 노인과 아이 들을 사망에 이르게 하는 겨울 바이러스 때문일 수도 있었다. 오펠리아가 사이렌 소리처럼 날카로운 소리로 헛소리를 하면서 고열로 쓰러진 것이다. 그녀는 허리 통증으로 쇠약해지고, 기침 때문에 체력이 바닥나면서 먹지도 자지도 못했다. 펠리페가 데려온 의사가 적포도주에 아편을 희석한 팅크제와 번호가 매겨진 파란 유리병에 담긴 정체 모를 여러 약제를 처방했다. 수녀들은 감기를 다스리기 위해 정원의 허브를 달여 차를 먹이고, 울혈을 다스리기 위해 아마씨를 따뜻하게 데워 찜질해 주었다. 엿새째 되는 날 오펠리아는 찜질하다가 가슴에 화상을 입기는 했지만 훨씬 나아졌다. 그녀는 밤낮으로 돌봐 준 수련 수녀 두 명의 부축을 받고 일어나, 수녀원의 작은 휴게실까지 종종걸음으로 간신히 걸어 나왔다. 수녀들이 휴식을 취하는 그 방은 자연광이 흘러넘치는 활기찬 공간으로, 반짝이는 나무 바닥 위에 화분이 놓여 있었다. 칠레의 수호성인인, 아기 예수를 품에 안은 가르멜산의 성모상이 방에서 보였는데, 성모와 아기 예수 둘 다 금빛 놋쇠 왕관을 쓰고 있었다.

그곳에서 오펠리아는 담요를 두른 채 팔걸이 의자에 앉아, 구름이 잔뜩 긴 하늘을 창문 너머로 멍하니 바라보며 오전 시간을 보냈다. 아편과 알코올의 기적적인 조합으로 천당에 와 있는 기분이었다. 세 시간 후 견습 수녀들은 오펠리아를 부축해 일으켜 세우면서, 그녀가 앉아 있던 자리에 밴 핏자국과 그녀의 다리를 타고 흘러내리는 핏줄기를 보았다.

* * *

우르비니 신부의 지시에 따라, 그들은 의사가 아닌 오린다 나랑호를 불렀다. 여자는 전문가와 같은 모습으로 구슬프면서도 빈정대는 듯한 소리로 중얼대면서 나타나더니, 자기 계산에 따르면 아직 두 주가 남았지만 언제고 분만은 가능하다고 했다. 그녀는 수녀들에게 누워 있는 환자의 다리를 들어 올려 잡고, 배에는 찬물에 적신 천을 올려놓으라고 지시했다. "기도를 드리십시오. 박동 소리가 거의 들리지 않는 데다가 태아가 상당히 약하니까." 그녀가 덧붙였다. 수녀들은 계피차와 겨자씨를 넣은 미지근한 우유로 자기네 선에서 출혈을 막아 보려고 노력했다.

우르비나 신부는 조산사의 보고를 받자마자 라우라 델 솔라르에게 수녀원으로 가서 딸과 함께 있으라고 했다. 그는 그 편이 두 사람에게 좋을 거라고, 서로 화해할 수 있도록 도와줄 거라고 했다. 라우라는 자신들은 화나 있지 않다고 신부에게 알려 주었다. 그러자 그는 오펠리아가 하느님을 비롯한 모두에게 화나 있다고 설명했다. 라우라도 딸의 수녀 방과 똑같은 방을 배정받았고, 그토록 원하던 종교적인 삶의 깊은 평화를 처음으로 경험할 수 있었다. 그녀는 건물에 감도는 얼음장 같은 냉기와 엄격한 시간표대로 진행되는 종교 의식에 바로 적응했다. 그녀는 예배당에서 하느님을 찬양하며 서광을 기다리기 위해, 날이 밝기도 전에 침대에서 일어나 7시 미사에서 영성체를 하고, 누군가 큰 소리로 그날의 복음을 강독하는 동안 수녀들과 함께 침묵 속에서 수프와 빵과 치즈로 식사했다. 오후에는 묵상과 기도를 위한 개인 시간이 있었고, 해가 지면 저녁 기도에 참여했다. 저녁 식사도 침묵 속에서 이뤄졌고 점심 식사 못지않게 조촐했지만, 생선이 조금 더 나왔다. 라우라는 여자들만의 피신처에서 행복을 느꼈고, 배가 꼬르륵거리고 단 음식이 부족한 것조차 살이 빠질 거라고 생각하면 즐겁게 느껴졌다. 그녀는 매혹적인 정원, 발소리가 캐스터네츠처럼 울려 퍼지는 널찍하고 천장 높은 회랑, 예배당의 초와 향에서 풍기는 향기, 묵직한 문이 삐걱거리는 소리, 종소리, 노랫소리, 사각거리는 수녀복 소리, 나지막한 기도 소리를 사랑했다. 수녀원장은 그녀가 오펠리아를 육체적, 정신적으로 돌볼 수 있도록 텃밭과 자수 공방과 부엌과 빨래방 일에서 제외해 주었다. 우르비나 신부의 부탁으로 그녀는 욕망으로 태어난 아이가 법적으로 인정받고 오펠리아도 다시 삶을 살 기회를 얻을 수 있도록 딸에게 입양을 설득해야 했다. 오펠리아는 다른 포도주 잔에 신비의 묘약을 타서 마신 후, 말갈기를 채운 매트리스에 누워 힘없는 인형처럼 잠이 들었다. 오펠리아는 견습 수녀들의 간호를 받으며, 어머니의 웅얼거리는 소리를 자장가 삼아 무슨 얘기인지도 모르는 채 잠이 들었다. 우르비나 신부는 그들을 방문하는 호의를 베풀었다. 그는 탈선한 젊은 여자의 고집을 재차 확인한 후 라우라 델 솔라르를 데리고 나가서, 부드럽게 내리는 이슬비 아래 우산을 쓰고 정원을 거닐었다. 두 사람 중 아무도 그때 나눈 얘기는 절대 입밖으로 꺼내지 않았다.

사람들이 길고 힘들었다고 말한 출산과 그 이후 며칠에 대해, 오펠리아는 일체 경험하지 않은 듯 아무것도 기억이 나지 않았다. 마취제와 모르핀과 오린다 나랑호의 신비로운 음료 덕분에 그녀는 거의 일주일 내내 무의식 상태였다. 얼마 후 깨어나기는 했지만 너무나도 정신이 없어서 자기 이름조차 잊어버렸다. 어머니는 눈물을 쏟으며 쉬지 않고 기도에 전념했기 때문에 비센테 우르비나 신부가 오펠리아에게 나쁜 소식을 전해 주었다. 마약을 줄인 덕에 오펠리아가 자기에게 무슨 일이 있었는지, 딸이 어디에 있는지 질문할 수 있을 정도가 되자 신부가 침대 발치에 모습을 드러냈다. "오펠리아, 너는 아들을 낳았다." 신부가 최대한 동정이 담긴 목소리로 알려 주었다. "하지만 현명하신 하느님께서 아이가 태어나자마자 바로 데려가셨다." 아이가 목에 탯줄을 감고 거의 질식 상태로 태어났지만 다행히 세례를 줄 시간은 있어서 지옥에 가지 않고 천사들과 함께 하늘로 올라갔다고 했다. 하느님이 그 죄 없는 아이를 위해 이승의 고통과 굴욕을 막아 주시고 그녀에게는 구원을 주셨다고 했다. "얘야, 많이 기도해라. 너는 오만을 다스리고 신의 뜻을 받아들여야 한다. 하느님께 용서를 구하고, 네가 살아 있는 동안 혼자 품위 있게, 조용히 이 비밀을 짊어질 수 있도록 도와 달라고 청하거라." 우르비나 신부는 성경 구절을 인용하며 떠오르는 대로 자기 논리로 오펠리아를 위로하려고 했지만, 그녀는 수련 수녀들의 힘센 손길을 뿌리치며 늑대처럼 울부짖고 몸부림쳤다. 그러다가 아편을 섞은 포도주 한 잔을 억지로 마셔야 했다. 그렇게 그녀는 한 잔, 두 잔 마시며 비몽사몽으로 꼬박 두 주를 보냈다. 두 주가 지나자 이제 기도와 마약이 충분하다고 여긴 수녀들이 그녀를 산 사람들의 세상으로 다시 데려왔다. 오펠리아가 제 발로 간신히 일어설 수 있게 되었을 때, 수녀들은 그녀가 상당히 부기가 빠지고 여자의 모습을 되찾은 것을 확인했다. 이제는 체펠린 비행선 같지 않았다.

펠리페가 누이동생과 어머니를 데리러 수녀원을 찾아왔다. 오펠리아가 아들의 무덤을 보고 싶어하자, 그들은 돌아가는 길에 벌판을 지나서 근처 마을의 작은 공동묘지를 찾아갔다. 그녀는 사망 날짜는 적혀 있지만 이름은 없는, 하얀 나무 십자가가 세워진 무덤에 꽃을 내려놓았다. 제대로 살아 보지도 못한 아이가 그곳에서 휴식을 취하고 있었다. "어떻게 이곳에 아기 혼자 놔둘 수 있어요? 아이를 보러 오기에는 너무 멀어요." 오펠리아가 흐느꼈다.

마르델플라타의 집으로 돌아온 후, 라우라는 지난 몇 달동안 있었던 일을 남편에게 얘기하지 않았다. 펠리페가 모두 전해 줬으리라 생각했고, 이시드로가 집안 여자들의 감정 문제에는 절대 개입하려고 하지 않는 평소 습관대로 상황을 되도록 알고 싶어 하지 않아서였다. 이시드로는 평소 아침과 다름없이 딸의 이마에 입을 맞추며 맞이했다. 그는 삼십삼 년 후에도 손자에 대해서는 일절 묻지 않은 채 숨을 거뒀다. 라우라는 성당과 단 음식에서 위로를 찾았다. 짧은 생의 마지막 단계로 접어든 '아가'가 어머니와 후아나와 다른 식구들의 관심을 완벽하게 독차지하는 바람에, 가족들은 오펠리아가 슬픔 속에서 조용히 지낼 수 있도록 내버려 두었다.

* * *

솔라르 집안 사람들은 간절히 바라면서도 오펠리아의 임신 스캔들을 완벽하게 차단했다고 확신하지는 못했다. 전통적으로 그런 소문은 가족 주변을 덧없이 맴도는 새처럼 훨훨 날아다녔다. 오펠리아는 아가씨 때 입었던 옷이 하나도 맞지 않자, 옷을 새로 사거나 맞추려는 열망으로 조금이나

마 슬픔을 달랬다. 아들에 대한 기억이 강렬해지는 밤이 되면 울음이 터져 나왔다. 배 속에서 아기가 놀며 걷어차는 발길질이 분명하게 느껴졌고, 젖꼭지에 방울방울 젖이 맺혔다. 이제 그녀는 진지하게 그림 수업을 다시 듣고, 등 뒤에서 수군대며 궁금해하는 사람들의 눈길에 주눅 들지 않고 사교계에 모습을 드러냈다. 파라과이에 있는 마티아스 에이사기레에게도 소문이 들려왔지만, 그는 자기네 나라의 전형적인 위선과 악의의 예일 뿐이라고 여기며 개의치 않았다. 그는 오펠리아가 아파서 시골로 내려갔다는 얘기를 들었을 때 두어 번 편지를 보냈다. 그녀에게서 답장이 없자 펠리페에게 전보를 쳐서 누이의 건강을 물었다. "평소와 다름없네." 펠리페가 대답했다. 이 말은 마티아스를 제외한 모든 사람에게는 이상하게 들릴 수도 있었다. 하지만 그가 오펠리아의 생각처럼 바보여서가 아니라 드물게 착한 남자라서 가능한 일이었다. 그 끈질긴 청혼자는 아순시온의 습한 더위와 돌풍을 피해 연말 한 달 동안 자리를 비우고 칠레로 휴가를 올 수 있도록 허락받았다. 그는 12월 어느 목요일에 산티아고에 도착해, 금요일에 이미 마르델플라타 거리의 프랑스풍 저택 앞에 와 있었다. 후아나 낭쿠체오는 경찰관이 들이닥치기라도 한 듯 깜짝 놀라서 그를 맞이했다. 그녀는 마티아스가 오펠리아가 한 짓을 비난하려고 온 줄 알았지만, 마티아스는 정반대로 증조할머니의 다이아몬드 반지를 호주머니에 넣고 왔다. 후아나가 어둠에 잠긴 집 안으로 그를 안내했다. 여름에는 블라인드가 모두 내려져 있는 데다가 레오나르도 때문에 거의 초상집 분위기였다. 늘 그랬던 것과는 달리 신선한 꽃 한 송이 보이지 않았고, 평소 집 안에 진동하던 목장에서 가져온 복숭아와 멜론 향도 없었으며, 라디오에서 흘러나오는 음악이나 개들이 반가워서 짖어 대는 소리도 전혀 없었다. 프랑스 가구들과 금빛 액자에 담긴 옛날 그림들이 축 늘어진 모습으로 있을 뿐이었다.

마티아스는 동백꽃이 피어 있는 테라스의 차양 아래서 햇볕을 피해 짚 모자를 쓴 채 붓에 먹물을 묻혀 그림을 그리고 있는 오펠리아를 보았다. 그는 예전과 다름없이 사랑에 빠진 나머지, 여전히 남아 있는 몇 킬로그램을 눈치채지 못하고 멈춰 서서 그녀를 바라보았다. 오펠리아가 일어나더니 당황스러워하며 한 발자국 뒤로 물러났다. 그녀는 아직 그를 다시 만날 마음의 준비가 되어 있지 않았다. 오펠리아는 난생처음 그를 십 년 넘게 자기만 바라보며 기분을 맞춰 주는 우스운 사촌이 아니라 남자로 제대로 평가했다. 몇 달 동안 그녀는 자기 잘못에 대한 죗값을 치르는 한편, 그를 잃어버렸다는 사실까지 더해져서 그를 많이 떠올렸다. 전에는 지겹기만 했던 마티아스의 성격이 지금은 보기 드문 장점으로 다가왔다. 그는 변한 것 같았다. 좀 더 성숙하고, 단단해지고, 훨씬 잘생겨 보였다.

후아나는 차가운 차와 연유 케이크를 내주고는, 철쭉 뒤에 숨어서 그들이 무슨 말을 하는지 들어 보려고 애썼다.

문 뒤에서 남의 얘기를 엿듣고 다닌다며 펠리페가 나무랄 때면 후아나는 가족 내 위치를 보면 자기는 많은 것을 알고 있어야 한다고 말했다. "오펠리아가 젊은 마티아스의 마음을 갈가리 찢어 놓을 이유가 뭐 있담. 마티아스가 얼마나 좋은 사람인데. 이런 슬픔을 겪을 이유가 없는데. 마티아스가 몇 마디 묻기도 전에 오펠리아가 그동안 무슨 일이 있었는지 낱낱이 얘기했다는 걸 펠리페 도련님은 명심하세요. 그것도 아주 자세하게. 생각해 봐요."

마티아스는 얼굴 위로 흐르는 땀을 손수건으로 닦으며, 오펠리아의 고백과 더위와 정원에서 전해져 오는 재스민과 장미의 달콤한 향에 기운이 빠진 채 묵묵히 듣고만 있었다. 그녀가 얘기를 마치자 마티아스는 감정을 한참 정리한 후 사실 변한 건 아무것도 없다고, 오펠리아는 여전히 세상에서 가장 아름다운 여자고, 그가 늘 사랑했고 죽을 때까지 앞으로도 계속해서 사랑할 유일한 여자라는 결론을 내렸다. 그는 편지에서 보였던 유창한 언변으로 얘기하려고 했지만, 말이 유창하게 흘러나오지 않았다.

"오펠리아, 부탁인데 나랑 결혼해 줘."

"하지만 내가 당신한테 한 말 못 들었어? 아이 아버지가 누군지 나한테 묻지도 않을 거야?"

"상관없어. 딱 하나 중요한 건 당신이 아직도 그 사람을 사랑하느냐야."

"마티아스, 그건 사랑이 아니었어. 열병이었어."

"그러면 그 사람은 우리랑 전혀 상관없어. 네가 회복할 때까지 시간이 필요하다는 거 알아. 물론 자식의 죽음에서 회복되는 사람은 아무도 없겠지만. 하지만 네가 괜찮아질 때까지 기다릴게."

마티아스가 호주머니에서 검은 벨벳 상자를 꺼내, 차 쟁반 위로 조심스럽게 내려놓았다.

"내가 당신 품에 사생아 자식을 안겨 줘도 같은 말을 할 수 있겠어?" 그녀가 마티아스에게 대들었다.

"당연하지."

"마티아스, 내가 당신한테 한 말을 당신은 전혀 놀라워하지 않는 것 같아. 당신이 소문을 들은 게 분명해. 나에 대한 나쁜 평판은 어디를 가든 나를 따라다닐 거야. 그건 외교관으로서의 당신 진로나 당신의 삶까지도 망가뜨릴 거야."

"그건 내 문제야."

철쭉 뒤에서 후아나 낭쿠체오는 오펠리아가 벨벳 상자를 들어 손바닥 위에 올려놓고 이집트 딱정벌레라도 되는 듯 한참 동안 바라보는 모습을 볼 수 없었다. 단지 침묵만 감돌 뿐이었다. 후아나는 철쭉 잎사귀 사이로 감히 고개를 내밀지는 못했지만, 침묵이 지나치게 길다고 느껴지자 숨어 있던 곳에서 나와서 쟁반을 치우려고 했다. 그리고 그때 그녀는 오펠리아의 약지에 끼워진 반지를 보았다.

그들은 요란하지 않게 결혼식을 올리려고 했지만, 이시드로 델 솔라르에게 그것은 잘못을 인정하는 것과 같았다. 게

다가 딸의 결혼식은 수천 가지 사회적 책임을 이행할 수 있는 좋은 기회이자, 오펠리아에 대해 소문을 퍼뜨리고 다니는 고약한 놈들에게 멋지게 주먹을 먼저 날릴 좋은 기회였다. 이시드로는 얘기를 직접 들은 적은 없지만, 유니온 클럽에서 사람들이 뒤에서 비웃는 것 같은 느낌을 받은 적은 몇 번 있었다. 예비부부는 이름 이니셜을 수놓은 시트와 테이블보를 비롯한 모든 것을 일 년 전에 준비해 뒀기 때문에 준비할 게 거의 없었다. 그들은《엘 메르쿠리오》신문의 사회면에 다시 결혼 소식을 올렸다. 그리고 재단사는 일 년 전과 비슷한 디자인이지만 좀 더 품이 넉넉한 웨딩드레스를 서둘러 제작했고, 비센테 우르비나 신부는 주례를 맡는 영광을 베풀었다. 그의 참석만으로도 오펠리아의 평판은 회복되었다. 우르비나 신부는 혼배성사를 위해 주의와 엄격한 충고를 주며 예비부부를 교육하면서 신부의 과거에 대한 주제는 슬쩍 비껴갔다. 하지만 오펠리아가 마티아스가 그 일을 알고 있으며, 여생 동안 그 비밀을 혼자 짊어지고 갈 필요가 없다고, 둘이 함께 짊어지고 갈 거라고 신부에게 흔쾌히 얘기했다.

파라과이로 떠나기 전에 오펠리아는 아이가 있는 시골 공동묘지를 다시 찾아가고 싶어 했고, 마티아스가 동행했다. 그들은 하얀 십자가를 똑바로 세운 후 꽃을 내려놓고 기도했다. "언젠가 가톨릭 공동묘지에 우리 자리가 생기면, 네 아들이 당연히 우리와 함께 있을 수 있도록 이장할게." 마티아스가 말했다.

그들은 육지를 통해 아순시온으로 돌아가기 전에 부에노스아이레스에서 일주일 동안 신혼여행을 즐겼다. 며칠 안 되는 그 짧은 기간은 오펠리아가 마티아스와 결혼한 것이 인생에서 가장 잘한 일이라는 사실을 깨닫기에 충분한 시간이었다. '나는 그에게 걸맞은 사랑을 줄 거야. 그에게 충실하고 그를 행복하게 해 줄 거야.' 오펠리아는 속으로 다짐했다. 황소처럼 고집 세고 인내심이 강한 그 남자는 마침내 신부를 품에 안고, 너무나도 많은 정성과 돈을 들인 신혼집 문턱을 넘어섰다. 생각했던 것보다 그녀는 훨씬 무거웠지만, 그는 강했다.

★

3부　　　　　　　　　　　귀환과 뿌리

9장
1948~1970년

모든 인간은
조국과 삶에
권리가 있다.
그렇게 내일의 빵이 되리라.

파블로 네루다, 「빵의 송가」,
『너를 담을 때 나는 삶을 연다: 기본적인 송가』*

    1948년 여름, 달마우 가족이 십 년 정도 지속하게 될 전통이 시작되었다. 로세르와 마르셀은 바닷가에 오두막을 빌려 2월 한 달 동안 지내고, 빅토르는 주변 대부분의 칠레 남편들처럼 남아서 일하다가 주말에 합류했다. 남편들은 자기네가 직장에서 꼭 필요한 사람이라 절대로 휴가를 떠날 수 없다며 우쭐댔다. 로세르에 따르면, 그것은 유럽계 라틴아메

---

* Odas Elementales. 네루다는 시란 모두가 함께 나누는 빵과 같은 것이 되어야 하고, 최고의 시인은 우리에게 일용할 빵을 건네는 사람이라고 생각했다. 그런 네루다의 신념이 담겨 있는 시집으로 1954년 출간되었다. 민중을 전면에 내세우지 않고도 그가 평생에 걸쳐 옹호한 가난한 민중을 폭넓게 그려 낸, 예술성과 대중성을 동시에 이룬 시인의 대표작이다.

리카 남자 특유의 남성 우월주의를 설명하는 또 다른 표현으로, 그들이 여름에만 누릴 수 있는 독신의 자유를 포기하지 못해서였다. 빅토르가 한 달 동안 병원을 비우지 못하는 것은 안 좋게 보일 수 있어서이기도 했지만, 무엇보다 바닷가가 아르헬레스수르메르의 난민 수용소에서 겪었던 안 좋은 기억을 떠올리기 때문이었다. 그는 다시는 모래를 밟지 않겠다고 다짐했었다. 바로 그해 2월에 빅토르는 칠레에 이민 올 때 파블로 네루다가 자기를 선택해 준 은혜를 갚을 기회가 생겼다. 시인은 칠레 공화국 상원의원으로 정권을 세우는 데 힘을 보탰지만, 이제는 공산당과 마찰을 일으키고 있는 대통령과 사이가 틀어졌다. 네루다는 '정치 요리의 산물'인 대통령을 향해 모욕적인 발언을 아끼지 않았고, 그를 배신자, '치사하고 잔인한 작은 흡혈귀'라고 생각했다. 네루다는 정부로부터 모욕과 중상모략 혐의를 받아 상원의원 직책의 특권을 박탈당한 후 경찰에게 쫓기고 있었다.

곧 법의 보호를 받지 못하게 될 공산당 지도자 두어 명이 빅토르와 얘기하기 위해 병원을 찾아왔다.

"당신도 알다시피 네루다 동지에게 체포 영장이 발부되었습니다." 그들이 빅토르에게 말했다.

"오늘 신문에서 봤습니다. 도무지 믿기 어렵군요."

"그가 지하 활동을 하는 동안은 숨어 지내야 합니다. 이 상황이 곧 해결될 거라고 봅니다. 하지만 그렇게 되지 않는다면 어떡하든 그를 국외로 보내야 합니다."

"제가 어떻게 도우면 될까요?" 빅토르가 물었다.

"얼마간 그를 숨겨 주십시오. 오래 안 걸릴 겁니다. 경찰의 눈을 피해 그의 거처를 자주 바꿔 줘야 합니다."

"물론이지요. 영광입니다."

"그리고 한 가지 더 말씀 드리자면, 아무도 알아서는 안 됩니다."

"아내와 아들이 휴가를 떠났습니다. 저 혼자 집에 있어서 안전할 겁니다."

"은닉죄로 심각한 문제에 휘말릴 수 있다는 사실을 반드시 아셔야 합니다."

"괜찮습니다." 빅토르는 대답 후 집 주소를 알려 주었다.

그렇게 파블로 네루다와 그의 아내인 아르헨티나 출신 화가 델리아 델 카릴은 달마우네 집에서 두 주 동안 숨어 지냈다. 빅토르는 그들에게 자기 침대를 내주고, 이웃의 눈길을 끌지 않기 위해 주점의 요리사가 준비한 음식을 작은 용기에 나눠 담아서 날랐다. 시인은 저녁 식사가 위니펙에서 온다는 우연을 모르고 지나치지 않았다. 빅토르는 신문이며 책과 함께, 유일하게 시인을 진정시켜 주는 위스키도 챙겨 줘야 했다. 아울러 방문이 제한되었기 때문에 대화로 시인의 기운을 북돋워 줘야 했다. 네루다는 사람과 어울리길 좋아하는 인물이라 친구들이 필요했다. 심지어 날카로운 설전을 연습하기 위해 이념적인 적도 필요했다. 네루다는 그 비좁은 공간에서 영원과도 같은 기나긴 밤을 지새우며, 면

옛날이 된 1939년 8월의 그날 보르도에서 승선한 난민 명단과 그 후 몇 년 동안 잇따라 칠레에 도착한 스페인 대탈출의 주인공인 남자들과 여자들을 빅토르와 함께 더듬더듬 떠올려 보았다. 빅토르는 네루다가 자격을 갖춘 노동자들만 선발하라는 명령을 어기고 예술가와 지식인도 선택함으로써, 칠레를 재능과 학식과 문화로 한결 풍요롭게 만들었다는 사실을 그에게 알려 주었다. 십 년도 안 되는 기간에 과학자, 음악가, 화가, 작가, 기자, 심지어 칠레의 역사를 기원부터 다시 쓰겠다는 원대한 작업을 꿈꾸는 역사가까지 벌써 두각을 드러내고 있었다.

갇혀 지내는 생활은 네루다를 미치게 했다. 그는 우리 안에 갇힌 맹수처럼 쉬지 않고 방 안을 빙글빙글 맴돌았다. 창가에도 가까이 갈 수 없었다. 그를 따라나서기 위해 자신의 예술까지 모든 것을 포기한 아내조차 그를 방 안에만 가둬 두지는 못했다. 이 기간에 시인은 수염이 덥수룩한 모습으로 격정적으로 『모두의 노래』를 쓰면서 시간을 보냈다. 시인은 극진한 환대에 대한 대가로, 특유의 서글픈 목소리로 옛날 시들과 아직 끝내지 못한 시들을 낭송해 주었다. 그때 빅토르는 시를 향한 열정에 감염되어 평생 간직하게 되었다.

어느 날 밤, 아직도 여름 더위로 후덥지근한 시간에 짙은 색 모자에 외투 차림을 한 낯선 남자 두 명이 연락도 없이 찾아왔다. 그들은 형사처럼 보였지만, 같은 당의 당원이라고 밝힌 후 더는 아무 설명 없이 옷가지와 아직 완성하지 않은 시들을 트렁크 두 개에 챙겨 넣을 시간만 주고 네루다 부부를 다른 곳으로 데려갔다. 어디에 가야 빅토르가 시인을 만날 수 있는지도 알려 주지 않았다. 하지만 은신처를 찾기가 쉽지 않기 때문에, 어쩌면 빅토르가 그들을 다시 숨겨 줘야 할지도 모른다고 귀띔했다. 도망자의 흔적을 찾아내는, 500명이 넘는 경찰로 이뤄진 부대까지 있었다. 빅토르는 다음 주에는 가족들이 바닷가에서 돌아올 것이고, 그러면 자기 집도 안전하지 않을 거라고 그들에게 알려 주었다. 마음속으로는 가정의 평온함을 되찾게 되었다는 안도감이 들었다. 투숙객의 거대한 존재감이 집 안 구석구석까지 차지하고 있었다.

십삼 개월 후 빅토르는 시인이 남쪽의 산길을 따라 말을 타고 아르헨티나로 도주할 수 있도록 다른 두 친구와 함께 계획을 세우면서 시인과 재회하게 되었다. 알아보기 힘들 정도로 수염이 덥수룩해진 네루다는 바짝 추격해 오는 경찰을 피해, 친구와 다름없는 당원 동지들의 집에서 그때까지 숨어 지냈다. 국경까지의 그 여행 또한 시와 마찬가지로 빅토르에게 지워지지 않는 깊은 흔적을 남겼다. 그들은 차가운 밀림과 수천 년 된 나무, 산과 물로 이뤄진 장관 속을 말을 타고 지나갔다. 물이 지천에 있었다. 고목 사이를 타고 흘러내리고, 하늘에서부터 폭포를 이루며 떨어지고, 여행자들이 가슴을 조이며 거센 강물을 건너기 위해 발걸음을 뗄 때마다 함께하는 물줄기였다. 많은 시간이 흘러 네루다는 그

때 그 길을 비망록에서 떠올렸다. "초록색과 흰색이 어우러진 그 침묵 속에서, 여백이 없는 그 고독 속에서, 각자 혼미한 상태로 걸어 나갔다. (……) 모든 것이 황홀하고 은밀한 자연이었으며, 그와 동시에 추위와 눈과 추격의 위험은 커져 갔다."

빅토르는 시인과 국경에서 헤어졌다. 계속 길을 가기 위해서 가우초들이 갈아탈 말들을 준비해 놓고 기다리고 있었다. "돈 파블로, 정부는 바뀌고 시인은 남습니다. 당신은 영광과 위엄을 되찾을 것입니다. 제가 당신께 드리는 말씀 기억하십시오." 빅토르가 시인을 끌어안으며 말했다.

네루다는 외모가 비슷한 과테말라의 위대한 소설가 미겔 앙헬 아스투리아스의 여권을 가지고 부에노스아이레스를 떠났다. 두 사람은 코가 길고, 얼굴과 몸에 살집이 있었다. 파리에서 그는 파블로 피카소에게 형제로 환영받았고, 평화 회담에서 존경받았다. 반면에 칠레 정부는 그 남자가 파블로 네루다를 매우 많이 닮은 사기꾼이고, 진짜는 칠레에 있으며 경찰이 시인의 위치를 파악하고 있다고 언론에 발표했다.

* * *

마르셀 달마우 브루게라가 열 살이 되던 날, 카르메 할머니의 편지가 수취인을 찾아 세상을 절반이나 돌고돌아 마침내 도착했다. 마르셀은 부모에게 할머니 얘기를 듣기는 했지만 사진 한 장 본 적이 없었고, 전설적인 스페인 가족에 대해 들은 이야기들은 그의 현실과 너무나 거리가 멀어서 그가 수집 중인 믿기지 않는 공포 소설이나 환상 소설의 범주에 들어가 있었다. 그 나이에 마르셀은 카탈루냐어로 말하려 하지 않았고, 위니펙 주점에서 늙은 조르디 몰리네와 있을 때만 카탈루냐어를 썼다. 그 외 다른 사람들과는 과장스러울 정도로 칠레 억양이 강한 스페인어와 엄마를 약 올릴 때 즉효인 속어로 말했다. 하지만 그런 특이한 점만 제외하면 그는 이상적인 소년이었다. 혼자서 공부하고 차를 타고 다니고 옷도 챙겨 입고 식사도 곧잘 알아서 챙겨 먹었다. 그리고 치과와 이발소에 예약하는 것까지 저 혼자 알아서 했다. 마치 반바지를 입은 어른 같았다.

그날 학교에서 돌아오자마자 마르셀은 우편함에서 편지를 챙겨 와서는, 즐겨 보는 외계인과 자연의 신비에 관한 주간지를 따로 분리해 놓았다. 나머지 우편물은 현관 입구 협탁 위에 올려놓았다. 그는 빈집에 익숙했다. 부모의 시간표가 들쑥날쑥해서 마르셀은 다섯 살부터 현관 열쇠를 가지고 다녔고, 여섯 살부터는 혼자 전철과 버스를 타고 다녔다. 아이는 마른 체구에 키가 큰 편이었다. 얼굴 윤곽이 뚜렷하고, 검은 눈에는 빨아들이는 듯한 표정이 깃들어 있고, 머리카락은 왁스를 발라야 간신히 정돈될 정도로 뻣뻣했다. 그는 탱고 가수의 헤어스타일 말고도, 자세한 얘기는 피하고 간단한 말만 하는 성향과 절도 있는 동작이 빅토르 달마우를 닮았다. 아이는 빅토르가 아버지가 아니라 큰아버지라는 것을 알고 있었다. 하지만 그 사실은 한밤중에 오토바이에서 내려서 절망에 빠진 군중 사이로 자취를 감춘 할머니의 전설만큼이나 의미가 없었다. 먼저 로세르가 생일 케이크를 들고 도착했고, 잠시 후 빅토르가 왔다. 빅토르는 병원에서 서른 시간 교대 근무를 하다 왔지만, 마르셀이 삼 년 전부터 꿈꿔 왔던 선물을 잊지 않았다. "네가 결혼할 때까지 족히 쓸 만한, 어른들이 쓰는 전문가용 현미경이다." 빅토르가 마르셀을 껴안으며 농담했다. 빅토르는 아이의 엄마보다 애정 표현도 잘하고 훨씬 부드러웠다. 마르셀이 엄마를 굴복시키는 건 불가능했지만, 빅토르는 마음대로 다룰 수 있는 열두어 가지 묘책이 있었다.

저녁을 먹고 케이크를 자른 후 아이가 부엌으로 우편물을 가지고 왔다. "맙소사! 펠리페 델 솔라르의 편지네. 그를 못 만난 지도 몇 달째군." 빅토르가 발신인을 보고 말했다. 솔라르의 변호사 사무실 인장이 찍힌 커다란 봉투였다. 안에는, 조만간 만나서 식사할 때가 되었다면서 동봉한 편지를 늦게 전달해서 미안하다는 메모가 들어 있었다. 편지가 그의 옛날 집에 도착했는데, 지금은 골프 클럽 앞에 있는 아파트에 살고 있어서 그의 손에 들어올 때까지 여러 곳을 거쳤다고 했다. 그 순간 빅토르의 비명에 아내와 아들이 소스라치게 놀랐다. 그들은 빅토르가 그렇게 목소리를 높이는 걸 들어 본 적이 없었다. "어머니야! 살아 계셔!" 그의 목소리는 흐느낌으로 바뀌었다.

마르셀은 그 소식에 그다지 관심이 없었다. 할머니 대신 그가 좋아하는 외계인 중 하나가 형체를 띠고 나타났다면 더 신났을 것이다. 하지만 부모가 여행 얘기를 꺼낸 순간 생각이 바뀌었다. 그 순간부터는 모든 게 카르메를 만나기 위한 준비 작업이었다. 답장도 기다리지 않고 서로 편지를 주고받았고, 허공을 가로지르는 전보를 보냈다. 로세르는 수업과 콘서트 일정을 비우고, 빅토르는 병원 일을 비웠다. 마르셀은 아무도 돌보지 않았다. 부활한 할머니 때문에 정규 학교 수업 일 년을 꼬박 잃어버렸다. 그들은 페루 비행기를 타고 도시 다섯 곳을 경유해 뉴욕에 도착했고, 그곳에서 배를 타고 프랑스로 갔다가 파리에서 툴루즈까지 기차를 탔고, 마지막으로 산 사이로 족제비처럼 구불구불하게 난 도로로 버스를 타고 안도라공국으로 갔다. 세 사람 중 아무도 그전에 비행기를 타 본 적이 없었고, 로세르는 그때의 경험을 통해 자신의 유일한 약점을 알게 되었다. 바로 높이에 대한 두려움이었다. 일상생활에서는, 예를 들어 꼭대기 층의 난간으로 고개를 내밀거나 할 때에는 어떤 종류의 고통도 잘 참아내는 극기력과 살고자 하는 노력으로 고소 공포증을 숨겼다. 이를 악물고, 호들갑스러운 표정을 짓지 않고 앞으로 나가는 것이 그녀의 신조였다. 하지만 비행기에서는 긴장을 감추지 못하고 평정심을 잃었다. 허공에 떠서 셀 수도 없이 기나긴 시간을 보내는 동안 남편과 아들은 그녀를 부축하고 위로하고 기분을 풀어 주고 토할 때마다 붙잡아 주었다. 그녀가 제대로 걷지도 못했기 때문에 비행기가 경유지에 내릴 때마다 그녀를 부축하다시피 해서 내려왔다. 안토파가스타를 거쳐 오디세이의 두 번째 경유지인 리마에 도착했을 때 빅토르는 그녀의 상태가 너무 나쁜 것을 보고, 육지를 통해 그녀를 집으로 돌려보내고 마르셀과 둘이서 계속 여행하기로 결정했다. 하지만 로세르가 평소처럼 확고하게 그에게 맞섰다. "지옥 끝까지라도 비행기를 타고 가겠어요. 여기 대해서는 더 아무 말도 하지 말아요." 그러고는 두려움으로 바들바들 떨며 벽에 걸린 비닐봉지에 토하면서 뉴욕까지 계속 비행했다. 그녀는 서서히 윤곽이 잡혀 가고 있는 고(古)음악 오케스트라 프로젝트가 구체화되면 장차 비행기를 타고 다녀야 한다는 것을 잘 알고 있었기 때문에 예행연습을 하는 것이라고 생각했다.

카르메는 안도라라베야의 버스 정류장에서 그들을 기다리고 있었다. 평소처럼 담배를 피우며, 말뚝처럼 꼿꼿하게 벤치에 앉아 있었다. 그녀는 죽은 이들과 패자들과 스페인을 기리기 위해 상복을 입고 다녔다. 이상한 모자를 쓰고 있었고, 치마 위에 올려놓은 손가방 밖으로 하얀 강아지가 고개를 내밀고 있었다. 헤어져 있던 십 년 동안 세 사람 모두 많이 변하지 않아서 서로 쉽게 알아보았다. 로세르는 예전과 똑같았지만 어울리는 스타일을 하고 있었다. 잘 차려입고 화장하고 자신감에 찬 로세르 앞에서 카르메는 약간

주눅이 들었다. 두려움이 가득했던 날 밤, 오토바이의 트레일러에서 임신한 몸으로 추위에 떨며 지쳐 있던 그녀를 본 게 마지막이었다. 빅토르만이 눈물까지 글썽거리며 감격에 겨워한 유일한 사람이었다. 두 여자는 전날 만난 사람들처럼, 전쟁과 망명이 그들의 삶에서 무의미한 에피소드이기라도 한 듯 상당히 편안한 모습으로 볼에 입을 맞추며 인사를 나눴다. "네가 마르셀이구나. 내가 네 '아비아'*란다. 배고프지?" 할머니가 손자에게 한 인사말이었다. 그녀는 대답도 기다리지 않고, 개와 빵이 한데 들어 있는 신기한 가방에서 달콤한 빵을 꺼내 마르셀에게 주었다. 마르셀은 신기해하며 '아비아'의 주름살과 니코틴에 찌든 누런 이, 마른 풀처럼 모자 사이로 삐죽 삐져나온 거친 잿빛 머리카락, 관절염으로 휘어진 손가락의 복잡한 지형을 관찰했다. 할머니의 머리에 안테나만 달려 있으면 자기 화성인 중 한 명일 수도 있겠다는 생각이 들었다.

이십 년 된 택시 한 대가 쿨럭거리면서 산속에 틀어박혀 있는 도시로 그들을 데려갔다. 카르메에 의하면 그곳은 스파이 활동과 밀수의 중심지였다. 실제로 그 시절에는 그것이 유일하게 돈벌이가 되는 직업이었다. 스파이 활동을 하려면 유럽 강대국이나 미국인들과 연줄이 있어야 했기 때문에 그녀는 밀수에 종사했다. 1945년에 발발한 2차 세계대전이

---

* àvia. 카탈루냐어로 '할머니'라는 뜻.

끝난 지 사 년이 넘게 흘렀고, 황폐해진 도시도 굶주림과 폐허에서 회복되고 있었다. 하지만 아직도 세상에서 자기 자리를 찾고 있는 난민과 이주민이 수없이 많았다. 카르메는 안도라가 전쟁 중 스파이들의 둥지였고 지금도 냉전 때문에 계속 그렇다고 얘기했다. 예전에는 그곳이 독일인들로부터 도망치는 사람들, 특히 유대인과 탈출 포로를 위한 도주로였다. 가끔 안내원이 돈과 보석을 뺏기 위해 배신했고, 결국 그들은 살해당하거나 적들에게 넘겨졌다. "갑자기 부자가 된 목동이 여러 명 있었지요. 그리고 매년 눈이 녹을 때면 철사로 손목이 묶인 시신들이 발견된답니다." 택시 기사가 대화에 끼어들었다. 전쟁이 끝난 후에는 남미로 도주하려는 독일 장교들과 나치 동조자들이 안도라를 거쳐 갔다. 그들은 스페인으로 가서 프랑코의 도움을 받기를 기대했다. "밀수는 사회에 봉사하는 거란다. 담배와 술, 그런 자질구레한 것들은 전혀 위험하지 않아." 카르메가 덧붙였다.

그들은 목숨을 구해 준 농사꾼 부부와 카르메가 함께 사는 시골집으로 향했다. 그곳에서 그들은 식탁에 앉아 병아리콩을 넣은 푸짐한 토끼 스튜와 적포도주 두 항아리를 먹고 마시며, 지난 십 년간 있었던 굴곡진 이야기를 나눴다. 피난길에 카르메는 더 걸어갈 힘도 없고 망명을 떠난다는 생각도 참을 수 없어서, 로세르와 아이토르 이바라에게서 멀리 떨어져 한밤중에 얼어 죽기로 결심했다. 그런데 생각과 달리 온몸이 저리고 몹시 허기지기는 했지만 그녀가 바랐던 것보다는 훨씬 활력이 있는 상태로 다음 날을 맞이했다. 그녀는 그 자리에 꼼짝도 하지 않고 가만히 있었다. 그러는 동안 주변에서는 피난민 행렬이 천천히 움직였다. 갈수록 피난민들의 수가 줄어들다가 해 질 무렵에는 얼어붙은 땅 위에 그녀 혼자만이 달팽이처럼 몸을 웅크리고 있었다. 그녀는 그때의 감정이 기억나지 않는다고 말했다. 하지만 죽는다는 게 쉽지 않으며, 죽음을 부르는 게 비겁한 짓이라는 걸 깨달았다. 남편은 죽었고, 어쩌면 두 아들도 죽었을 수 있었다. 하지만 로세르와 배 속에 있는 기옘의 아들은 살아 있었다. 그제야 그녀는 계속 살고 싶었지만, 이제는 제대로 설 수조차 없었다. 얼마 후 냄새를 맡으며 피난민 행렬을 쫓다가 길을 잃은 강아지 한 마리가 걸음을 멈추고는 그녀 옆에 웅크리고 앉아 온기를 전했다. 그 강아지가 그녀의 목숨을 구했다. 한두 시간 후, 뒤처진 피난민들에게 물건을 팔고 서둘러 집으로 돌아가던 농사꾼 부부가 개의 신음을 들었다. 그들은 그 소리를 아이 울음소리로 착각했다. 그렇게 그들은 카르메를 발견하고 도와주었다. 그녀는 밭에서 열심히 일했지만 초라한 결실만 거두며 그들과 함께 살았다. 그러다가 그 가족의 장남이 이끄는 대로 안도라로 왔다. 그곳에서 그들은 스페인과 프랑스 사이에서 뭐든 닥치는 대로, 심지어 기회가 되면 사람까지 밀매하며 전쟁 기간을 보냈다.

"이 개가 바로 그 개예요?" 마르셀이 무릎 위로 개를 안고 있다가 물었다.

"바로 그놈이다. 열한 살 쯤 먹었을 게다. 그리고 더 오래 살 거야. 이름은 고세트란다."

"그건 이름이 아니에요. 카탈루냐 말로 '강아지'란 뜻이잖아요."

"그 이름이면 됐다. 다른 이름은 필요 없어." 할머니가 담배를 두 번 빨아들이는 사이사이 대답했다.

* * *

카르메가 남아 있는 유일한 가족에 합류하기 위해 이민 갈 때까지는 꼬박 일 년이 걸렸다. 그녀는 지도 남쪽에 있는 길쭉한 벌레처럼 생긴 칠레에 대해 전혀 아는 바가 없었기 때문에 책을 뒤져 가며 공부하고, 질문을 할 만한 아는 칠레 사람이 있는지 수소문해 보았다. 하지만 그 당시에는 안도라를 거쳐 간 칠레인은 아무도 없었다. 그녀를 받아 준 농사꾼들과의 우정이 그녀를 붙잡았다. 카르메는 그들과 함께 오랜 세월을 지낸 데다가, 늙은 개 한 마리를 데리고 경험도 없이 지구 반 바퀴를 돌아갈 일이 엄두도 나지 않았다. 그리고 칠레가 마음에 들지 않을까 봐 두렵기도 했다. "조르디 아저씨가 카탈루냐랑 똑같대요." 마르셀이 편지로 그녀를 안심시켰다.

결정을 내린 그녀는 친구들과 작별 인사를 나누고 심호흡을 한 후 모험을 즐길 준비를 하고 머리에서 근심은 지워

버렸다. 그녀는 가방에 수캐를 넣고 칠 주 동안 육지와 바다로 여행했다. 서두르지 않고 관광할 시간도 갖고, 다른 경치와 언어도 감상하고, 이국적인 음식도 먹어 보고, 자기 관습과 남의 관습도 비교해 보았다. 그녀는 다른 차원으로 들어가기 위해 익숙한 과거로부터 하루하루 멀어져 갔다. 교사로 재직하던 기간에 그녀는 공부해서 세상을 가르쳤는데, 지금은 그 내용이 교과서에 나온 묘사나 사진과 전혀 비슷하지 않다는 것을 확인했다. 훨씬 복잡하고 훨씬 활기차고, 덜 두려웠다. 그녀는 여행 중 받은 인상에 대해 개와 대화했고, 훗날 기억력이 배신할 날에 신중히 대비하기 위해 학교 공책에 추억을 기록하면서 바로 옆에 여러 인상들을 적어 두었다. 그녀는 인생이 얘기하기 나름이라는 걸 알고 있기에 사건들을 미화했다. 굳이 사소한 것까지 메모할 필요가 뭐 있겠는가. 그녀는 순례 여행의 마지막 단계로, 1939년에 식구들이 먼저 거쳐 갔던 태평양 항로를 건너갔다. 그렇게 많은 고생을 참아냈으니 당연히 누릴 가치가 있다는 논리로 아들이 일등칸을 살 돈을 보내왔지만, 그녀는 일반석으로 여행하기를 원했다. 그녀에게는 그곳이 훨씬 편했다. 전쟁을 거치고 밀수업자로 지낸 세월 때문에 매우 신중히 처신하는 사람이 되기는 했지만, 그녀는 사람들이 말하길 좋아한다는 것을 알고 친구가 되어 많은 것을 알아내려면 두어 가지 질문으로도 충분하다는 사실도 잘 알기 때문에, 낯선 사람들과 대화를 시도했다. 사람들은 저마다 사연이 있고 그 사연을 말하고 싶어 했다.

　나이 때문에 지병이 있던 고세트는 여행이 단계를 거칠 때마다 회춘하더니, 칠레 해안에 근접하면서는 완전히 다른 개가 되었다. 훨씬 빠릿빠릿해지고 스컹크 같은 냄새도 덜 났다. 발파라이소항에서 빅토르와 로세르와 마르셀이 할머니와 개를 맞이했다. 조르디 몰리네라고 자기소개를 마친 수다스러운 배불뚝이 신사가 그들과 함께 있었다. 그는 카르메를 받들어 모시겠다고 한 후 그 아름다운 나라의 가장 멋진 모습을 그녀에게 보여 줄 준비가 되어 있다고 카탈루냐 말로 덧붙였다. "우리가 거의 동년배인 거 아십니까? 나도 혼자입니다." 그가 살짝 애교스러운 말투로 덧붙였다. 산티아고로 향하는 기차에서 카르메는 그 남자가 작은할아버지 역할을 완벽하게 해내고 있다는 사실과, 손자가 어떻게 그 주점의 단골이 되었는지 알게 되었다. 손자는 혼자 집에 있지 않기 위해 거의 매일같이 그곳으로 숙제를 하러 갔다. 이제 빅토르는 위니펙에서 밤일을 하지 않았다. 그는 산후안데디오스 병원의 심장 전문의가 되었다. 로세르도 주점에 자주 가지는 않았지만, 은퇴한 회계사가 친구와 음식과 술을 제공하는 대가로 관리해 주는 장부를 간단히 훑어보는 역할은 했다.

　카르메가 마침내 가족과 재회하게 된 것은 엘리자베트 아이덴벤츠 덕분이었다. 엘리자베트는 빈에 정착해 여성과 아이들을 돕는 일에 전적으로 종사했다. 도시는 처절하게 폭격당했다. 전쟁이 끝나고 얼마 후 그곳에 그녀가 도착했을 때, 굶주린 주민들은 먹을 것을 찾아 쓰레기통을 뒤지고 부모를 잃은 수백 명의 아이들은 한때 가장 아름다웠던 제국 도시의 잔해들 사이에서 쥐처럼 살았다. 1940년 프랑스 남부에서 지낼 때, 엘리자베트는 페르피냥 근처 엘나의 버려진 궁전에 조산원 모델을 세우겠다는 계획을 실행으로 옮겼다. 그곳에서 그녀는 무사히 출산할 수 있도록 임신부들을 받아들였다. 맨 먼저 난민 수용소의 스페인 여자 피난민들이 도착했고, 그다음에는 나치에게서 도망친 유대인과 집시를 비롯한 여자들이 도착했다. 적십자의 후원을 받는 엘나의 조산원은 중립을 유지해야 해서 정치 탈주범은 도와주면 안 되었지만, 엘리자베트는 감시에도 불구하고 규칙을 그다지 신경 쓰지 않았다. 그 때문에 1944년에 게슈타포가 조산원을 폐쇄했다. 그녀는 육백 명이 넘는 아이들을 구했다.

카르메는 운이 좋았던 그 임신부들 중 한 명을 안도라에서 우연히 알게 되었다. 그녀가 엘리자베트 덕분에 어떻게 아들을 낳았는지 카르메에게 들려주었다. 그제야 카르메는 국경을 넘는 데 성공할 경우 프랑스에서 가족들에게 기별해 줄 수 있다던 사람의 이름을 그 간호사와 연결 지었다. 카르메는 적십자로 편지를 보냈고, 이 사무실에서 저 사무실로, 이 나라에서 저 나라로 관료 체제의 난관을 극복하고 유럽을 가로지르는 끈질긴 서신을 여러 주소로 보낸 끝에, 마침내 빈에 있는 엘리자베트의 주소를 알아냈다. 그리고 엘리기베르기 키르메에게, 적어도 그의 아들 중 하나인 빅보르는 살아서 로세르와 결혼했으며, 그녀에게 마르셀이라는 아들이 있고, 셋이 칠레에 함께 살고 있다고 편지로 알려 주었다. 엘리자베트는 그들의 주소를 알지 못했지만, 로세르가 아르헬레스수르메르 수용소를 떠난 뒤 자신을 받아 줬던 가족에게 편지를 보낸 일이 있었다. 엘리자베트는 런던에 사는 퀘이커교도들을 찾느라 약간 애를 먹었다. 그들은 가지고 있는 유일한 주소인 산티아고의 펠리페 델 솔라르의 집 주소가 적힌 로세르의 편지 봉투를 찾기 위해 다락방을 뒤져야 했다. 그렇게 몇 년이란 시간이 흘러 엘리자베트 아이덴벤츠가 달마우 가족이 재회하게 해 준 것이다.

* * *

로세르는 전 베네수엘라 대사를 지낸 친구 발렌틴 산체스로부터 한 번 더 초대받아 1960년대 중반에 카라카스로 갔다. 이제 그는 외교관직에서 물러나 음악에 대한 열정에만 온전히 몰두하고 있었다. 위니펙호 도착 이후 이십오 년이란 세월이 흐르는 동안, 로세르는 대부분의 스페인 난민처럼 칠레에서 태어난 누구보다 훨씬 더 칠레 사람이 되어 있었다. 스페인 난민들은 칠레 국민일 뿐만 아니라, 그들 중 몇몇은 깊은 혼수상태에 빠진 사회를 뒤흔들어 놓겠다는 파블로 네루다의 꿈을 이뤄 주기까지 했다. 한때 칠레 사람 중에 스페인 난민을 반대하는 사람들이 있었다는 사실은 이제 아무도 기억하지 못했고, 네루다가 칠레로 초청한 사람들이 그 나라에 멋지게 이바지했다는 사실을 아무도 부인하지 않았다. 몇 년 동안 로세르와 발렌틴 산체스는 빽빽하게 쓴 편지를 주고받고 직접 오가며 계획한 끝에, 베네수엘라 땅에서 풍요롭게 쏟아져 나오는 무진장한 보물인 석유의 후원으로 라틴아메리카 최초의 고음악 오케스트라를 창설했다. 발렌틴 산체스가 유럽을 돌아다니며 귀한 악기를 구하고 알려지지 않은 악보를 발굴하는 동안, 로세르는 산티아고 음악학교의 부학장이라는 직책을 이용해 단원들을 엄격하게 선별했다. 이상적인 관현악단의 단원이 되겠다는 희망으로 여러 나라에서 몰려든 지원자들이 넘쳐났다. 칠레는 그런 사업을 벌일 만한 여건이 되지 못했다. 문화 분야에서 우선순위인 다른 일들이 있었고, 로세르가 간신히 그 프로젝트에 관한 관심을 불러일으켜 놓으면 마침 지진이 일어나거나 정부가 바뀌거나 하면서 번번이 수포로 돌아갔다. 하지만 베네수엘라에서는 발렌틴 산체스가 가진 적절한 영향력과 인맥만 있으면 어떠한 꿈도 가능했다. 그는 독재와 군부 쿠데타와 민주주의 시도를 거치면서 개인적으로 친한 사람이 권력을 잡았던 당시 중도 정부에서, 별다른 충돌 없이 활동할 수 있는 몇 안 되는 정치가 중 한 사람이었기에 그런 영향력이 충분했다. 그의 나라는 칠레를 제외한 라틴아메리카의 다른 나라들과 마찬가지로 쿠바 혁명에 영향을 받은 마르크스주의 세력라와 싸우고 있었다. 반면에 칠레에서는 전투적이기보다는 이론적인 혁명의 움직임이 막 빛을 보기 시작한 상황이었다. 게릴라와의 싸움은 베네수엘라의 번창이나 베네수엘라인들의 음악을 향한 사랑(비록 고음악이긴 해도)에 전혀 영향을 미치지 않았다. 발렌틴은 칠레에 오고 싶을 때 언제든지 올 수 있도록 산티아고에 아파트를 두고 자주 드나들었다. 로세르는 카라카스에서 그를 방문했고, 오케스트라 문제로 함께 유럽을 순방했다. 그녀는 진정제와 마취제와 진의 도움을 받아 비행기로 여행하는 법을 배웠다.

빅토르 달마우는 아내의 남자 친구가 드러내놓고 동성애자라서 그 우정에 불안해하지는 않았다. 하지만 아내에게 애인이 있다는 것을 어렴풋이 감지했다. 로세르는 베네수엘라에서 돌아올 때마다 회춘하는 데다가, 새 옷을 입고 오달리스크 향수를 뿌리거나 가느다란 줄에 금 하트가 달린 목걸이처럼 요란하지 않은 보석을 하고 나타났다. 개인적으로는 거의 돈을 쓰지 않는 그녀가 자신을 위해 절대 사지 않을 물건이었다. 빅토르가 가장 실감하는 것은 새롭게 태어난 그녀의 열정이었다. 그와 다시 만난 순간, 그녀는 다른 남자에게서 배운 곡예를 연습하거나 자기 잘못을 속죄하고 싶어 하는 것 같았다. 그들은 워낙 편한 사이라서 질투는 말도 되지 않았다. 너무나도 편안한 그 관계를 빅토르가 정의한다면 동료라고 할 수 있었다. 빅토르는 질투가 벼룩보다 더 간지럽다는 어머니 말이 얼마나 맞는 말인지 몸소 확인했다. 로세르는 아내라는 역할을 좋아했다. 그들이 가난했던 시절, 빅토르가 아직 오펠리아 델 솔라르를 사랑했을 때, 빅토르가 그녀에게 묻지도 않고 다이아몬드 반지 두 개를 할부로 사서 이혼할 때까지 끼고 다니라며 건넨 적이 있었다. 계약 결혼을 할 때 맺었던, 진실만을 이야기하리라던 약속에 따라 로세르는 애인에 관해 빅토르에게 말했어야 했다. 하지만 그녀는 쓸모없는 진실보다는 연민의 마음으로 침묵하는 편이 가끔은 훨씬 낫다고 생각했다. 반면에 빅토르는 평범한 일 하나에도 그 원칙을 적용하는 그녀가 불륜이라는 큰일에는 이유가 있어서 그러는 것이라고 생각했다. 그들은 합의에 따라 결혼하기는 했지만 이십육 년 동안 함께 살았고, 인도식 중매결혼이 주는 편안함보다 훨씬 더 많은 뭔가가 있어서 서로 좋아했다. 마르셀은 오래전에 열여덟 살이 되었고, 함께 살기로 한 약속이 끝나는 그 기념일에 그들은 애정만 확인했을 뿐이었다. 그리고 계속 미루다 보면 절대 헤어지지 않으리라는 희망으로 당분간 결혼 상태를 유지할 것이라는 목표를 확인했다.

세월이 흐르면서 그들은 성격까지는 아니라도 취향과 버릇만큼은 서로 닮아 갔다. 그들은 거의 말다툼할 이유가 없었고, 싸움은 절대 하지 않았다. 기본적인 것에서는 항상 일치했고, 상대방이 있어도 혼자인 듯 너무나도 편안하고 만족스러웠다. 그들은 서로 너무 잘 알아서, 사랑을 나누는 일은 가볍게 춤을 추는 것과 같았고, 두 사람 모두 매우 만족스러워했다. 똑같은 루틴은 반복하지 않았다. 그러면 그녀가 지루해할 것이고, 빅토르는 그걸 잘 알고 있었다. 침대에서 벌거벗은 로세르는 무대 위의 우아하고 절제된 여자나, 엄격한 음대 교수와는 상당히 거리가 멀었다. 그들은 경제적으로나 감정적으로 어려움이 없는 성숙한 나이가 되어 편안한 삶을 살 수 있게 될 때까지 여러 우여곡절을 함께 겪었다. 고세트가 죽은 후 카르메가 조르디 몰리네의 집으로 이사해서 이제는 그들끼리만 살았다. 죽기 전의 고세트는 이미 많이 늙어서 눈도 멀고 귀도 먹었지만, 정신만은 완벽하게 맑았다. 마르셀은 오피스텔에서 친구 두 명과 함께 살았다. 광산 공학을 전공한 그는 구리 산업 관련 정부 기관에서 일했다. 그는 어머니 로세르와 할아버지 마르셀 류이스 달마우의 음악적인 재능도, 아버지 기옘의 전투적인 성향도, 빅토르의 의학적인 성향도, 카르메 할머니의 교육적인 성향도 전혀 물려받지 않았다. 카르메는 여든한 살의 나이에도 학교에서 아이들을 가르쳤다. "너 정말 이상하다, 마르셀! 대체 무슨 귀신이 씌어서 돌멩이에 관심이 있는 거니?" 카르메가 마르셀이 선택한 전공을 알았을 때 물었다. "왜냐면 돌멩이는 의견도 내지 않고, 대답도 하지 않으니까요." 손자가 대답했다.

* * *

오펠리아 델 솔라르와의 관계가 실패로 돌아간 후 빅토르 달마우의 마음 깊은 곳에는 몇 년 동안 소리 없는 분노가 남아 있었다. 홀몸도 아니고 아내와 자식을 책임져야 한다는 것을 잘 알면서도 파렴치하게 처녀를 사랑한 데 대한 당연한 대가라고 받아들였다. 그러나 이제는 옛날 일이었다. 그 사랑이 남겨 놓은 강렬한 그리움은 사는 동안 점차 희미해져서 흐릿한 기억 속으로 사라져 갔다. 그는 교훈을 얻었다고 믿었다. 물론 그 교훈의 깊은 의미가 혼란스럽기는 했지만, 일에만 빠져서 정신없이 살았기 때문에 그나마 그때 얻은 교훈이 오랫동안 사랑으로부터 받은 유일한 위안이었다. 그는 헤픈 간호사와 오다가다 급하게 가진 만남은 치지 않았다. 그마저도 거의 없었다. 대체로 병원에서 교대로 이틀 당직을 설 때만 그랬고, 그런 덧없는 관계는 절대로 발전하지 않았다. 과거와 미래가 없었고, 몇 시간 후면 잊어버렸다. 로세르에 대한 견고한 애정만이 그의 삶을 붙잡아 주는 닻이었다.

1942년 오펠리아의 마지막 편지를 받고 얼마 지나지 않았을 때만 해도, 빅토르는 다시 그녀를 정복할 수 있다는 환상을 품고 있었다. 로세르는 빅토르의 다친 마음에 소금을 뿌리는 일이란 걸 알면서도, 그를 깊은 고민에서 끌어내기 위해 극약 처방이 필요하다고 생각했다. 그녀는 오래전

기옘에게 그랬던 것처럼, 어느 날 밤, 초대받지도 않은 채 그의 침대로 들어갔다. 마르셀을 얻었기 때문에 그것이 그녀의 인생에서 가장 잘한 일이었다. 그날 밤, 로세르의 예상과 달리, 빅토르는 놀라는 대신에 그녀를 기다리고 있었던 것처럼 보였다. 빅토르는 그의 방문턱에서 머리를 풀고 벌거벗다시피 하고 서 있는 그녀를 보고도 놀라지 않았다. 그저 침대에서 몸을 움직여 그녀에게 자리를 내주고 남편처럼 자연스럽게 안아 주었다. 썩 노련하지는 못했지만, 기분 좋게 서로를 있는 그대로 알아 가면서 둘은 밤새도록 뒹굴었다. 두 사람 모두 위니펙호의 구명보트 안에서 국지전을 벌였을 때부터 그 순간을 기다려 왔다는 것을 알고 있었다. 밖에서 다른 커플들이 사랑을 나누기 위해 차례를 기다리는 동안 그들은 귓속말로 정숙하게 대화만 나눴다. 오펠리아도 기옘도 떠올리지 않았다. 위니펙호에서는 기옘이 혼령이 되어 언제 어디서나 그들을 따라다녔다. 하지만 칠레에서는 새로운 일들을 겪으며 다른 데 정신이 팔려서, 기옘이 조금씩조금씩 두 사람의 마음 깊숙한 곳으로 물러났다. 그곳에서 기옘은 아무도 괴롭히지 않았다. 그리고 그들은 그날 첫날밤부터 한 침대에서 함께 잤다.

자존심 강한 빅토르는 로세르를 감시하거나 의심하는 말을 입에 올리지 않았다. 그는 자기를 꾸준히 괴롭히는 위통과 의심을 연관 짓지도 않았다. 그저 위궤양이라고 생각했지만, 그 진단을 확인하기 위해 아무것도 하지 않고 제산제

만 걱정스러울 정도로 잔뜩 복용했다. 로세르에 대한 감정은 오펠리아 때문에 고통받았던 경솔했던 감정과는 너무나도 달라서, 그 감정에 이름을 붙이기까지 일 년 넘게 굴욕적인 시간을 보내야 했다. 그는 질투를 잊기 위해 환자들의 고통과 공부로 피신했다. 인공 심장의 이식 가능성에 관한 이야기가 떠돌고 있었기 때문에, 그는 의학의 경이로운 발전에 대해 잘 알고 있어야 했다. 이 년 전에는 미시시피에서 죽어 가는 사람에게 침팬지 심장을 이식한 일도 있었다. 환자는 단 구십 분밖에 살지 못했지만, 그 실험이 의학의 가능성을 기적의 수준까지 끌어올렸다. 다른 수천 명의 의사들과 마찬가지로 빅토르 달마우도 인간 기증자로 그 위업을 반복할 수 있기를 간절히 바랐다. 그는 라사로의 심장을 손에 쥔 그때부터 그 멋진 장기에 집착했다.

빅토르는 자신의 에너지를 쏟아붓는 일과 공부 이외의 일에서는 우울증 증상을 보였다. "얘야, 너는 혼을 빼놓고 다니는구나." 카르메가 일요일마다 조르디 몰리네의 집에서 여는 가족 식사 자리에서 말했다. 그 자리에서는 보통 카탈루냐어로 말했지만, 스물일곱 살의 나이에도 가족의 언어로 말하기를 거부하는 마르셀이 있을 때면 카르메도 스페인어로 말했다. "아빠, 할머니 말씀이 옳아요. 아빠는 꼭 바보 같아요. 무슨 일 있으세요?" 마르셀이 물었다. "네 어머니가 그립단다." 빅토르가 충동적으로 대답했다. 그 말이 그에게는 폭로와도 같았다. 로세르는 연주회 때문에 또 베네수엘라에

사 있었고, 빅토르가 보기에는 살수복 연수회가 더 자주 열리는 것 같았다. 그는 자기가 한 말을 한참 생각해 보았다. 그녀가 필요하다고 고백하는 순간조차 그는 자신이 그녀를 얼마나 사랑하는지 정확하게 알지 못했다. 그들은 모든 걸 거리낌 없이 얘기하면서도, 설명할 수 없는 부끄러움 때문에 한 번도 사랑한다고 입 밖으로 표현하지 않았다. 감정을 떠벌리고 다닐 필요가 있단 말인가. 그냥 보여 주면 되는 거지. 그들이 함께한다면 그건 서로 사랑해서였다. 뭐하려고 그 단순한 진실을 복잡하게 만든단 말인가.

며칠 뒤, 빅토르가 정식으로 사랑을 고백하고 오래전에 줬어야 할 결혼반지로 로세르를 놀라게 해 줄 생각을 하고 있을 때, 그녀가 연락도 없이 산티아고로 돌아오는 바람에 빅토르의 계획은 무기한 연기되었다. 그녀는 이전 여행 때와 마찬가지로 회춘해서 돌아왔다. 그녀가 더할 나위 없이 만족스러워하는 분위기라 남편은 오히려 꺼림칙한 기분이 들었다. 그녀는 부엌 식탁보처럼 빨갛고 까만, 한눈에 띄는 체크무늬 미니스커트를 입고 돌아왔다. 그녀의 신중한 성격과는 전혀 어울리지 않았다. "당신 나이에는 너무 짧은 것 같지 않아?" 빅토르는 신경 써서 준비한 아름다운 말 대신 그렇게 말했다. "나는 마흔여덟 살이지만 스무 살이 된 기분이에요." 그녀가 기분 좋게 말했다.

그녀가 최신 유행을 따른 것은 처음이었다. 그때까지 그녀는 거의 변함이 없는 자기만의 스타일에 충실했다. 빅토르는 그녀의 도발적인 태도를 보고는 있는 그대로 그냥 놔두는 게 좋겠다고, 몹시 고통스럽거나 결정적일 수도 있는 위험한 변명은 듣지 않는 게 좋겠다고 생각했다.

몇 년이 흘러 이제는 아무것도 중요하지 않게 되었을 때, 빅토르 달마우는 로세르의 애인이 자신의 옛 친구인 아이토르 이바라라는 사실을 알게 되었다. 로세르가 베네수엘라에 갈 때만 만나고, 다른 때는 어떤 형태로든 절대 연락하지 않았기 때문에 산발적이기는 했지만 행복했던 그 관계는 칠 년이나 지속되었다. 그 관계는 카라카스에서 그 시즌의 문화 행사였던 고음악 오케스트라의 첫 연주회 때 시작되었다. 아이토르는 언론에서 로세르 브루게라라는 이름을 보고, 피난 중 피레네산맥을 함께 넘은 그 임신부라면 우연치고는 너무하다고 생각하면서도 혹시나 하는 마음에 입장권을 구매했다. 오케스트라는 알렉산더 칼더의 모빌과 세계 최고의 음향 시설을 갖춘 베네수엘라 센트랄 대학의 대강의실에서 데뷔 무대를 가졌다. 큰 무대에서 아름다운 악기를 연주하는 음악가들을 지휘하는 로세르는 매우 작게 보였다. 그중 몇몇 악기는 일반 대중은 한 번도 본 적 없는 것들이었다. 아이토르는 쌍안경으로 그녀의 뒷모습을 주시했고, 그가 유일하게 알아볼 수 있었던 것은 젊었을 때와 똑같이 목덜미 위로 땋아 올린 그녀의 머리였다. 아이토르는 그녀가 박수갈채를 받기 위해 돌아섰을 때 바로 알아보았지만, 로세르는 그가 분장실을 찾아왔을 때 제대로 알아보지 못했다. 그녀가 목숨을 빚진, 마르고 가난하고 총남을 살하던 젊은이의 모습은 거의 남아 있지 않았다. 그는 동작들이 느릿느릿한, 번창한 사업가로 변해 있었다. 넉넉한 체구에 머리카락이 별로 없고 빽빽한 콧수염을 길렀지만, 눈빛은 여전히 살아 있었다. 그는 미인 대회 출신의 멋진 여자와 결혼해 자식 넷과 손주 여럿을 둔 부자가 되어 있었다. 그는 호주머니에 달랑 15달러만 넣은 채 베네수엘라에 도착해 친척들에게 얹혀살며, 익혀 둔 기술로 자동차 정비를 시작했다. 그러다가 기계식 주차 사업을 시작했고, 얼마 지나지 않아 여러 도시에 지점을 냈다. 그다음에는 수집가들을 위한 클래식 자동차 사업으로 곧장 이어졌다. 아이토르처럼 적극적이고 비전이 있는 사람에게는 완벽한 나라였다. "이곳에는 기회가 망고 나무의 열매처럼 주렁주렁 열려 있습니다." 아이토르가 로세르에게 말했다.

감정은 강렬하고 표현은 간략했던 열정의 칠 년이었다. 그들은 사춘기 아이들처럼 온종일 호텔 방에 틀어박혀 사랑을 나눴다. 라인강 유역의 백포도주 한 병과 치즈 올린 빵을 먹으며, 자기네가 공유하고 있는 지적인 유사성과 끝없는 욕망에 신기해하며 까무러칠 듯 웃어 댔다. 그 전에도 그 이후에도 다시는 그런 식으로 욕망을 느낄 수 없었기 때문에 그것은 그들의 삶에 유일한 욕망이었다. 그들은 각자의 행복한 결혼은 건드리지 않고, 자기네 삶에서 비밀스럽게 봉인된 장소에서만 사랑을 유지했다. 로세르가 빅토르를 사랑하고 존중하는 것 못지않게, 아이토르도 아름다운 아내를 사랑하고 존중했다. 처음에, 사랑에 빠졌다는 놀라움 앞에서 자칫 이성을 잃을 수도 있었을 때, 그들은 그 치명적인 끌림을 위한 유일한 미래는 비밀리에 만남을 이어 가는 것뿐이라고 결정했다. 그들은 자기네 삶을 뒤집어엎어 가족에게 상처 입히는 일은 절대 허락하지 않기로 했다. 그들은 그 축복받은 칠 년 동안 그렇게 했고, 아이토르 이바라가 뇌졸중으로 마비되어 아내의 돌봄을 받는 처지가 되지 않았다면 그 만남은 몇 년 더 이어질 수도 있었다. 로세르가 그 이야기를 할 때까지 빅토르는 그 사실에 대해 전혀 알지 못했다.

* * *

빅토르 달마우는 파블로 네루다를 다시 자주 보게 되었다. 공공 행사에서는 멀리서, 가끔은 체스를 함께 두는 살바도르 아옌데 상원의원의 집에서 보았다. 빅토르는 이슬라네그라에 있는 시인의 집에서 열리는 모임에 초대받기도 했다. 바다 앞 언덕 위의 그 집은 닻을 내린 배처럼 생겼고 특이하면서도 유기적으로 지어졌다. 그곳이 시인이 영감을 받아 글을 쓰는 장소였다. "칠레의 바다, 무시무시한 바다, 대기하고 있는 바지선과 함께, 하야면서도 시커먼 물거품으로 탑을 이루며, 인내심으로 교육받은 연안의 어부들과 함께, 급류처럼 흐르는 끝없는 자연 그대로의 바다." 그곳에서 시인은 세 번째 아내 마틸데와, 벼룩시장에서 산 먼지 가득한 병들부터 난파선 뱃머리에 달려 있던 기이한 가면들까지 기상천외한 수집품들에 둘러싸여 살았다. 그곳에서 파블로 네루다는 찾아와서 초청장을 내미는 전 세계 유명 인사들과 지역 정치인, 지식인, 신문 기자 들을 맞이했다. 그리고 특히 개인적인 친구들을, 그중에서도 위니펙호를 타고 온 난민 여러 사람을 맞이했다. 시인은 여러 나라말로 번역되는 유명 인사였고, 이제는 최악의 적들조차도 그의 시가 지닌 마력을 부인하지 못했다. 좋은 삶을 사랑하는 시인이 가장 원하는 것은 쉬지 않고 글을 쓰고, 친구들을 위해 음식을 만들고, 사람들이 자기를 가만히 내버려 두는 것이었다. 하지만 이슬라네그라의 바위투성이 땅에서조차 그것은 가능하지 않았다. 별별 사람들이 다 찾아와 문을 두드리고, 시인 스스로 정의한 것처럼 그가 고통받는 민중의 목소리라는 사실을 상기해 주었다. 그러던 어느 날 동료들이 찾아와 대통령 선거에 출마해 보라고 권했다. 좌파의 가장 적합한 후보인 살바도르 아옌데는 이전에 세 번이나 대통령직에 출마했는데도 아무 성과가 없었기 때문에 자신이 실패할 운명이라고 했다. 그렇게 시인은 노트와 초록색 잉크가 묻은 펜을 내려놓고, 민중과 함께하고, 자신의 시를 낭송하고, 그의 목소리에 열광하는 노동자, 농민, 어부, 철도원, 광부, 학생, 수공업자 들의 환호 속에서 자동차와 버스와 기차를 타고 칠레 전역을 돌아다녔다. 그 경험은 그의 전투적인 시에 새로운 광채를 덧씌우고, 그가 정치할 인물이 아니라는 사실을 깨닫게 하는 데 도움이 되었다. 여러 우여곡절 끝에, 좌파 정당 연맹인 '우니다드 포플라르'를 대표하게 된 살바도르 아옌데를 지지하기 위해 네루다는 기회가 생기자마자 바로 물러났다. 그러고는 선거 운동에서 아옌데를 지지했다.

그렇게 되자 이제는 아옌데가 기차를 타고 북쪽에서 남쪽으로 이동하며, 그의 열정적인 연설을 듣기 위해 모래와 소금으로 타들어 가는 벽촌과 끝없이 내리는 비로 어두컴컴한 한촌에 모여든 사람들을 흥분시켰다. 빅토르 달마우가 여러 차례 그를 동행했다. 공식적으로는 의사로서 동행한 것이었지만, 사실은 체스를 같이 두기 위해서였다. 기차에는 다른 방식으로 긴장을 풀어 줄 서부 영화가 없었기 때문에, 체스가 후보자의 기분을 전환할 유일한 수단이었다. 매우 활력 넘치고, 결단력 있고, 잠이 없는 아옌데의 리듬을 아무도 따라갈 수가 없었다. 수행원들은 번갈아 가며 교대해야 했다. 빅토르는 지칠 대로 지친 후보자가 체스 한판을 두며 대중의 목소리와 자신의 목소리를 머릿속에서 지울 수 있는 늦은 밤에 근무를 교대했다. 가끔은 체스 게임이 새벽까지 길어지거나, 다음 날 저녁에 다시 둬야 할 때도 있었다. 아옌데는 거의 잠이 없었지만 여기서 십 분, 저기서 십 분씩 시간을 쪼개 아무 데서나 잠깐씩 쪽잠을 잔 후에는 방금 샤워를 마친 사람처럼 생생하게 되살아났다. 그는 싸우겠다는 자세로 가슴을 앞으로 내밀고 몸을 똑바로 세운 채 걸었으며, 배우의 목소리와 사이비 설교가의 유창한 언변으로 말했다. 동작이 절제되고 머리 회전이 빨랐으며, 근본적인 신념은 타협하지 않았다. 오랜 정치 경력 덕에 그는 칠레를 자기 집 앞마당처럼 훤히 꿰뚫고 있었고, 칠레를 사회주의로 이끄는 평화 혁명이 가능하다는 믿음을 절대 잃지 않았다. 쿠바 혁명에 영감을 받은 지지자 몇몇은 진정한 혁명을 이뤄 평화롭게 미국 제국주의의 영향력에서 벗어나는 것은 불가능하다면서, 무기를 들고 싸워야만 그것이 가능하다고 주장했다. 하지만 아옌데에게 혁명은 견고한 칠레 민주주의에 넉넉히 들어맞았고, 그는 칠레의 헌법을 존중했다. 그는 노동자들이 들고일어나 한 손에 자기네 운명을 움켜쥘 수 있도록, 모든 것을 고발하고 설명하고 제안하고 행동으로 옮기도록 요구하는 것이 문제라고 마지막까지 믿었다. 또한 그는 적들의 힘도 충분히 알고 있었다. 공인일 때 아옌데는 약간 우쭐해하며 근엄하게 행동해 적들에게 건방지다는 트집도 잡혔지만, 사적인 자리에서는 수수하고 농담도 잘하는 편이었다. 그는 자기가 한 말은 반드시 지켰다. 그로서는 배신은 상상도 할 수 없었고, 그로 인해 마지막에 가서는 그 자신을 잃게 되었다.

빅토르 달마우는 꽤 젊은 시절에 갑작스럽게 공화당 편에서 스페인 내전을 맞아 싸우고 일했다. 그렇게 자기네 편의 이념을 별다른 생각 없이 받아들였고, 그 때문에 망명까지 떠났다. 그는 칠레에서는 정치 활동을 자제하라고 위니펙호 난민들에게 강요했던 내용을 지키며 아무 정당에도 가입하지 않았지만, 내전이 그의 생각을 분명하게 했던 것처럼 살바도르 아옌데와의 우정이 그의 생각을 공고하게 만들었다. 빅토르는 정치적인 면에서 그를 우러러봤고, 개인적인 면에서도 다소 걱정스러워하며 존경했다. 사회주의 리더로서 아옌데의 이미지는 그의 부르주아적인 습관, 고급 취향의 옷, 다른 나라 정부들과 라틴아메리카의 수많은 주요 예술가들이 선물로 줘서 소장하고 있는 독특한 물건들과 모순되었다. 그림과 조각품, 필사본 원본, 스페인 식민지 이전 시대의 그릇 같은 것들은 모두 그의 생애 마지막 날 약탈당해 사라졌다. 아옌데는 아부와 예쁜 여자에게 약했고, 한 번만 봐도 대중들 속에서 예쁜 여자들을 감지해 냈다. 그리고 인품과 권력을 가진 지위 덕에 여자들에게 인기가 높았다. 빅토르는 그의 그런 약점들이 못마땅했고, 로세르와 단둘이 있을 때 딱 한 번 그 문제에 관해 얘기했다. "빅토르, 당신은 정말 깐깐해요! 아옌데는 간디가 아니에요." 그녀가 대답했다. 두 사람 모두 아옌데에게 투표했고, 솔직히 그가 선출될 거라고는 둘 다 생각도 하지 못했다. 아옌데 자신도 확신하지 못했지만, 9월에 그는 다른 후보자들보다 더 많은 표를 얻었다. 과반수를 얻은 후보자가 없어서 의회는 가장 많은 표를 획득한 두 후보자 중에서 결정해야 했다. 세상의 눈이 관례에 도전장을 던진, 지도상에 길쭉한 얼룩처럼 표시된 칠레로 향했다.

민주주의에서 ∬도피아 사회주의혁명을 지지하는 사람들은 의회의 결정을 기다리지 않고, 그토록 오래 기다려 왔던 승리를 자축하기 위해 거리로 쏟아져 나왔다. 할아버지, 할머니부터 손자들까지 일요일 외출복을 입고 가족 전체가 황홀경에 빠져 노래를 부르며 뛰쳐나왔지만, 신기하게도 모두 훈련이라도 받은 듯 단 한 건의 소동도 일으키지 않았다. 빅토르와 로세르와 마르셀은 군중과 뒤섞여 깃발을 흔들며 '단결한 민중은 절대 패배하지 않는다'고 노래 불렀다. 카르메는 여든다섯 살의 나이에 정치 같은 너무나도 변덕스러운 것 때문에 흥분하기에는 살날이 얼마 남지 않았다며 그들을 따라나서지 않았다. 하지만 사실 그녀는 오로지 조르디 몰리네를 돌보느라 집 밖으로 거의 나오지 않았다. 조르디는 지병으로 거동이 불편해져서 집 안에서만 생활했다. 그는 자신의 술집을 잃기 전까지는 마음이 젊었다. 존재하는 동안 그 도시에서 이정표와 같았던 위니펙은, 조르디에 따르자면, 다음 지진 때 바로 허물어질 고층 아파트들을 짓는다는 구실로 같은 블록의 다른 건물들과 함께 철거되어 사라졌다. 반면에 카르메는 평소와 다름없이 상당히 건강하고 활력이 넘쳤다. 그녀는 몸집이 작아졌고, 깃털 빠진 새처럼 머리카락도 얼마 없이 뼈와 가죽만 남았으며, 입에는 늘 담배를 물고 살았다. 그녀는 지칠 줄 모르고 유능하고 무뚝뚝한 한편 은근히 감성적이었고, 집안일을 하면서 오갈 데 없는 아이를 돌보듯 조르디를 돌봤다. 두 사람은 적포도주 한 병과 세라노 하몽을 놓고 텔레비전으로 선거에서 이기는 장면을 감상할 계획이었다. 그들은 플래카드와 횃불을 들고 나온 사람들의 행렬을 보고, 그들의 환희와 희망을 확인했다. "조르디, 우리는 이미 이 광경을 스페인에서 경험했어요. 당신은 1936년에 그곳에 없었어요. 하지만 나는 당신에게 똑같았다고 말할 수 있어요. 제발 그곳에서처럼 그렇게 나쁘게 끝나지 않기를 바라요." 그게 카르메의 유일한 평이었다.

* * *

자정이 지나 거리에서 사람들이 하나둘 흩어지기 시작할 무렵, 달마우 가족은 펠리페 델 솔라르와 우연히 마주쳤다. 그는 낙타 가죽 재킷에 겨자색 영양 가죽 모자를 쓰고 있어서 절대로 착각할 수 없는 모습이었다. 그들은 예전에 친한 사이였을 때처럼 서로 끌어안았다. 빅토르는 땀범벅에 소리를 질러 목소리가 쉬어 있었고, 펠리페는 이십 년 이상 유지해 온 우아하면서도 시크한 표정으로 라벤더 향을 풍기며 한 군데 흠잡을 데 없이 완벽했다. 그는 일 년에 두어 차례 들르는 런던에서 옷을 맞춰 입었다. 영국식 냉정함이 그에게 썩 어울리는 편이었다. 그는 후아나 낭쿠체오와 함께였다. 마르셀을 만나기 위해 전차를 타고 왔던 그 먼 옛날과 똑같은 모습이었기 때문에, 달마우 가족은 그녀를 바로 알아보았다.

"당신들은 아옌데에게 투표하지 않았겠지요!"로세르가 펠리페와 후아나를 끌어안으며 소리 높여 말했다.

"무슨 헛소리예요. 나는 민주주의의 장점도 기독교의 장점도 믿지 않지만, 기독교민주당*에 투표했어요. 우리 아버지가 원하는 후보자에게 표를 던져 아버지에게 기쁨을 줄 수는 없었다고요. 나는 입헌 군주주의자입니다."

"입헌 군주주의자요? 세상에, 맙소사! 혈거인인 당신 종족 중에서 당신이 유일한 진보주의자 아니었나요?"빅토르가 재미있어하며 외쳤다.

"젊은 시절의 실수지요. 칠레에서 우리에게 필요한 것은 왕이나 여왕입니다. 모든 면에서 이곳보다 훨씬 개화되어 있는 영국처럼 말이죠."펠리페가 스타일 때문에 늘 물고 다니는 꺼진 파이프를 빨면서 대답했다.

"그러면 거리에서 뭐 하고 있는 거예요?"

"서민들이 어떤가 보고 다니는 겁니다. 후아나가 처음으로 투표했어요. 이십 년 전부터 여자들에게도 투표권이 있었는데, 지금은 우파에게 표를 던지려 하고 있어요. 그녀가 노동자 계층에 속한다고 아무리 말해 줘도 소용이 없군요."

"펠리페 도련님, 나는 도련님의 아버지처럼 투표한답니다. 돈 이시드로가 말하는, 고개를 치켜든 천민 이야기는 이미

---

*중도 성격의 칠레 정당. 1970년 대통령 선거에서 사회민주당의 아옌데, 전 대통령 호르헤 알레산드리에 이어 기독교민주당의 라도미로 토믹이 3위를 차지했다.

전에도 봤어요."

"언제요?" 로세르가 그녀에게 물었다.

"페드로 아기레 세르다 정부를 말하는 거예요." 펠리페가 끼어들었다.

"그 대통령 덕분에 우리가 지금 이곳에 있는 거예요, 후아나. 그가 위니펙호의 난민들을 데리고 왔어요. 기억나요?" 빅토르가 그녀에게 물었다.

"젊은이, 내 나이 거의 여든이지만 기억력이 달리지는 않는다고."

펠리페는 마르크스주의 폭도들이 부촌을 습격할까 봐 자기 가족은 마르델플라타 거리에서 숨어 지낸다고 말했다. 그들은 자기네가 지어낸 테러 선전을 철석같이 믿고 있었다. 이시드로 델 솔라르는 보수주의자들의 승리를 확신한 나머지, 친구들과 교우들과 함께 축하하기 위해 파티를 계획해 두었다. 신의 개입으로 판도가 바뀌어 샴페인과 굴 요리를 먹을 수 있기를 기다리며 요리사와 웨이터 들을 아직 그의 집에 대기시키고 있었다. 정치적인 호의가 아니라 호기심 때문에 거리에서 일어나고 있는 광경을 보고 싶어 한 유일한 사람은 후아나였다.

"우리 아버지는 이 빌어먹을 나라가 정신을 차릴 때까지 식구들을 데리고 부에노스아이레스로 이사를 가 있을 거라고 공포했어요. 하지만 어머니가 여기서 꼼짝도 하지 않으세요. '아가'를 공동묘지에 혼자 남겨 두고 싶어 하지 않으시는 거죠." 펠리페가 덧붙였다.

"오펠리아는 어떻게 지내요?" 로세르가 빅토르는 감히 그
녀의 얘기를 꺼내지 못할 거라 짐작하고 물었다.

"선거의 열병은 건너뛰었습니다. 마티아스가 에콰도르에
서 사업 담당으로 임명되었어요. 전문적인 외교관이지요. 그
러니 새 정부가 그를 거리로 내쫓지는 않을 겁니다. 오펠리
아는 그 기회에 화가 과야사민의 화실에서 공부하려고 합
니다. 붓 터치가 큼지막한 격렬한 표현주의지요. 식구들은
오펠리아의 그림이 기괴하다고 하지만 나는 몇 점 가지고
있답니다."

"그럼 아이들은요?"

"미국에서 공부하고 있어요. 아이들도 이 정치 격변을 칠
레에서 멀찌감치 떨어져서 보고 있지요."

"당신은 여기 있을 겁니까?"

"당분간은 있을 겁니다. 이 사회주의 실험이 어디에 기반
하는지 보고 싶습니다."

"결과가 좋기를 진심으로 바래요." 로세르가 말했다.

"당신은 우파와 미국인들이 그걸 허락할 거라고 봅니까?
내 말 명심하세요. 이 나라는 쑥대밭이 될 겁니다." 펠리페
가 대답했다.

환희에 들뜬 시위는 별다른 소란 없이 끝났고, 다음 날 괜
히 겁에 질린 사람들이 돈을 인출하겠다며 은행으로 달려
갔다. 소련인들이 칠레로 쳐들어오기 전에 표를 사서 도망

치려던 사람들은 평소 토요일과 마찬가지로 거리를 청소하고 있는 광경을 마주했다. 손에 몽둥이를 들고 점잖은 사람들을 겁주려는 누더기 차림의 사람도 전혀 없었다. 어찌 됐든 사람들은 그렇게 서두르지 않았다. 사람들은 선거에서 승리하는 것과 대통령이 되는 것은 다르다고 생각했다. 의회가 결정을 내리고 상황이 자기네에게 유리하게 바뀔 때까지는 아직 두 달이 남아 있었다. 공기 중에 긴장이 감돌았고, 아옌데가 대통령직을 맡기 전에 그를 방해하려는 움직임이 이미 진행되고 있었다. 그 후 몇 주 동안, 미국인들의 지지를 얻은 음모는 합동참모의장을 암살함으로써 절정에 이르렀다. 합동참모의장이 헌법을 존중하려 했기 때문에 그를 제거하는 게 나았던 것이다. 그런데 그 범죄 행위가 계획과 달리 정반대 효과를 불러와, 군인들에게 반란을 선동하는 대신 집단적인 공분을 일으켜, 오히려 칠레인 대부분의 준법 전통을 더욱 견고하게 했다. 칠레인들에게는 바나나 공화국*에서 전형적이고 상습적으로 자행되던 그 방법이 낯설었던 것이다. 언론에서 말하듯 칠레에서는 차이점이 절대 무력으로 해결되지 않았다. 의회가 살바도르 아옌데를 승인함으로써, 그는 민주적으로 선출된 첫 번째 마르크스주의자 대통령이

＊바나나 같은 한정된 일차 상품의 수출에 절대적으로 의존한 채, 주로 미국을 비롯한 외국 자본의 통제를 받으며 부패한 독재자와 그 수하가 정권을 장악하고 있는 정치적으로 불안한 작은 나라를 가리키는 경멸어.

되었다. 평화 혁명을 이루겠다는 생각이 이제는 그렇게 정신 나간 이야기는 아니었다.

선거부터 권력 이양까지 갈등이 고조되었던 몇 주 동안 빅토르는 살바도르 아옌데와 체스를 두지 못했다. 미래의 대통령에게는 정치 비밀회의와 밀실에서 이뤄지는 합의와 합의 불발, 권력 지분을 둘러싼 정당 간의 밀고 당기기, 야당의 계속된 채찍질의 시간이었다. 아옌데는 모든 매체를 통해 미국 정부의 개입을 고발했다. 닉슨과 키신저는 칠레의 실험이 승리를 거두지 못하게 하겠다고 강한 어조로 단언했다. 칠레가 라틴아메리카의 다른 지역과 유럽에 화약처럼 불길을 일으킬 수 있었다. 미국인들은 뇌물과 협박으로도 통하지 않자 군인들을 회유하기 시작했다. 아옌데는 외부와 내부의 적들을 과소평가하지 않았지만, 국민이 정부를 지켜 줄 거라고 맹목적으로 믿었다. 아옌데에게는 어떤 상황도 자기편으로 만들어 주는 '부적 인형'이 있다는 말이 있었다. 하지만 그 후 극적인 삼 년 동안 그는 그 부적 인형보다 더 많은 마법과 행운이 필요했다. 체스 게임은 대통령의 복잡한 삶이 어느 정도 안정을 되찾은 이듬해부터 다시 시작되었다.

10장
1970~1973년

한밤중 나 자신에게 묻는다
칠레에서 어떤 일이 벌어질까?
불쌍하고 암울한 내 나라는 어찌 될까?

네루다, 「불면」, 『이슬라네그라의 비망록』[*]

　빅토르와 로세르의 삶은 각기 예전으로 돌아갔다. 나라
가 변화의 급물살을 타는 동안 그는 병원으로, 그녀는 수업
과 연주회와 여행을 반복하는 일상으로 돌아갔다. 선거 이
년 전, 발파라이소의 한 병원에서 황금 손을 가진 외과 의
사가 스물네 살 여자에게 인간의 심장을 이식했다. 그 위업
은 이전에 남아프리카에서도 실현되었지만 아직은 자연의
법칙에 대한 도전이었다. 빅토르 달마우는 그 케이스를 꼼
꼼하게 주시하며, 환자가 생존한 백삼십삼 일을 매일 기록했
다. 그는 스페인 내전이 끝나기 얼마 전, 노르테역 플랫폼에

---

[*] Memorial de Isla Negra. 네루다가 자신의 육십 년 삶을 기념해
1964년에 출간한 자전적 시집.

서 죽음의 문턱에서 구한 어린 병사 라사로를 다시 꿈꿨다. 라사로가 움직이지 않는 심장을 쟁반 위에 올려놓고 나타나는 반복적인 악몽이 소년이 가슴의 창문을 활짝 열고 걸어가는 찬란한 꿈으로 바뀌었다. 라사로의 가슴속 심장이 그리스도의 심장처럼 금빛 광선을 내뿜으며 완벽하게 건강한 상태로 펄떡거렸다.

어느 날 펠리페 델 솔라르가 가슴에 창으로 찌르는 듯한 통증을 느끼고 빅토르에게 진찰받으러 병원을 찾아왔다. 그는 공립 병원은 단 한 번도 방문한 적이 없었다. 민영 병원에만 다녔지만, 친구의 명성 때문에 부자 동네를 벗어나 다른 계층이 사는 회색 지역으로 모험을 떠나온 것이었다. "당신은 언제 적당한 곳에다가 개인 병원을 차릴 겁니까? 그리고 건강은 모든 사람의 권리이고 몇몇 소수의 특권이 아니라는 헛소리는 집어치우시오. 그 소리는 이미 들었으니까." 그게 펠리페의 인사말이었다. 그는 번호표를 뽑은 뒤 철제 의자에 앉아 차례를 기다리는 게 낯설었다. 검사를 마친 빅토르가 그의 심장은 건강하고, 가슴 통증은 양심의 가책이나 불안 때문이라며 웃었다. 펠리페는 옷을 입는 동안 칠레 절반의 정치 상황 때문에 양심의 가책을 느끼며 불안하긴 하지만, 그렇게 자화자찬하는 사회주의 혁명은 잊히고 정부는 정당 간의 싸움과 권력의 야합에 발목 잡혀 마비될 거라고 했다.

"펠리페, 만약 실패한다면 그건 당신이 말한 것 때문은 아닐 겁니다. 주로 적들의 음모와 워싱턴의 개입 때문이지요."
빅토르가 대답했다.

"중요한 변화는 없을 거라고 당신에게 장담합니다."

"당신은 잘못 알고 있어요. 이미 변화는 감지되고 있습니다. 아옌데는 사십 년 동안 이 정치 프로젝트를 생각해 왔고, 그것을 전속력으로 가동하고 있습니다."

"계획을 세우는 것과 통치하는 것은 별개의 문제입니다. 어떻게 이 나라가 정치적으로, 사회적으로 혼란에 빠지게 될지, 어떻게 경제가 파탄에 이르게 될지 보게 될 겁니다. 이 사람들은 경험과 준비가 부족합니다. 그래서 끝도 없는 설전만을 벌이며, 전혀 합의를 이끌어 내지 못합니다." 펠리페가 말했다.

"반면에 야당은 한 가지 목표가 있습니다. 그렇죠? 어떤 대가를 치르더라도 정부를 무너뜨리겠다는 거지요. 그들에게는 엄청난 재원이 있는 데다가 꽤 신중한 편이라 그 목적을 이룰 수 있을 겁니다." 빅토르가 언짢은 기색으로 대답했다.

아옌데는 선거 운동에서 구리 산업을 국영화하고, 기업과 은행을 국가에 예속하고, 토지를 수용하겠다는 공약을 발표했다. 그 여파가 나라 전체를 뒤흔들었다. 처음 몇 달 동안은 개혁이 좋은 성과를 거뒀지만, 통제력을 잃은 돈의 흐름으로 어제에 비해 오늘 빵 값이 얼마일지 전혀 예측할 수 없을 정도로 인플레이션이 심해졌다. 펠리페 델 솔라르가 예언한 내도 녀낭들은 서의시리 싸눴고, 노농사늘이 섬녕한 기업은 엉망으로 운영되어 생산이 곤두박질쳤고, 야당의 지능적인 사보타주는 공급 단절을 불러일으켰다. 달마우 가족 중에서는 카르메가 가장 불만이 많았다.

"빅토르, 물건을 사러 나가 보면 비극이 따로 없다. 물건이 아예 씨가 말랐어. 나는 요리에는 소질이 없다. 집에서 요리하는 사람은 조르디야. 하지만 너도 알다시피 그 사람은 겁이 많은 데다가 질질 짜는 노인이 되어서 길거리로는 고개도 내밀지 않는다. 공식 가격으로 삐쩍 마른 닭 한 마리를 사겠다고 줄을 서야 하는 사람은 바로 나다. 조르디를 몇 시간이나 혼자 내버려 둬야 하는데, 그는 내가 없으면 벌벌 떤다. 담배 사겠다고 줄을 서려고 세상을 절반이나 돌아서 왔다니!"

"어머니는 담배를 지나치게 과하게 피우세요. 그걸로 시간 낭비하지 마세요."

"나는 시간 낭비 같은 건 하지 않는다. 프로들에게 돈을 주니까."

"무슨 프로들요?"

"아들아, 보아하니 너는 암시장에서 물건을 구하지 않는 것 같구나. 그 사람들은 적당한 가격에 대신 줄을 서 주는 한가한 아이들이나 은퇴한 노인들이야."

"아옌데가 공급 부족의 원인을 설명했어요. 어머니도 티브이로 보셨을 거라고 생각해요."

"라디오로 수백 번도 더 들었다. 민중이 처음으로 구매력을 갖췄지만, 기업가들이 방해한다고. 그들이 불만을 확산시키려고 차라리 도산을 원하기 때문이라는 둥. 너, 스페인 기억나니?"

"네, 어머니. 아주 확실하게 기억해요. 아는 사람들이 있으니, 어머니께 필요한 물건들을 구할 수 있을지 알아볼게요."

"무슨 물건?"

"예를 들면 화장지요. 가끔 선물로 두루마리 휴지를 가지고 오는 환자가 있어요."

"맙소사! 완전히 금값이다, 빅토르."

"그렇다고 하더군요."

"아들아, 잘 들어라. 연유와 기름을 구할 수 있는 사람들을 아니? 엉덩이는 신문지로 닦을 수 있다. 그리고 담배를 구해 다오."

* * *

식료품만 자취를 감춘 게 아니었다. 기계 부품, 자동차 타이어, 건축용 시멘트, 기저귀, 분유, 그 외 다른 필수품도 자취를 감췄다. 반면에 간장, 케이퍼, 매니큐어는 남아돌았다. 휘발유 배급이 시작되자 전국은 보행자들 사이를 비틀거리며 서투르게 자전거를 몰고 가는 사람들로 넘쳐났다. 하지만 민중은 여전히 열광적이었다. 그들은 마침내 자기네가 정부를 내포하고 있다고 느꼈고, 모두 평등하고, 여기서도 동무, 저기서도 동무, 대통령도 동무라고 생각했다. 가난과 배급, 계속된 결핍은 항상 근근하게 살아왔거나 가난하게 살아온 사람들에게는 새로운 일이 아니었다. 빅토르 하라의 혁명가가 사방에서 들려왔다. 달마우 가족 중에서 가장 정치에 무관심한 마르셀도 외우는 노래였다. 벽에는 벽화와 포스터가 빼곡하게 들어찼고, 광장에서는 연극이 공연되었고, 집집마다 서재를 갖출 수 있도록 책이 아이스크림 가격으로 출판되었다.

군인들은 부대에서 침묵을 지키고 있었고, 누군가 음모를 꾀하고 있어도 전혀 드러나지 않았다. 가톨릭교회는 공식적으로는 정치 싸움에 관여하지 않았다. 설교대에서부터 싸움과 원망을 부추기는, 종교 재판소 특유의 성향을 지닌 사제들도 있었고, 마르크스주의가 이념적으로 하느님을 거부하기는 하지만 가장 가난한 사람들을 섬긴다는 이유로 정부에 우호적인 신부들과 수녀들도 있었다. 보수 언론은 큼직한 헤드라인으로 "칠레인들이여! 증오를 모읍시다!"라고 외쳐 댔고, 겁에 질려 격분한 중산층은 군인들에게 반란을 부추기며 옥수수를 집어 던졌다. "겁쟁이들! 호모들아, 무기를 들어!"

"스페인에서 우리에게 일어났던 일이 이곳에서도 일어날 수 있겠어." 카르메가 상투적인 말로 반복해서 말했다.

"아옌데는 이곳에선 동족상잔의 비극이 없을 거라고 했어요. 정부와 국민이 막을 거니까요." 빅토르가 어머니를 안심시키려고 애썼다.

"네 동무라는 그 사람은 맹신이라는 죄를 범하고 있어. 아들아, 칠레는 화해 불가능한 여러 파로 분열되어 있다. 친구들끼리 싸우고, 반으로 갈라진 가족도 있다. 이제는 생각이 맞는 사람이 아무도 없어서 대화할 수도 없다. 나도 싸우지 않으려고 이제는 예전 친구들과 만나지 않아."

"어머니, 과장하지 마세요."

하지만 그 역시 공기 중에서 폭력을 감지했다. 어느 밤, 마르셀은 빅토르 하라의 공연을 보고 자전거로 돌아오는 길에, 청년들이 사다리를 타고 올라가 담벼락에 비둘기와 총을 그리는 모습을 멈춰 서서 유심히 보게 되었다. 그런데 갑자기 자동차 두 대가 어둠 속에서 모습을 드러내더니, 쇠파이프와 몽둥이로 무장한 남자들이 차에서 내리고 순식간에 예술가들을 땅바닥에 쓰러뜨렸다. 마르셀이 채 반격하기도 전에 그들은 시동을 건 채 대기 중이던 차에 올라타고는 번개같이 자취를 감춰 버렸다. 몇 분 후 주민의 신고를 받은 순찰차 한 대가 도착했고, 구급차 한 대가 처참한 상태로 쓰러져 있는 사람들을 수습했다. 경찰관들은 목격자 진술을 받기 위해 마르셀을 경찰서로 데려갔다. 깊은 슬픔에 잠긴 마르셀이 자전거를 타고 집으로 돌아오고 싶어 하지 않아서, 빅토르가 새벽 3시에 그를 데리러 가야 했다.

무력 분쟁으로 치닫는 좌파의 움직임도 포착되었다. 혁명이 원만하게 승리하기를 기다리다가 지치기도 했고, 문명화된 협상을 신뢰하지 않는 파시스트의 움직임도 동시에 나타났다. "싸우려면 싸우자."라는 말이 오갔다. 카르메는 조르디의 애정 공세로부터 몇 시간 도망쳐 있기 위해, 거리를 메운 군중들의 정부 지지 시위에 참가했다. 수많은 반대 시위에도 참가했다. 그녀는 운동화를 신고 최루탄에 대비해 식초를 묻힌 손수건과 레몬 한 개를 들고 나갔다가, 경찰이 질서를 유지하기 위해 쏘아 댄 물줄기에 뼛속까지 젖어서 돌아왔다. "모두 엉망진창이야." 그녀가 말했다. "이곳에서는 불씨 하나만으로도 폭발해 버리겠어."

이시드로 델 솔라르의 목장은 수용당하지 않았다. 하지만 들고일어난 농부들에게 점거되었다. 그가 격분하며 말했듯 정직함과 도덕은 언젠가 회복될 터라서 목장은 당분간 없는 셈 치기로 하고, 오합지졸이 양을 모조리 먹어 치우기 전에 양모 수출 사업을 살리는 일에 전념하기로 했다. 그는 산속 오솔길과 지름길을 잘 아는 남부의 노련한 사람들을 고용해, 다른 목장주들이 암소를 보내는 것처럼 아르헨티나 파타고니아로 양을 보냈다. 이시드로는 예고한 대로 식구들도 부에노스아이레스로 보냈다. 시집간 딸과 사위와 손자에 유모까지 모두 무리 지어 갔지만, 후아나 낭쿠체오는 집을 관리하며 마르델플라타 거리에 남았다. 라우라는 그녀가 없는 동안 레오나르도의 무덤에 신선한 꽃을 갖다 놓겠다고 펠리페가 약속하고 나서야, 진정제와 과자로 혼을 뺀 채 강제로 끌려갔다. 펠리페만이 유일하게 남아 변호사 사무실에서 계속 일했고, 다른 두 변호사는 몬테비데오에 가서 지점을 열었다.

그 시절에 펠리페는 자기 계층은 아무도 살지 않는 오래된 누뇨아 동네에 있는 달마우네 집을 자주 드나들었다. 그는 대화하고 싶은 마음에 포도주 두 병을 들고 찾아갔다. 이제 펠리페는 늘 함께 어울리던 친구들이 편하지 않았고, 영국인을 따라 하는 그의 어설픈 행동과 불분명한 정치색을 못마땅하게 여기는 몇 안 되는 좌파 지인들과도 잘 어울리지 못했다. '광란자 클럽'은 오래전에 해산되었다. 그는 조국을 떠나는 가족들의 고가구와 예술품을 헐값에 사들이는 데 매달렸고, 곧 그의 집은 움직일 공간조차 부족할 정도가 되었다. 부동산이 거의 공짜인 상황을 이용해, 그는 좀 더 큰 집을 찾기 시작했다. 그는 젊을 때 부모의 저택이 지나치게 크다고 비난했던 것을 떠올리며 자신을 비웃었다. 로세르는 펠리페가 평소 예고했던 대로 외국으로 떠나게 되면 그의 잡동사니들은 어떻게 할 거냐고 물었다. 그러자 그는 칠레는 러시아나 쿠바가 아니고, 그 유명한 칠레식 혁명은 얼마 가지 않을 테니 돌아올 때까지 창고에 넣어 둘 거라고 대답했다. 그가 너무나도 확신에 차 있어서, 빅토르는 친구가 어떤 중요한 비밀 음모에 가담하고 있는 게 아닌지 의심할 정도였다. 빅토르는 혹시 몰라서 대통령과 체스를 둔다는 말은 절대 하지 않았다. 펠리페는 저녁 식사 때 마시는 포도주 외에 위스키를 마실 때면 인생과 세상에 대해 횡설수설 말이 많아졌다. 그는 젊은 시절의 이상주의와 관대함은 거의 사라지고 냉소적으로 변해 있었다. 사회주의가 가장 공정한 시스템인 것은 인정하지만, 실제로는 쿠바처럼 경찰국가나 독재로 이어진다고 했다. 쿠바에서 체제에 반대한 사람들은 마이애미로 도망가거나 결국 감옥에 갇혔다. 그의 귀족 취향에는 혼란스러운 평등과 상투적인 혁명 문구, 독단적인 구호, 건방진 태도, 삐뚤빼뚤한 턱수염, 촌스러운 수공예 양식, 그을린 목제 가구, 황마 러그, 에스파드류 샌들, 판초, 씨앗 목걸이, 코바늘 뜨개질로 뜬 치마 따위가 끔찍했고, 결국 총체적인 재난이었다. "왜 거지처럼 입고 다녀야 하는지 이해가 되지 않아." 그가 주장했다. 그리고 그런 것들을 왜 대중문화라고 하는지도 이해되지 않았다. 문화하고는 전혀 상관없는 대중문화라고 하는 것은 칠레식 소비에트사실주의, 주먹을 높이 치켜든 광부들의 벽화, 체 게바라 초상화, 단조롭게 웅얼거리는 자작곡 가수 따위로 역겨움 그 자체였다. "마푸체 인디오의 관악기인 트루트루카와 케추아 인디오의 오카리나까지 유행이라고!" 하지만 펠리페는 평소 알고 지내던 우파 사람들에게도 똑같이 험악한 일장 연설을 퍼부어 댔고, 민중의 요구에 눈감고 귀 막고 과거에 집착해 음모나 꾀하고 고집이나 피우면서 거들먹거리는 사람들을 비난했다. 그들은 민주주의와 국가를 희생해 자기 특권을 지키려는 배신자나 다름없는 사람들이었다. 펠리페는 아무도 참지 못했고, 점차 고립되어 갔다. 노총각의 고독이 그를 무겁게 짓눌렀고, 여기저기 지병이 생겼다.

빅토르는 영양 부족을 완화하기 위해 아이들에게 매일 우유 한 잔씩 먹이는 것부터 병원 건립까지 공공 보건 분야에 많은 공을 세웠지만, 항생제, 마취제, 주삿바늘, 주사기, 기초 의약품, 환자를 돌볼 인력이 부족한 상황과 맞닥뜨렸다. 야당이 전단지로 떠들어 대는 소련의 무시무시한 횡포를 피하기 위해 많은 의사들이 칠레를 떠났고, 의대가 파업을 선언한 데 이어 의사 대부분이 파업을 따랐다. 빅토르는 두 배로 늘어난 업무량을 계속 소화해 냈다. 영혼까지 지친 그는 스페인 내전 때와 같은 경험을 하는 기분으로 선 채로 잠이 들었다. 직업 학교와 농장주와 기업가 조합도 파업을 선언했다. 트럭 기사들이 운행을 거부하자 그 길쭉한 나라는 운송 수단이 없는 상태가 되었다. 산티아고에서는 생필품이 부족했지만, 북쪽에서는 생선이 썩어 나가고 남쪽에서는 채소와 과일이 썩어 나갔다. 아옌데는 트럭 기사들을 돈으로 매수한 미국과 우파 진영의 음모를 소리 높여 고발했다. 학생들도 대학 강의실을 참호 삼아 버티며 혼란에 가담했다. 모래주머니로 단과대 건물 입구가 막히자 로세르는 학생들을 포레스탈 공원으로 불러 야외에서 이론 수업을 했다. 필요한 경우에는 우산도 썼다. 그녀는 그곳까지 그랜드피아노를 끌고 오지 못한 걸 안타까워하며 평소처럼 출석도 부르고 점수도 매겼다. 사람들은 전투복 차림의 경찰, 전단지,

시위 플래카드, 선동적인 포스터, 언론의 협박과 파멸에 대한 경고, 여기저기서 서로를 향해 질러 대는 고함에 익숙해졌다. 그렇지만 광산을 전부 국유화하자는 데는 모두 만장일치였다.

"이제 시간이 되었어요." 마르셀 달마우가 할머니에게 말했다. "구리는 칠레의 급료예요. 그게 경제를 떠받치고 있어요."

"구리가 칠레 것이라면 굳이 왜 국영화해야 하는지 모르겠구나."

"구리는 늘 미국 회사 수중에 있었어요, 할머니. 미국 회사들이 초과 수입과 세금 회피로 수십억 달러를 칠레에 빚졌기 때문에, 정부가 구리를 뺏어서 탕감하기로 했어요."

"그러면 미국 사람들이 안 좋아하겠구나. 마르셀, 내 말을 명심해라. 홍역을 치를 거다." 카르메가 말했다.

"미국인들이 광산을 떠나면 칠레 엔지니어와 지질학자가 더 많이 필요해질 거예요. 제 인기가 좋아질 거라고요, 할머니."

"잘됐구나. 월급을 더 받니?"

"몰라요. 왜요?"

"마르셀, 결혼하거라. 우리 가족은 잔챙이 네 명이 전부다. 네가 신경 쓰지 않으면 나는 증손주를 보기 힘들어. 너는 서른한 살이다. 이제 철들 나이야."

"철은 이미 들었어요."

"네 삶에서 여자가 없었다고는 생각하지 않는다. 그건 정상이 아니야. 너는 사랑에 빠져 본 적이 없니? 아니면 남자를……? 내가 무슨 말을 하는지 너도 알지?"

"그렇게 남의 말을 함부로 하는 게 어디 있어요! 할머니!"

"자전거를 많이 타서 그렇다. 고환이 짓눌리면 발기 부전에 불임을 일으키지."

"어휴."

"미장원에 갔다가 잡지에서 읽었다. 마르셀, 네가 그렇게 못생긴 건 아니다. 턱수염을 깎고 단발머리를 자르면 도밍긴하고 똑같다."

"누구요?"

"투우사. 넌 멍청하지 않아. 정신 차려. 트라피스트 수도회 수사 같으니까."

카르메는 국영화의 결과로 구리 회사가 손자에게 장학금을 줘서 미국으로 보낼 거라고는 생각하지 못했다. 손자가 떠나면 다시는 보지 못할 거라는 생각이 머리에 박혔다. 마르셀은 지질학을 공부하기 위해, 골드러시가 일었던 시절에 바위산 아래에 세워진 도시 콜로라도로 떠났다. 그는 체구에 맞게 제작한 자전거를 분해해서 빅토르 하라의 음반과 함께 갔다. 혼란이 온 나라를 산산조각 낼 폭력 사태로 변질되기 전에 떠났다. "내가 편지 쓰마." 그 말이 할머니가 공항에서 그에게 한 마지막 말이었다.

마르셀은 카탈루냐어를 말하지 않겠다고 묵묵히 고집 피

웠던 것과 같은 뚝심으로 영어를 공부했고, 그렇게 몇 주 지나지 않아 콜로라도에 적응했다. 황금빛으로 물든 초가을에 도착했는데, 몇 주 지나지 않아 눈을 밟고 다녀야 했다. 그는 태평양에서 대서양까지 미국을 횡단하기 위해 훈련하는, 자전거에 미친 사람들과 산을 등반하는 모임에 가입했다. 빅토르는 소요 사태, 시위, 실업, 파업, 과중한 업무 사이에서 여행할 시간을 내지 못한 탓에 한 번도 마르셀을 만나러 가지 못했다. 하지만 로세르는 두어 번 그를 방문했고, 어쩌면 그녀의 아들이 평생 스페인어로 한 말보다 콜로라도에서 영어로 더 많은 말을 한다는 사실을 다른 가족에게 알릴 수 있었다. 마르셀은 얼굴을 면도하고, 목덜미 위로 머리를 짧게 땋아 내렸다. 할머니의 말이 옳았다. 그는 도밍긴을 닮았다. 그는 꼬치꼬치 캐묻는 가족들의 질문과 칠레의 갈등과 전횡에서 멀리 떨어져, 지적인 분위기의 대학에서 돌의 비밀스러운 특성을 알아내는 데만 전념하며 난생처음 편안함을 피부로 느꼈다. 그곳에서 그는 난민의 자식도 아니었고, 아무도 스페인 내전에 관해 얘기하지 않았으며, 지도에서 칠레를 찾을 수 있는 사람은, 더더군다나 카탈루냐를 찾을 수 있는 사람은 몇 없었다. 그는 자기와는 연관 없는 현실 속에서, 그리고 다른 언어권에서 친구들을 사귀었고, 몇 달 후에는 작은 오피스텔에서 첫사랑과 함께 살았다. 문학을 전공하며 신문에 글을 쓰는 자메이카 출신의 젊은 여자였다. 로세르는 두 번째 방문 때 그녀를 만났고, 마르셀의 애인이 아름다울뿐더러 아들과 반대로 쾌활하고 말이 많다고 얘기하면서 칠레에 도착했다. "어머니, 안심하세요. 마침내 어머님의 손자가 정신을 차렸어요. 자메이카 아가씨가 자기네 나라의 카리브 리듬에 맞춰 춤추는 법을 마르셀에게 가르쳐 주고 있어요. 마르셀이 드럼과 마라카스의 리듬에 맞춰 아프리카 남자처럼 몸을 비트는 것을 본다고 해도, 어머니는 내 말을 믿지 못하실 거예요."

* * *

두려워했던 대로 할머니는 손자를 다시 품에 안아 보지도, 자메이카 아가씨나 손자의 다른 여자친구도, 달마우 가족의 혈통을 이어 줄 증손주도 만나 보지 못했다. 여든일곱 살이 되는 바로 그날, 파티를 열기 위해 차양과 테이블을 이미 마당에 설치해 놓았는데, 카르메는 죽은 채 새벽을 맞이했다. 전날 밤 그녀는 평소와 다름없이 담배 때문에 쿨럭거리며 잠자리에 들었다. 하지만 그녀는 건강도 좋았고, 생일파티로 설레기도 했다. 블라인드 틈새로 들어오는 햇살에 잠을 깬 조르디 몰리네는 슬리퍼를 끌고 아침을 먹으러 갈 시간이 되었음을 알려 주는 토스트 냄새를 기다리며 침대에서 꿈쩍도 하지 않았다. 조르디는 몇 분이 지나서야 카르메가 옆에서 대리석처럼 꿈쩍도 하지 않고 차가워져 있다는 걸 깨달았다. 그는 과하게 감정을 드러내지 않고 울먹거리며,

그녀가 자기를 혼자 내버려 두고 먼저 가는 끔찍한 배신을 저질렀다고 생각하면서 카르메의 손을 잡고 가만히 있었다.

로세르는 요리사와 조수들이 도착하기 전에 테이블을 장식할 풍선을 한가득 차에 싣고 케이크도 함께 가지고 갔다가 오후 1시경 카르메를 발견했다. 침묵과 어둠, 내려진 블라인드, 정체된 공기가 이상했다. 로세르는 부엌에서 시어머니와 조르디를 찾다가, 침실로 들어가기 전에 거실에서부터 그들을 불렀다. 그녀는 나중에 반응할 수 있게 되었을 때 수화기를 들어 병원에 있는 빅토르에게 먼저 전화를 걸었고, 그러고 나서 때마침 학생들 무리와 함께 부에노스아이레스의 한 호텔에 머물고 있는 마르셀의 번호를 누른 후 할머니가 돌아가셨고 조르디는 실종되었다고 전했다.

카르메는 칠레에서 죽으면 남편과 아들 기옘이 누워 있는 스페인에 묻히고 싶고, 스페인에서 죽으면 다른 식구들과 가까이 있기 위해 칠레에 묻히고 싶다고 얘기한 적이 있었다. 왜? 골탕 먹이려고, 그녀가 웃으면서 덧붙였다. 하지만 그것은 농담만이 아니었다. 나뉘어 있는 사랑과 이별, 고향에서 멀리 떨어져 살다가 죽는 것은 고통이었다. 마르셀은 다음 날 산티아고로 날아왔다. 그들은 카르메가 조르디 몰리네와 십구 년 동안 살아온 집에서 상을 치렀다. 카르메가 교회 문턱을 마지막으로 밟은 게 마르셀 류이스 달마우와 사랑에 빠지기도 전인 어릴 적이었기 때문에 종교 예식은 없었다. 하지만 근처에서 살고 있던 메리놀 선교회 신부 두 명이 초대를 받지 않았는데도 달려왔다. 카르메는 뉴욕에서 신부들에게 보낸 담배와 조르디가 불법적인 경로로 구한 세라노 하몽과 만차 치즈를 그들과 물물 교환하곤 했다. 신부들은 기타 연주와 노래로 카르메의 마음에 들었음 직한 장례식을 즉흥적으로 준비했다. 할머니와 친구처럼 지냈던 손자 마르셀만이 그곳에서 위안을 얻지 못했다. 그는 독주인 피스코 두 잔을 마신 후 자리에 앉아서 할머니에게 못다 한 말 때문에, 부끄러워서 제대로 표현하지 못한 애정 때문에, 카탈루냐어로 말하지 않은 것 때문에, 할머니가 요리한 맛없는 음식을 놀린 것 때문에, 할머니가 보낸 편지에 일일이 답장하지 않은 것 때문에 울었다. 그는 무례하면서도 거만한 할머니의 마음을 가장 잘 아는 사람이었다. 할머니는 마르셀이 콜로라도로 떠났을 때부터 세상을 떠나기 전날까지 매일 손자에게 편지를 보냈다. 할머니가 보낸 359통의 편지가 든, 끈으로 묶은 신발 상자는 그가 어디에 가서 살든지 늘 가지고 다니게 될 유일한 물건이었다. 빅토르는 말없이 슬픔에 잠긴 채 마르셀 옆에 앉아서, 그의 작은 가족을 지탱해 주던 중심축을 잃었다고 생각했다. 그날 밤늦은 시간에 로세르와 단둘이 침실에 있을 때 빅토르가 그 생각을 털어놓았다. "늘 우리를 버티게 한 중심축은 당신이에요, 빅토르." 그녀가 그를 일깨워 주었다. 장례식에는 이웃 주민들과 오랜 세월 카르메가 일했던 학교의 옛 동료들과 학생들, 그녀가 조르디와 함께 위니펙 주점에서 보냈던 시절의 친구들이 참석했다.

저녁 8시가 되자 경찰들이 도착해 오토바이로 그들이 사는 블록 전체를 차단하고 파란색 피아트 세 대에게 길을 터 줬다. 차 한 대에는 체스 친구에게 조의를 표하기 위해 대통령이 타고 있었다. 빅토르는 어머니를 묻기 위해 공동묘지 한 구역을 매입했다. 다른 가족과 조르디와 나중에 스페인에서 유골을 모셔 올 수 있다면 아버지까지 생각해서 넉넉히 매입한 것이었다. 그때 빅토르는 그 순간부터 자신이 확실하게 칠레인이라는 걸 알았다. 우리의 망자들이 있는 곳이 조국이라고 카르메는 자주 얘기했었다.

한편 경찰은 조르디 몰리네를 계속해서 찾고 있었다. 노인에게는 가족이 없었고, 친구는 카르메와 동일했다. 아무도 그를 보지 못했다. 달마우 가족은 경증 치매를 앓는 그가 길을 잃었을 수는 있지만 아주 멀리 가지는 못했을 거라고 생각해, 사진이 담긴 전단을 상점 유리창에 붙이고 그가 돌아왔을 때 들어갈 수 있도록 문을 걸어 잠그지 않았다. 로세르는 옷과 신발이 옷장 안에 그대로 있는 걸 보고 조르디가 파자마와 슬리퍼 바람으로 나갔다고 생각했지만 확신할 수는 없었다. 마포초강의 수심이 내려간 여름이 되어서야 마침내 우거진 덤불 사이에서 노인의 시신이 발견됐다. 옷이라고는 파자마 단만이 남아 있었다. 확실히 신원이 밝혀질 때까지는 한 달이 꼬박 걸렸다. 그 후 달마우 가족이 시신을 인도받아 카르메 곁에 묻었다.

＊ ＊ ＊

　모든 계층이 안고 있는 문제와 급격한 인플레이션, 언론이 조장하는 재난급 뉴스에도 불구하고 기대 이상으로 표를 얻은 의회 선거에서 입증했듯이, 정부는 대중의 지지를 받고 있었다. 그제야 아옌데를 몰아내기 위해서는 경제 위기와 언론이 조장하는 증오만으로는 충분치 않다는 게 확실해졌다.

　"우파가 무장하고 있습니다, 박사님." 화장지를 가져다주는 환자가 빅토르에게 알려 주었다. "요즘 우리 공장에 쇠 빗장을 지르고 자물쇠를 꽁꽁 채운 보관 창고들이 있어서 알게 되었습니다. 아무도 접근할 수 없어요."

　"그걸로는 아무것도 증명하지 못합니다."

　"몇몇 동료들이 태업 때문에 밤낮으로 교대해 가며 경비를 섭니다. 아십니까? 동료들이 트럭에서 상자를 내리는 걸 봤습니다. 평소와 다른 화물이라서 알아보기로 했지요. 동료들은 상자가 무기로 가득하다고 확신합니다. 박사님, 혁명당 청년들도 무장하고 있기 때문에 이곳은 곧 피바다가 될 겁니다."

　그날 밤 빅토르는 아옌데와 그 이야기를 나눴다. 그들은 며칠 전에 끝내지 못한 게임을 마무리하고 있었다. 대통령이 머물 수 있도록 정부가 매입한 관저는 스페인 양식으로 아치형 창문과 지붕이 있고 입구에는 국장(國章) 모자이크가 있으며, 높은 야자수 두 그루가 거리에서도 보였다. 경비들은 빅토르를 알고 있었고, 그가 밤늦게 와도 아무도 이상하게 생각하지 않았다. 그들은 책과 예술품 사이로 늘 체스판이 준비되어 있는 거실에서 체스를 두었다. 아옌데는 놀라는 기색 없이 빅토르의 말을 들었다. 아옌데도 이미 알고 있었지만, 그 공장을 비롯해 똑같은 일이 분명히 벌어지고 있을 다른 기업들도 합법적으로 수색할 방법은 없었다. "빅토르, 걱정하지 마십시오. 군인들이 정부를 배신하지 않는한 두려워할 건 아무것도 없습니다. 나는 합동 참모 의장을 믿습니다. 그는 지조 있는 사람입니다." 그러고는 쿠바 혁명같은 혁명을 요구하며 큰 목소리로 외치는 좌파 극단주의자들도 똑같이 위험하고, 그 뜨끈뜨끈한 사람들이 우파만큼이나 정부에 큰 해를 입히고 있다고 덧붙였다.

연말에 국립 경기장에서 대중이 파블로 네루다에게 경의를 표하는 축하 행사가 열렸다. 아홉 달 후 죄수와 고문당한 사람 들이 있게 될 바로 그 장소였다. 이 행사는 몇 주 전 연로한 스웨덴 국왕에게서 직접 노벨상을 받은 시인의 마지막 공식 행사가 되었다. 시인은 프랑스 대사직을 사직한 후 그토록 사랑하는 이슬라네그라의 독특한 집에 내려가 있었다. 그는 병든 몸으로 작은 책상에 앉아 창문 앞에서 거품을 쏟아 내며 분노하는 바다를 계속해서 글로 써 내려갔다. 빅토르는 친구로서, 두어 번은 의사로서 몇 달 동안 시인을 여러 차례 방문했다. 인디오 판초를 두르고 베레모를 쓴 유쾌한 시인은 칠레 포도주를 뿌려 오븐에 구운 민어 한 마리를 손님과 함께 먹으며 인생에 관해 대화할 준비가 되어 있는 대식가였다. 이제 시인은 친구들을 즐겁게 해 주기 위해 변장하거나 행복한 나날을 찬미하는 송가를 쓰던 장난기 많고 농담 잘하는 사람이 아니었다. 전 세계로부터 초대장과 상과 감탄하는 메시지가 쏟아졌지만, 네루다는 가슴이 무거웠다. 칠레가 걱정이었다. 그는 스페인 내전과 위니펙호가 여러 페이지를 차지하고 있는 비망록을 쓰고 있었다. 암살당하고 실종된 수많은 스페인 친구들을 떠올릴 때마다 마음에 동요가 일었다. "나는 프랑코가 죽기 전에는 죽고 싶지 않아." 그는 자주 말했다. 빅토르는 시인이 오래 살 거라고, 그의 병은 천천히 진행되고 있으며 제대로 조절되고 있다고 장담했지만, 그 역시 총통이 불멸일지도 모른다는 의심이 들었다. 프랑코는 삼십삼 년째 철권을 움켜쥐고 있었다. 빅토르에게 스페인의 추억은 점차 희미해져 갔다. 매년 12월 31일 자정에 그는 새해와 조국으로 돌아갈 날을 위해 건배를 들었지만, 그것은 진심 어린 희망이나 바람 없는 습관적인 세레모니였다. 빅토르는 자기가 태어난 스페인이, 자기가 알고 있고 지키기 위해서 싸웠던 스페인이 이제 존재하지 않는다는 의심이 들었다. 군복과 사제복이 지배하는 그 세월 동안, 스페인은 그와는 상관없는 곳으로 변해 있었다.

그 역시 네루다처럼 칠레 때문에 걱정이었다. 이 년 전부터 돌고 있는, 군사 쿠데타가 일어날지도 모른다는 소문이

섬자 커져 갔다. 대통령은 육해공군이 분열된 것을 알고 있었지만, 그래도 계속해서 삼군을 믿었다. 초봄에는 야당의 폭력성이 전례를 찾아볼 수 없을 정도로 극에 달했고, 군인들의 불만은 위협이 되어 갔다. 장교들의 불복종으로 합동참모 총장이 사임했다. 총장은 군인으로서 자신의 임무는 군대의 기강이 무너지는 걸 막기 위해 사임하는 것이라고 대통령에게 설명했다. 그의 표명은 무의미해졌다. 며칠 후 새벽 5시에 두려워하던 군사 쿠데타가 일어났고, 채 몇 시간도 되지 않아 세상이 뒤집혔다. 이제는 어느 것도 예전으로 돌아갈 수 없었다.

빅토르는 병원으로 일찍 출발했다가, 탱크들과 줄줄이 군부대를 실어 나르는 초록 화물차들, 불길한 징조를 알리는 새처럼 나지막하게 윙윙거리며 날아다니는 헬리콥터들, 그 시간에 지나다니는 몇 안 되는 시민들을 개머리판으로 때리는 코만치족처럼 얼굴을 칠한 무장 군인들을 거리에서 마주쳤다. 곧바로 무슨 일이 일어났는지 간파됐다. 그는 집으로 돌아가, 카라카스에 있는 로세르와 콜로라도에 있는 마르셀에게 전화했다. 두 사람은 되는대로 첫 비행기를 타고 칠레로 돌아오겠다고 말했지만, 빅토르가 최악의 사태가 지나갈 때까지 기다려야 한다며 설득했다. 그는 대통령과 그가 알고 지내던 몇몇 정치 지도자들과 통화해 보려고 노력했지만 소용이 없었다. 뉴스도 없었다. 그도 이미 알고 있는 사실을 확인해 준 라디오 방송국 한 곳만 제외하고 라디오 방송국들과 텔레비전 채널들이 반란자들의 수중으로 들어갔다. 나라를 침묵시키기 위해 미국 대사관이 계획한 작전은 정확하고도 효과적이었다. 그 즉시 검열이 시작되었다. 빅토르는 자기가 있을 곳은 병원이라고 생각했다. 곧바로 그는 갈아입을 옷과 칫솔을 봉투에 넣고, 낡은 시트로앵 자동차를 샛길로 운전해서 갔다. 배터리로 작동하는 라디오에서는 군인들의 배신과 파시스트들의 쿠데타를 알리는 대통령의 목소리가 지직거리는 잡음 사이로 흘러나오고 있었다. 대통령은 국민들에게 각자 일터를 차분히 지키고, 선동당하거나 대량 학살당하지 말라고 당부하면서, 자신은 자기 자리에서 합법적인 정부를 지키겠다고 거듭 강조했다. "나는 역사적인 변화에 놓여 있지만, 내 목숨으로 민중의 충성에 보답하겠습니다." 빅토르는 흐르는 눈물로 운전할 수가 없어서, 전투기들이 굉음을 내며 지나가는 순간 차를 멈춰 세웠다. 그리고 거의 그와 동시에 첫 폭발음을 들었다. 그는 멀리서 자욱하게 피어오르는 짙은 연기를 보았고, 믿기지는 않지만 대통령궁이 폭격을 받고 있다고 짐작했다.

* * *

국가의 운명을 좌우하는 군사 평의회 소속 장군 네 명이 국기와 국장(國章)을 배경으로 군가가 흘러나오는 가운데 전투복 차림으로 자기네 도당과 함께 하루에도 몇 번씩 텔레비전에 나와서 발표했다. 모든 정보는 통제되었다. 사람들 말로는 살바도르 아옌데가 불길에 휩싸인 대통령궁에서 자살했다고 하지만, 빅토르는 다른 수많은 사람과 마찬가지로 대통령 또한 살해당했다고 의심했다. 그제야 비로소 그는 상황이 얼마나 심각한지 깨달았다. 되돌아가는 일은 절대 없을 것이다. 장관들이 구속되었고, 의회는 무기한 해산을 선포했고, 정당 활동은 금지되었고, 언론의 자유와 시민들의 권리는 새로운 명령이 있을 때까지 일시 정지되었다. 군부대는 쿠데타 합류를 망설인 많은 사람을 체포해 총살했지만, 육해공군이 하나가 되어 절대 무적이라는 인상을 줘야 했기 때문에, 그 사실은 시간이 한참 흐른 뒤에야 알려졌다. 전 합동 참모 의장은 군 동료들에게 암살당하지 않으려고 아르헨티나로 도주했지만, 일 년 후 자동차 폭발 사고로 아내와 함께 산산조각 난 채 사망했다. 아우구스토 피노체트 장군이 군사 평의회를 이끌고 있었고, 곧 그가 독재의 실체를 드러낼 판이었다. 탄압은 즉각적이고, 무시무시하고, 완벽했다. 그들은 돌멩이 하나까지 모두 들춰 볼 거라고, 마르크스주의자들이 어디에 숨어 있든지 은신처에서 끄집어내고 어떤 대가를 치르더라도 공산주의라는 암 덩어리를 나라에서 깨끗하게 청소해 낼 거라고 공포했다. 부자 동네에서는 부르주아들이 거의 삼 년 전부터 간직하고 있던 샴페인을 따서 축하하는 반면, 노동자들이 사는 동네는 공포가 지배했다. 빅토르는 구 일 동안 집에 가지 않았다. 무엇보다도 칠십이 시간 동안 통행금지라 아무도 거리로 나갈 수 없었고, 다음으로는 총상을 입은 부상자들이 계속 도착하는 데다가 시체 안치소가 신원 미상의 시신들로 가득 차는 바람에 병원이 아수라장이 되어서였다. 그는 카페테리아에서 구할 수 있는 음식으로 대충 식사를 때우고, 의자에 앉아 쪽잠을 자고, 스펀지로 구석구석 몸을 닦고, 옷은 딱 한 번밖에 갈아입지 못했다. 국제 전화를 걸려면 몇 시간이 걸렸다. 그는 병원에서 로세르에게 전화를 걸었다. 연락할 때까지 무슨 일이 있어도 돌아오지 말라고 지시하고, 마르셀에게도 그 말을 전해 달라고 부탁하기 위해서였다. 그들은 대학교를 폐쇄했고, 학생들의 저항 기미가 조금만 보여도 무조건 발포했다. 언론 대학을 비롯한 여러 단과 대학의 담벼락이 피투성이가 되었다는 소식이 들렸다. 그는 음악 대학과 제자들의 소식을 로세르에게 전해 줄 수가 없었다. 의사들의 파업은 곧바로 끝났고, 그의 동료들은 기쁜 마음으로 일터로 돌아왔다. 직원들은 물론 심지어 환자들을 대상으로 한 숙청 작업이 이미 시작되었다. 정보국 요원들이 환자들을 침대에서 끌어냈다. 대령 한 명이 병원을 통제하라는 명을 받았고, 기관총으로 무장한 군인들이 출입구와 복도와 진료실뿐 아니라 수술실까지 감시했다. 그들은 좌파 성향의 의사들을 몇 명 체포했다. 다른 의사들은 도망치거나 몸을 숨기고 출근하지 않았지만, 빅토르는 자기는 처벌받지 않을 거라는 믿기 어려운 태도로 계속 일에만 열중했다.

마침내 빅토르는 복욕하고 옷을 갈아입으러 집에 가다가, 온통 새하얗게 페인트칠한 깨끗하고 낯선 도시를 마주했다. 며칠 안 되는 짧은 기간에 혁명적인 벽화와 증오를 부르는 플래카드, 쓰레기, 수염이 덥수룩한 남자들과 바지 차림의 여자들이 사라졌다. 그는 예전에는 암시장에서만 구할 수 있었던 상품들을 상점 진열장에서 보았다. 하지만 값이 비싸서 사는 사람은 별로 없었다. 무장한 군인과 경찰관이 감시하고 있고, 골목에는 탱크들이 있고, 지프들이 재규어처럼 울부짖으며 빠르게 지나다녔다. 군부대 특유의 확실한 질서와 두려움이 드리운 인위적인 평화가 지배하고 있었다. 빅토르는 집으로 들어가다가, 마침 밖을 내다보는 오래전부터 옆집에 살고 있는 여자에게 인사를 건넸다. 그녀는 그에게 대답도 하지 않고 창문을 꽝 닫았다. 그녀가 경고를 보낸 것일 수도 있었지만, 빅토르는 최근 사건들로 자신이 혼란스러운 것처럼 그 불쌍한 여자 역시 그럴 거라고 생각하며 어깨를 으쓱했을 뿐 대수롭지 않게 생각했다. 그의 집은 쿠데타가 일어난 날 그가 서둘러 나갔을 때 상태 그대로였다. 정돈되지 않은 침대, 던져 놓은 옷, 지저분한 접시, 파랗게 곰팡이가 핀 음식이 그를 맞았다. 그는 정리할 기운이 없어 그대로 침대 위로 쓰러져 열네 시간을 내리 잤다.

그 무렵 파블로 네루다가 세상을 하직했다. 네루다가 끔찍하게 두려워하던 것 중에서도 군사 쿠데타는 최악이었고, 그는 갑자기 건강이 나빠졌다. 구급차에 실려 산티아고 병원으로 향하는 동안, 군인들이 이슬라네그라에 있는 그의 집에 침입해 무기와 게릴라들을 찾으면서 서류를 뒤지고, 병과 조개와 소라 수집품을 짓밟았다. 빅토르가 병원으로 병문안을 갔을 때 경비들이 소지품을 검사하고 지문을 찍고 사진을 찍었고, 마지막으로 병실 문 앞을 지키는 군인이 출입을 저지했다. 빅토르는 네루다의 병에 대해 잘 알고 있었고, 한 달 전에 만났을 때만 해도 안색이 좋았기 때문에 그의 죽음이 의아했다. 그가 시인의 죽음을 의심하는 유일한 사람은 아니었다. 곧 시인을 독살했다는 소문이 돌기 시작했다. 병원에 입원하기 사흘 전, 시인은 살아남은 영부인만이 유일하게 참석한 가운데 극비리에 아무렇게나 매장된 친구 살바도르 아옌데와 분열되어 굴복당한 조국을 목격한 깊은 실망감으로 비망록의 마지막 페이지들을 채워 나갔다. "……그 영광스러운 인물은 또다시 칠레를 배신한 칠레 군인들의 기관총에 너덜너덜하게 벌집이 되어 죽어 갔다."라고 적었다. 시인의 말이 옳았다. 과거에도 군인들이 합법적인 정부에 맞서 반란을 일으켰는데도 잘못된 집단 기억이 이전 배신의 역사를 깨끗하게 지워 버린 것이다. 시인의 장례식은 쿠데타를 일으킨 사람들에게 맞서는 첫 공식 행사였다. 지켜보는 세상의 눈들 때문에 장례식을 금지하지는 못했다. 빅토르는 위급한 환자를 수술하느라 병원을 떠나지 못했다. 며칠 후 그는 화장지를 가져다주던 남자에게서 자세한 얘기를 들을 수 있었다.

"박사님, 사람들은 많지 않았어요. 시인에게 경의를 표했을 때 국립 경기장에 사람들이 많았던 거 기억나세요? 공동묘지에는 기껏해야 이백 명 정도 있었다고 할 수 있겠네요."

"신문에 뉴스가 너무 늦게 나갔습니다. 그의 죽음이나 장례식에 관해 아는 사람들이 소수였어요."

"사람들은 두려운 겁니다."

"네루다의 많은 친구들과 팬들은 숨어 있거나 잡혀간 게 분명합니다. 어땠는지 말씀해 주십시오." 빅토르가 그에게 청했다.

"공동묘지로 향하는 길에 기관총을 든 군인들이 있어 저는 몹시 두려움에 떨며 선두에서 가고 있었습니다. 관은 꽃으로 덮여 있었지요. 우리는 침묵을 지키며 걸었습니다. 누군가 "파블로 네루다 동무!"라고 외치기 전까지는요. 우리 모두 "여기, 지금, 그리고 영원히!"라고 화답했습니다."

"군인들은 뭘 하던가요?"

"아무것도요. 그러자 어느 용감한 사람이 "대통령 동무!"라고 외쳤고, 우리 모두 "여기, 지금, 그리고 영원히!"라고 답했습니다. 박사님, 정말 감동적이었습니다. 또한 우리는 단결한 민중은 절대 굴복하지 않을 거라고 외쳤고, 군인들은 아무것도 하지 않았습니다. 하지만 장례식 행렬에 있던 사람들을 카메라로 찍는 사람들이 있었습니다. 그 사진들을 어디다 쓰려고 하는지 누가 알겠습니까?"

빅토르는 모든 것을 의심했다. 현실은 미끄러지듯 빠져나갔고, 훌륭한 조국과 용감한 군인과 전통적인 윤리가 은폐와 거짓말과 완곡어법 속에서 그로테스크하게 추켜세워졌다. '동무'라는 말은 지워졌고 아무도 감히 입에 올리지 않았다. 정치범 수용소, 약식 처형, 수천 수만 명이나 되는 구금자들, 실종자들, 도망자들, 추방자들, 여자들을 겁탈하기 위해 개를 이용한다는 고문 기관들에 대한 수군거림이 퍼져나갔다. 이전에는 고문자와 밀고자를 본 적이 없어서, 대체 그들이 어디에 있다가 쏟아져 나왔는지 의아해했다. 그들은 몇 년 동안 훈련이라도 받은 듯 짧은 시간에 준비하고 조직화하여 갑자기 모습을 드러냈다. 파시스트들로 이뤄진 깊은 곳의 칠레는 늘 표면 위로 떠오를 준비를 하고 있었다. 오만불손한 우파의 승리이자, 이상적인 혁명을 믿었던 민중의 패배였다. 빅토르는 이시드로 델 솔라르가 다른 여느 사람들과 마찬가지로 자신의 특권과 경제력을 되찾기 위해 쿠데타가 일어나고 며칠 후 가족들을 데리고 돌아왔다는 사실을 알게 되었다. 마르크스주의가 국가에 초래한 극도의 혼란을 바로잡는 동안 장군들이 일시적으로 정치적인 힘을 행사하고 있었기 때문에 부자들도 정치적인 힘만은 되찾을 수 없었다. 독재가 얼마나 지속될지는 아무도 상상하지 못했다. 장군들만이 알고 있었다.

* * *

빅토르 달마우를 밀고한 사람은 옆집 여자였다. 이 년 전 대통령과의 친분을 이용해 자기 아들을 경찰서에 넣어 달라고 부탁했던 바로 그 여자, 빅토르가 심장에 스텐트 두어 개를 시술해 준 바로 그 여자, 로세르와 설탕과 쌀을 교환한 바로 그 여자, 카르메의 장례식에 애통해하며 참석한 바로 그 여자였다. 빅토르는 병원에서 체포되었다. 그가 수술실에 있을 때 사복 차림의 군인 셋이 신원도 밝히지 않고 그를 찾으러 왔지만, 수술이 끝날 때까지 기다려 주는 예의는 있었다. "우리와 함께 가 주시지요, 박사님. 일상적인 절차입니다." 그들이 단호한 말투로 명령했다. 거리로 나오자 그들은 빅토르를 검정 자동차 안으로 밀어 넣은 후 쇠고랑을 채우고 두 눈을 가렸다. 그리고 곧바로 그의 배를 주먹으로 때렸다.

빅토르 달마우는 이틀이 지날 때까지 자기가 어디에 있는지 알지 못했다. 그들은 취조실에서 성이 풀리고 나서야 그를 건물 밖으로 끌어내 가린 두 눈도 풀어 주고 수갑도 풀어 주었다. 그제야 그는 깨끗한 공기를 들이마실 수 있었다. 몇 분이 지나고 나서야 눈이 멀 것 같은 정오의 햇빛에 적응되었고, 몸의 균형을 되찾아 바로 서 있을 수 있었다. 그는 국립 경기장에 있었다. 꽤 나이 어린 신병이 그에게 모포한 장을 건네주고는, 가차 없이 팔을 붙잡고 그에게 배정된 갤러리 쪽으로 천천히 데리고 갔다. 빅토르는 걷기가 힘들었다. 매질과 전기 고문으로 온몸이 아팠고, 조난자처럼 갈증이 심했다. 그는 시간도 확실히 알지 못했고, 무슨 일이 있었는지 정확하게 기억도 나지 않았다. 그는 일주일 동안이나, 아니면 겨우 몇 시간 동안 고문자들의 수중에 있었는지도 몰랐다. 그들이 그에게 무엇을 캐물었나? 아옌데, 체스, Z 플랜. 그 Z 플랜이란 게 뭐지? 그는 전혀 알지 못했다. 감방에는 다른 사람들도 있었다. 그리고 어마하게 커다란 선풍기 소음, 소름 끼치는 절규, 총알. "그들을 총살했어, 그들을 총살했어." 빅토르는 중얼거렸다.

빅토르는 예전에 축구 경기와 파블로 네루다 행사 같은 다양한 문화 행사 때 와 본 적이 있는 자리에 앉아서, 군인들의 감시를 받는 수천 명의 죄수들을 보았다. 그를 그곳까지 데리고 왔던 신병이 자리를 뜨자, 다른 죄수가 다가와 한쪽으로 그를 데려가서는 보온병에 들어 있는 물을 건네주었다. "동무, 진정하시오. 이제 최악은 확실하게 지나갔소." 그는 빅토르가 보온병을 비울 때까지 마시게 해 줬다. 그러고는 누울 수 있게 도와주고, 머리 아래로 모포를 말아서 대 줬다. "쉬시오. 이 상황이 오래갈 수도 있다는 걸 알아 두시오." 그가 덧붙였다. 그는 쿠데타 이틀 후 체포되어 몇 주 동안 경기장에 머물고 있는 금속 세공업자였다. 해 질 무렵 더위가 한풀 꺾이며 빅토르가 몸을 일으켜 앉을 수 있게 되자, 남자가 그곳의 일상을 들려주었다.

"시선을 끌면 안 되오. 조용히 가만히 있으시오. 조금만 핑곗거리가 생겨도 당신을 개머리판으로 내리쳐 죽일 수도 있다는 걸 명심하시오. 그들은 짐승이오."

"너무나도 많은 증오, 너무나도 많은 잔혹함…… 이해할 수 없습니다……." 빅토르가 중얼거렸다. 입이 말라서 단어가 목구멍에 걸려 나오지 않았다.

"우리에게도 소총 한 자루를 쥐여 주고 명령하면 모두 다 야만인으로 변할 수 있습니다." 가까이 다가왔던 다른 죄수가 끼어들었다.

"나는 아니오, 동무." 금속 세공업자가 반격했다. "나는 이 군인들이 빅토르 하라의 손을 어떻게 박살 냈는지 봤소. '멍청아, 지금 노래 불러.'라며 빅토르 하라에게 소리 질렀소. 그들은 빅토르 하라를 몽둥이로 짓이긴 후 총으로 난도질을 했소."

"제일 중요한 건 밖에 있는 누군가 당신이 어디에 있는지 알아야 한다는 겁니다." 다른 남자가 말했다. "그래야 당신이 사라져도 흔적을 계속 밟을 수 있습니다. 많은 사람이 실종되고 있고, 더는 그들에 대해 알지 못합니다. 결혼했습니까?"

"네." 빅토르가 대답했다.

"당신 아내의 주소나 전화번호를 나에게 주십시오. 내 딸이 그녀에게 알릴 수 있습니다. 딸이 소식을 기다리며 경기장 밖에서 죄수들의 가족과 함께 온종일 있습니다."

하지만 빅토르는 정보를 빼내기 위해 꽂아 놓은 염탐꾼일까 두려워 그에게 알려 주지 않았다.

빅토르의 구속을 목격한 산후안데디오스 병원의 간호사 한 명이 수소문 끝에 베네수엘라에 있는 로세르를 찾아내 전화로 상황을 전했다. 로세르는 곧바로 마르셀에게 전화를 걸어 나쁜 소식을 전하고는, 칠레보다 바깥에서 더 많은 도움이 될 수 있으니 그곳에 그대로 있으라고 당부했다. 하지만 자신은 바로 돌아갈 생각이었다. 그녀는 비행기표를 구한 후, 탑승 전에 발렌틴 산체스를 만나러 갔다. "그들이 당신 남편에게 무슨 짓을 했는지 알게 되면 우리가 바로 구해 내겠소." 그녀의 친구가 약속했다. 발렌틴 산체스는 주칠레 베네수엘라 대사에게 보내는 편지 한 통을 그녀에게 건네주었다. 그가 아직 외교관이던 시절에 동료였던 사람이었다. 산티아고에 있는 대사관저에는 망명을 떠나기 위해 통행 허가서를 기다리는 정치 망명자 수백 명이 있었다. 그곳은 도망자들을 돕는 몇 군데 안 되는 대사관 중 한 곳이었다. 카라카스에는 수백 명의 칠레인이 도착하기 시작했고, 곧 수천 명으로 늘어날 가능성이 컸다.

로세르는 10월 말에 칠레에 도착했고, 11월까지는 남편이 국립 경기장으로 끌려갔다는 사실을 알지 못했다. 하지만 베네수엘라 대사가 빅토르를 수소문했을 때 사람들은 그가 그곳에는 절대 있지 않다고 확언했다. 그즈음에는 죄수들이 퇴거하여 전국 각지에 있는 정치범 수용소로 분산되고 있었다. 로세르는 지인들과 국제적인 인맥을 동원하고, 여러 관공서의 문을 두드리고, 성당에서 실종자 명단을 뒤지면서 빅토르를 찾느라 몇 달을 보내야 했다. 그의 이름은 어디서도 나오지 않았다. 그는 연기처럼 사라졌다.

행렬을 이루어 하루 밤낮을 꼬박 달린 트럭에 실려, 빅토르 달마우는 다른 정치범들과 함께 북쪽의 초석 수용소로 끌려갔다. 수십 년 전에 버려졌다가 최근 감옥으로 사용되는 곳이었다. 옛날 초석 노동자들이 묵었던 누추한 막사를 임시로 개조해 처음으로 도착한 이백여 명의 남자들을 수용했다. 전류가 흐르는 철삿줄이 사방을 둘러싸고 있었고, 높은 감시탑과 기관총으로 무장한 군인들과 주변을 정찰하는 탱크 한 대와 가끔 나타나는 공군 비행기들이 눈에 띄었다. 지휘관은 상당히 비만한 체구의 경찰 장교로, 고래고래 소리 높여 말하면서 지나치게 작은 군복 위로 땀을 쏟아 냈다. 그는 절대 권력을 남용하는 치졸한 인간이었다. 그는 확성기로 말했듯이 과거에 지은 죄, 그리고 앞으로 짓게 될 죄 때문이라며 죄수들을 불안에 떨게 했다. 죄수들이 트럭에서 내리자마자 강제로 옷을 벗긴 후 먹을 것도 마실 것도 주지 않은 채 몇 시간 동안 사막의 뜨거운 태양 아래 그대로 세워 두고는, 돌아다니며 욕을 퍼붓고 발길질하면서 한 명 한 명 훑어보았다. 그는 죄수들의 정신력을 무너뜨리기 위해 처음부터 제멋대로 벌을 주었고, 부하들도 그대로 따라 했다. 빅토르 달마우는 아르헬레스수르메르에서 몇 달 동안 경험한 적이 있어서 다른 죄수들보다는 훨씬 잘 견딜 수 있다고 믿었지만, 그건 아주 오래전이자 젊었을 때 일이었다. 그는 예순이 되려면 얼마 남지 않았지만 끌려갈 때까지는 나이를 생각해 볼 겨를도 없었다. 그곳 북쪽에서, 낮에는 타들어 갈 듯이 뜨겁고 밤에는 얼어붙을 듯이 추운 초석 팜파스에서 그는 너무 힘들어 죽고 싶었다. 도주는 불가능했다. 그는 메마른 땅과 모래, 돌, 바람이 수천 킬로미터 이어진 거대한 사막에 둘러싸여 있었다. 그는 자기가 늙었다는 기분이 들었다.

11장
1974~1983년

이제 네게 말하리라,
나의 조국이 너의 조국이라고,
내가 그 조국을 정복할 거라고,
그 조국을 네게만이 아니라,
모든 이에게,
나의 민중 모두에게 주기 위해서.

파블로 네루다, 「길에서 보내는 편지」, 『대장의 노래』

정치범 수용소에서 지낸 십일 개월 동안 빅토르 달마우는 생각처럼 고생만 하다가 죽지 않고 오히려 몸과 마음이 건강해졌다. 그는 늘 마른 편이었지만 그곳에서 근육과 섬유질만 남았다. 잔혹한 태양과 소금과 모래에 피부가 타들어 가고 얼굴에 칼자국이 생기면서 그의 외모는 순철로 만든 자코메티의 조각품 같아졌다. 말도 되지 않는 군사 훈련, 팔 굽혀 펴기, 무자비한 태양 아래 달리기, 얼음장같이 차가운 밤에 부동자세로 서 있기, 징벌로 주어지는 구타와 체벌, 쓸모없는 강제 노역 따위도 학대받고 굶주린 그를 굴복시키지는 못했다. 그는 죄수라는 자신의 역할에 충실했으며, 삶에서 뭔가를 뜻대로 해 보겠다는 환상을 접었다. 그는 무슨 일이 있어도 처벌받지 않는 절대 권력을 지닌 간수들의 수중에 있었고, 단지 자기감정만 마음대로 할 수 있을 뿐이었다. 그는 태풍 앞에서 휘기는 해도 꺾이지는 않는다는 자작나무의 비유를 따랐다. 이미 다른 상황에서도 경험이 있었다. 로세르가 자기를 찾고 있으며 언젠가 자기를 찾아낼 거라는 확신으로, 그리고 침묵으로 추억들을 떠올리며 간수들의 극단적인 잔인함과 우둔함을 견뎌 냈다. 그가 너무나도 말이 없어서, 다른 죄수들이 '벙어리'라는 별명을 붙여 주었다. 그는 서른이 될 때까지 말하고 싶지 않아서 조용히 지냈던 마르셀을 떠올렸다. 빅토르 역시 할 말이 전혀 없었기 때문에 말하고 싶지 않았다. 로세르와 함께 했던 모든 일, 그리고 그녀를 얼마나 사랑했는지를 간절히 그리워하며 생각하는 동안, 함께 불행에 처한 동료들은 경비들이 듣지 못하도록 수군거리며 서로 용기를 북돋아 주었다. 그는 정신을 맑게 유지하기 위해, 내용을 외우고 있는 역사적으로 가장 유명한 체스 경기를 집요할 정도로 반복해서 떠올렸다. 대통령과 뒀던 체스 게임도 떠올렸다. 한번은 구멍이 숭숭뚫린 그곳의 돌로 체스 말을 깎아서 사람들과 체스를 두면 어떨까 꿈을 꾼 적도 있었다. 하지만 경비들의 살벌한 감시하에서는 절대 불가능했다. 군복을 입은 그 사람들은 노동자 계층의 가난한 집안 사람들이라, 어쩌면 대부분 사회주의 혁명에 호의적일지도 몰랐다. 하지만 죄수들의 과거 전력이 개인적인 모욕이라도 되는 듯 앙심을 품고 명령에만 복종했다.

그들은 매주 다른 정치범 수용소로 사람들을 끌고 가거나 처형했고, 사막에서 다이너마이트로 시신을 폭파하기도 했다. 하지만 떠나는 사람들보다 도착하는 사람들이 훨씬 많았다. 빅토르는 칠레 각지에서 온, 각기 다른 연령대와 직업의 사람들이 천오백 명은 넘게 있다고 계산하면서, 자신들이 쫓기는 신세라는 공통점만 있다고 생각했다. 그들은 나라의 적이었다. 빅토르 같은 몇몇 사람들은 특정 정당의 소속도 아니고 정치적인 직책도 없이, 악의적인 신고나 행정상의 착오로 그곳에 있을 뿐이었다.

봄이 시작되었고, 죄수들은 한낮이면 정치범 수용소가 지옥으로 변하는 여름이 다가오는 게 두려웠다. 그런데 그때 빅토르 달마우의 상황이 뜻밖의 반전을 맞이했다. 아침에 마당에서 팬티와 맨발 차림으로 얼차려를 서고 있던 죄수들을 앞에 두고, 지휘관이 열변을 토하며 흥분하다가 심장마비가 온 것이다. 근처에 있던 군인들이 달려와 부축하기도 전에 지휘관이 무릎을 꿇으며 한숨을 토하더니 땅바닥으로 꼬꾸라졌다. 죄수들은 아무도 움직이지 않았고, 말 한마디 하지 못했다. 빅토르에게는 그 장면이 악몽처럼 침묵 속에서 슬로비디오로 다른 차원으로 넘어갔다. 그는 군인 두 명이 지휘관을 일으켜 세우고, 다른 군인들이 의무병을 부르러 달려가는 것을 보았다. 그는 결과는 생각하지 않고, 얼차려를 서고 있던 사람들 사이로 몽유병 환자처럼 걸어 나갔다. 모두의 관심은 쓰러진 사람에게 쏠려 있었다. 빅토르를 알아차린 군인들이 꼼짝 말고 땅바닥에 엎드리라는 명령을 내렸을 때, 그는 이미 얼차려 행렬 맨 앞줄에 가 있었다. "그 사람은 의사예요!" 죄수 중 한 명이 소리 질렀다. 빅토르는 빠른 걸음으로 계속 앞으로 나가 몇 초 안에 의식이 없는 지휘관 옆에 도착했고, 아무도 방해하지 않는 가운데 지휘관 옆에 무릎을 꿇고 앉았다. 군인들은 한 발자국 뒤로 물러나 그에게 자리를 내주었다. 빅토르는 지휘관이 숨을 쉬지 않는 걸 확인했다. 그는 가장 가까이 있는 경비병들에게 신호를 보내 지휘관의 옷을 풀어헤치게 했다. 그러는 동안 그는 지휘관에게 인공호흡을 하며 양손으로 가슴을 강하게 압박했다. 가끔 고문당한 사람들의 의식을 되돌리는 데 사용했기 때문에, 그는 간호실에 수동 심장 제세동기가 있다는 것을 알고 있었다. 몇 분 후 의무병이 산소와 심장 제세동기를 든 조수와 함께 달려왔다. 의무병이 빅토르를 도와 응급 처치를 하며 지휘관의 심장을 되살렸다. "헬리콥터! 그를 바로 병원으로 옮겨야 합니다." 빅토르가 심장이 뛰는 것을 확인하자마자 바로 요청했다. 그들은 지휘관을 간호실로 데려갔고, 그곳에서 빅토르는 수용소 한쪽 구석에 늘 대기하고 있는 헬리콥터가 도착할 때까지 그의 생명을 잡아 두었다. 가장 가까운 병원이 삼십오 분 거리에 있었다. 그들은 빅토르에게 환자와 함께 타라고 명령한 후 그에게 군복 셔츠와 바지와 군화를 주었다.

작은 시골 병원이지만 시설이 잘 갖춰져 있어서 평소 같았다면 위급 상황에 대처할 수 있었겠지만, 지금은 의사가 두 명밖에 없었다. 빅토르 달마우 박사의 명성을 익히 잘 아는 두 의사가 정중히 맞이했다. 그 시절의 아이러니인지, 그들에 따르면 마침 외과 과장과 심장 전문의가 구속되어 부재 중이었다. 수용소 죄수 중에는 그 두 사람이 없었지만, 빅토르는 그들이 어디로 끌려갔는지 묻지도 못했다. 수술실은 몇십 년째 그의 일터였다. 그가 제자들에게 얘기했던 것처럼 심장의 근육 조직은 전혀 미스터리할 게 없었다. 심장에 대한 미스터리는 주관적이었다. 그는 곧바로 필요한 조치를 하고 손을 씻은 후 지휘관을 준비시켰다. 그러고는 의사 한 명의 도움을 받아 수백 번도 더 했던 수술을 시작했다. 빅토르는 양손의 기억이 그대로인 것을 확인했다. 손이 알아서 움직였다.

빅토르는 환자 옆에서 간호하며 밤을 새웠다. 피곤하기보다는 흥분되었다. 병원에서는 아무도 기관총으로 무장한 채 감시하지 않았고, 존경과 감탄 어린 눈길로 대했으며, 으깬 감자를 곁들인 스테이크와 적포도주 한 잔, 후식 아이스크림이 제공되었다. 몇 시간 동안 그는 번호가 아닌 빅토르 달마우로 다시 돌아갔다. 그는 체포되기 전의 삶이 어땠는지 잊어버렸다. 오전 10시경 환자가 위중하나마 안정을 되찾았을 때, 군부대의 심장 전문의가 산티아고에서부터 날아왔다. 그들이 정치범 수용소로 죄수를 돌려보내라는 명령을 내렸지만, 빅토르는 수술 때 보조해 준 의사에게 로세르와 연락을 취해 달라고 부탁했다. 그 의사가 우파일 수밖에 없어서 위험이 따랐다. 하지만 함께 일한 몇 시간 동안 서로 존중했다는 것만큼은 확실했다. 빅토르는 자기도 로세르를 위해 똑같이 할 것이기 때문에 그녀가 자기를 찾기 위해 칠레로 돌아와 있을 거라고 확신했다.

정치범 수용소로 새로 부임한 지휘관은 선임 지휘관 못지 않게 잔인했지만, 빅토르는 오 일만 참으면 되었다. 그날 아침 군인들이 이송할 죄수 명단을 부를 때, 그의 이름도 호명되었다. 죄수들에게 가장 끔찍한 일이었다. 다른 고문 장소나 더 안 좋은 수용소로 끌려가거나 죽으러 갈 가능성이 높았다. 선 채로 세 시간을 기다린 끝에 일행은 트럭으로 안내되었다. 명단을 확인하던 경비병이 다른 사람들과 함께 트럭에 올라타려는 빅토르를 제지했다. "멍청한 놈, 너는 아래 남아." 빅토르는 다른 사무실로 끌려갈 때까지 한 시간을 더 기다렸다. 그곳에서 지휘관이 운이 좋다면서 종이 한 장을 직접 건네주었다. 그에게 집행 유예가 선고된 것이다. "나라면 문을 활짝 열고 그냥 걸어 나가라고 할 텐데, 공산당 개자식. 하지만 너를 다시 병원으로 데려다줘야 하니." 그가 말했다.

로세르와 베네수엘라 대사관 직원 한 명이 병원에서 그를 기다리고 있었다. 빅토르는 길고도 불확실했던 그 몇 달 동안 느꼈던 절망감으로 아내를 꼭 끌어안았다. 그는 한 번도 그녀에게 확실하게 사랑을 고백하지 않았지만, 그 불확실했던 몇 달 동안 절실하게 사랑을 느끼며 그녀를 생각했다. "아아, 로세르. 내가 당신을 얼마나 사랑하는데. 내가 당신을 얼마나 그리워했는데." 그가 로세르의 머리카락에 코를 묻으며 속삭였다. 두 사람은 울고 있었다.

* * *

가석방되면 매일 경찰 대기소로 출두해 장부에 서명을 해야 했다. 그 일은 담당 장교의 기분에 따라 꽤 오래 지속될 수도 있었다. 빅토르는 베네수엘라 대사관으로 피신하기로 결심할 때까지 두 번 서명했다. 그가 죄수로 잡혀 있었다는 사실이 사회적 유배를 의미한다는 것을 이해하기까지 이틀이 걸렸다. 그는 다시 돌아가 병원에서 일할 수도 없었고, 친구들도 그를 피했으며, 언제라도 다시 체포될 위험에 노출되어 있었다. 그를 내리누르는 조심스러움과 두려움은 독재 지지자들의 도발적이고 복수심 가득한 낙관주의와는 정반대 편에 있었다. 사람들은 어둠 속에서 진짜 벌어지고 있는 일들은 입에 올리지 않았다. 아무도 항의하지 않았고, 짓밟힌 노동자들은 권리를 잃고 언제든지 해고당할 수 있었고, 문밖에는 기회가 주어지길 기다리는 해고자들이 줄 서 있었기 때문에 얼마 되지 않는 월급에도 고마워했다. 사업하는 사람들의 천국이었다. 공식적으로 칠레는 번영의 길로 접어든, 질서 정연하고 깨끗하고 평화로운 나라였다. 그는 고문당한 사람들과 죽은 사람들과 감옥에서 만났던 사람들의 얼굴과 실종된 사람들을 생각했다. 사람들은 변했고, 삼십오 년 전 대중이 두 팔 벌려 자신을 맞아 준 나라는, 조국처럼 사랑한 나라는 이제 알아보기가 힘들었다.

이튿날 빅토르는 독재를 견딜 수 없을 것 같다고 로세르에게 말했다. "스페인에서도 할 수 없었고, 여기서도 못 하겠어. 로세르, 두려워하며 살기에는 내가 너무 나이가 많아. 하지만 두 번째로 망명을 떠나는 건 칠레에 남아서 뒷감당을 하는 것 못지않게 힘들군." 로세르는 칠레가 견고한 민주주의 전통을 가지고 있어서 망명은 일시적일 뿐이라고, 군사 정권은 곧 끝날 거라고, 그러면 사람들이 곧 돌아올 거라고 주장했다. 하지만 프랑코가 삼십 년 이상 권력을 쥐고 있고, 피노체트도 그를 따라 할 수도 있다는 명백한 현실 앞에서 그녀의 논리는 산산조각이 났다. 빅토르는 거리의 소음에 귀를 기울이며, 옆에서 웅크리고 있는 로세르와 함께 어둠 속 침대에 누워서, 떠날 것인지 심사숙고했다. 그렇게 밤을 꼬박 지새웠다. 새벽 3시에 그는 집 앞에 차 한 대가 있음을 감지했다. 자기를 다시 잡아가려고 왔다는 의미밖에는 되지 않았다. 통행금지 시간에는 군인 차량과 안전 요원 차량만이 돌아다녔다. 도망치거나 숨는 것은 엄두도 낼 수 없었다. 빅토르는 가슴이 미친 듯이 뛰면서 식은땀으로 범벅되어 꼼짝도 할 수 없었다. 로세르가 커튼 뒤에 숨어서 내다보니, 두 번째 섬은 승용차가 섯 번째 차 바로 옆에 멈춰 서는 게 보였다. "빅토르, 얼른 옷 입어요." 그녀가 지시했다. 그제 야 그는 여러 남자가 서두르는 기색 없이 차에서 내리는 모습을 보았다. 전혀 서두르지도 않았고, 소리도 지르지 않았고, 무기도 없었다. 그들은 잠시 담배를 피우며 한가롭게 대화를 나누다가 결국 사라져 버렸다. 빅토르와 로세르는 부들부들 떨며 서로를 꼭 끌어안은 채 창문 옆에서 날이 밝기를 기다렸다. 새벽 5시를 알리는 소리가 났고, 통행금지는 끝이 났다.

로세르는 베네수엘라 대사에게 외교관 번호판이 달린 자동차로 빅토르를 데리러 오게 했다. 그즈음에는 대사관으로 피신한 사람 대부분이 자신들을 받아 주는 나라로 떠났고, 감시는 덜 엄격했다. 빅토르는 자동차 트렁크에 숨어서 대사관으로 들어갔다. 한 달 후 그는 통행 허가증을 받았고, 베네수엘라 공무원 두 명이 로세르가 기다리고 있는 비행기 문 앞까지 그와 동행했다. 단정하게 면도도 한 빅토르는 편안한 마음으로 여행했다. 그 비행기에는 좌석에 앉고서야 수갑을 벗은 다른 망명자도 타고 있었다. 지저분하고 머리는 헝클어진 그는 벌벌 떨었다. 비행을 시작하고 얼마 후 빅토르가 지켜보고 있다가 그에게 다가갔다. 대화의 물꼬를 트며, 자기가 안전 요원이 아니라고 설득하기가 매우 힘들었다. 빅토르는 그 남자가 앞니 몇 개가 없고, 손가락도 여러 개 부러진 것을 눈여겨보았다.

"동무, 무엇을 도와 드릴까요? 나는 의사입니다." 그가 말했다.

"그들이 비행기를 되돌리려고 합니다……. 나를 다시 데려가려고 해요……." 그러더니 그가 울음을 터뜨렸다.

"진정하십시오. 이미 비행한 지 거의 한 시간이 돼 갑니다. 우리는 산티아고로 돌아가지 않을 겁니다. 내가 확신합니다. 이 비행기는 경유 없이 카라카스로 가는 겁니다. 그곳에서 당신은 안전할 겁니다. 사람들이 당신을 도와줄 겁니다. 제가 한잔 구해 오지요. 당신에게 필요할 것 같습니다."

"먹을 게 더 나을 듯싶습니다." 그가 애원했다.

* * *

로세르는 베네수엘라에서 고음악 오케스트라와 함께 긴 시즌을 보내며 연주회도 하고, 친구도 사귀고, 사교계에서도 쉽게 어울렸다. 베네수엘라 사교계의 공생 법칙은 칠레와는 달랐다. 발렌틴 산체스가 알아 두면 좋을 사람들을 로세르에게 소개하고, 문화계의 문도 활짝 열어 주었다. 아이토르 이바라와의 사랑은 몇 년 전에 이미 끝났지만, 그들은 계속 친구처럼 지냈고 가끔은 그녀가 그를 방문하기도 했다. 아이토르는 뇌졸중으로 반신불수가 되어 단어들을 조합하는 데 어려움이 있었지만, 머리는 영향을 받지 않아서 좋은 사업을 냄새 맡는 감각은 여전했다. 이제는 그의 장남이 알아서 사업을 관리했다. 아이토르는 카라카스 도시 전체가 내려다보이는 쿠루모산 정상에 저택을 가지고 있었다. 그곳에서 그는 난초를 재배하고 이국적인 새와 수제 자동차를 수집했다. 그곳은 감옥처럼 높은 성벽에 둘러싸이고 무장 경비원들의 보호를 받는 폐쇄적인 공간으로, 나무가 무성한 공원과 집 여러 채가 들어서 있었다. 그곳에서 그는 결혼한 자식 둘과 여러 손자와 함께 살았다. 아이토르는 몇 년 동안 둘이서 많은 흔적을 여기저기 흘리고 다녔기 때문에 아내가 꽤 의심하기는 했지만 그렇게 오랜 관계였으리라고는 조금도 눈치채지 못했다고 말했다. 그리고 미인대회 우승자인 아내가 많은 남자에게 바람이 남성성의 상징이듯 남편 역시 바람둥이일 뿐이라고 전략적으로 받아들이면서도, 겉으로는 아무것도 모르는 척 넘어갔다고 결론지었다. 그녀는 법적인 아내이자, 자식들의 어머니이자, 그가 의지하는 유일한 여자였다. 그가 마비로 쓰러진 후, 아내는 남편을 오롯이 혼자 소유하게 되었고, 전보다 더 남편을 사랑하게 되었다. 바쁘고 복잡했던 이전 삶에서는 높이 평가하지 못했던 엄청난 장점들을 남편에게서 발견한 것이다. 그들은 가족들에게 둘러싸여 완벽한 화합을 이루며 함께 늙어 갔다. "로세르, 속담에, 나쁜 일이 있으면 좋은 일도 있다잖아. 그렇게 됐어. 이 휠체어를 탄 이후로 나는 걸어 다닐 때보다 훨씬 좋은 남편이자 아버지이자 할아버지가 됐어. 그리고 믿지 못할 테지만 나는 행복해." 언젠가 로세르가 방문했을 때 아이토르가 말했다. 로세르는 친구의 평화를 어지럽히지 않기 위해, 백 포도주를 마시고 키스하며 보냈던 그 오후의 추억이 자기에게 얼마나 중요했는지 이야기하지 않았다.

두 사람은 과거의 사랑을 절대 배우자에게 말하지 않기로 — 뭐하려고 그들에게 상처를 준단 말인가. — 약속했지만, 로세르는 약속을 지키지 못했다. 빅토르가 정치범 수용소에서 풀려나 대사관으로 피신할 때까지 그 이틀 동안, 그들은 처음 만난 듯 사랑에 빠져들었다. 찬란한 발견이었다. 그들은 서로 너무나도 그리워한 나머지, 재회 순간 위니펙호의 구명보트 안에서 사랑을 나누는 척하며 속삭임과 순결한 손길로 서로를 위로하던, 젊고 서글펐던 옛 시절로 되돌아간 느낌이었다. 그녀는 키가 훤칠하고 단단한 체구의 낯선 남자와 사랑에 빠졌다. 그는 짙은 색 나무로 조각한 듯한 생김새에 두 눈이 부드럽고 방금 다림질한 옷 냄새를 풍겼다. 그는 그녀를 놀라게 하고, 우스갯소리로 웃게 만들고, 그녀의 몸을 지도처럼 자세히 외운 듯 쾌락을 안겨 줄 줄 알고, 그녀가 잠들었다가 그의 어깨 위에서 깰 수 있도록 밤새도록 요람을 흔들어 줄 수 있는 남자가 되었다. 고통이 그의 방어막을 헐어 내고 감성적으로 만들어 주기라도 한 듯, 그녀가 기대도 하지 못한 얘기를 들려줄 수 있는 남자가 되었다. 빅토르는 전에는 동생에 대한 죄책감에 근친상간하는 듯한 마음으로 그녀를 사랑했지만, 이제는 진심으로 그녀를 사랑했다. 삼십오 년 동안 아내이긴 했지만, 다시 만난 그 이틀 동안 그녀는 과거의 무거운 짐과 기옘의 전 부인이자 마르셀의 어머니라는 역할을 훌훌 털어내고 젊고 상큼한 모습으로 다가왔다. 쉰이 넘은 나이에 로세르는 두려움도 모르고 지칠 줄도 모르는, 에너지와 열정으로 가득 찬 매력적인 모습을 드러냈다. 그녀도 빅토르 못지않게 독재를 혐오했지만 두려워하지는 않았다. 빅토르는 그녀가 비행할 때 말고는 스페인 내전 막바지 때조차 뭔가를 두려워하는 모습을 단 한 번도 보여 주지 않았음을 알게 되었다. 그녀는 당시 망명과 맞섰던 강인함으로 불평 하나 없이 뒤도 돌아보지 않고 미래만을 바라보면서 지금도 망명과 맞서고 있다. 로세르는 어떤 불멸의 재질로 되어 있는 걸까? 어쩌다가 자신은 그토록 오랜 세월, 그녀와 함께 사는 크나큰 행운을 누리게 된 걸까? 얼마나 미련했으면 지금 그녀를 사랑하는 것처럼, 지금 그녀를 사랑하듯이, 당연히 그래야만 했는데도 처음부터 그녀를 사랑하지 않았던 걸까? 그는 자기 나이에 젊은 사람처럼 사랑에 빠져, 불타오르는 욕망을 느끼리라고는 전혀 상상도 하지 못했다. 성숙한 여인의 모습 아래로 카탈루냐의 산에서 염소들을 돌보던 시절의 순수하고 멋진 어린 소녀의 모습이 그대로 있었기 때문에 그는 넋을 놓고 그녀를 바라보았다. 그는 불행이 찾아온 순간에는 그녀가 자기보다 훨씬 강하다는 것을 알고 있었지만, 그래도 그녀를 지켜 주고 돌봐 주고 싶었다. 빅토르는 다시 만난 그 짧은 며칠 동안, 이 모든 말과 더 많은 말을 하고, 죽을 때까지 몇 번이고 그 말을 계속해서 해 주겠다고 다짐했다. 밤새도록 추억을 더듬으며 사랑을 고백하던 그 시간에 그들은 위대한 것들과 보잘것없는 것들과 비밀들을 공유했고, 그녀는 한 번도 입에 올린 적 없었던 아이토르 이바라에 대해 얘기했다. 그 말을 듣는 순간 빅토르는 숨이 탁 막힐 듯 가슴에 총알이 박히는 기분이었다. 로세르가 확실하게 밝혔듯이, 그나마 그 모험이 오래전에 끝났다는 사실이 어느 정도 위로가 되었다. 로세르가 여행을 떠나면 애인 한 명을, 어쩌면 여러 명을 만난다는 의심은 늘 들었었다. 하지만 진지하게 오랫동안 사랑을 이어 왔다는 사실을 확인한 순간, 그녀가 허락했다면 그 순간의 행복을 깨고도 남았을 정도로 소급력이 강한 질투를 느꼈다. 로세르는 잔인할 정도로 일반적인 논리로, 아이토르에게 주기 위해 빅토르에게서 아무것도 빼앗지 않았다고, 그를 덜 좋아하지 않았다고 확실하게 밝혔다. 그 관계는 자기 삶에서 다른 것과 연관되지 않게, 마음속 별도의 방을 두고 늘 그 안에만 가둬 놓았다고 했다. "그 시절에 당신과 나는 절친한 친구이자 비밀을 털어놓는 사이였고, 공범이자 부부였어요. 하지만 지금처럼 사랑하는 사이는 아니었죠. 내가 그때 당신에게 얘기했다면 배신이라고 느끼지 않았을 테니, 지금보다는 덜 신경 쓰였을 거예요. 결국 따지고 보면 당신도 나를 배신했잖아요." 빅토르는 자신의 실수는 의미도 없고 거의 기억도 나지 않았기 때문에 깜짝 놀랐다. 그는 로세르가 그 사실을 알고 있을 줄은 상상도

히지 못했다. 그는 별나른 확신 없이 그녀의 논리를 받아들이기는 했지만, 과거의 늪에 빠져 허우적거려 봤자 쓸모없다는 사실을 깨달을 때까지 한동안은 자신의 감정을 곱씹으며 지냈다. "과거는 과거일 뿐"이라고 그의 어머니는 자주 말했었다.

베네수엘라는 전 세계 각지에서 온 수많은 이민자와 가난에서 도망치기 위해 허락도 없이 국경을 넘은 콜롬비아 사람들 이외에도, 최근에는 칠레의 독재와 아르헨티나와 우루과이의 더러운 전쟁을 피해서 온 피난민들을 받아 주었듯이 편안하고 넉넉한 마음으로 빅토르도 받아 줬다. 베네수엘라는 무자비한 체제와 혹독한 군사 평의회가 장악한 중남미 대륙에서 얼마 남지 않은 민주주의 국가 중 한 곳이며, 끝없이 뿜어져 나오는 석유 덕에 전 세계에서 가장 부유한 국가 중 하나였다. 또한 다른 광물들과 풍요로운 자연, 탁월한 지리적 위치 등으로 축복받은 나라였다. 자원이 지나치게 풍족해서 죽어라 일하는 사람은 아무도 없었으며, 정착하고 싶어 하는 사람들에게는 누구에게나 기회와 공간을 제공했다. 사람들은 매우 자유로웠고, 누구나 평등하다는 생각으로 연이은 파티를 즐기며 즐겁게 살았다. 작은 건수라도 노래와 춤과 술을 즐길 수 있는 좋은 구실이 되었고, 사방에서 돈이 흘러넘쳤고, 곳곳에서 부패를 찾아볼 수 있었다. "착각하지 말아요. 특히 시골에는 가난이 넘쳐나요. 모든 정부는 가난한 사람들을 잊었어요. 그게 폭력을 유발하고,

언젠가 이 나라는 그것을 소홀히 한 대가를 톡톡히 치르게 될 겁니다." 발렌틴 산테스가 로세르에게 주의하라고 경고했다. 검소하고 신중하고 점잖고 독재에 억압당한 칠레에서 온 빅토르에게는 그 무절제한 쾌락이 거슬렸다. 그는 사람들이 피상적이고 전혀 진지하지 않고 지나치게 낭비하고 과시하며, 모든 것이 일시적이고 덧없다고 생각했다. 자기 나이에는 적응하는 게 불가능하다고, 살아서는 적응할 수 없을 것 같다고 불평했지만, 로세르는 예순에도 청년처럼 사랑을 나눌 수 있으면 그 멋진 나라에 적응하는 건 쉬운 일이라고 반격했다. "빅토르, 편하게 생각해요. 그렇게 투덜거려 봤자 아무 소용 없어요. 정신적인 고뇌는 피할 수 없지만, 육체적인 고통은 선택할 수 있어요." 칠레에서 유학했던 여러 외과의가 그의 제자들이었기 때문에, 의사로서 그의 명성은 이곳에서도 꽤 높았다. 순식간에 과거를 잃어버리고 처음부터 시작해야만 했던, 망명 온 다른 수많은 전문직 종사자들과는 달리 택시를 운전하거나 식당에서 시중들면서 생계를 유지할 필요는 없었다. 그의 자격증은 다시 합법적으로 인정받았고, 상당히 빨리, 카라카스에서 가장 오래된 병원에서 수술할 수 있게 되었다. 아무것도 부족하지 않았지만 어쩔 수 없이 이방인이라는 게 느껴졌고, 언제 칠레로 돌아갈 수 있을지 궁금해 뉴스에 매달려 살았다. 로세르는 오케스트라와 연주회와 마르셀에 만족했다. 마르셀은 콜로라도에서 박사 학위를 마치고 베네수엘라 석유 회사에서 일하고 있었다. 그들은 만족했지만, 한편으로는 돌아갈 수 있다는 희망을 안고 칠레를 생각했다.

* * *

빅토르가 돌아갈 날만을 손꼽는 동안 프랑코가 기나긴 임종의 고통 끝에 1975년 11월 20일 사망했다. 빅토르는 오랜 세월 끝에 처음으로 스페인에 돌아가고 싶다는 마음이 들었다. "어찌 됐든 총통도 죽을 운명에 처한 인간이었군." 마르셀이 한 유일한 말이었다. 그는 조상들의 나라에 눈곱만큼의 호기심도 느끼지 않았다. 그는 뼛속까지 칠레인이었다. 하지만 로세르는 아무리 짧은 기간이라도 일단 헤어지면 슬픈 일이 생길 것 같아서, 운명에 도전장을 내미는 것 같아서 빅토르를 따라가기로 결심했다. 다시는 함께할 수 없을 것 같은 예감이 들었다. 우주의 자연법칙은 엔트로피 법칙으로, 모두 무질서하게 파괴되어 흩어지고 사라지는 법이다. 피난 중 얼마나 많은 사람이 사라졌는지 보라. 사람들은 사라지고, 감정은 색이 바래고, 망각은 연무처럼 삶 속으로 스며든다. 모든 것을 제자리에 있게 하려면 영웅적인 의지가 필요하다. 로세르는 "그게 난민들이 느끼는 예감이에요."라고 말했다. "그건 사랑하는 사람들이 느끼는 예감이야." 빅토르가 그녀의 말을 고쳐 주었다. 그들은 텔레비전으로 프랑코의 장례식을 지켜보았다. 말을 탄 창기병 중대가 마드리드에서 바예데로스카이도스 국립묘지까지 관을 호위했다. 대중들은 총통을 찬양하고, 여자들은 무릎을 꿇은 채흐느껴 울고, 교회는 대미사의 설교에 사치스럽고 호화로운주교들을 앞세우고, 황제 망토를 두른 칠레 독재자를 제외한 정치인과 유명 인사 들은 엄격한 상복 차림이었고, 군대의 끝없는 행렬이 이어졌다. 프랑코 이후 스페인에 무슨 일이 벌어질까 하는 질문이 허공에 남아 있었다. 로세르는 일년만 기다렸다가 스페인에 가자고 빅토르를 설득했다. 그들은 그 기간에 왕을 앞세우고 자유로 나아가는 과도기를 멀리서 지켜보았다. 사람들이 생각했듯이 왕은 프랑코 체제의꼭두각시가 아니었다. 왕은 모든 변화를 거부하며 총통이없으면 자기네 특권도 잃을까 봐 두려워하는 비타협적인 우파의 방해를 피해, 나라를 평화롭게 민주주의로 이끌고자하는 사람이었다. 나머지 스페인 사람들은 필연적인 개혁을서둘러 스페인을 20세기 유럽의 원래 자리로 돌려놓으라고요구했다.

이듬해 11월, 빅토르와 로세르 달마우는 혹독했던 피난시절 이후 처음으로 고국 땅을 밟았다. 그들은 마드리드에서는 아주 잠시만 머물렀다. 늘 그랬듯 마드리드는 여전히제국의 아름다운 수도였다. 빅토르는 지금은 재건되었지만당시 폭탄에 파괴되었던 지역과 건물들을 로세르에게 보여주었다. 그러고는 아직도 담벼락 곳곳에 남아 있는 총알 자국을 보여 주기 위해 그녀를 대학가인 시우다드 우니베르시타리아로 데려갔다. 그들은 기옘이 전사했을 것으로 추정되는 에브로강 일대도 가 보았지만, 그토록 많은 사상자를 내며 스페인 내전에서 가장 핏빛으로 물들었던 전투를 기억나게 하는 건 아무것도 발견하지 못했다. 그들은 바르셀로나의 라발 지역에서 달마우 가족이 살았던 옛 집을 찾아갔다. 거리 이름이 바뀌어서 찾느라 약간 애를 먹었다. 집은 아직 그 자리에 있었지만, 금세라도 허물어질 듯 낡고 초라하게 변해 있었다. 밖에서 보면 사람이 사는 것 같지 않았지만, 그들이 문을 두드리며 한참을 기다리고 여러 번 벨을 누르자 마스카라로 두 눈을 시커멓게 칠하고 색 바랜 인도 치마를 두른 여자가 문을 열어 주었다. 그녀는 마리화나와 파슬리 냄새를 풍기며 다른 세상에 가 있어서, 그 낯선 커플이 뭘 원하는지 이해하는 데 어려움이 따랐지만 결국 그들을 안으로 들여보내 줬다. 프랑코 시절에는 허용되지 않아 뒤늦게 들어온 히피 문화에 취한 청년 공동 생활체가 최근에 입주해 있었다. 빅토르와 로세르는 배 속이 텅 빈 느낌으로 방들을 둘러보았다. 색이 벗어져 너덜너덜해진 벽 위로 페인트칠이 되어 있고, 바닥에는 사람들이 누워서 담배를 피우거나 잠들어 있고, 쓰레기가 사방에 나뒹굴었다. 화장실과 부엌은 역겨울 정도로 더럽고, 문과 블라인드는 경첩 끝에 불안하게 매달려 있고, 환기가 되지 않아 찌든 기름때 냄새와 마리화나 냄새가 코를 찔렀다. "봐요, 빅토르. 과거는 되찾을 수 없어요." 나오면서 로세르가 지적했다.

그들은 달마우네 집을 제대로 알아보지 못했던 것처럼, 스페인도 알아보지 못했다. 프랑코 체제 사십 년이 깊은 흔적을 남겨, 사람들을 대하는 태도나 문화 하나하나마다 그 흔적이 느껴졌다. 스페인 공화주의의 마지막 보루였던 카탈루냐가 승자들에게서 가장 살벌한 복수와 가장 잔인한 탄압을 받았다. 프랑코의 그림자가 아직도 서슬 퍼렇게 드리워져 있다는 게 놀라울 뿐이었다. 실업과 인플레이션, 실현된 개혁과 실현되지 못한 개혁, 보수주의자들의 권력, 사회주의자들의 폭동 때문에 불만이 가득했다. 카탈루냐를 스페인에서 분리하자고 주장하는 사람들도 있었고, 더욱 동화시켜야 한다는 사람들도 있었다. 내전 이후 망명을 떠났던 많은 사람들이 돌아왔다. 대부분 늙고 환멸을 느끼는 이들이었지만, 이제 그들의 자리는 없었다. 아무도 그들을 기억하지 못했다. 빅토르는 여전히 같은 골목에 같은 이름으로 남아 있는 로시난테 주점으로 가서, 아버지와 아버지 장례식 때 노래를 불러 주고 함께 도미노 게임을 했던 노인들을 기리며 맥주 한잔을 마셨다. 그사이 로시난테는 현대화되었다. 천장에 매달린 하몽은 완전히 사라졌고, 싸구려 포도주 냄새도 풍기지 않았으며, 아크릴 테이블과 선풍기 들이 멋들어졌다. 지배인은 프랑코가 죽은 후 스페인이 쑥대밭이 되었다고 했다. 그야말로 폭동과 무식함, 파업, 항의, 데모, 창녀와 동성애자, 공산주의자 들 판이라고 했다. 아무도 가족과 국가의 가치를 존중하지 않았고, 아무도 하느님을 기억하지 않

있으며, 왕이 낑쪙이라고, 총농이 우게사로 그를 임명한 게 잘못이라고 했다.

그들은 그라시아 지역에 작은 오피스텔을 빌려, 그곳에서 영원과도 같은 육 개월을 지냈다. 아주 오래전에 떠났던 조국으로 돌아온다는 것을 뜻하는 '역(逆)망명'이 그들에게는 프랑스 국경을 건넜던 1939년의 망명 못지않게 힘들었다. 하지만 빅토르는 자존심 때문에, 로세르는 냉정함 때문에 자기네가 얼마나 정신이 나갔는지를 받아들이기 위해 그 육 개월이 필요했다. 두 사람 모두 일을 구하지 못했다. 한편으로는 그들 나이의 사람들에게는 일자리가 없기 때문이기도 하고, 다른 한편으로는 아는 사람들이 없어서이기도 했다. 그들은 아무도 알지 못했다. 그들은 할 일 없고 외로운 노인이 아니라, 신혼여행을 온 신혼부부 같은 느낌이라 그나마 사랑으로 우울증을 극복했다. 오전에는 도시를 산책하고, 오후에는 극장에서 재상영하는 영화들을 보며 지냈다. 그들은 지긋지긋했던 어느 일요일까지 가능한 한 최대로 환상을 키워 보려고 노력했다. 그날도 여느 날과 다를 바 없이 지루한 날이었지만, 이제 더는 버틸 수가 없었다. 그들은 페트리촐 거리에 있는 한 음식점에서 진한 핫초코 한 잔과 레이디핑거를 먹으며 몸을 데우고 있었다. 그때 로세르가 장차 몇 년 동안 그들의 계획을 결정지을 얘기를 느닷없이 꺼냈다. "나는 이제 이방인 노릇을 하는 것도 아주 넌덜머리가 나요. 우리, 칠레로 돌아가요. 우리는 그 나라 사람이에요."

빅토르는 용트림 같은 깊은 한숨을 내쉬고는, 몸을 숙여 그녀의 입에 키스했다. "기회가 되면 바로 그렇게 하자고, 로세르. 당신한테 약속할게. 하지만 지금은 베네수엘라로 돌아갑시다."

빅토르가 그 약속을 지키기까지는 몇 년이라는 세월이 더 흘러야 했다. 그들은 베네수엘라에서 몇 년을 더 지냈다. 그곳에 마르셀이 있었고, 직장과 친구들이 있었다. 갈수록 칠레 거류민 집단은 점차 확장해 갔다. 정치 망명자들 이외에도, 경제적인 기회를 찾아서 온 사람들이 많았다. 그들이 사는 로스팔로스그란데스 지역에는 베네수엘라 억양보다는 칠레 억양이 더 많이 들렸다. 도착한 사람들 대부분은 상처를 보듬으며 칠레의 상황을 주시하면서 칠레 공동체 안에서만 격리되어 지냈다. 입에서 입으로 전해지지만 절대 확인되지 않는 고무적인 소식도 들렸지만, 칠레는 변화할 기미를 전혀 보이지 않았다. 사실, 독재는 견고하게 계속되었다. 로세르는 건강하게 늙을 수 있는 유일한 방법은 베네수엘라에 동화하는 거라고 빅토르에게 말했다. 그들은 그 친절한 나라가 자기네에게 베풀어 주는 것을 활용하면서, 친절한 환대 속에서 직장을 가질 수 있는 것에 감사하며 과거에 젖어 있지 않고 하루하루를 살아야 했다. 칠레로 돌아가는 일은 미래의 일이었다. 그 미래가 지나치게 늦게 올 수도 있으므로 현재를 망치지 말아야 했다. 로세르는 빅토르가 향수와 희망에 젖지 않고 죄책감 없이 잘 지내는 방법을 알려 주었다. 그것이 관대함과 더불어 베네수엘라기 줄 수 있는 최고의 가르침이었다. 빅토르는 이전 삶을 통틀어 변한 것보다 육십대에 들어서 더 많이 변했다. 그는 그게 지속적인 사랑과 그의 모난 성격을 갈아 주고 기운을 북돋아 주려는 로세르의 지치지 않는 노력 덕분이라고, 제도적인 혼란이라고 부르는 카리브 특유의 무질서가 주는 긍정적인 영향력 덕분이라고 생각했다. 그에게서는 진지함이 완전히, 적어도 몇 년 동안은 자취를 감췄다. 그는 살사 댄스와 네 줄짜리 베네수엘라 기타를 배웠다.

* * *

빅토르 달마우가 오펠리아 델 솔라르를 다시 만난 것도 그 무렵이었다. 서로 매우 다른 환경에서 살았고, 오펠리아가 남편의 직업상 다른 나라에서 대부분의 삶을 보냈기 때문에 빅토르는 오랜 세월 그녀를 보지는 못했지만 간헐적으로 소식을 듣기는 했다. 게다가 그는 젊은 시절 좌절한 사랑의 잔불이 뜨거운 불길로 번져서, 정돈된 자신의 삶이나 로세르와의 관계를 망가뜨릴까 봐 두려워 그녀를 피했다. 그는 오펠리아가 변덕스러운 계집아이처럼 짧은 편지 한 통만 남겨 놓고 다른 설명은 일체 없이 가위로 잘라 내듯 자기를 삶에서 싹둑 도려낸 이유를 알지 못했다. 그는 그 여자가 싸구려 모텔에서 사랑을 나누기 위해 수업을 빼먹고 도망쳤던 여자와 같은 사람이라는 생각이 들지 않았다. 처음엔 혼자 조용히 슬퍼하며 악담을 퍼부었지만, 나중엔 그녀를 증오하게 되었다. 무분별하고 이기적이고 거만하고 잘난 척하는, 그녀가 속한 사회 계층의 최악의 단점들을 그녀에게 갖다 붙였다. 그러고 분노가 점차 수그러들면서 그가 알던 여자 중에서 가장 아름다운 여자에 대한 좋은 기억이, 까르르 웃고 애교 넘치던 그녀에 대한 좋은 기억이 남았다. 그는 아주 드물게 오펠리아를 떠올렸고, 그녀에 대해 알아보고 싶다는 충동은 전혀 느끼지 못했다. 독재가 시작되기 전 칠레에서는 그녀에 대해 소금씩, 파편적으로 들어서 알고 있었다. 대개 펠리페 델 솔라르를 통해서였다. 펠리페와의 우정은 순전히 빅토르가 고마워하는 마음에만 근거하는 피상적인 관계로, 그들은 일 년에 두어 번 만났다. 그는 신문 사회면에서 그녀에 대해 그다지 호의적이지 않은 사진들을 보았다. 하지만 문화면에서는 그녀를 보지 못했다. 칠레에서는 그녀가 하는 일을 무시했다. "세상에, 국내의 다른 재능이 있는 사람들도 마찬가지예요. 그런데 여자면 더 안 좋아하지." 여행 중에 로세르가 핵심 지면 네 페이지에 걸쳐 오펠리아의 그림이 컬러로 실린 마이애미 잡지를 가져와서 얘기했다. 빅토르는 기사와 함께 실린 예술가의 사진 두 장을 자세히 살펴보았다. 눈은 예전 오펠리아의 눈이었지만, 나머지는 변해 있었다. 하지만 카메라가 그녀를 배신했을 수도 있었다.

로세르가 오펠리아 델 솔라르의 최근 작품들이 카라카스

문회 원에서 전시된다는 소식을 가지고 왔다. "빙신은 오펠리아가 결혼 전의 성을 사용한다는 거 주목해서 봤어요?" 그녀가 말했다. 빅토르는 그건 늘 그랬다고, 칠레 여자들에게서는 매우 흔한 일이고, 마티아스 에이사기레가 수년 전에 죽었다고 로세르에게 알려 주었다. 오펠리아는 남편이 살아 있을 때도 남편의 성을 쓰지 않았는데, 군이 혼자가 된 다음에 왜 그러겠냐는 거였다. "좋아요. 어쨌든 우리 전시회 개막식 때 가요." 그녀가 말했다.

그의 자동적인 반응은 거절이었지만, 호기심이 그를 이겼다. 전시회에 그림은 몇 점 없었지만, 그림 크기가 문짝만 해서 홀을 세 개나 차지하고 있었다. 오펠리아는 스승인 위대한 에콰도르 화가 과야사민의 영향을 많이 받았다. 그녀가 사용하는 캔버스, 강한 표정, 어두운 선, 추상적인 인물 등이 비슷한 스타일이었다. 하지만 인류애라는 메시지, 잔인함에 대한 고발, 인간에 대한 착취는 전혀 없었다. 그녀가 속한 시대의 역사적이거나 정치적인 갈등에 대한 것도 전혀 없었다. 관능적인 이미지들은 있었다. 뒤틀리거나 폭력적으로 부둥켜안은 커플들, 쾌락이나 고통에 버려진 여자들처럼 몇몇 이미지는 매우 구체적이었다. 빅토르는 자기가 알고 있는 작가의 모습과 일치하지 않아 혼란스러워하며 그림을 관찰했다.

철없던 젊은 시절의 오펠리아가 떠올랐다. 한때 그가 사랑했던, 응석받이로 버릇없이 자란 순진하고 충동적인 소녀의 모습, 풍경과 꽃다발을 수채화로 그리던 소녀의 모습이 생각났다. 그때 이후로 그가 그녀에 대해 아는 것은 외교관의 아내였다가 나중에 과부가 되었다는 것뿐이었다. 자신의 운명을 받아들인 전통적인 여인의 모습이었다. 하지만 그 그림들은 불타는 성정과 놀라울 정도로 에로틱한 상상력을 드러내고 있었다. 그들이 사랑을 나눴던 싸구려 모텔에서 얼핏 보았던 열정이 그녀 안에 질식해 있다가, 붓과 그림이라는 유일한 탈출구를 찾은 것 같았다.

갤러리 벽에 단독으로 걸려 있던 마지막 작품은 그에게 깊은 충격을 안겨 주었다. 벌거벗은 채 양손에 총을 든 남자를 흰색과 검은색과 회색으로 그린 그림이었다. 빅토르는 영문도 모른 채 당혹스러움에 휩싸여 몇 분 동안 그 남자를 관찰했다. 벽에 붙은 설명을 읽기 위해 가까이 다가갔다. 「시민군, 1973」. "그 그림은 판매하지 않습니다." 옆에서 누군가의 목소리가 들려왔다. 오펠리아였다. 그가 기억하고 있던 여자와 다른 여자였다. 그가 보았던 몇 안 되는 사진들에서 늙고 창백한 모습으로 등장했던 여자와는 다른 여자였다.

"이 그림은 이 시리즈의 첫 작품이자 나에게는 한 시대의 끝을 알리는 작품입니다. 그래서 판매하지 않습니다."

"그해는 칠레에서 군사 쿠데타가 일어난 해죠." 빅토르가 말했다.

"칠레와는 아무 상관도 없어요. 그해에 나는 예술가로 자유로워졌습니다."

그 순간까지 오펠리아는 빅토르를 보지 않고 그림에만 시선을 둔 채 말했다. 계속 대화하기 위해 돌아봤을 때도 그녀는 빅토르를 알아보지 못했다. 그들이 함께했던 시절부터 사십 년이 넘는 세월이 흘렀고, 그 기간에 그녀는 빅토르의 사진을 볼 기회가 없었기 때문에 그녀가 불리했다. 빅토르가 그녀에게 한 손을 내밀고 자기를 소개했다. 오펠리아가 기억 속에서 그 이름을 떠올리는 데는 몇 초의 시간이 걸렸다. 그리고 마침내 그 이름을 떠올렸을 때는 자기도 모르게 놀란 나머지 너무도 짤막한 탄식을 토해 냈고, 빅토르는 그녀가 자기를 모른다고 확신했다. 자기가 불행처럼 마음속에 무겁게 간직하고 있던 그것이 그녀에게는 흔적조차 남지 않았다는 생각이 들었다. 그는 그녀에게 카페테리아에서 술 한잔 사겠다고 청하고는 로세르를 찾으러 갔다. 두 여성을 함께 본 순간, 시간이 그들을 각기 다르게 대했다는 사실이 그의 눈길을 끌었다. 아름답고 경솔하고 부유하고 세련된 오펠리아가 세월의 흐름을 훨씬 잘 견뎌 냈으리라 짐작할 수 있지만, 그녀가 로세르보다 훨씬 나이가 많이 들어 보였다. 그녀의 잿빛 머리카락은 불에 그슬린 것 같았고, 손은 거칠었고, 어깨는 작업으로 굽었고, 넘치는 몸무게를 감추기 위한 나풀나풀하고 기다란 벽돌색 리넨 겉옷 차림에 과테말라산 총천연색 천으로 만든 커다란 가방을 들었고, 성 프란체스코회 수사들이 신는 신발을 신고 있었다. 그녀는 여전히 아름다웠다. 강한 햇살에 그을리고 주름진 구릿빛 얼굴의 푸른 눈이 스무 살 때처럼 빛났다. 허영심이 강하지도 않고 한 번도 예쁘다는 주목을 받은 적 없는 로세르는 흰머리를 염색하고 입술을 칠했으며, 피아니스트의 손과 자세와 몸무게를 유지하고 있었다. 그녀는 평소와 다름없이 단순하면서도 우아하게 검은 바지와 하얀 블라우스를 입고 있었다. 로세르는 반갑게 오펠리아에게 인사를 건네고는, 오케스트라 연습 때문에 얼른 가 봐야 해서 그들과 함께할 수 없다며 사과했다. 빅토르는 로세르와 캐묻는 듯한 눈길을 교환한 후 자기를 오펠리아와 단둘이 있게 하려는 의도임을 알아채고는 잠시 당황했다.

* * *

　현대 조각품과 열대 식물이 늘어선 문화원 중정의 테이블 한 곳에서, 오펠리아와 빅토르는 한때 자기네를 당혹스럽게 했던 열정은 언급하지 않은 채, 지난 사십 년간 있었던 굵직굵직한 일들을 얘기하며 서로의 근황을 전했다. 빅토르는 감히 그때 이야기를 꺼낼 용기가 나지 않았다. 그에게는 굴욕적인 일이었기 때문에, 뒤늦은 설명이나마 요구할 엄두조차 나지 않았다. 그녀의 삶에서 유일하게 의지했던 남자는 마티아스 에이사기레였기 때문에 그녀 또한 그에게 아무 설명도 하지 않았다. 마티아스와의 멋진 사랑과 비교하면 빅토르와의 짧은 모험은 철없는 짓이었고, 칠레의 시골 공동묘지에 있는 작은 무덤이라도 없었다면 빅토르는 예전에 잊혔을 사람이었다. 그 비밀은 남편하고만 공유했기 때문에, 그녀는 그것조차 빅토르에게 언급하지 않았다. 비센테 우르비나 신부가 그녀에게 명했듯이, 그녀는 스캔들을 일으키지 않고 자신의 과오를 짊어졌다.

그들은 친한 친구처럼 한참 동안 얘기를 나눴다. 오펠리아는 자식이 둘 있고, 마티아스 에이사기레와 함께 행복하게 삼십삼 년을 살았다고, 마티아스는 결혼하자며 쫓아다닐 때 못지않게 똑같이 그녀를 사랑했다고 얘기했다. 남편이 그녀를 지나치게 배타적으로 사랑해 자식들이 소외감을 느꼈다고 했다.

"그는 많이 바뀌지 않았어요. 늘 조용하고 너그러운 사람이었어요. 내게는 무조건 충실했고, 세월이 흐르면서는 그의 장점들이 더욱 두드러졌지요. 나는 그의 직업을 위해 가능한 한 최선을 다해 내조했어요. 외교관직은 힘든 일이에요. 우리는 이삼 년에 한 번씩 다른 나라로 이사하고, 친구들을 떠나 낯선 곳으로 가서 다시 시작해야 했어요. 아이들에게도 쉽지는 않았어요. 가장 힘든 게 사교 생활이에요. 나는 칵테일 파티나 길어지는 식사에는 영 소질이 없어요."

"그림은 계속할 수 있었어요?"

"노력은 했지만, 하다 말다 했어요. 항상 처리해야 하는 훨씬 중요하거나 급한 일이 있었거든요. 아이들이 대학에 진학한 후 나는 어머니이자 아내의 일에서 물러나 진지하게 그림 그리는 일에만 전념하겠다고 마티아스에게 말했어요. 그는 그러는 게 공평하다고 생각했어요. 그는 나를 자유롭게 해 주었고, 사교계에 함께 가자는 말은 다시는 하지 않았어요. 내게는 그게 가장 유쾌하지 않은 일이었거든요."

"세상에! 두 번 다시 없을 사람."

"당신이 그를 만나지 못한 게 아쉽네요."

"딱 한 번 그를 본 적이 있습니다. 1939년 위니펙호가 칠레로 입항할 때, 그가 내 서류에 도장을 찍어 줬습니다. 그를 한 번도 잊은 적이 없어요. 오펠리아, 당신의 마티아스는 전혀 나무랄 데 없는 사람입니다."

"그는 내 일은 모두 좋게 말해 줬어요. 예술은 완전히 문외한이라, 내 그림을 높이 평가하려고 수업까지 들을 정도였어요. 내 첫 전시회 경비도 후원해 줬고요. 그는 육 년 전 급작스러운 심장마비로 세상을 떠났고, 그가 함께하지 않아서 아직도 나는 매일 밤 울면서 잠들어요." 오펠리아가 갑자기 솟구쳐 오르는 감정을 주체하지 못하고 속마음을 털어놓자 빅토르는 얼굴이 붉어졌다.

그녀는 그 후로는 천직에 소홀하게 만들던 일들에서 해방되었고, 지금은 산티아고에서 200킬로미터 떨어진 곳에서 농사꾼처럼 살고 있다고 덧붙였다. 그곳에서 그녀는 끊임없이 그림 작업을 하면서 과일나무를 경작하고, 귀가 긴 작은 양들을 반려동물로 팔기 위해 기른다고 했다. 그녀는 브라질과 아르헨티나에 떨어져 사는 아들과 딸을 만나거나 전시회 때문에 여행할 때, 그리고 한 날에 한 번 어머니를 보러 갈 때를 제외하고는 작업실에서 꼼짝도 하지 않는다고 했다.

"우리 아버지 돌아가신 건 알고 있죠? 그렇죠?"

"그럼요, 신문에서 봤습니다. 여기도 칠레 신문들이 좀 늦기는 하지만 들어옵니다. 아버님께서 피노체트 정부에서 많은 역할을 하셨더군요."

"초반에 그랬어요. 아버지는 1975년에 돌아가셨어요. 어머니는 그 후에 활짝 피셨고요. 우리 아버지는 독재자였어요."

오펠리아는 도냐 라우라가 이제는 강박적인 기도와 자선 활동에 덜 전념하는 대신에, 카드게임과 저세상의 영혼들과 대화를 나누는 밀교(密教)를 믿는 노파 모임과 심령술에 더욱 전념하고 있다고 했다. 그렇게 도냐 라우라는 사랑하는 '아가' 레오나르도와 계속 만나고 있었다. 도냐 라우라가 고해 성사 때 특히 신경 쓴 덕에 비센테 우르비나 신부는 솔라르 집안을 더럽히는 그 새로운 죄에 대해서는 모르고 있었다. 그녀는 죽은 사람들을 부르는 게 교회에서는 절대 용납되지 않는 악마의 행위라는 것을 알고 있었다.

오펠리아는 적의감을 드러내며 신부를 언급했다. 그녀는 우르비나가 여든이 넘은 나이에 주교이며, 사악한 마르크시즘에 맞서 기독교 서구 문화 수호를 완벽하게 정당화하는 독재의 방법들을 유창한 언변으로 수호하는 사람이라고 말했다. 쫓기는 사람들을 보호하고 실종자 수를 파악하기 위해 법무 담당 사제를 만들었던 추기경은 우르비나 주교가 흥분해서 고문과 같이 처형을 옹호하자 그를 불러서 질서를 바로잡아야 했다. 주교는 영혼을 구하고자 하는, 특히 상류층 신자들의 영혼을 구하고자 하는 자신의 임무를 지치지도 않고 수행했고, 여전히 솔라르 가문의 조언자였다. 그리고 가장의 죽음 이후에는 훨씬 강력한 조언자가 되었다. 도냐 라우라와 딸, 사위, 손자, 증손자 들은 크고 작은 결정을 내릴 때면 그의 지혜를 구했다.

"나는 그 신부를 증오하기 때문에 그의 영향력에서 도망쳤어요. 그는 뱃속이 시커먼 사람이에요. 나는 거의 칠레에서 멀리 떨어져 살았어요. 펠리페도 우리 집안에서 가장 똑똑하고 인생 절반을 영국에서 살았기 때문에 도망쳤죠."

"그는 어떻게 되었습니까?"

"오빠는 아옌데 정권 삼 년은 참아 냈어요. 그 정권이 오래가지 않을 거라 확신했고, 그 생각은 틀리지 않았어요. 하지만 군사 평의회의 사고방식은 도저히 참아 내지 못했어요. 그게 영원히 갈 수도 있다는 걸 눈치챘거든요. 오빠가 얼마나 영국 것을 좋아하는지 당신도 잘 알잖아요. 위선적이고 경건한 척하는 칠레의 분위기를 혐오했어요. 오빠는 아버지의 자리를 물려받아서 집안의 재무를 살피고 어머니를 만나러 가끔 칠레에 오기는 해요."

"다른 오빠도 있지 않았나요? 태풍과 허리케인을 관측하고 다니던 오빠?"

"그 소삐는 하와이에서 사리 삽았고, 아버지가 돌아가신 후 자기 몫의 유산을 요구하기 위해 칠레에는 딱 한 번 돌아왔어요. 우리 집 하녀 후아나 기억나요? 당신 아들 마르셀을 무지하게 좋아했던 하녀요. 여전해요. 아무도, 그녀조차 자기 나이가 얼마인지 알지 못해요. 하지만 여전히 집안일을 책임지고 어머니를 돌보고 있어요. 어머니는 아흔 살이 넘었고, 정신이 꽤 오락가락해요. 우리 집안에는 제정신이 아닌 사람들이 많아요. 자, 이제 우리 집안의 근황은 다 얘기했어요. 이제는 당신 얘기를 해 봐요."

빅토르는 자기 삶을 오 분 만에 요약해 말했다. 죄수로 있었던 해는 매우 간략하게 언급하고, 최악으로 힘들었던 시기는 건너뛰었다. 말하는 게 내키지 않았고, 오펠리아도 알고 싶어 하지 않을 것 같아서였다. 그녀는 뭔가 눈치채긴 했어도 묻지 않았다. 마티아스가 정치적으로 보수적이기는 해도 사회주의 삼 년 동안은 자신의 정치 성향을 덮어 두고 외교관으로서 칠레를 섬겼으며, 세계적으로 나쁜 평판을 얻은 군사 정부를 대표하는 것을 부끄러워했었다는 말만 언급했다. 그리고 자기는 정치는 전혀 관심이 없다는 말을 덧붙였다. 자신의 관심은 예술이며, 신문을 읽지 않고 나무와 동물과 함께 칠레에서 평화롭게 살고 있다고 했다. 독재가 있건 없건 자신의 삶은 동일하다고 했다.

그들은 계속 연락하자는 약속과 함께 헤어졌다. 물론 둘다 예의상 하는 말이라는 걸 잘 알았다. 빅토르는 한결 가벼워진 느낌이었다. 오래 살다 보면 세계도 단절되었다. 오펠리아 델 솔라르의 세계는 문화원의 그 카페에서 먼지 한 톨 남기지 않고 깔끔하게 닫혔다. 불길은 오래전에 타 버렸다. 그는 오펠리아의 성격도, 그녀의 그림도 마음에 들지 않는다고 결론 내렸다. 그녀의 오묘한 감청색 눈만이 유일하게 기억에 남았다. 로세르는 집에서 약간 불안해하며 그를 기다리고 있었다. 하지만 그를 본 순간 환하게 웃을 수 있었다. 남편은 수십 년 되는 오랜 세월을 털어내고 돌아왔다. 빅토르는 솔라르 가족의 소식을 전하며, 결론을 내리듯 오펠리아에게서는 죽어 가는 치자 냄새가 난다고 했다. 그는 로세르가 그런 실망스러운 만남을 미리 계획했고, 그러려고 자기를 전시회에 데려가 옛사랑과 단둘이 남겨 놓았다는 생각이 들었다. 아내는 너무나도 큰 위험을 감수했다. 그가 오펠리아에게 실망하지 않고 다시 사랑에 빠질 수도 있었다. 하지만 그 가능성은 로세르를 전혀 불안에 떨게 하지 못했다. '우리 문제는, 그녀는 나를 너무나도 잘 아는데 나는 그녀가 다른 남자랑 떠날 수 있다고 생각하는 데 있어.' 그는 생각했다.

12장
1983~1991년

지금 나는 가을 녘의 포도 껍질처럼
너무나도 부드러운 나라에서 살고 있다.

파블로 네루다, 「나라」, 『부질없는 풍경』*

　칠레 귀환을 허가받은 망명자 천팔백 명의 최신 명단이
나왔다는 소식이 일요일 《엘 우니베르살》 신문에 실렸다. 일
요일은 달마우 가족이 한 자도 빼놓지 않고 꼼꼼하게 신문
을 읽는 유일한 날이었다. 로세르는 명단을 보기 위해 칠레
영사관으로 향했다. 명단은 창문에 붙어 있었고, 로세르는
빅토르 달마우의 이름을 발견했다. 발아래로 땅이 꺼져 내
려앉는 기분이었다. 그들은 구 년 동안 그 소식을 기다려 왔
지만, 막상 닥치고 보니 마냥 좋아할 수도 없는 노릇이었다.
그것은 마르셀을 포함해 그들이 가진 모든 것을 포기하고,

---

*Geografía infructuosa. 파블로 네루다가 이슬라네그라와 발파라이
소를 오가며 칠레의 풍경을 담아낸 시집으로 1972년에 출간되었다.

탄압을 피할 수 없어서 버리고 떠난 나라로 되돌아간다는 의미였다. 로세르는 아무것도 변하지 않았다면 돌아가는 게 무슨 의미가 있을지 자신에게 되물었다. 하지만 그날 밤, 빅토르는 지금 빨리 돌아가지 않는다면 영영 돌아가지 못할 거라며 문제를 제기했다. "우리는 몇 번이나 빈손에서 시작했어, 로세르. 우리는 한 번 더 할 수 있어. 나는 예순아홉이고, 칠레에서 죽고 싶어." 빅토르는 기억 속에서 네루다의 문장 하나를 떠올렸다. "내가 사랑했던, 그리고 지금도 사랑하고 있는 것에서 멀리 떨어져 어떻게 살 수 있단 말인가?" 마르셀도 찬성했다. 그는 자기가 먼저 가서 상황을 알아보겠다고 하더니, 일주일도 지나지 않아 벌써 산티아고에 가 있었다. 그는 빅토르와 로세르에게 전화를 걸어, 겉으로 보기에는 나라가 현대적이고 번창했지만 겉을 살짝만 긁어내도 속은 곪아 문드러져 있다고 했다. 어마어마한 불평등이 존재했다. 부의 4분의 3이 스무 가족의 수중에 있었고, 중산층은 빚으로 연명했다. 다수는 가난했고, 소수는 풍족했다. 유리 마천루와 높은 담벼락이 둘러쳐진 저택들이 가난에 허덕이는 빈민촌과 대조되었다. 어떤 사람들에게는 복지와 안전이 보장되었고, 어떤 사람들에게는 실직과 탄압이 막아섰다. 자본의 절대적인 자유와 노동자의 기본 권리 박탈을 기초로 이뤄진 이전의 경제 기적은 거품처럼 꺼져 내려갔다. 마르셀은 상황이 바뀔 것 같고, 사람들이 덜 두려워하며, 정부와 맞서는 대규모 시위가 공기 중에서 느껴진다고 전했다.

그는 독재가 제 무세를 못 이기고 무너질 수 있다고, 돌아갈 순간이라고 믿었다. 그러고는 도착하자마자, 졸업 직후 근무하기 시작했던 구리 회사에서 일자리를 제안받았다고 덧붙였다. 아무도 그의 정치 이념에 대해서는 묻지 않았고, 미국에서 취득한 박사 학위와 경력만 따진다고 했다. "나는 이곳에 남을 겁니다. 나는 칠레 사람이에요." 그게 확실한 이유였다. 무슨 일을 겪었다고 해도 그들 또한 칠레 사람이었고, 무슨 일이 있어도 절대 아들과는 헤어지지 않을 생각이었다. 달마우 가족은 삼 개월 안에 재산을 정리하고, 친구와 동료 들과 작별을 고했다. 발렌틴 산체스는 로세르가 남편처럼 감시 대상자 명단에 올라간 적도 전혀 없고 기관의 감시를 받은 적도 없으니, 고개를 높이 치켜세우고 당당하게 돌아가라고 했다. 그녀는 한참 잘나가는 고음악 오케스트라와 함께 돌아가 공원과 성당과 협회 들에서 무료 공연을 열 생각이었다. 그녀는 그런 사업의 재정이 어떻게 지원되는지 알고 싶어 했고, 발렌틴 산체스는 베네수엘라 국민이 칠레 국민에게 주는 선물이라고 대답했다. 베네수엘라에는 문화 부문 예산이 풍부하며, 칠레에서 감히 지원을 막지 못할 거라고 했다. 그렇게 되면 국제적인 규모의 모욕이 될 터였다. 그리고 그렇게 되었다.

빅토르에게는 돌아가는 일이 로세르보다 힘들었다. 그는 카라카스 병원의 지위와 경제적인 안전을 포기하고, 국외 추방자들을 불신의 눈으로 바라보는 불확실한 곳으로 돌아가야 했다. 좌파 상당수는 국외 추방자들이 체제에 맞서 싸우지 않고 떠났다며 비난했고, 우파는 그들이 공산주의자와 테러리스트이고 이유가 있어서 쫓겨난 거라고 트집을 잡았다.

거의 삼십 년 동안 근무했던 산후안데디오스 병원에 빅토르가 나타났을 때, 그를 기억하고 있던 예전의 간호사들과 몇몇 의사들이 그를 껴안으며 반갑게 맞아 주었고, 눈물까지 보인 사람들도 있었다. 그들은 진보적인 수백 명의 의사가 해임되거나 구속되거나 암살당했던 초반의 숙청 작업을 비껴간 의사들이었다. 군인 출신 원장이 개인적으로 빅토르에게 인사를 건넨 후 그를 자기 사무실로 초대했다.

"당신이 오소리오 지휘관의 목숨을 구해 주셨다는 거 알고 있습니다. 당신과 같은 상황에 처한 사람에게는 칭찬받을 행동이었죠." 그가 말했다.

"내가 수용소에 죄수로 있었다는 의미입니까? 나는 의사이고, 나를 필요로 하는 사람을 돌봅니다. 상황은 중요하지 않습니다. 지휘관은 어떻습니까?"

"오래전에 은퇴했지만 잘 지내고 있습니다."

"나는 이 병원에서 오랫동안 근무했습니다. 다시 합류하고 싶습니다." 빅토르가 말했다.

"이해합니다. 하지만 나이를 생각하셔야지요……."

"아직 일흔도 되지 않았습니다. 이 주 전까지만 해도 바르가스데카라카스 병원에서 심장외과를 책임졌습니다."

"불행히도 정치범이자 망명자라는 경력으로는 어떤 공립 병원에도 고용될 가능성이 없습니다. 새로운 지시가 내려올 때까지 당신은 공식적으로 모든 업무에서 제외되어 있습니다."

"내가 칠레에서는 일할 수 없다는 의미입니까?"

"정말이지 안타깝습니다. 그 결정은 저한테 달린 게 아닙니다. 민영 병원에 지원해 보시길 권합니다." 병원장이 손을 꼭 잡고 작별 인사를 건네며 말했다.

군사 정부는 공공 기관을 민영화해야 한다고 생각했다. 건강은 의무가 아니라, 사고파는 소비재라고 생각했다. 전기부터 항공 노선까지 사유화할 수 있는 것은 모두 사유화한 그 시기에, 지불 능력이 되는 사람들을 만족시키기 위해 훨씬 훌륭한 시설과 자금력을 갖춘 민영 병원이 급증하고 있었다. 빅토르의 직업적인 명성은 몇 년간의 부재에도 여전히 유효해서, 그는 산티아고에서 가장 권위 있는 민영 병원에서 공립 병원보다 훨씬 많은 월급을 받으며 바로 일하게 되었다. 펠리페 델 솔라르가 칠레로 오는 잦은 여행 중 병원으로 그를 찾아왔다. 마지막으로 만난 이후로 많은 시간이 흘렀고 절대 속마음을 터놓는 친구 사이도 아니고 공통점도 별반 없었지만, 그들은 진심으로 반가워하며 서로를 꼭 끌어안았다.

"빅토르, 당신이 돌아왔다는 거 알고 있었습니다. 매우 반갑습니다. 이 나라는 당신 같은 능력 있는 사람들이 필요합니다."

"당신도 칠레로 돌아온 건가요?" 빅토르가 물었다.

"이곳에서는 아무도 나를 필요로 하지 않아요. 나는 런던에서 살고 있습니다. 티 나지 않나요?"

"티 납니다. 영국 귀족 같습니다."

"나는 집안일 때문에 꾸준히 와야 합니다. 나를 길러 준후아나 낭쿠체오를 제외하고 우리 가족은 아무도 견딜 수 없지만 말입니다. 하지만 가족은 선택할 수 없는 노릇이니."

그들은 고래가 숨을 내쉬듯 물줄기가 뿜어져 나오는 현대식 분수 앞, 정원 벤치에 자리를 삽고 앉아 각자 가족의 근황을 얘기했다. 빅토르는 오펠리아가 시골에 틀어박혀 아무도 사지 않는 그림을 그리고 있고, 라우라 델 솔라르는 노망이 들어 휠체어에 앉아 있고, 펠리페의 누이들은 견디기 힘든 마나님이 되어 상전 노릇을 하고 있다는 사실을 알게 되었다.

"빅토르, 요 몇 년 사이 매형들이 재산을 끌어모았습니다. 아버지가 그들을 과소평가한 거지요. 아버지는 누이들이 옷 잘 입는 멍청이와 결혼한다고 하셨거든요. 지금 그 사위들을 보신다면 당신 말을 집어삼키실 겁니다." 펠리페가 덧붙였다.

"이 나라는 사업과 부당 거래의 천국입니다." 빅토르가 평했다.

"체제와 법이 허용하는 선에서 돈을 번다는 게 전혀 나쁜 건 아니지요. 그리고 당신, 빅토르 당신은 어떻게 지냅니까?"

"적응하면서, 여기서 무슨 일이 있었는지 이해하려고 노력 중입니다. 칠레를 알아보기가 힘드네요."

"칠레가 훨씬 좋아졌다는 거, 당신도 인정해야 합니다. 군부 쿠데타가 아옌데와 마르크스주의 독재의 혼란에서 나라를 구했어요."

"있지도 않은 좌파 독재를 막겠다고 무자비한 우파 독재가 들어선 거지요, 펠리페."

"빅토르, 이봐요. 그런 생각은 혼자 속으로만 하십시오. 여기서는 안 좋게 보입니다. 우리가 훨씬 나아졌다는 건 당신도 부인할 수 없을 겁니다. 우리에게는 번창한 나라가 있습니다."

"꽤 값비싼 사회 비용을 치르고서 말이지요. 당신은 밖에서 살고 있습니다. 국내 언론에 공개되지 않은 잔혹 행위에 대해 당신은 알고 있습니다."

"인권이니 뭐니 하는 소리, 나한테는 하지 마시오. 상투적이니까." 펠리페가 그의 말을 가로막았다. "부도덕한 몇몇 군인들이 월권한 겁니다. 그런 예외들 때문에 아무도 행정부는 물론이고 피노체트 대통령은 더더욱 비난할 수 없습니다. 평화가 유지되고 있으며 경제가 흠잡을 데 없다는 게 중요합니다. 우리는 늘 게으름뱅이들의 나라였는데, 이제 사람들은 일하며 노력해야 합니다. 자유 시장 시스템이 경쟁을 지지하고 부를 자극하고 있지요."

"이건 자유 시장이 아닙니다. 노동력은 구속받고, 가장 기본적인 권리도 보류되어 있습니다. 이런 시스템을 민주주의에 정착시킬 수 있다고 생각합니까?"

"이건 권위주의적이고 보호받는 민주주의입니다."

"펠리페, 당신 많이 변했군요."

"왜 그런 말을 합니까?"

"당신을 훨씬 열린 사람이라고, 권위 타파적이고, 약간 냉소적이고, 비판적이고, 모든 것에 모든 사람에게 적대적이고, 신랄하고, 명석한 사람이라고 기억하고 있었습니다."

"어떤 면에서는 여전히 그렇습니다, 빅토르. 하지만 나이가 들면서 생각이나 태도가 확실하게 드러나는 법이지요. 나는 항상 군주제 옹호자였습니다." 펠리페가 미소를 지었다. "어찌 됐든, 친구, 당신의 생각을 조심하십시오."

"펠리페, 조심하고 있습니다. 하지만 친구한테는 조심하지 않습니다."

* * *

빅토르는 의학을 돈벌이로 이용하는 데서 오는 회의를 달래기 위해, 산티아고 빈민가 중 한 곳에 있는 임시 진료소에서 자원봉사자로 일했다. 반세기 전 이주자들이 시골과 초석 광산에 유입되기 시작하면서 산티아고 빈민가가 늘어났다. 빅토르가 다니는 빈민가에는 대략 육천 명이 밀집해 살았다. 그곳에서 그는 가장 초라한 사람들의 억압과 불만과 용기를 진맥했다. 그의 환자들은 수도도 전기도 화장실도 없이, 땅을 다져서 만든 바닥에 마분지와 판자를 간 판잣집에서 살았다. 쓰레기 천지에 떠돌이 개, 쥐, 파리가 들끓는 가운데 여름에는 먼지가 날리고 겨울에는 진흙탕이 되었다. 대부분은 직업도 없이 하찮은 일거리로 생계를 유지하며 최소한의 밥벌이만 간신히 했고, 쓰레기통을 뒤져 플라스틱과 유리병과 종이를 주워서 내다 팔았고, 낮에는 닥치는 대로 힘든 일을 하거나 밀거래나 도둑질을 했다. 정부는 빈민 문제를 근절하기 위해 계획을 세웠지만, 해결 방안은 지연되었다. 우선은 높은 담을 세워 도시의 미관을 해치는 서글픈 풍경을 감추려고만 했다.

"여자들이 가장 인상 깊어." 빅토르가 로세르에게 평했다. "여자들은 절대 굴하지 않고 희생적이야. 남자들보다 훨씬 용감해. 자기네 지붕 밑으로 찾아드는 자식과 친척의 어머니이지. 그들은 스치고 지나가는 남자의 알코올중독과 폭력과 방치를 견뎌 내지만, 굴복하지는 않아."

"최소한의 도움이라도 받나요?"

"응. 성당, 특히 복음주의자와 자선 단체와 자원봉사자 들의 도움을 받아. 하지만 아이들이 걱정돼, 로세르. 아이들은 어떡하든 성장하거든. 종종 굶은 채 잠자리에 들기도 하고, 학교도 늘 가는 게 아니라 갈 수 있을 때 가지. 그렇게 아이들은 패거리나 마약이나 길거리 외에는 다른 지평선 없이 사춘기에 접어들게 되지."

"빅토르, 나는 당신을 알아요. 당신이 다른 어디보다 그곳에서 행복해한다는 걸 알아요." 로세르가 빅토르에게 말했다.

그 말은 사실이었다. 그 빈민가에서 서로 교대로 일하는 다른 이상주의적 의사들과 간호사 두어 명과 함께 봉사한 지 사흘째 날, 빅토르는 젊은 시절 자신의 가슴을 두근거리게 했던 희열을 되찾았다. 그는 피곤에 절어, 비극적인 이야기를 한 아름 안고 먹먹해진 가슴으로 집으로 돌아왔다. 하지만 다시 진료소로 돌아가고 싶어 안절부절못했다. 이제 그의 삶은 이 세상에서 자기 역할이 확실했던 스페인 내전 때처럼 목표가 분명했다.

"로세르, 사람들이 어떻게 자발적으로 일하는지 본다면 능력이 되는 사람들은 공동 급식에 뭐라도 보태 줘. 야외에 화로를 피우고 큰 솥을 걸고 음식을 만들거든. 한 사람, 한 사람에게 따뜻한 음식을 대접하자는 생각에서 비롯된 거야. 물론 가끔은 모두에게 골고루 돌아가지 않을 때도 있지만."

"빅토르, 당신 월급이 어디로 흘러 들어가는지 이제야 알겠네요."

"로세르, 음식만 필요한 게 아니야. 진료소에는 가장 기본적인 것도 부족해."

빅토르는 전쟁 무기로 무장한 채 수시로 들이닥치는 경찰의 개입을 피하기 위해, 주민들이 질서를 지키고 있다고 로세르에게 설명했다. 그들이 정착할 수 있는 집과 땅을 소유한다는 건 불가능한 꿈이었다. 예전에 그들은 땅만 점거한 채 지속적이면서도 끈질기게 철거를 버텨 냈다. '점거'는 몇몇 사람들이 조심스럽게 도착하면서 시작했고, 곧이어 점점 더 많은 사람이 나타났다. 작은 달구지나 운반차에 옹색한 살림살이를 싣고, 어깨에 자루를 짊어진 은밀한 행렬이 줄을 이었다. 그들은 아이를 둘러업고, 개를 데리고 지붕으로 삼을 싸구려 자재와 판지, 담요 따위를 질질 끌고 도착했다. 관계 당국이 상황을 파악했을 때는 이미 수천 명에 달하는 사람들이 정착해 방어 태세를 마친 상태였다. 공권력이 탱크를 끌고 들이닥쳐 아무 거리낌 없이 기관총을 난사할 수도 있던 그 시절에는 무지막지한 자살 행위와 다름없었다.

"옆 동네 주민 대표 중 누군가 불만을 표하거나 진압을 요청하면 그 사람들은 흔적 없이 사라져 버려. 본보기로 경고하기 위해 다시 눈에 띄었다가는 철거촌 입구에 시체로 내걸리지. 마흔 발도 넘는 총알로 난도질당한 가수 빅토르 하라의 시신도 그렇게 내동댕이쳐졌지. 사람들이 그렇게 얘기해 줬어."

진료소에서 빅토르는 응급 상황이나 화상, 골절, 싸우다가 칼이나 병에 맞아 생긴 상처, 가정 폭력으로 인한 상처를 치료했다. 요약하자면 그에게 힘들 건 전혀 없었지만, 그곳

주민들에게 그의 존재는 그 자체만으로도 안정감을 주었다. 그는 심각한 경우는 가장 가까운 병원으로 보냈고, 구급차가 부족해서 걸핏하면 직접 자기 차에 환자를 태우고 데려가기도 했다. 그는 도난 사건에 대한 주의를 받았다. 차가 해체되어 도깨비 시장에 부속품으로 내다 팔릴 수도 있어서 그곳에 차를 가지고 간다는 것 자체가 경솔한 짓이었다. 하지만 지도자 중에서 아직 젊은 축이고 성격이 아마존 여전사 같은 할머니 한 명이 주민들에게, 특히 탈선 청소년들에게 누구든지 의사 차를 건드리면 가만두지 않겠다고 단단히 주의를 주었다. 그걸로 충분했다. 빅토르는 한 번도 문제가 없었다. 민영 병원에서 받는 월급은 모두 진료소에서 필요한 물품을 구입하는 데 들어갔기 때문에 결국 달마우 부부는 저금해 놓은 돈과 로세르의 수입으로 생활했다. 로세르는 빅토르가 매우 만족해하는 것을 보고 자기도 보태기로 했다. 그녀는 발렌틴 산체스의 재정 지원으로 악기를 구해, 남편이 봉사하러 가는 날 함께 철거촌을 찾아가 음악을 가르쳤다. 발렌틴이 베네수엘라에서부터 거액의 수표 한 장과 화물을 로세르에게 보냈다. 그녀는 잠자리보다 그런 일로 자기네가 더욱 견고하게 이어져 있다는 것을 알고 있었지만, 빅토르에게는 아무 말도 하지 않았다. 그녀는 발렌틴 산체스에게 보고서와 사진을 보냈다. "일 년 안에 어린이 합창단과 청소년 오케스트라가 생길 거예요. 당신이 와서 직접 두 눈으로 봐야 할 거예요. 하지만 우선은 야외 콘서트를 위

힌 훌륭한 녹음 장비와 확성기가 필요해요." 로세르는 친구
가 더 많은 기금은 알아서 마련할 거라 믿으며 그에게 설명
했다.

* * *

빅토르는 전원생활에 대한 오펠리아 델 솔라르의 목가적
인 묘사가 약간 부러워 도시 외곽에서 살자고 로세르를 설
득했다. 산티아고는 교통지옥인 데다가, 사람들이 불친절하
고 분주하기만 했다. 게다가 새벽녘에는 연무가 자주 짙게
내려앉았다. 결국 그들은 원하는 집을 찾았다. 지붕을 밀짚
으로 덮고 돌과 나무로 지은 시골집이었는데, 전원 풍경으
로 눈가림하고 싶어 하는 건축가의 변덕이 완성한 결과였다.
삼십 년 전 그 집을 지었을 때는 접근 도로가 나귀나 지나
다닐 낭떠러지 고갯길을 지그재그로 기어가는 뱀과 같았다.
하지만 도시가 산기슭까지 확장되었고, 그들이 그 집을 샀
을 때는 분양지와 과수원이 있는 그 지역이 도시로 편입되
었다. 대중교통이나 우편물도 들어오지 않았지만, 그들은 자
연의 깊은 침묵 속에서 잠들었다가 새들의 노랫소리를 들으
며 깨어났다. 주중에는 출근하기 위해 새벽 5시에 일어났다
가 깜깜해져서야 돌아왔지만, 그 집에서 보내는 시간이 모
든 불편함을 감수할 용기를 주었다. 낮에는 집이 비어 있었
고, 처음 이 년 동안은 열한 번이나 도둑이 들었다. 너무나

도 하잘것없는 좀도둑질이라 화를 내거나 경찰을 부를 가치도 없었다. 정원용 호스, 암탉, 부엌 그릇, 건전지로 작동하는 라디오, 자명종 시계를 비롯한 의미 없는 물건들이 없어졌다. 처음 샀던 텔레비전과 그것을 대체한 다른 텔레비전 두 대도 가져갔는데, 그 참에 텔레비전을 아예 없애기로 했다. 사실 그들은 텔레비전 화면을 보고 싶은 마음도 그다지 없었다. 그들은 도둑이 유리창을 깨고 들어오는 걸 막기 위해 아예 문을 열어 두고 살아 볼 생각도 하고 있었는데, 그때 마르셀이 시에서 운영하는 유기견 보호소에서 덩치는 크지만 상당히 순한 개 두 마리와 잘 무는 작은 개 한 마리를 데리고 왔다. 그걸로 문제는 해결되었다.

마르셀은 빅토르가 뭉뚱그려서 '특권층'이라고 부르는 사람들과 생활하며 근무했다. 빅토르가 다니는 철거촌의 환자들과 비교하면 특권층이었다. 마르셀은 자기 친구들에게 일률적으로 적용할 수는 없는 그 용어가 마음에 들지는 않았지만, 쓸모없는 말다툼으로 부모와 진흙탕 싸움을 벌일 이유는 없었다. "노인네들, 엄마, 아빠는 과거의 유물이에요. 1970년대에 머물러 산다니까. 업데이트 좀 해요." 그는 부모에게 매일 전화를 걸고, 일요일마다 빅토르가 억지로 강요하는 바비큐 모임에 참석했다. 올 때마다 다른 여자를 데리고 왔지만 늘 같은 스타일이었다. 긴 생머리에 상당히 마르고 활력이 없는 편이었으며, 거의 항상 채식주의자였다. 그를 사랑에 눈뜨게 한 피가 뜨거운 자메이카 여자와는 완전

히 다른 스타일이었다. 그의 아버지는 그 주 일요일에 데려
온 여자 손님과 이전에 데려왔던 여자 손님들을 거의 구분
하지 못했고, 아들이 거의 비슷한 다른 여자를 데려오기 전
까지도 그 이름을 외우지 못했다. 도착하자마자 마르셀은
망명이나 철거촌 진료소에 관해서는 이야기하지 말라고 빅
토르에게 귓속말로 속삭였다. 이제 막 만났기 때문에 그 여
자가 정치 성향이라는 걸 가지고 있다면 어떤 것인지 채 파
악되지 않았다는 이유에서였다. "마르셀, 그건 보기만 해도
안다. 그 여자는 거품 속에서 살고 있다. 과거에 관한 생각
도, 지금 무슨 일이 벌어지고 있는지도 전혀 모르고 있다.
네 세대는 이상주의가 결핍되어 있어." 빅토르가 대답하곤
했다. 결국 그들은 창고로 들어가 나지막하게 말씨름을 벌
였고, 그동안 로세르는 손님의 주의를 다른 곳으로 돌리려
고 노력했다. 그러고 나서 그들은 화해한 후, 마르셀은 피가
흐르는 비프스테이크를 굽고, 빅토르는 생머리를 기른 여
자를 위해 시금치를 삶았다. 가끔은 이웃 여자인 메체와 그
녀의 남편 라미로도 자기네 텃밭에서 따 온 신선한 채소 한
바구니와 집에서 만든 잼 두어 병을 들고 찾아왔다. 로세르
는 라미로가 건강해 보여도 언제 죽을지 모른다고 얘기했
고, 실제 그렇게 되었다. 술에 취한 운전사가 그를 차로 치었
다. 빅토르는 대체 무슨 귀신에 씌어서 그런 것을 아느냐며
아내에게 물었고, 그녀는 그의 눈을 보고 알았다고, 죽음이
서려 있었다고 대답했다. "당신은 혼자 되면 메체와 결혼하

세요. 내 말 알아들었어요?" 불쌍한 남자를 기리며 밤을 새우는 자리에서 로세르가 빅토르에게 속삭였다. 빅토르는 로세르가 자기보다 훨씬 오래 살 거라 확신했기 때문에 알았다며 고개를 끄덕였다.

중산층 동네에서 멀리 떨어진 도시 외곽의 다른 지역으로 주민들을 퇴거시키라는 정부의 명령이 떨어지기 전까지 빅토르와 로세르는 주민들의 신뢰를 얻으며 철거촌에서 삼년 동안 자원봉사자로 지냈다. 산티아고는 세계에서 정치, 경제, 문화적으로 가장 격리된 도시 중 하나였다. 상류층의 눈에 띄는 곳에서는 가난한 사람이 절대 살 수 없었다. 경관들이 군인들과 함께 도착해 무기를 휘두르며 강압적으로 사람들을 떼어 놓은 후, 모터사이클을 탄 유니폼 차림 남자들의 호위를 받는 군용 트럭에 싣고 떠났다. 여러 곳에 조성한 임시 서민 주거 지역들, 도로 포장도 되지 않은 먼지 풀풀 나는 길바닥에 판박이처럼 똑같이 줄 맞춰 세운 상자 같은 집들에 그들을 분산시켜 놓기 위해서였다. 그곳이 유일하게 퇴거당한 철거촌은 아니었다. 기록적일 정도로 짧은 시간에, 시민 누구도 눈치채지 못하는 사이에 그들은 만 오천 명 넘게 이주시켰다. 가난한 사람들은 다시 투명 인간이 되었다. 한 가구당 다용도로 사용되는 방 한 개와 화장실과 부엌으로 이뤄진 기본적인 판잣집 한 채가 배당되었다. 그들이 살던 움막보다는 훨씬 그럴듯했지만, 철거촌은 한순간에 자취를 감췄다. 사람들은 뿌리가 뽑히고 고립되고 격리되어,

십게 공격에 노출된 채 각사노생해야 했나.

그 작전이 너무나도 순식간에 정확하게 실행된 탓에, 빅토르와 로세르는 다음 날 평소와 다름없이 출근했다가, 아파트를 짓기 위해 철거촌이 있던 땅을 고르는 굴착기를 보고 상황을 알게 되었다. 빅토르와 로세르는 퇴거된 몇몇 그룹의 위치를 파악하는 데만 일주일이 걸렸다. 하지만 바로 그날 오후, 그들은 비밀 요원들에게 자기네가 감시 대상이라는 주의를 받았다. 주민들과 접촉만 해도 도발로 간주하겠다는 것이었다. 빅토르는 뒤통수를 묵직하게 얻어맞은 기분이었다. 그는 은퇴할 생각이 없었다. 병원에서는 여전히 가장 골치 아픈 사례들을 책임지고 있었지만, 그가 좋아하는 외과 수술도, 그가 벌어들이는 돈도, 철거촌의 환자들을 잃은 마음을 채워 주지는 못했다.

1987년 독재 정부는 안에서는 서민들의 원성으로, 밖으로는 독재로 인한 권위 실추 때문에 십사 년 동안 시행해 왔던 야간 통행금지에 종지부를 찍었고, 언론 검열을 약간 느슨하게 풀어 주었으며, 정당들과 나머지 망명자들의 귀환을 허락했다. 야당은 자유선거를 요구했고, 정부는 그에 대한 답으로 피노체트가 팔 년을 더 권력에 머물러야 할지 말지를 결정하기 위한 국민 투표를 제안했다. 정치에 참여한 적도 없었는데 마치 참여라도 한 듯 그 결과를 온몸으로 고스란히 치러 내야 했던 빅토르는 확실하게 노선을 정해야 할 순간이 왔다고 생각했다. 그는 국민 투표에서 군사 정부를 물리치기 위해 나라를 움직여야 하는 크나큰 과업을 앞둔 야당에 합류했다. 이전에 그를 협박했던 안전 요원들이 그의 집을 다시 찾아왔을 때 그는 기분 나쁘게 쫓아냈다. 그런데 그들은 머리에 두건을 씌우고 쇠고랑을 채워서 끌고 가는 대신, 그다지 설득력도 없는 협박만 늘어놓다가 가 버렸다. "그들이 다시 돌아올 거예요." 로세르가 분노로 치를 떨며 말했지만, 며칠이 지나고 몇 달이 지나도 그녀의 예언은 이뤄지지 않았다. 그들에게 그 일은 사 년 전 마르셀이 말한 것처럼 드디어 칠레가 변화를 앞두고 있다는 일례가 되었다. 독재의 면책 특권이 서서히 와해하기 시작한 것이다.

국제 참관인들과 전 세계 언론의 감시하에 국민 투표는 놀랄 정도로 차분히 치러졌다. 휠체어를 탄 노인도, 산통이 온 임신부도, 병상에 누워 있는 환자도 모두 투표에 참여했다. 권력자들이 아무리 속 보이는 농간을 부리며 조작했어도, 독재 정부는 하루를 마무리하는 시간에 자기네 법에 따라 자기네 영역 안에서 패배했다. 그날 밤, 절대 권력의 오만에 익숙해져 오랜 세월 완벽한 면책으로 현실에서 동떨어져 있던 피노체트는 부인할 수 없는 결과를 앞에 두고도, 대통령직을 영구적으로 지속하기 위해 또 다른 쿠데타를 계획했다. 하지만 전에는 그를 지지했던 미국 비밀 요원들도, 그가 직접 뽑은 장군들도 그를 지지하지 않았다. 마지막 순간까지도 결과를 믿지 않았던 피노체트는 결국 자신의 패배를 인정하고 말았다. 몇 달 후 피노체트는 조건적이고 조심스러

오 민주주의의 과도기를 시작할 수 있도록 사신의 식책을 민간인에게 넘겨주었지만, 군대는 여전히 자기 손아귀에 쥐고 있었고 나라는 혼란한 상태가 되었다. 군사 쿠데타가 발발한 지 십칠 년이란 세월이 흘렀다.

* * *

민주주의가 돌아온 후 빅토르 달마우는 전적으로 산후 안데디오스 병원에 전념하기 위해 민영 병원은 그만두고 구속되기 이전의 직책으로 복귀했다. 새로 부임한 원장은 빅토르가 대학에서 가르쳤던 제자로, 스승이 은퇴해 노년을 즐기고도 남을 나이라는 점을 굳이 언급하지 않았다. 4월의 어느 월요일, 빅토르는 평소 입던 하얀 가운을 입고 사십 년 동안 사용한 낡은 손가방을 들고 홀에 도착해 오십 여 명의 사람들과 마주했다. 의사, 간호사, 행정 직원 들이 전에 그에게 해 주지 못했던 환영식을 준비해서는, 머랭을 얹은 커다란 케이크와 풍선을 들고 서 있었다. 그는 눈가가 촉촉해진 것을 느낀 순간, '맙소사, 세상에, 이제는 내가 늙었구나.' 하고 생각했다. 오랜 세월 그는 눈물을 보이지 않았다. 시선을 끄는 게 좋지 않기 때문에, 병원으로 돌아온 몇 안 되는 파면자들은 조용히 받아들여졌다. 군인들을 자극하지 않기 위해 가까운 과거는 묻어 두고 잊는 게 칠레 내부에서는 암묵적인 지령과도 같았다. 하지만 달마우 박사는 동료들 사이에서는 점잖고 유능하고, 아랫사람들 사이에서는 자상하다는 기억을 남겼다. 그래서 그들은 그를 다시 맞이할 수 있다는 확신이 든 순간, 바로 그에게 달려올 수 있었다. 사상적인 적들마저 그를 존중했다. 아무도 그를 밀고하지 않았다. 빅토르가 감옥에 갇히고 망명을 떠난 것은 그가 살바도르 아옌데와 친하다는 것을 알고 있던 옆집 여자의 앙심 때문이었다. 곧 의과 대학에서 수업을 맡아 달라는 연락이 왔고, 보건 복지부에서는 차관직을 부탁했다. 그는 첫 번째 제안은 받아들이고, 정당에 가입해야 한다는 조건 때문에 두 번째 제안은 거절했다. 그는 자기가 정치적인 동물이 아니고, 절대 그렇게 될 수도 없다는 것을 잘 알았다.

빅토르는 이십 년은 젊어진 기분에 활력이 넘쳤다. 칠레에서 박해받고 쫓겨나 오랜 세월 이방인으로 떠돌다가 어느 날 일어나 보니 상황이 완전히 뒤바뀌었다. 달마우 교수에 심장외과 과장, 메스 하나만 들고 다른 사람들은 시도조차 하지 못하는 엄청난 쾌거를 이뤄 낼 수 있는 칠레에서 가장 존경받는 심장 전문의, 강연가, 적들까지도 진료받고 싶어 하는 의사가 되어 있었다. 그는 아직도 권력을 쥐고 흔드는 고위급 군인 두어 명과 독재 시절 가장 열광적으로 탄압을 지시했던 전략가 중 한 사람을 수술했고, 그런 기회가 한 번 이상은 있었다. 그 인간들은 목숨을 구해야 한다는 절박감 앞에서 양다리 사이로 꼬리를 감추고 진료실을 찾아왔다. 로세르가 늘 얘기하듯 두려움은 부끄러움을 몰랐다. 빅토르는 한창 전성기로 경력의 정점에 올라 있었고, 이상하게 자기가 칠레의 변화를 상징하고 있다는 느낌이 들었다. 어둠은 물러가고 자유가 밝아 오고 있었다. 그리고 넓은 의미로 그도 찬란한 새벽을 맞이하고 있었다. 그는 일에 전념했고, 내향적인데도 살면서 처음으로 사람들의 관심을 받으려고 노력했고, 사람들 앞에 나설 기회를 잘 포착했다. "빅토르, 조심해요. 당신은 승리에 취해 있어요. 삶에는 여러 굴곡이 있다는 거 명심해요." 로세르가 그에게 주의를 주었다. 그녀가 보기에 빅토르는 자만에 빠지고 있었다. 그녀는 걱정스러운 마음으로 그를 지켜보았다. 현학적인 말투와 권위적인 분위기, 전에는 한 번도 본 적 없는 과시하려는 경향, 단정적인 의견, 조급해하고 안달하는 모습이 느껴졌다. 그녀의 눈에는 보였다. 로세르가 그런 느낌을 얘기하자 빅토르는 자기에게는 많은 책임이 따르고, 집에서 그녀하고만 노닥거리고 있을 수 없다고 대답했다. 로세르는 학교 카페테리아에서 존경심을 품고 경청하는 젊은 학생들에게 둘러싸여 점심을 먹고 있는 그를 보았다. 로세르는 빅토르가 그 존경심을, 특히 여학생들의 존경심을 얼마나 즐기고 있는지 알 수 있었다. 여학생들은 그의 별것 아닌 말 한마디에도 이유 없는 존경심을 표하며 칭찬을 아끼지 않았다. 그의 겉과 속을 구석구석 속속들이 알고 있는 로세르로서는 뒤늦게 찾아온 그 허영심이 너무나 뜻밖이라 놀라웠고, 남편이 안쓰럽기까지 했다. 그녀는 오만불손한 노인이 얼마나 아부에 약한지 알아 가고 있었다. 그런데 삶이 다시 뒤집혀, 그 거품을 걷어 낼 사람이 바로 자기 자신일 줄은 상상도 하지 못했다.

열세 달 후 로세르는 자기가 알 수 없는 병에 걸려 천천히 부식되어 가고 있다는 의심이 들었지만, 그녀의 남편은 아무것도 발견하지 못했다. 그녀는 나이가 들어서 그렇거나 상상에서 비롯된 증상일 거라고 확신했다. 빅토르는 성공으로 너무나 바빠서 그녀와의 관계에 소홀했다. 물론 함께 있을 때면 일흔세 살의 나이에도 그녀 자신을 아름답고 매력적으로 느끼게 하는 최고의 친구이자 연인이었다. 그 역시 그녀를 안팎으로 두루 잘 알고 있었다. 그녀가 몸무게가 많이 빠지고 피부가 누렇게 뜨고 헛구역질하는데도 빅토르가 걱정하지 않았다면, 분명히 하찮은 병이었다. 그녀가 누군가에게 진찰을 받겠다고 결심하기까지 다시 한 달이 흘렀다. 이전의 불편함 이외에도, 열이 나서 온몸을 떨며 잠에서 깨어나는 일도 있었다. 그녀는 조심스럽기도 하고 남편 앞에서 엄살을 피우는 것 같기도 해서, 남편의 동료 중 한 명을 찾아갔다. 며칠 후 검사 결과가 나왔고, 그녀는 말기 암이라는 나쁜 소식을 갖고 집으로 돌아왔다. 로세르는 빅토르가 놀라움에서 벗어나 반응을 보일 때까지 두 번이나 말해야 했다.

그녀에게 남은 시간을 연장해 함께 보내는 것만이 그들이 유일하게 진심으로 바라는 것이라서, 진단 이후 두 사람의 삶은 극적으로 변했다. 빅토르는 단 한 번에 허영심의 거품이 쫙 빠져, 올림포스산에서 질병 지옥으로 내려왔다. 그는 병원에 무기 휴가를 신청하고, 로세르에게 온전히 전념하기 위해 수업을 그만두었다. "빅토르, 우리가 할 수 있는 선에서 잘 지내 보자고요. 어쩌면 이 병과의 전쟁은 이미 졌을지도 몰라요. 하지만 그사이 몇몇 전투는 우리가 이겨 보자고요." 빅토르는 그녀를 데리고 남쪽의 호수로 신혼여행을 떠났다. 숲과 폭포, 산, 눈으로 덮인 세 화산의 정상이 그대로 비치는 에메랄드빛 거울과도 같은 곳이었다. 그러한 환상적인 풍경 속에서, 자연의 절대적인 침묵 속에서, 그들은 모든 것으로부터, 모두로부터 멀리 떨어져 시골 오두막집에 정착했다. 그곳에서 그들은 로세르가 기옘을 사랑했던 비쩍 마른 계집아이였을 때부터 빅토르에게는 세상에서 가장 아름다운 여인으로 다가온 현재까지, 과거를 한 단계, 한 단계 떠올릴 수 있었다. 얼음장같이 차갑고 원초적인 그 물이 그녀의 겉과 속을 씻어 내 깨끗하게 정화하고 건강하게 해 줄 수 있기라도 한 듯, 그녀는 호수에서 헤엄치겠다며 고집을 피웠다. 또한 여기저기 돌아다니고 싶어 했지만, 그녀가 원하는 대로 걷기에는 기운이 달려서 한 손으로는 지팡이를 짚고, 다른 한 손으로는 남편의 팔짱을 끼고 함께 천천히 산책만 해야 했다. 그녀는 눈에 띄게 살이 빠져 갔다.

빅토르는 평생 고통과 죽음과 싸우며 살아서, 죽음의 문턱에 선 환자들을 뒤흔들어 놓는 격렬한 감정에 익숙했다. 자신의 운명을 부정하고, 그런 운명을 겪게 된 것에 화를 내며 미쳐 날뛰고, 삶을 연장하기 위해 운명과 신과 흥정하고,

절망에 빠졌다가 결국에는 최상의 경우 어쩔 수 없는 상황 앞에 체념하게 된다는 것을 그는 학교에서 배워서 익히 잘 알고 있었다. 그런데 로세르는 이전 단계들을 모두 건너뛰고, 처음부터 놀랄 정도로 차분하고 홀가분하게 죽음을 받아들였다. 그녀는 메체를 비롯한 친구들이 좋은 뜻으로 권한 동종 요법이나 아마존 밀림의 약초, 민간요법 치료사나 퇴마 의식 같은 대체 치료를 모두 거절했다. "나는 죽을 거예요. 그게 뭐? 모두 죽는데." 그녀는 컨디션이 좋은 시간을 이용해 음악을 듣고, 피아노를 연주하고, 무릎 위에 고양이를 올려놓고 시를 읽었다. 메체가 그들 부부에게 선물한 고양이로 생김새는 페르시안 같았지만 언제나 다소 야생적인 면이 있었다. 데면데면하고, 혼자 있기를 좋아하고, 가끔은 며칠씩 보이지 않다가 피투성이가 된 쥐 사체를 물고 돌아와 집주인의 침대 위에 봉납물처럼 올려놓았다. 고양이도 뭔가 변했다는 걸 아는 눈치였다. 하룻밤 사이에 순둥이가 되어 응석도 많아지고, 로세르에게서 떨어지지 않았다.

처음에 빅토르는 기존 치료법과 임상 시험 중인 다른 치료법에 집착하고, 논문을 읽고, 마약을 일일이 연구하고, 가장 비관적인 자료는 외면하고 희망의 빛이 조금이라도 보이는 자료에 매달리며 선별적으로 통계 자료들을 외웠다. 그는 삶에 대한 강한 애착으로 죽음에서 돌아왔던 노르테역의 어린 군인 라사로를 떠올렸다. 그가 로세르의 마음과 면역 체계에 삶에 대한 그 열정을 심어 주기만 한다면, 그녀가 암

올 이길 수도 있을 것 같았디. 그런 경우들은 존재했디. 기적
들은 있었다. "로세르, 당신은 강해. 늘 그랬어. 당신은 한 번
도 아픈 적이 없었어. 당신은 강철로 되어 있어. 당신은 이겨
낼 거야. 이 병이 늘 치명적인 건 아니야." 그는 의사로서 환
자들에게 실망을 안겨 줄 수도 있는 근거 없는 낙관주의를
제대로 주입하지 못한 채 주문처럼 반복하기만 했다. 로세르
는 최선을 다해 그가 하자는 대로 해 줬다. 그녀는 오로지
남편을 위해 항암 화학 요법과 방사선 치료를 받았다. 그녀
는 그 치료법들에는 점점 고통스러워지는 과정을 하루하루
연장하는 의미만 있을 뿐이라고 확신했다. 하지만 타고난 인
내심으로 불평 한마디 없이 끔찍한 약들을 견뎌 냈다. 속눈
썹까지 모두 빠지고, 몸이 너무나 쇠약해지고 말라서 빅토
르는 별 힘도 들이지 않고 그녀를 쉽게 안아 올릴 수 있었
다. 그는 로세르를 안아서 침대에서 소파로 옮기고, 안아서
화장실로 데려가고, 안아서 정원으로 데려가 푸크시아 덤불
에 있는 벌새와 개들을 비웃으며 뛰어다니는 토끼들을 보여
주었다. 개들은 이제 번거롭게 토끼를 쫓아다니기에는 너무
늙었다. 그녀는 입맛을 잃었지만, 남편이 요리책을 뒤져 가며
요리한 음식을 몇 입이라도 넘겨 보려고 노력했다. 막판에
가서는 일요일마다 카르메 할머니가 마르셀에게 해 줬던 디
저트인 크레마 카탈라나만 넘길 수 있었다. "내가 떠나면 경
의를 표하는 마음으로 하루나 이틀만 나를 위해 울고, 불쌍
한 마르셀을 위로해 주고, 그런 다음에 당신 병원과 수업으

로 돌아가요. 하지만 빅토르, 좀 더 겸손해져요. 당신은 참기 힘들 정도였어요." 한번은 로세르가 빅토르에게 말했다.

돌과 짚으로 지어진 그 집은 마지막까지 두 사람의 성지였다. 그곳에서 그들은 육 년을 행복하게 살았다. 하지만 하루, 일분일초가 귀해진 근래에 들어서야 비로소 그 집을 마음껏 누릴 수 있었다. 그들은 그 집이 이미 상당히 낡았을 때 구매했지만, 필요한 수리는 무기한으로 연기했다. 삐져나온 블라인드를 교체해야 했고, 분홍빛 타일과 녹슨 수도관으로 된 욕실을 보수해야 했고, 닫히지 않는 문과 열리지 않는 문을 수리해야 했다. 쥐가 둥지를 틀어 절반은 썩어 문드러진 지붕의 짚을 걷어 내야 했고, 거미줄, 이끼, 벌레, 먼지 덮인 벽포를 청소해야 했다. 그러나 그들은 어떤 것도 전혀 인지하지 못했다. 집이 그들을 품에 안듯 안아 주었고, 쓸데없는 잡념과 다른 사람들의 호기심과 동정에서부터 그들을 지켜 주었다. 아들만이 꾸준하게 찾아오는 유일한 방문객이었다. 마르셀은 장을 본 물건들이 든 비닐봉지와 개와 고양이와 앵무새 먹이를 들고 수시로 찾아왔다. 앵무새는 "안녕, 미남!"이라며 늘 신나서 그에게 인사를 건넸다. 그리고 어머니를 위해 클래식 음악을 녹음한 것과 기분을 전환해 줄 비디오, 숨 막히게 하는 바깥 소식이 담겨 있어서 빅토르나 로세르는 읽지 않는 신문과 잡지도 가지고 왔다. 마르셀은 될 수 있으면 조심스럽게 행동했다. 소리를 내지 않기 위해 문 앞에서 신발을 벗었다. 하지만 큰 덩치와 억지웃음, 존재감만으로도 분위기를 가득 채워 주었다. 부모는 하루라도 오지 않으면 그를 보고 싶어 했다. 그런데 같이 있으면 정신없어했다. 그리고 옆집 여자 메체는 요리한 음식을 현관 앞 포치에 조용히 놔두고, 그들에게 필요한 게 있는지 물었다. 그녀는 잠시도 머물지 않았다. 달마우 부부에게는 함께 있는 시간이, 서로 작별할 시간이 가장 소중하다는 것을 잘 알고 있었다.

두 사람이 포치의 대나무 의자에 나란히 앉아 고양이는 무릎 위에, 개는 발밑에 두고 저물녘의 금빛 구릉과 푸른 하늘을 바라볼 때였다. 로세르가 너무 피곤하다고, 제발 놓아 달라고, 떠나도록 내버려 달라고 남편에게 부탁하는 날이 왔다. "절대 무슨 일이 있어도 나를 병원으로 데려가지 말아요. 우리 집 침대에서 당신 손을 잡고 죽고 싶어요." 빅토르는 결국 두 손 두 발 들고 자신의 무력함을 받아들여야 했다. 그는 그녀를 구할 수 없었고, 그녀 없는 삶을 상상할 수도 없었다. 그는 놀라워하며 자기네가 함께한 반백 년이라는 세월이 순식간에 지나갔음을 깨달았다. 그 세월은 모두 어디로 갔단 말인가? 그녀가 없는 미래는 그의 악몽에 자주 등장하는 문도 창문도 없이 텅 비어 있는 큰 방과도 같았다. 그는 전쟁으로부터, 피로부터, 토막 난 시신들로부터 도망쳐, 한밤중에 달리고 달려 갑자기 그 밀폐된 방에 와 있는 꿈을 꾸었다. 자신을 제외한 모든 것으로부터 안전한 방이었다. 자신이 나이와 상관없이 불사신이라고 믿었던 몇 달

전의 열정과 에너지는 뼈마디 사이로 빠져나갔다. 자기 옆에 있던 여자도 몇 분 지나지 않아 늙어 버렸다. 조금 전까지만 해도 그가 늘 봐 왔던 여자의 모습이고, 그녀가 없을 때면 떠올리던 모습이었다. 갓난아기를 품에 안은 스물두 살의 젊은 여자였다. 사랑도 없이 자기와 결혼했다가, 이 세상 어느 누구보다 자기를 사랑해 준 여자였다. 동반자였다. 그는 그녀와 함께 살 만한 가치가 있는 모든 것을 누렸다. 죽음이 임박해 오자 강렬한 사랑이 화상처럼 견딜 수 없었다. 그는 그녀를 붙잡고 뒤흔들고 싶었다. 그녀에게 가지 말라고, 그 어느 때보다 더 사랑할 날이, 하루도 떨어지지 않고 함께할 날이 앞으로 몇 년은 더 남아 있다고, "제발, 제발, 로세르, 나를 떠나지 마."라고 소리 지르고 싶었다. 하지만 그는 그런 말은 한 마디도 하지 않았다. 장님이 아니고서는 혼령의 인내심으로 아내를 기다리며 정원까지 들어와 있는 죽음을 보지 않을 수 없었다.

차가운 바람이 불어 빅토르는 모포 두 개로 로세르의 코까지 꼭 감싸 주었다. 모포에 보기보다 훨씬 강하게 그의 손을 꼭 잡고 있는 해골처럼 비쩍 마른 손 하나만이 보였다. "빅토르, 나는 죽는 건 무섭지 않아요. 나는 행복해요. 뒤에 뭐가 있을지 알고 싶어요. 당신도 두려워할 거 없어요. 이생이나 다른 생에서나 당신이 늘 나와 함께 있을 거니까요. 그게 우리의 카르마예요." 빅토르가 절망에 휩싸여 훌쩍거리며 어린아이처럼 울음을 터뜨렸다. 로세르는 빅토르가 눈묵이 마를 때까지 울며, 자기가 몇 달 전에 받아들인 그 사실을 그 역시 포기하고 받아들이기를 기다렸다. "나는 당신을 더 고통스럽게 하고 싶지 않아, 로세르." 그게 빅토르가 그녀에게 해 줄 수 있는 유일한 것이었다. 매일 밤 그랬듯이 남편은 그녀를 품에 꼭 끌어안고, 그녀가 잠들 때까지 흔들며 자장가를 불러 주었다. 이미 날이 어두웠다. 빅토르는 고양이를 치우고, 로세르가 깨지 않도록 조심스럽게 로세르를 안아 침대로 데려갔다. 그녀는 거의 무게가 느껴지지 않았다. 개들이 그의 뒤를 따랐다.

13장
여기서 이야기는 끝을 맺는다
1994년

그렇지만,
이곳에 내 꿈의 뿌리가 있다.
이것이 우리가 사랑한 단단한 빛이다.

파블로 네루다, 「귀환」, 『항해와 귀환』

로세르가 세상을 떠나고 삼 년 후, 빅토르 달마우는 1983년 칠레로 돌아온 이후 그녀와 함께 살았던 시골집에서 80세를 맞이했다. 로세르는 몸을 떨고 옷도 남루한 늙은 여왕이었지만, 품위가 있었다. 어릴 때부터 혼자 있는 걸 좋아했던 빅토르에게 홀아비 생활은 상상 이상으로 힘들었다. 그들의 먼 과거를 자세히 알지 못하는 지인이라면 누구나 인정했듯이 그들은 최고의 부부였다. 그런 만큼 그는 혼자가 되자 아내가 원했던 만큼 빨리 아내의 부재에 익숙해지지 못했다. "내가 죽으면 당신은 바로 결혼해요. 당신이 노쇠하고 정신이 오락가락하면 누군가 당신을 돌봐 줘야 하니까요. 메체가 나쁘지는 않은데……." 로세르는 거의 죽음에 임박해 산소마스크로 호흡하면서 그에게 당부했다. 빅토르는 외로워도 텅 비어 있는 자기 집이 좋았다. 아내가 지붕에 사는 쥐보다 더 신경 써서 없애고자 했던 침묵과 무질서, 닫힌 방냄새, 추위, 웃풍이 사방으로 기지개를 펴는 것 같았다. 온종일 바람이 무섭게 휘몰아쳤고, 유리창은 서리가 내려앉아 밖이 보이지 않았고, 벽난로의 불길로는 비와 우박이 쏟아지는 그 겨울을 물리치기에 역부족이었다. 반세기 넘게 결혼 생활을 하다가 혼자 산다는 게 낯설게 다가왔고, 로세르가 너무 그리웠다. 가끔은 그녀의 부재가 육체적 고통처럼 아프게 느껴졌다. 그는 노년에 굴복하고 싶지 않았다. 나이가 많아진다는 것은 익숙한 현실이 방해받고, 몸이 바뀌고, 상황이 바뀌고, 균형을 잃어서 타인의 호의에 의지할 수밖에 없다는 의미였다. 하지만 그는 그 순간이 오기 전에 죽을 생각이었다. 문제는 존엄을 지키며 빨리 죽는 게 가끔은 매우 어렵다는 데 있었다. 심장이 건강해서 심장마비로 세상을 떠나는 것도 거의 가능해 보이지 않았다. 일 년에 한번 건강 검진을 받을 때마다 주치의가 그 사실을 반복해 알려 주었다. 그리고 매번 그 언급은 자기 손에 심장이 있었던 어린 군인 라사로에 대한 기억을 생생하게 상기시켰다. 그는 곧 다가올 미래에 대한 두려움을 아들에게는 말하지 않았다. 먼 미래는 나중에 아들이 알아서 할 일이었다.

"아버지, 아버지에게는 무슨 일이든 일어날 수 있어요. 내가 여행하고 있을 때 아버지가 넘어지거나, 아니면 쓰러질 수도 있어요. 그러면 아버지는 도움도 받지 못한 채 며칠 동안 방치될 수 있어요. 그러면 어떡하실래요?"

"마르셀, 죽으면 그만이다. 내 죽음을 망가뜨리지 않도록 아무도 나타나지 않기를 간절히 바랄 뿐이다. 내 동물들은 걱정하지 말아라. 그놈들에게는 며칠 먹을 식량과 물이 늘 있다."

"아버지가 편찮으시면 누가 돌봐 드려요?"

"그게 네 어머니가 걱정했던 거다. 두고 봐야지. 나는 늙었다. 하지만 노인은 아니야. 아픈 데는 네가 나보다 더 많다."

그건 사실이었다. 아들은 쉰다섯 살의 나이에 벌써 무릎 연골 수술을 받았고, 갈비뼈가 여러 대 부러졌고, 같은 빗장뼈가 두 번이나 부러졌다. "운동을 과하게 해서 그런 거야." 빅토르가 말했다. "몸을 건강하게 유지하는 건 좋다. 하지만 아무도 쫓아오지 않는데 대체 누가 뛰어다니고 자전거로 대륙을 횡단할 생각을 하겠니. 결혼해야 한다. 그래야 페달 밟을 시간도 줄어들고 여기저기 아픈 데도 줄어든다. 결혼은 여자한테 그다지 권장할 만한 것은 아니지만, 남자에게는 매우 권장할 만하지." 그렇지만 빅토르는 자기 결혼에 대해서는 그 충고를 따를 마음이 없었다. 그는 건강은 자신 있었다. 건강을 유지하기 위해 가장 좋은 것은 몸과 마음이 보내는 경고를 무시하고, 늘 뭔가에 몰두하는 것이라는 이론을 펼쳤다. 그는 뭔가 목적이 있어야 한다고 했다. 나이가 들어 가면서 몸이 약해지기는 했다. 어쩔 수 없는 일이었다. 뼈도 치아처럼 누렇게 되고, 내장 기관도 많이 써서 닳아 있을 테고, 뇌에 있는 신경 세포도 조금씩 죽어 가고 있을 게 분명했다. 하지만 그런 드라마는 아직 그의 눈에 띄지 않았다. 겉으로 보면 아직은 봐 줄 만했고, 치아가 모두 있는데 간의 상태가 무슨 대수란 말인가. 피부 위로 바로 생기는 멍 자국이나 개들을 데리고 산을 오르거나 셔츠 단추를 채우는 일이 점점 힘들어지고 있다는, 반박할 수 없는 사실은 애써 모른 척했다. 눈이 피로하고 귀가 잘 들리지 않고 양손이 떨리는 것도 애써 모른 척했다. 그는 양손이 떨려 계속 수술할 수가 없어서 수술실에서는 완전히 물러나야 했다. 그렇다고 한가한 것은 아니었다. 그는 산후안데디오스 병원에서 계속 환자들을 돌보고 대학에서 강의도 했는데, 가장 힘들었던 내전을 포함한 육십 년 경험이 풍부해 이제 수업 준비는 하지 않았다. 그는 아직 어깨를 활짝 펴고 다녔고, 몸도 꼿꼿했다. 머리카락도 남아 있었고, 다리 저는 걸 보완하기 위해 자세도 창처럼 꼿꼿하게 유지했다. 하지만 매일 무릎이나 허리를 구부렸다 펴는 게 점점 힘들어졌다.

빅토르는 아들을 걱정시키지 않기 위해 혼자 사는 게 힘들다고 소리 높여 얘기하지 않았다. 마르셀은 지나치게 걱정이 많고 모성애가 있었다. 빅토르에게 죽음은 돌이킬 수 없는 이별이 아니었다. 그는 두려움보다는 호기심을 안고 죽은 아내를 따라가기 위해 자기 차례를 기다리는 동안, 어쩌면 죽은 사람들의 영혼이 가는 천체 공간으로 아내가 먼저 떠나서 여행하고 있다고 상상했다. 그곳에서 로세르가 그의 동생 기옘과 그의 부모, 조르디 몰리네, 전선에서 죽은 많은 친구들과 함께 있을 거라고 생각했다. 그처럼 과학적인 교육을 받은 합리적 불가지론자에게는 근본적으로 잘못된 이론이었지만, 위로가 되었다. 그들 둘은 이생과 다른 생에서도 함께할 운명이라서 그가 절대 그녀에게서 벗어날 수 없을 거라고, 로세르가 한 번 이상 진지하면서도 위협적으로 경고한 적이 있었다. 과거에는 늘 부부가 아니었다고 했다. 다른 생에서는 모자나 남매였을 가능성이 가장 컸으며, 그게 그들을 연결하고 있는 조건 없는 애정 관계를 설명해 주는지도 모른다고 했다. 반복을 피할 수 없고, 다른 여자보다 로세르라면 더 좋을 수도 있겠지만, 빅토르는 같은 사람과 영원히 계속 관계를 맺는다는 게 섬뜩하기도 했다. 그는 운명도 윤회도 믿지 않았기 때문에, 어찌 됐든 그 가능성은 시적인 사색에 불과했다. 운명은 텔레비전 연속극의 속임수라고 생각했고, 윤회는 수학적으로 불가능하다고 생각했다. 티베트 같은 머나먼 곳의 정신 수양에 매료되는 경향이 있는 아내에 따르면, 수학은 현실의 복합적인 차원을 설명하지 못했다. 하지만 빅토르에게는 그게 말 많은 사람의 변명처럼 들렸다.

빅토르는 재혼 가능성을 생각하면 몸서리가 났다. 반려동물들이 함께 있는 것으로 충분했다. 그가 혼자 말한다는 것은 사실이 아니었다. 개들이나 앵무새, 고양이와 대화를 나눴다. 암탉들은 이름도 없고 자기네 마음대로 들락거리니 달걀을 숨겨 놨기 때문에 반려동물로 치지 않았다. 그는 저녁때 집에 도착해, 하루 동안 있었던 일을 동물들에게 시시콜콜하게 얘기했다. 그가 어쩌다 감성적일 때면, 동물들이 대화 상대가 되어 주었다. 그리고 그가 두 눈을 감고 집 안의 물건이나 정원의 꽃과 동물을 부를 때면 동물들이 들어주었다. 다른 노인들이 퍼즐을 맞추듯, 기억력과 주의력을 유지하기 위한 그만의 연습 방법이었다. 기나긴 오후 시간에 추억을 떠올릴 시간이 있을 때면 몇 명 되지 않는 사랑했던 여자들을 떠올려 보았다. 첫사랑은 아주 오래전 1936년에 만난 엘리자베트 아이덴벤츠였다. 그녀를 생각하면 하얗고 달달한 아몬드 케이크가 떠올랐다. 그 시절에는 전쟁이 모두 끝난 후 잔해와 화약 가루가 땅 위로 내려앉으면 그녀를 찾아갈 거라고 다짐했었다. 하지만 실제로는 그렇게 하지 못했다. 전쟁이 끝나고 나서 그는 결혼했고, 아들과 함께 매우 멀리 와 있었다. 훨씬 나중에야 단순한 호기심으로 엘리자베트를 찾았는데, 그녀의 무용담에 관한 무성했던 얘기와는 상관없이 그녀는 오스트리아의 작은 마을에서 꽃과 나무를 기르며 살고 있었다. 빅토르는 그녀가 살고 있는 곳을 알아내 편지 한 통을 보냈지만, 그녀로부터 답장은 없었다. 이제 혼자가 되었으니 어쩌면 그녀에게 다시 편지를 보낼 수도 있었다. 절대 둘이 다시 볼 일은 없을 테니, 위험이 따르지 않는 시작이 될 수도 있었다. 오스트리아와 칠레는 빛이

천년을 움직여야 닿을 만큼 멀리 떨어져 있었다. 짧고 열정적이었던 두 번째 사랑인 오펠리아 델 솔라르는 기억하고 싶지 않았다. 그 외 사랑은 몇 번 되지도 않았다. 사랑보다는 끌림에 가까웠지만, 그는 견딜 수 없는 추억을 유지하기 위해 그 사랑들을 미화하며 자주 떠올렸다. 그가 유일하게 사랑한 여자는 로세르였다.

그날, 빅토르는 자기 생일에 늘 준비하던 메뉴로 유년기와 청년기 중 최고의 순간들을 기리며 동물들과 함께 생일을 축하하려고 하고 있었다. 어머니 카르메는 부엌과 거리가 멀었다. 그녀가 잘하는 일은 가르치는 것으로, 일주일 내내 가르치는 일에만 매달렸다. 그리고 일요일과 공휴일에는 고딕 지역의 대성당 앞에서 사르다나 춤을 추다가, 그곳에서 술집으로 직행해 친구들과 어울려 적포도주 한 잔을 기울이며 즐기느라 부엌에는 들어가지도 않았다. 빅토르와 동생 기옘, 아버지는 매일 저녁 토마토와 정어리, 카페 라테로 식사를 했다. 하지만 아주 가끔 어머니가 영감을 받아 잠에서 깨어나면, 유일하게 할 줄 아는 전통 요리인 전형적인 먹물 파에야를 해 놓고 가족들을 놀라게 했고, 빅토르의 기억에 그 음식 냄새는 늘 기념일과 연관되어 있었다.

그 감성적인 추억을 기리기 위해 빅토르는 퓌메 재료와 파에야 요리에 넣을 신선한 오징어를 찾아 생일 전날이면 중앙 시장으로 향했다. 로세르는 그가 죽을 때까지 카탈루냐 사람이라고 했다. 로세르는 그 축하 만찬을 위한 손이 많

이 가는 과정에는 단 한 번도 동침한 적이 없었나. 그 대신
거실에서 피아노를 연주하거나, 부엌 의자에 앉아 네루다의
시를 읽어 주는 것으로 거들었다. 아마도 "폭풍이 휘몰아치
는 칠레 바다에서 장밋빛 붕장어가, 살이 눈처럼 새하얀 거
대한 뱀장어가 살고 있다." 같은 바다 맛이 느껴지는 송가였
을 것이다. 그리고 빅토르가 귀족 음식의 왕이라 할 수 있는
붕장어가 아닌, 프롤레타리아들의 스튜에 들어가는 싸구려
생선 머리와 꼬리가 실제로 자기 요리에 들어간다고 몇 번
이나 얘기해도 소용이 없었다. 빅토르가 올리브 기름에 양
파와 피망을 볶은 후 껍질을 벗겨 둥글고 납작하게 썬 오징
어와 마늘, 잘게 다진 토마토 약간, 쌀을 넣고 뜨거운 육수
와 시커먼 오징어 먹물과 평범하고 신선한 월계수 잎사귀로
마무리하면, 로세르가 모국어를 과시하기 위해 카탈루냐 말
로 재미난 이야기들을 들려주었다. 하도 여기저기 돌아다니
다 보니 그들에게는 그 모국어가 낯설었다.

* * *

　파에야 팬에서는 파에야 요리가 나지막한 불에 익어 가
고 있었다. 일주일 내내 똑같은 음식을 먹어야 하겠지만 두
배 분량으로 음식을 준비했다. 빅토르가 작은 접시에 덜어
놓은 스페인산 안초비와 올리브 열매를 먹으며 기다리는 동
안, 그 전설적인 냄새가 집과 그의 영혼 구석구석으로 파고

들어 왔다. 스페인산 안초비와 올리브 열매는 어디서나 구할 수 있었고, 아들은 그게 자본주의의 장점이라며 그를 자극했다. 빅토르는 국내산을 선호했다. 지역 산업을 지지하며 애국해야 했지만, 그 이상주의는 올리브 열매와 안초비 같은 너무나도 성스러운 재료 앞에서는 허물어졌다. 저녁 준비를 마친 후 로세르와 건배를 들기 위해 드라이 로제 와인 한 병이 냉장고에서 차가워지고 있었다. 리넨 테이블보를 깔아 놓았고, 테이블을 장식할 온실 장미 여섯 송이와 초도 갖다 놓았다. 성질이 급한 로세르가 있었다면 벌써 한참 전에 와인 병을 열었을 것이다. 하지만 지금 그의 현재 상태에서는 기다리는 것으로 만족해야 했다. 냉장고에는 크레마 카탈라나도 준비되어 있었다. 그는 디저트는 좋아하지 않았지만, 크레마 카탈라나는 게 눈 감추듯 먹을 수 있었다. 그런데 전화벨이 울려 깜짝 놀랐다.

"아버지, 생일 축하 드려요. 뭐 하세요?"

"추억을 떠올리며 후회하고 있다."

"무슨 추억요?"

"내가 저지른 잘못들."

"그것 말고는 뭐 하고 계셨어요?"

"요리한다. 너는 어디에 있니?"

"페루요. 국제회의에 있어요."

"또? 너는 그걸로 세월을 보내는구나."

"늘 하던 요리 하셨어요?"

"응. 집에서 바르셀로나 냄새가 진동한다."

"메체 아주머니를 초대하셨겠지요?"

"음……."

메체…… 메체. 아버지가 혼자 사는 문제를 극단적으로 해결하기 위해, 아들이 고집스럽게 밀어붙이고 있는 매력적인 옆집 여자였다. 빅토르는 그 여자의 활력과 가벼움이 매력적인 것은 인정했다. 오히려 그가 코끼리나 하마 같은 후피 동물처럼 느껴질 정도였다. 열려 있는 긍정적인 성정에, 엉덩이가 큼지막하고 몸매는 풍만하며 채소가 잔뜩 나는 텃밭이 있는 메체는 늘 젊음을 유지할 것 같았다. 그렇지만 틀어박혀 지내는 경향이 있는 그는 빠르게 늙어 가고 있었다. 마르셀은 자기 어머니를 존경했고, 빅토르는 아직도 아들이 몰래 숨어서 어머니 때문에 울고 있을지도 모른다고 의심했다. 하지만 마르셀은 아내가 없는 아버지는 결국 비렁뱅이가 될 거라고 확신했다. 빅토르는 아들의 주의를 다른 곳으로 돌리기 위해 젊었을 때 알던 간호사와 연락할 생각이 있다고 말했다. 하지만 마르셀은 한번 작정하면 절대 포기하지 않았다. 메체는 300미터 떨어진 거리에 살고 있었고, 그들 사이로 길게 늘어선 미루나무로 나뉜 구획이 두 개나 있었지만, 빅토르는 그녀를 유일한 이웃으로 생각했다. 그는 자기가 망명을 떠났고 빈민 병원에서 일했다는 사실만으로 공산주의자로 몰아붙이는 사람들과는 거의 인사도 나누지 않았다. 빅토르는 규율이라도 있는 것처럼 모르는 사람과는 같이 있으려고 하지 않았다. 동료와 환자와 함께하는 것으로 충분했지만, 메체와는 그러지 못했다. 마르셀에 의하면 그녀는 이상적인 연인이었다. 성숙하고 과부인 데다 자식과 손주도 없고 눈에 띄는 단점도 없고, 그보다 여덟 살이나 어린 나이에 쾌활하고 창의적이었다. 게다가 동물을 좋아했다.

"아버지, 나한테 약속하셨잖아요. 아버지는 그 부인에게 갚아야 할 빚이 많아요."

"그 여자는 우리 집까지 고양이를 찾으러 오는 게 귀찮아서 아예 나한테 고양이를 갖다줬다. 정상적인 여자가 나처럼 다리도 절고 비사교적인 데다가 옷도 못 입는 노인을 마음에 두고 있다니, 네가 왜 그런 생각을 하는지 모르겠다. 그녀가 절망적인 상태가 아니라면 말이다. 그리고 그런 경우라면 내가 왜 그녀를 좋아해야 하니?"

"어리석게 굴지 마세요."

그 완벽한 여자는 쿠키도 굽고 토마토도 길렀다. 그녀는 조심스럽게 그것들을 바구니에 담아 와서 현관 문고리에 걸어 놓고 갔다. 그가 고맙다는 말을 잊어버려도 기분 나빠 하지 않았다. 그 부인의 절대 꺾이지 않는 열정이 의심스러웠다. 그녀는 차게 먹는 호박 수프나 계피와 복숭아를 곁들인 닭고기 요리 같은 이상한 요리를 주기적으로 갖다주었고, 빅토르 달마우에게는 그것이 뇌물의 일종으로 해석될 수 있는 공납물과도 같았다. 최소한의 신중함이 그녀를 멀리하라고 충고했다. 빅토르는 노년을 조용히, 묵묵하게 보내려고

계획하고 있었다

"아버지, 생일에 혼자 계시니까 마음이 아프네요."

"동반자가 있다. 네 어머니 말이다."

통화 중 긴 침묵 때문에 빅토르는 자기가 아직은 정신이 맑다는 것을 확실하게 밝혀 둬야 했다. 죽은 사람과 함께 저녁 식사를 한다는 것은 크리스마스이브 저녁때 자정 미사를 간다는 것과 같으며, 일 년에 한 번 치르는 은유적인 의식이었다. 혼령과는 아무 상관이 없었다. 잠시 추억을 되살리는 즐거움을 누리며, 여러 우여곡절 속에서 수십 년 세월 동안 자기를 참고 견뎌 준 착한 아내를 기리며 건배를 드는 것이었다.

"좋은 밤 보내세요, 아버지. 일찍 주무세요. 그쪽은 상당히 추울 거예요."

"밤새도록 즐겁게 놀다가 새벽이 돼서 잠자리에 들거라, 아들. 너한테는 그게 부족하다."

오후 7시가 조금 지났을 무렵, 날이 어두워지고 있었고 겨울 날씨라 몇 도 더 내려갔다. 바르셀로나에서는 9시 전에는 아무도 먹물 파에야를 먹지 않았고, 칠레에서도 그 습관은 거의 비슷했다. 노인들이나 7시에 저녁을 먹었다. 빅토르는 애용하는 안락의자에 앉아, 벽난로에서 타들어 가고 있는 산사나무 몸통의 향을 음미하며 저녁 식사의 즐거움을 설레는 마음으로 기다리기로 했다. 그 안락의자는 헐거워진 틀 위로 그의 몸 자국이 선명하게 나 있었다. 그리고 번갈아

읽는 책 한 권과 그가 좋아하는 방식으로 얼음이나 다른 음료는 섞지 않은 피스코를 작은 잔으로 마시고 있었다. 고독이 알코올중독을 불러올 수 있다고 믿었기 때문에, 하루가 끝날 때 딱 한 잔만 자신에게 허용하는 독한 술이었다. 피에야 팬 안에 들어 있는 내용물이 그를 유혹하기는 했지만, 적당한 시간이 될 때까지 버텨 보기로 했다.

밤에 잠자리에 들기 전 주변을 돌며 볼일을 보러 나갔던 개들이 갑자기 떼를 지어 무섭게 짖어 대며 그를 방해했다. 빅토르는 여우가 왔을 거라고 생각했다. 하지만 곧 정원으로 차가 들어오는 소리가 들리자 온몸에 전율이 흘렀다. 빌어먹을, 메체군. 그는 바로 불을 끄고 잠자는 척할 수가 없었다. 평소에는 개들이 유별날 정도로 흥분해 그녀에게 달려가 인사했다. 하지만 이번에는 계속해서 짖어 대기만 했다. 옆집 여자는 새끼 돼지 구이나 그녀의 다른 예술 작품 같은 끔찍한 선물 보따리를 내리기 위해 도움이 필요할 때를 제외하고는 절대 클랙슨을 누르지 않았기 때문에, 클랙슨 소리가 들리는 게 이상했다. 메체는 벌거벗은 뚱뚱한 여자들, 살진 새끼 돼지처럼 덩치 크고 무거운 여자들을 표현하는 조각가로 이름이 나 있었다. 빅토르는 집 구석구석에 그녀의 작품을 여러 개 갖다 놓았고 진료실에도 하나 두었는데, 환자들을 놀라게 하거나 첫 진료의 긴장을 풀어 주는 데 쓸모가 있었다.

빅토르는 투덜거리며 약간 힘겹게 일어나, 그에게 가장 취약한 곳 중 하나인 신장 쪽을 양손으로 짚고 창가로 다가 갔다. 다리를 절다 보니 허리가 약해져 오른 다리에 더 많은 무게를 실어야 했다. 척추에 나사 네 개로 박은 철심과 좋은 자세를 유지하겠다는 확고한 결단으로 그 문제가 약간 나아 지기는 했지만, 그렇다고 완전히 해결된 것은 아니었다. 그것 이 그가 계속해서 혼자 살기로 한 결심을 변론하기 위한 좋 은 이유였다. 사람들이 보는 앞에서는 절대 보여 주지 않았 던 개인적인 불편함을 혼자서 말하고 욕하고 넋두리할 수 있는 자유였다. 자존심이었다. 그 때문에 아내와 아들은 자 주 그를 나무랐다. 다른 사람들 앞에서 완벽하게 보이고 싶 은 마음은 자존심이 아니라 허영심이라고, 노화로부터 자신 을 지키려는 마술과 같은 속임수라고 했다. 똑바로 걸으며 피곤함을 감추는 것으로는 충분하지 않았다. 욕심, 불신, 퉁 명함, 앙심, 매일 면도하지 않는 것 같은 나쁜 습관들, 똑같 은 이야기를 반복하는 것, 자기 자신이나 병이나 돈에 대해 말하는 것 등 나이가 들면 나타나는 다른 증상들도 조심해 야 했다.

현관 등 두 개가 뿜는 노란 불빛 너머로 대문 앞에 정차 한 밴 한 대가 눈에 띄었다. 그는 두 번째 클랙슨을 듣고서 운전자가 개들을 무서워한다는 생각이 들었고, 문에서부터 호루라기로 개들을 불렀다. 개들이 계속 으르렁거리며 마지 못해 그에게 복종했다.

"누구십니까?" 빅토르가 소리 질렀다.

"당신 딸이에요. 제발 개들을 붙잡아 주세요, 달마우 박사님."

여자는 빅토르가 들어오라고 할 때까지 기다리지 않았다. 그녀는 빅토르에게 개들을 붙잡게 하고서, 겁에 질려 그의 앞을 서둘러 지나갔다. 큰 개 두 마리가 지나치게 가까이에서 그녀의 냄새를 맡았고, 항상 화가 난 듯한 작은 개는 어금니를 허공으로 드러낸 채 계속 으르렁거렸다. 빅토르는 놀라서 그녀를 따라가 재킷 벗는 걸 도와준 후 복도 벤치 위에 재킷을 올려놓았다. 그녀가 대홍수를 언급하며 젖은 짐승처럼 몸을 흔들어 턴 후 수줍게 한 손을 내밀었다.

"안녕하세요, 박사님. 저는 잉그리드 슈나케입니다. 들어가도 될까요?"

"내가 보기에는 벌써 들어와 있는 걸요."

빅토르는 거실 등과 벽난로 불의 흐릿한 불빛으로 침입자를 살펴보았다. 그녀는 색이 바랜 청바지를 입고 남자 장화를 신고 있었으며, 목까지 올라오는 하얀 모 스웨터를 입고 있었다. 보석도 달지 않았고, 화장도 눈에 띄게 하지 않았다. 처음에 생각했던 것처럼 어린 소녀도 아니었다. 양쪽 눈가에 주름이 잡힌 여자로, 날씬하고 머리가 긴 데다가 동작이 빨라 착각한 것이었다. 누군가를 떠올리게하는 생김새였다.

"이렇게 연락도 없이 느닷없이 찾아뵈어 죄송합니다. 제가 남쪽 먼 곳에서 살고 있어서요. 오다가 길을 잘못 들었어요.

산티아고의 길을 잘 몰라서요. 이곳에 이렇게 늦게 도착할 거라고는 생각도 못 했어요."

"괜찮습니다. 무엇을 도와 드릴까요?"

"음. 너무 맛있을 것 같은 이 냄새는 뭐예요?"

빅토르 달마우는 한밤중에 초대장도 없이 찾아와 느닷없이 들이닥친 그 이상한 여자를 길거리로 쫓아내려고 마음의 준비를 하고 있었다. 하지만 짜증보다 호기심이 앞섰다.

"오징어 먹물 파에야입니다."

"상이 차려져 있네요. 제가 방해한 것 같군요. 내일 좀 더 적당한 시간에 다시 찾아뵐 수 있어요. 손님을 기다리고 계시죠, 그렇죠?"

"아마도 당신을요. 이름이 뭐라고 했지요?"

"잉그리드 슈나케. 박사님은 저를 모르세요. 하지만 저는 박사님에 대해 많이 알아요. 저는 오랜 시간 박사님을 찾고 있었어요."

"로제 와인 좋아해요?"

"아무 색 와인이나 다 좋아하죠. 죄송한데 그 밥 요리도 조금 주셔야 할 것 같아요. 아침부터 아무것도 먹지 못했거든요. 충분한가요?"

"충분하고, 이웃 전부가 먹어도 남습니다. 준비되었습니다. 식탁으로 갑시다. 이렇게 어여쁜 아가씨가 대체 무슨 빌어먹을 이유로 나를 찾아다니고 있었는지 얘기나 들어 봅시다."

"이미 말씀드렸잖아요. 저는 박사님의 딸이에요. 그리고 아가씨가 아니에요. 아주 제대로 쉰두 살 먹었답니다. 그리고……."

"내 외아들은 이름이 마르셀입니다." 빅토르가 그녀의 말을 끊었다.

"박사님, 제 말 믿으세요. 저는 박사님을 괴롭히려고 온 게 아니에요. 단지 뵙고 싶었을 뿐입니다."

"잉그리드, 편하게 말합시다. 보아하니 이 대화가 길어질 것 같으니."

"질문할 게 많아요. 박사님의 삶부터 시작해도 괜찮을까요? 그리고 나서 제 삶을 말씀드릴게요. 괜찮으시다면……."

* * *

다음 날 빅토르는 날이 밝자마자 바로 마르셀에게 전화를 걸었다. "아들아, 우리 가족이 갑자기 몇 배로 불어났구나. 네게 여동생과 처남과 조카 셋이 생겼단다. 네 여동생은 이름이 잉그리드고, 우리끼리 할 얘기가 많아서 네 동생은 이틀 정도 나와 같이 있다가 갈 거다." 빅토르가 마르셀과 통화하고 있는 동안, 전날 그의 집에 찾아온 여자는 푹 꺼진 거실 소파에서 얼굴까지 담요를 뒤집어쓰고 옷을 입은 채 자고 있었다. 그는 늘 불면증에 시달렸기 때문에 하룻밤 자지 않아도 별 영향이 없었고, 그날 새벽에는 로세르의 죽음 이후 어느 때보다 푹 잔 기분이었다. 반면에 손님은 열 시간이나 빅토르의 이야기를 듣고 자기 이야기를 하느라 탈진했다. 그녀는 어머니가 오펠리아 델 솔라르이고, 자기가 이해한 바로는 빅토르가 아버지라고 했다. 그 사실을 확인하는 데 몇 달이 걸렸고, 한 노파가 양심의 가책을 느끼지 않았다면 어쩌면 자기는 그 사실을 모르는 채 살아갔을 거라고 했다.

빅토르는 그 일이 있은 지 반세기가 넘게 지나고 나서야, 자기네가 사랑했던 시절에 오펠리아가 임신했었다는 사실을 알게 되었다. 그래서 그녀가 그의 삶에서 사라졌던 것이다. 그래서 열정이 분노로 바뀌었고, 논리적인 설명도 없이 그와 헤어진 것이다. "제가 보기에 그분은 한 발자국 잘못 내디딘 것으로 미래도 없이 옴짝달싹 못 하고 사로잡힌 기분이었을 거예요. 적어도 그게 그분이 제게 해 준 설명이에요." 잉그리드가 이렇게 말하고는 자기 탄생에 관한 자세한 이야기를 들려주기 시작했다.

오펠리아 쪽에서 제대로 협조하지 않자, 비센테 우르비나 신부는 자기가 알아서 입양 문제를 처리했다. 절대 발설하지 않기로 약속하고 그 계획에 관여한 유일한 사람이 라우라 델 솔라르였다. 고해 성사에서 용서하고 하늘에서 허락하는, 자비롭고 필요한 거짓말이었다. 산파인 오린다 나랑호라는 여자가 신부의 지시에 따라 책임지고 출산 전에 오펠리아를 비몽사몽인 상태로 유지했다. 그녀가 출산 전후로 오펠리아를 완전히 마취하고, 수녀원에서 누군가 묻기도 전에 외할머니의 협조로 갓난아기를 빼돌렸다. 오펠리아는 며칠 후 혼미한 상태에서 깨어나, 그녀가 사내아이를 낳았는데 태어난 지 몇 분 후 죽었다는 설명을 들었다. "여자아이였어요. 그게 나였고요." 잉그리드가 빅토르에게 말했다. 나중에라도 아이 엄마가 그 일을 의심하게 되면 딸을 찾는 걸 따돌리고 방해하기 위해, 예방 차원에서 아이 엄마에게는 사내아이라고 말한 것이었다. 나쁜 계략으로 딸을 속이는 데 동참했던 도냐 라우라는 비어 있는 작은 무덤에 십자가를 꽂은 공동묘지 연극을 포함해 다른 음모까지 고분고분 가담했다. 그녀의 책임이 아니었다. 그 계략은 그녀보다 훨씬 준비가 잘되어 있는 누군가, 학자이자 하느님의 사람인 우르비나 신부가 꾸민 것이었다.

그 후 도냐 라우라는 오펠리아가 처신을 잘하면서 평온한 삶을 잘 꾸려 가고 건강한 자식 둘과 함께 행복한 결혼 생활을 하는 걸 보자, 자신의 회의를 마음속 깊이 꼭꼭 숨겨 두었다. 우르비나 신부는 여자아이가 남부의 한 부부에게 입양되었다는 사실을 처음에 도냐 라우라에게 알려 주었다. 가톨릭 신자로 잘 알려진 사람들이며, 그게 그녀에게 해 줄 수 있는 말 전부라고 했다. 나중에 그녀가 용기를 내어 조금 더 질문했을 때, 우르비나 신부는 그녀에게 손녀는 죽은 것으로 쳐야 한다며 딱 잘라 말했다. 그 아이는 같은 피를 가졌어도 절대 가족이 아니라며, 하느님이 그 아이를 다른 부모에게 인도했다고 했다. 아이를 입양한 부부는 둘 다 독일계 후손으로 — 키 크고 단단한 체구에 파란 눈에 금발 — 산티아고에서 800킬로미터 이상 떨어진 나무와 비가 많고 강이 많은 아름다운 도시에서 살고 있었지만, 외할머니는 그 사실을 알지 못했다. 그 부부는 아이를 가질 희망이 보이지 않자 신부가 안겨 준 갓 태어난 여자아이를 받아들였다. 그런데 일 년 후 아내가 임신했다. 그 이후 잇따라 그들만큼이나 튜턴족 외모를 가진 자식 둘을 더 낳았고, 그들 사이에서 키가 작고 머리카락과 눈이 새까만 잉그리드는 유전적인 잘못처럼 눈에 띄었다. "나는 어렸을 때부터 다르다고 느꼈어요. 하지만 우리 부모님은 나를 정말로 아껴 주셨고, 내가 입양아라는 사실은 절대 말하지 않았어요. 심지어 지금도, 이미 가족 모두가 알고 있는 입양 얘기를 꺼내면 우리 어머니는 울먹거려요." 잉그리드가 빅토르에게 설명했다.

빅토르는 소파에서 잠들어 있는 그녀를 마음껏 뜯어볼 수 있었다. 이제는 몇 시간 전 함께 대화를 나눴던 그 여자가 아니었다. 잠든 모습이 젊은 시절 오펠리아와 닮아 있었다. 가녀린 생김새, 양 볼에 팬 귀여운 보조개, 아치 모양의 눈썹, 이마 가운데로 난 V 자 가르마, 여름에는 구릿빛으로 피부를 태워야 하는 금빛 뉘앙스를 띤 맑은 피부가 똑 닮아 있었다. 엄마와 거의 똑같아지기에는 파란 눈만이 달랐다. 잉그리드가 집에 찾아왔을 때 빅토르는 그녀가 낯익다는 생각은 들었지만, 오펠리아와 비슷하다는 건 느끼지 못했다.

그녀의 긴장이 조금 풀리자 그제야 외모의 유사성이 보였고, 성격의 차이점도 느껴졌다. 잉그리드에게는 그가 사랑했던 젊은 오펠리아의 비현실적인 애교가 전혀 없었다. 그녀는 강하고 진지하고 예의 바르며, 자신의 출생을 알고 아버지를 찾아 나설 때까지는 굴곡 없는 삶을 산 보수적이고 종교적인 분위기를 풍기는 시골 여자였다. 그는 잉그리드가 자기는 많이 닮지 않았다고 생각했다. 마르고 키 큰 체구도, 매부리코도, 빳빳한 머리카락도, 딱딱한 표정이나 내성적인 성격도 전혀 닮지 않았다. 그녀는 부드러운 여자였다. 그는 잉그리드가 모성애 강하고 베푸는 걸 좋아하는 성격이라고 생각했다. 그는 로세르와의 사이에 딸이 있었다면 어땠을지 상상해 보고는 그렇지 않은 걸 아쉬워했다. 결혼 초반에 그들은 자기네가 진짜 결혼한 부부라고 생각하지 않았다. 그저 합의에 따라 잠정적으로 함께 살 뿐이라고 생각했고, 자기네가 누구보다 훨씬 부부 같다는 사실을 깨달았을 때는 이십 년이 훌쩍 지난 후라 자식을 생각하기에는 너무 늦었다. 전날 밤까지만 해도 그에게 유일한 가족은 마르셀이었기 때문에 그는 잉그리드에게 적응하기가 힘들었다. 그는 오펠리아 델 솔라르도 자기만큼이나 놀랐을 거라고 생각했다. 그녀에게도 뜻밖의 딸이 뒤늦게 찾아온 것이었다. 게다가 잉그리드는 그들에게 손주를 셋이나 안겨 주었다. 오펠리아의 남편도 잉그리드의 양부모와 남쪽 지방의 수많은 사람처럼 독일계였다. 선별적 이민 법령 덕분에 19세기부터 독일인들이 남쪽에 마을을 이루고 살았다. 세으르다는 나쁜 명성이 있던 칠레인들에게 직업 정신을 심어 주고 통제하기 위해 혈통이 순수한 백인들을 그 지역에 살게 하자는 아이디어에서 비롯된 것이다. 잉그리드가 빅토르에게 보여 준 손주들의 사진에서는 발키리족의 생김새를 지닌 젊은 청년 한 명과 여자아이 둘이 있었고, 빅토르는 그 아이들이 자기 후손이라고 믿기가 힘들었다.

"잉그리드의 아들은 결혼했고, 그의 아내는 임신 중이라는구나. 조금 있으면 내가 증조부가 된단다." 그가 전화로 마르셀에게 알려 주었다.

"나는 잉그리드의 자식들의 삼촌이네요. 그럼 나는 앞으로 태어날 아이하고는 어떻게 되는 거지요?"

"아마도 큰할아버지 정도 되지 않을까 싶구나."

"끔찍하네요. 완전히 노인이 된 기분이에요. 카르메 할머니가 자꾸만 생각나네요. 할머니가 제게 증손주를 안겨 달라고 했던 거 기억나세요? 불쌍한 할머니. 이미 증손주가 있었다는 사실도 모르고 돌아가셨네요. 손녀 한 명에 증손주가 셋이나 되는데!"

"마르셀, 우리는 종족이 다른 그 사람들을 보러 가야 할 거다. 모두 독일계야. 게다가 우파에 피노체트파들이지. 우리는 그들 앞에서 혀를 깨물어야 할 거다."

"중요한 것은 우리가 한 가족이라는 거예요, 아버지. 우리는 정치 때문에 싸우지는 않을 거예요."

444

"나도 잉그리드와 손자들과 주기적으로 대화할 방법을 찾아야겠다. 그들이 사과처럼 내게 뚝 떨어졌으니. 너무 복잡하구나. 어쩌면 나 혼자 조용히 살았던 예전이 낫겠다."

"아버지, 어리석은 말씀 하지 마세요. 친동생은 아니라도 나는 그 여동생이 보고 싶고 궁금해 죽을 것 같아요."

빅토르는 가족이 모이게 된다면 오펠리아를 만나는 게 불가피할 거라 생각했고, 그 생각이 나쁘지만은 않았다. 그녀를 그리워하는 마음은 이미 오래전에 완치되었지만, 그녀를 다시 만나게 되면 십일 년 전 카라카스 문화원에서 받은 안 좋았던 인상이 바뀔 수 있을지 궁금했다. 그녀 덕분에 칠레에서 깊은 뿌리를, 스페인에서는 절대 내릴 수 없는 훨씬 굳건한 뿌리를 내릴 수 있었다고 말할 기회를 제발 오펠리아가 자기에게 주면 좋을 것 같았다. 빅토르는 위니펙호의 스페인인 이민을 완강하게 반대했던 솔라르 가족과 그런 식으로 친척 관계로 얽혀 있다는 게 아이러니하게 느껴졌다. 오펠리아는 그에게 어마어마한 선물을 안겨 주었고, 그에게 미래를 열어 주었다. 이제는 동물 외에는 동반자가 없는 노인이 아니었다. 한 번도 소속감을 느끼지 못했던 마르셀 외에도 여러 명의 칠레 자손들이 있었다. 그의 삶에서 오펠리아는 상상했던 것보다 훨씬 중요했다. 그는 단 한 번도 그녀를 진정으로 이해하지 못했다. 그녀는 그가 생각했던 것보다 훨씬 복잡하고 많은 시련을 겪었다. 그는 너무나도 이상했던 그녀의 그림을 떠올리며, 그녀가 결혼해 평범한 삶과 안정적인 결혼, 사회적 위치를 선택하면서 자기 자신으로부터 추방당해 자기 영혼의 본질적인 모습을 포기했다는 생각이 들었다. 어쩌면 그녀가 나이가 들어 외로워지면서 일부 그 모습을 되찾았을 수도 있었다. 하지만 빅토르는 그제야 오펠리아가 남편 마티아스 에이사기레에 관해 했던 이야기가 떠올랐고, 그 포기가 게으름이나 경박함 때문이 아니라 특별한 사랑 때문이었음을 알게 되었다.

* * *

일 년 전, 잉그리드 슈나케는 자기 어머니라고 확신하는 낯선 여자의 편지 한 통을 받았다. 늘 자기가 식구들과 다르다고 느꼈기 때문에 그 편지를 받고 까무러치게 놀라지는 않았다. 그녀는 먼저 양부모와 부딪혔고, 결국 그들이 진실을 인정했다. 그러고 나서 그녀는 오펠리아와 펠리페 델 솔라르의 방문을 받아들일 준비를 했다. 그들은 위아래로 상복을 입은 늙은 여자와 함께 도착했다. 그녀가 후아나 낭쿠체오였다. 세 사람 중 누구도 잉그리드가 오펠리아의 잃어버린 딸이라는 것을 의심하지 않았다. 확실하게 닮았다. 그때 이후로 오펠리아는 딸을 세 번 만났다. 잉그리드는 자신의 유일한 엄마는 헬가 슈나케였기 때문에, 먼 친척을 대하듯 냉랭하면서도 깍듯하게 오펠리아를 대했다. 손가락에 물감 얼룩이 묻어 있고 한탄만 늘어놓는 그 손님은 이상한 여자였다. 잉그리드는 두 사람의 외모가 많이 닮았다는 것을 인지하고, 자기도 그 단점들을 물려받아 늙으면 오펠리아처럼 나르시스트가 될까 두려웠다. 그녀는 자기 출생에 얽힌 사연을 단편적으로 조금씩 알게 되었고, 세 번째 만남에서 비로소 아버지의 이름을 알아낼 수 있었다. 오펠리아는 자신의 과거를 흙으로 덮고 그 시절에 관해서는 말하려 하지 않았다. 그녀는 침묵을 지키라는 우르비나 신부의 명에 따라, 벌판의 공동묘지에 묻혀 있는 죽은 아들은 입에도 올리지 않았다. 젊은 시절과 얽힌 그 일화는 반복된 생략의 안개 속에서 흔적마저 사라졌다. 오펠리아는 남편의 장례식을 치르면서 잠시 그 일을 떠올렸고, 그들이 결혼할 때 언젠가 그 아이를 산티아고의 가톨릭 공동묘지에서 함께 휴식을 취하게 하자고 한 약속을 지키고 싶었다. 그 기회를 이용해 이장할 수도 있었다. 하지만 펠리페 오빠가 그녀의 자식들과 다른 가족들에게 설명해야 한다고 설득하는 바람에 그렇게 하지는 못했다.

라우라 델 솔라르의 건강이 나빠졌을 때 오펠리아는 칠레의 한 전원주택에서 몇 년째 혼자 살며 그림을 그리고 있었다. 큰아들은 브라질에서 저수지를 짓고 있었고, 딸은 부에노스아이레스의 박물관에서 일하고 있었다. 곧 백 살을 맞이하게 될 도냐 라우라는 오래전부터 정신이 오락가락해져서 이상한 소리를 했다. 헌신적인 가정부 두 명이 후아나 낭쿠체오의 엄격한 지시 아래 번갈아 가며 밤낮으로 그녀

를 돌봤다. 후시니 '닝구세오노 노냐 라우라만큼이나 나이
가 많았지만, 열다섯 살은 더 젊어 보였다. 그 여자는 오래
전부터 그 가족을 위해 일해 왔고, 도냐 라우라가 자기를 필
요로 하는 동안은 계속해서 일할 생각이었다. 도냐 라우라
가 마지막 숨을 거둘 때까지 그녀를 돌보는 게 자신의 임무
였다. 주인마님은 커다란 깃털 베개와 수놓은 리넨 시트 사
이에 누워서 지냈다. 그녀는 프랑스에서 수입한 실크 잠옷
을 입고, 그녀의 남편이 돈은 신경 쓰지 않고 사들인 세련된
물건들에 둘러싸여 살았다. 이시드로 델 솔라르의 죽음 이
후 도냐 라우라는 그 지배적인 남자와의 결혼을 의미하는
코르셋에서 벗어났다. 그녀는 늙어서 병약해지고 노망이 들
어서, 심령술 모임에서 그녀의 '아가' 레오나르도의 혼령과
계속 대화를 나눌 수 없게 될 때까지는 자기 하고 싶은 대
로 하며 살았다. 그녀는 정신을 잃어 가고 있었다. 집 안에
서도 길을 헤맸고, 거울을 보며 자기 욕실에 들어와 있는 저
늙고 추한 여자가 대체 누구냐며 왜 매일 자기를 찾아와 귀
찮게 하느냐며 놀라서 묻기도 했다. 다리와 발이 관절염으
로 뒤틀려 제대로 서 있지도 못했기 때문에 나중에는 일어
서지도 못했다. 그녀는 방 안에만 갇혀 지내며, 설명할 수 없
는 불안과 공포에 휩싸여 아가를 부르며 울다가 점차 길어
지는 혼수상태로 빠져들었다. 의사가 약물로 우울증을 치료
하려고 했지만 아무 소용이 없었다. 그녀가 숨이 끊어질 듯
고통스러워할 때마다, 함께 있는 가족 모두는 그녀가 오래전

에 있었던 막내아들 레오나르도의 죽음을 방금 전 일처럼 고통스러워한다고 생각했다.

아버지의 죽음 이후 집안의 가장이 된 펠리페 델 솔라르는 상황을 정리하고, 계산서들을 처리하고, 재산을 나누기 위해 런던에서 도착했다. 겉으로 전혀 늙지 않은 그를 보고 사람들은 그가 악마와 계약을 맺었다고 했다. 그리고 그렇게 그는 심기증 환자 특유의 증상들에 맞섰다. 그는 수천 가지 묵은 지병이 있었고, 매주 새로운 지병이 발견되어 머리카락까지 아팠지만, 삶에게 그런 부당한 대우를 받고 있다는 티는 전혀 내지 않았다. 조끼와 나비넥타이에 짜증 섞인 표정이 영국 코미디에서 튀어나온 듯한 기품 있는 신사의 모습이었다. 그는 자신의 훌륭한 외모가 런던의 안개와 스코틀랜드산 위스키, 네덜란드산 파이프 담배 덕분이라고 했다. 그의 서류 가방에는 수도 심장부에 위치해 땅값이 어마어마한 마르델플라타 거리의 집을 매각하기 위한 서류들이 들어 있었다. 거래를 마무리하기 위해서는 어머니가 돌아가실 때까지 기다려야 했다. 볼품없이 살가죽만 남은 도냐 라우라는 약이나 기도에서 평화를 구하지 못한 채 숨을 거둘 때까지 '아가'만을 계속 불렀다. 후아나 낭쿠체오는 도냐 라우라의 입과 두 눈을 감겨 주고 그녀를 위해 성모송으로 축원한 후, 지칠 대로 지쳐서 양발을 질질 끌며 물러났다. 다음 날 오전 9시, 화려한 장례식을 준비할 상조 회사가 화환과 대형 초, 검은 천과 리본으로 거실을 장식하고 관을 설치하는 동안 펠리페가 여동생들과 매제들을 모아 놓고 저택 매매를 통보했다. 그러고는 후아나를 서재로 불러서 같은 내용을 알려 주었다.

"아파트를 짓기 위해 이 집을 부술 거야. 하지만 후아나 유모는 아무것도 부족한 건 없을 거야. 유모가 어디서 어떻게 살고 싶은지 말해 줘."

"펠리페 도련님, 내가 무슨 얘기를 하길 바라는 겁니까? 나에게는 가족도, 친구도, 아는 사람도 없습니다. 내가 걸리적거리는 게 보이는군요. 나를 양로원으로 보낼 거지요? 그렇죠?"

"후아나, 아주 좋은 양로원이 몇 군데 있어. 하지만 유모가 원하지 않으면 나는 아무것도 하지 않을 거야. 오펠리아나 다른 누이와 살고 싶은 거야?"

"나는 일 년 안에 죽을 거라 어디를 가든 상관없습니다. 죽는 게 뭐 대수인가요. 드디어 휴식을 취하는 거지요."

"불쌍한 우리 어머니는 그렇게 생각하시지 않았지……."

"도냐 라우라는 죄를 지은 게 많다며 고통스러워하셨습니다. 그래서 죽음을 두려워하셨지요."

"후아나, 우리 어머니가 무슨 죄를 지었다고! 하느님 맙소사!"

"그래서 자꾸 우셨던 겁니다."

"노망이 들어 레오나르도에게 집착했지." 펠리페가 말했다.

"레오나르도?"

"응, '아가'."

"아니요, 펠리페 도련님. 마님은 '아가'는 기억도 못 해요. 오펠리아의 아가 때문에 울었던 거예요."

"후아나, 무슨 말인지 모르겠군."

"오펠리아가 혼전 임신 했던 거 기억나요? 그런데 말처럼 그 아가가 죽은 게 아니었어요."

"하지만 내가 무덤도 봤는데!"

"빈 무덤이에요. 여자아이였어요. 그 여자가 데려갔어요, 산파가. 이름은 기억이 나지 않아요. 도냐 라우라가 내게 얘기해 줬어요. 그래서 마님이 우는 거였어요. 우르비나 신부님 말을 듣고 오펠리아에게서 딸을 빼돌린 것 때문에요. 마님은 그 거짓말을 말할 수 없는 슬픔으로 평생 마음에 담고 사셨어요."

펠리페는 그 기분 나쁜 이야기를 어머니의 헛소리나 후아나의 노망이라고 생각하고, 말도 되지 않는다며 한순간 무시하고 싶은 유혹에 빠져들었다. 설령 사실이라고 해도 오펠리아에게 그 이야기를 하는 건 쓸데없이 잔인한 짓이라 모른 척하는 게 낫다는 생각이 들었다. 하지만 후아나는 도냐 라우라가 하늘로 올라갈 수 있도록 아이를 찾겠다고 약속한 사실을 그에게 알렸다. 그렇지 않으면 마님이 연옥에 붙잡혀 있게 되고, 죽어 가는 사람에게 한 약속은 성스러운 것이라고 덧붙였다. 그제야 비로소 펠리페는 후아나의 입을 막을 방법이 없으며, 오펠리아의 다른 가족들이 알기 전에 상황을 정리해야 한다는 사실을 깨달았다. 그는 후아나에게 자기가 알아보고 알려 주겠다고 약속했다. "펠리페 도련님, 신부님부터 시작해 보자고요. 내가 도련님하고 같이 갈게요." 펠리페로서는 그녀를 떼어 낼 방법이 없었다. 그들이 팔십 년 동안 공모한 세월과, 후아나가 그의 속마음을 들여다보고 있다는 확신이 그를 움직였다.

그즈음 비센테 우르비나 신부는 현직에서 물러나, 노사제들을 위한 양로원에서 수녀들의 돌봄을 받으며 지내고 있었다. 쉽게 그를 찾아 면담할 수 있었다. 그는 정신이 맑았고, 자신의 옛 신도들을, 특히 솔라르 집안 사람들을 아주 확실하게 기억하고 있었다. 그는 자기가 장 수술을 받았는데 회복기가 지나치게 길어져 도냐 라우라에게 개인적으로 병자성사를 하지 못한 걸 미안해하며 펠리페와 후아나를 맞이했다. 펠리페는 굳이 돌려 말하지 않고, 후아나가 자기에게 들려준 이야기를 그대로 반복했다. 펠리페는 변호사 경험을 통해 심문이 힘들 거라고 각오하고 주교를 코너로 몰아넣어 자백을 받아 낼 생각이었지만, 전혀 그럴 필요가 없었다.

"나는 가족을 위해 최선을 다한 겁니다. 나는 항상 양부모를 선별하는 데 매우 신중했어요. 모두 규율을 잘 지키는 가톨릭 신자입니다." 우르비나가 말했다.

"오펠리아가 유일한 경우가 아니라는 말씀입니까?"

"오펠리아 같은 아가씨들은 많았습니다. 하지만 그렇게 고

집 센 아가씨는 한 명도 없었지요. 대체로 아기를 넘겨주는
데 동의했지요. 그들이 달리 뭘 할 수 있겠습니까?"

"그러니까, 그 여자들에게서 갓난아기를 빼돌리기 위해
따로 속일 필요가 없었다는 거군요."

"펠리페, 당신이 나를 모욕하는 건 허락하지 않습니다. 그
들은 좋은 가문의 여식들입니다. 내 임무는 그들을 보호하
고 스캔들을 막는 겁니다."

"스캔들은 교회의 보호를 받는 당신이 범죄를, 더 정확히
말하자면 무수한 범죄를 저질렀다는 것입니다. 그건 감옥행
으로 처벌받는 범죄입니다. 이미 당신은 결과에 따른 책임
을 질 수 있는 나이는 아니지만, 오펠리아의 딸을 누구에게
줬는지 말해 달라고 요구하는 바입니다. 나는 이 일을 끝까
지 파헤칠 겁니다."

비센테 우르비나는 혜택을 받은 부부들이나 아이들의 기
록은 갖고 있지 않았다. 그가 개인적으로 거래를 맡았고, 산
파인 오린다 나랑호는 분만만 책임졌다. 게다가 그녀는 사망
한 지 오래였다. 그때 후아나 낭쿠체오가 끼어들어 도냐 라
우라에 따르면 아이를 남쪽의 독일 사람들에게 줬다고 말했
다. 어쩌다 우르비나 신부에게서 그 말이 새어 나왔는데 외
할머니는 그 사실을 잊어버리지 않은 것이었다.

"독일 사람들이라고 하셨습니까? 발디비아 사람들이겠군
요."

신부는 이름까지 확실하게 기억하지는 못했지만, 여유 있

는 사람들이라서 아이가 좋은 가정에서 부족함 없이 자랐을 거라고 확신했다. 펠리페는 그 이야기를 듣고, 그 거래에서 돈이 오갔을 것으로 추정했다. 한마디로 고위직 신부가 아이들을 매매한 것이다. 그래서 펠리페는 그 순간, 비센테 우르비나를 통해 교회가 받은 기부금을 추적하는 데 집중하기 위해 신부에게서 뭔가를 더 알아내겠다는 생각은 접었다. 기부금의 회계까지 접근하는 건 힘들 수 있지만, 불가능한 것은 아니었다. 적당한 사람을 고용하면 되었다. 펠리페는 돈이 세상을 돌아다니면서 늘 흔적을 남긴다고 생각했고, 그 생각은 틀리지 않았다. 마침내 그가 찾고자 했던 정보를 얻을 때까지는 팔 개월을 기다려야 했다. 펠리페는 런던에서 그 정보들을 입수했다. 그는 후아나 낭쿠체오가 그의 임무를 상기시키기 위해 끔찍한 문법과 철자로 삐뚤빼뚤하게 두 줄을 써서 멀리서부터 날려 대는 엽서 공격에 넌덜머리가 나 있었다. 펠리페가 그 미스터리를 해결할 때까지는 비밀을 지키기로 약속했기 때문에 노파는 힘들게 엽서를 써서 아무도 모르게 보냈다. 그가 후아나에게 인내심을 가져야 한다고 반복해서 말했지만, 그녀는 이 세상에서 남은 날이 얼마 되지 않았고 떠나기 전에 잃어버린 아이를 찾아 도냐 라우라를 연옥에서 꺼내 줘야 했기 때문에 인내심이라는 사치를 부릴 처지가 아니었다. 펠리페는 그녀가 죽는 날을 어떻게 정확하게 알고 있느냐고 물었고, 그녀는 부엌의 달력에 빨간색 동그라미로 표시해 놔서 그렇다며 단순하게 대답했다. 그녀는 자신의 장례식을 준비하며, 난생처음 한가하게 오펠리아의 집에서 머물고 있었다.

12월의 어느 금요일, 비센테 우르비나 신부가 1942년에 받은 기부금 내역서가 담긴 우편물이 펠리페에게 도착했다. 가구 공장 주인인 발터와 헬가 슈나케의 기부금이 유일하게 그의 관심을 끌었다. 그의 조사원에 따르면, 그 공장은 크게 번창해 남쪽 지방의 여러 도시에 지점을 두고 자식들과 사위가 운영하고 있었다. 우르비나가 말한 것처럼 돈이 있는 집안이었다. 칠레로 돌아가 오펠리아와 마주할 시간이 되었다.

펠리페는 작업실에서 물감을 쉬고 있는 여동생을 보았다. 테레빈유 냄새가 진동하고 거미줄이 수를 놓은 상당히 추운 창고였다. 오펠리아는 허리가 아파 정형 코르셋을 하고, 흰 머리가 헝클어지고 훨씬 살이 찐 데다가 허름한 옷을 입고 있었다. 외투에 장갑과 털모자를 쓰고 한쪽 구석에 앉아 있는 후아나는 평소와 똑같았다. "죽을 것 같지는 않은데." 펠리페가 후아나의 이마에 입을 맞추며 인사를 건넸다. 그는 여동생에게 딸이 있다는 말을 하기 위해 최대한 부드러운 말을 조심스럽게 준비했지만, 그녀가 남의 험담이라도 듣는 듯 막연한 호기심만 드러내며 곧바로 반응을 보여서 빙빙 돌려 말할 필요가 없었다. "내 생각에는 네가 그 아이를 만나고 싶어 할 것 같아." 펠리페가 말했다. 오펠리아는 벽화 프로젝트 때문에 좀 기다려야 한다고 했다. 그때 후아나가 바로 끼어들어, 자기는 편안하기 죽기 위해서라도 두 눈으로

ㄱ 아이를 봐야 한다며, 그렇디면 지기가 가겠나고 했나. ㅗ 러고는 셋이 함께 갔다.

후아나 낭쿠체오는 잉그리드를 딱 한 번 보았다. 그녀는 그렇게 딱 한 번 본 것으로 마음이 편안해져, 매일 밤 두 기도문 사이에 늘 그러듯 도냐 라우라와 대화를 나눴다. 손녀딸을 찾았다고, 그녀의 잘못은 속죄되었다고, 이제 하늘로 올라갈 수 있다고 설명하기 위해서였다. 그녀에게는 이제 달력상 이십사 일이 남았다. 후아나는 머리맡에 있는 그녀의 수호성인들과 그녀가 사랑했던 사람들, 솔라르 가문 전 가족의 사진들에 둘러싸인 채 자기 침대에 누워, 굶어 죽을 준비를 했다. 그녀는 다시는 먹지도 마시지도 않았고, 마른 입을 적시기 위해 얼음만 약간 허락했다. 그녀는 예정일보다 며칠 전 근심도 고통도 없이 떠나갔다. "뭐가 그리 급했는지." 펠리페는 고아가 된 기분으로 슬픔에 잠겨 말했다. 그는 후아나가 사서 자기 방 한쪽 구석에 세워 뒀던 평범한 소나무 상자를 치워 버렸다. 그러고는 미사 중 성가를 부르는 가운데, 그녀를 커다란 청동 못이 박힌 호두나무 관에 입관해 솔라르 가문의 가족묘 중 부모님 옆에 매장했다.

* * *

드디어 사흘째 되는 날, 폭풍우가 잦아들면서 해가 겨울에 도전장을 내밀며 떠올랐다. 그리고 빅토르 달마우의 집을 보초병처럼 지키는 미루나무들이 갓 씻어 낸 은빛 잎사귀를 반짝이며 아침을 맞이했다. 산맥을 뒤덮은 눈이 맑게 갠 보랏빛 하늘을 비추고 있었다. 큰 개 두 마리가 몸을 흔들어 집 안에만 갇혀 있던 지겨움을 털어내고, 젖은 정원에서 킁킁 냄새를 맡으면서 진흙탕에서 마음껏 뒹굴었다. 하지만 개의 나이로 볼 때 주인만큼이나 늙은 작은 개는 벽난로 옆에 엎드려 있었다. 잉그리드 슈나케는 그 며칠을 빅토르와 함께 지냈다. 그녀는 이미 남쪽 지방의 비에 익숙했기 때문에 장맛비를 피하기 위해서라기보다는 서로 알아 가는 그 첫 만남에 시간을 주기 위해서 그곳에 머물렀다. 그녀는 몇 달 동안 조심스럽게 만남을 준비해 왔고, 자기를 따라오지 못하도록 남편과 자식들에게도 완강하게 굴었다. "이건 저 혼자 해야만 했어요. 제 말 이해하시죠, 그렇죠? 혼자 여행하는 게 처음인 데다가 박사님이 저를 어떻게 맞아 주실지도 몰랐기 때문에 쉽지만은 않았어요." 그녀가 빅토르에게 말했다. 오십 년 넘게 떨어져 지낸 거리를 메울 수 없었던 어머니와는 달리 그와는 쉽게 친해졌다. 빅토르는 딸이 존경하는 양아버지 발터 슈나케, 그녀가 인정하는 유일한 아버지에 대한 애정과는 자기가 절대 경쟁할 수 없다는 점을 인정했다. "빅토르, 우리 아버지는 아주 많이 늙었어요. 언제라도 곧 내 곁을 떠날 것 같아요." 그녀가 그에게 말했다.

잉그리드와 빅토르는 자기네 둘이 위로를 받고 싶을 때면 기타를 치고, 같은 축구팀의 팬이고, 스파이 소설을 읽고,

네루다의 시 여러 편을, 그녀는 사랑의 시를, 그는 피의 시를 외워서 낭송한다는 걸 발견했다. 그것들만이 그들의 공통점은 아니었다. 또한 그들은 우울증 성향이 있었는데, 그는 일로 자신을 혹사하면서, 그녀는 항우울제와 가족이라는 변하지 않는 안정감에 피신하면서 자신을 통제했다. 빅토르는 자신의 그런 성격은 유전되었지만 오펠리아의 예술혼과 파란 눈은 유전되지 않은 게 안타까웠다. "무기력해지면 사랑이 가장 많이 나를 도와줘요." 잉그리드가 말했다. 그러고는 자기에게는 사랑이 한 번도 부족한 적이 없었다고, 자기가 부모의 사랑을 가장 많이 받았고, 동생들은 잘 따랐고, 자기를 한 손으로 번쩍 들어 올리고 대형견 같은 묵직한 사랑을 주는 꿀빛 거인과 결혼했다고 덧붙였다. 한편 빅토르는 적처럼 줄기차게 쫓아다니고, 가끔 나쁜 기억을 잔뜩 떠올리게 하며 무차별로 공격하는 그 음험한 슬픔에서 로세르의 사랑이 자기를 지켜 주었다고 잉그리드에게 말했다. 그는 로세르가 없어서 폐인이 되었고, 마음의 불씨가 꺼져 버린 자리에는 삼 년 전부터 자기가 질질 끌려다니는 슬픔의 재만이 남아 있다고 했다. 그는 자신이 찢어지는 목소리로 마음을 고백한 게 놀라웠다. 마음속에 남아 있는 그 차가운 빈자리는 마르셀 앞에서조차 단 한 번도 언급해 본 적이 없었다. 그는 영혼까지 움츠러드는 기분이었다. 그는 노인의 망상에, 광물과도 같은 침묵에, 홀아비의 고독에 익숙해졌다. 전에 있었던 몇 되지도 않는 친구들도 점차 만나지 않았고,

이제는 체스나 기타를 연주하기 위해 친구도 찾지 않았으며, 오래전의 일요일 바비큐 파티도 끝이 났다. 계속 일하기는 했다. 그나마 일이 그를 환자와 학생들과 억지로라도 연결해 주었다. 하지만 영상을 통해 그들을 보듯 멀찌감치 거리를 두었다. 베네수엘라에서 지냈던 몇 년 동안 그는 자신의 진지한 성격을 완전히 떨쳐 냈다고 믿었다. 세상의 고통과 폭력, 악행 때문에 상중에 있기라도 한 듯, 젊었을 때부터 그 진지함은 그의 성격에서 가장 중요한 본질과도 같았다. 그토록 많은 재난 앞에서 행복은 외설적으로 보였다. 열정적인 초록빛 나라 베네수엘라에서 로세르와 사랑에 빠진 그는 슬픔에 잠기고 싶은 유혹을 떨쳐 냈다. 그녀가 여러 번 말했듯이, 슬픔은 위엄이 아니라 삶을 가벼이 여기는 감정이었다. 하지만 그 진지함은 잔인하게도 그에게 돌아왔다. 로세르 없이 그는 메말라 가고 있었다. 그는 마르셀과 동물들에게만 마음을 열었다.

"잉그리드, 나의 적인 슬픔이 영역을 넓혀 가고 있구나. 이런 속도면 남은 삶에서 나는 수도승이 되고 말 거다."

"빅토르, 그건 살면서 죽어 있는 거예요. 나처럼 하세요. 자신을 지키기 위해 그 적을 기다리지 말아요. 나가서 맞이하세요. 치료받으면서 그걸 배우는 데 몇 년이 걸렸어요."

"애야, 너는 무슨 이유로 슬픈 거니?"

"남편도 같은 걸 물어요. 나도 모르겠어요, 빅토르. 이유는 필요 없을 것 같아요. 이건 성격의 문제예요."

"성격을 바꾼다는 건 매우 힘든 일이지. 나는 늦었다. 나 자신을 받아들이는 것 말고는 다른 방법이 없구나. 나는 여든 살이다. 네가 도착한 날 여든이 되었거든. 잉그리드, 기억을 더듬는 나이다. 삶을 돌아보는 리스트를 작성하는 나이지." 그가 대답했다.

"제가 방해가 됐다면 죄송한데, 그 리스트에 뭐가 있는지 말씀해 주실 수 있어요?"

"내 삶은 항해의 연속이었어. 나는 이 땅 저 땅을 돌아다녔지. 깊은 뿌리가 있다는 것도 모르는 채 이방인이었어⋯⋯. 내 영혼도 항해했지. 하지만 지금 이런 생각을 한다는 건 부질없는 것 같구나. 오래전에 해야 했어."

"빅토르, 아무도 젊을 때는 자기 삶을 깊이 생각하지 않을 거예요. 그리고 대부분의 사람들은 절대 그렇게 하지 않고요. 아흔이 넘으신 우리 부모님도 그런 생각은 꿈도 꾸지 않으셨어요. 그냥 하루하루 만족하며 살아가는 거지요."

"바로잡을 시간도 없는 지금 늙어서 그런 리스트를 만든다는 게 안타깝구나, 잉그리드."

"과거를 바꿀 수는 없잖아요. 하지만 어쩌면 최악의 기억들은 지워 갈 수 있을지도 몰라요⋯⋯."

"잉그리드, 가장 중요한 사건들만, 운명을 결정짓는 일들만 보거라. 거의 모든 것들은 우리의 통제를 완벽하게 비껴간단다. 내 경우에는 꼽아 보니 내 삶은 젊은 시절에는 스페인 내전이, 나중에는 군사 쿠데타, 정치범 수용소, 망명으로 깊은 흔적이 남았더구나. 어느 것도 내가 선택하지는 않았다. 그저 나한테 들이닥친 거지."

"하지만 다른 것들은 박사님이 선택하신 것도 있을 거예요……. 예를 들면 의학 같은 것."

"물론이다. 그건 내게 큰 만족을 안겨 주었지. 내가 가장 고마워하는 게 뭔지 아니? 사랑이다. 그게 어느 것보다 내게 깊은 흔적을 남겼다. 나는 로세르를 만나 엄청난 행운을 누렸어. 그녀는 언제나 내 삶의 사랑이었지. 그녀 덕분에 마르셀도 있고. 내겐 아버지라는 것 또한 본질적이다. 인간이라는 조건에서 볼 때 최고를 누릴 수 있게 해 줬으니. 마르셀이 없었다면 나는 산산조각이 났을 것이다. 잉그리드, 나는 너무도 잔인한 것들을 봤다. 나는 우리 인간이 얼마나 잔인할 수 있는지 알고 있어. 그리고 나는 네 어머니도 많이 사랑했다. 그렇게 오래가지 못했지만."

"왜요? 정확히 무슨 일이 있었어요?"

"다른 시절이었다. 이 반세기 동안 칠레와 세상이 많이 바뀌었어. 오펠리아와 나는 사회적으로, 경제적으로 심연과도 같은 엄청난 차이가 있는 다른 부류에 속해 있었다."

"두 분이 그토록 사랑했다면 위험을 감수했을 수도……."

"한순간 그녀가 내게 따뜻한 나라로 도망쳐서, 야자수 아래서 사랑을 누리자고 제안한 적이 있었지. 상상해 봐라! 그 당시 오펠리아는 열정적이고 모험 정신이 있었어. 하지만 나는 로세르와 결혼한 상태였다. 나는 오펠리아에게 아무것도

해 줄 수가 없었고 그녀가 나와 함께 떠난다면 일주일도 되지 않아 후회할 거라는 걸 알고 있었다. 내가 비겁했던 걸까? 그 질문을 스스로에게 수없이 했다. 내 생각에 내가 감수성이 부족해서, 오펠리아와의 관계가 어떻게 발전하게 될지 그 결과를 생각해 보지 않았다. 의도치 않게 그녀에게 많은 상처를 안겨 주었더구나. 나는 그녀가 임신한 사실은 전혀 몰랐다. 그리고 그녀는 자기가 딸을 낳았고, 그 딸이 살아 있다는 사실을 전혀 알지 못했다. 우리가 그 사실을 알았더라면 이야기는 달라졌을 거다. 과거를 되돌아본다고 해도 우리는 아무것도 할 수가 없구나, 잉그리드. 어찌 됐든, 너는 사랑으로 얻은 딸이다. 그것은 절대 의심하지 말아라."

"빅토르, 여든 살은 완벽한 나이예요. 박사님은 의무감으로 이미 충분히 하셨어요. 하고 싶은 대로 하실 수 있어요."

"하지만 어떻게?" 빅토르가 미소를 머금었다.

"예를 들어, 모험을 떠나는 거요. 나는 아프리카로 사파리를 떠나고 싶어요. 몇 년째 꿈꾸고 있어요. 그리고 어느 날 남편이 괜찮다고 하면 우리는 떠날 거예요. 박사님도 다시 사랑하실 수 있어요. 아무것도 잃을 건 없어요. 재미있을 것 같지 않나요. 그렇죠?"

빅토르는 임종이 임박한 마지막 순간의 로세르의 말을 듣는 것 같았다. 그때 그녀는 우리 인간은 모여 사는 생명체이고, 우리는 고독이 아니라 서로 주고받기 위해 프로그램되어 있다고 말했다. 그렇기에 그녀는 그가 혼자 살면 안 된다며, 심지어 그를 위해 애인까지 정해 주며 집요하게 굴었다. 빅토르는 느닷없이 메체를 정감 있게 떠올렸다. 그에게 고양이를 선물하고 텃밭의 토마토와 허브를 가져다주는, 마음이 열린 옆집 사람, 뚱뚱한 요정들을 조각하는 꽤 자그마한 여자였다. 빅토르는 딸이 떠나자마자 오징어 먹물 파에야와 크레마 카탈라나 남은 것을 메체에게 가져다주기로 했다. 그것은 새로운 항해이며, 그렇게 그는 끝까지 갈 생각이었다.

딤사의 날

어렸을 때 외할아버지 댁에서 희망의 배인 위니펙호에 대한 이야기를 처음 들었습니다. 그리고 훨씬 나중에 베네수엘라에서 빅토르 페이와 대화하던 중 그 추억 속 이름을 다시 듣게 되었습니다. 그때 우리는 베네수엘라에 망명 중이었습니다. 그즈음 나는 작가도 아니었고 작가가 될 생각도 하지 못했지만, 난민들을 잔뜩 실은 그 배 이야기는 내 기억 속에 깊이 각인되어 있었습니다. 사십 년이 지난 지금에야 나는 비로소 그 이야기를 할 수 있게 되었습니다.

이 이야기는 소설이지만, 역사적인 사건과 인물들은 실존했습니다. 인물들은 허구지만, 나의 지인들로부터 영감을 받은 인물들입니다. 책을 쓸 때마다 늘 그렇듯 철저하게 사전 조사를 하면서 차고도 넘치는 자료를 만났기 때문에 상상력은 약간만 필요했습니다. 이 작품은 받아쓰기하듯 혼자 저절로 쓰였습니다.

진심으로 감사하는 마음을 전하는 바입니다.

빅토르 페이. 103세에 세상을 떠나신 분. 세부 사항을 조율하기 위해 빼곡한 서신을 주고받아 주신 데 감사드립니다. 그리고 망명 당시 친구인 아르투로 히론 박사에게도 감사드립니다.

파블로 네루다. 스페인 난민들을 칠레로 데리고 간 것에 감사하며, 늘 나와 함께하는 그의 시에 감사합니다.

초고를 열심히 읽어 준 나의 아들 니콜라스 프리아스. 한 페이지, 한 페이지, 여러 번 원고를 교정해 주고, 1936년부터 1994년까지 이 이야기에 나오는 시기를 사전 조사하는 데 도움을 준 내 동생 후안 아옌데.

나의 편집자들인 호아나 카스티요와 누리아 테이.

나의 충실한 조사원인 사라 힐레스하임.

나의 에이전트인 류이스 미겔 팔로마레스, 글로리아 구티에레스, 마리벨 루케.

알폰소 볼라도. 이미 퇴직했기 때문에 순전히 애정만으로 자세하게 원고를 검토해 주고, 나에게 더욱 노력하라고 강요하신 분.

호르헤 만사니야. 내가 사십 년 동안 영어권에서 살아서 문법이나 그 외 다른 실수를 저지르기 때문에 내 허풍을 고쳐 주는 무자비한(그에 의하면 수려한) 독자.

애덤 호크실드. 그의 멋진 작품인 『스페인 내전, 우리가 그곳에 있었다(Spain in Our Heart)』와 그 외 역사적인 사실을 조사하는 데 도움을 준 다른 작가들의 50여 권의 책들에 감사합니다.

옮긴이의 말

이사벨 아옌데의 신작 『바다의 긴 꽃잎』은 스페인 내전을 겪은 주인공들이 오랜 망명 생활 끝에 세상 건너편 칠레에서 자신의 뿌리를 찾아가는 기나긴 여정을 그린 이야기이다. 이 작품은 실제 사실에 기초한 기억 서사로, '감사의 글'에서 작가가 직접 밝혔듯이 실제 인물 빅토르 페이 카사도의 증언과 함께 스페인과 칠레의 비극적인 현대사의 굴곡을 관통하고 있다. 저자 이사벨 아옌데 또한 소설 주인공처럼 피노체트 군부독재와 국가폭력을 몸소 겪은 후 베네수엘라로 망명을 떠나 타국에서 상실감과 트라우마를 경험했기에, 어디에도 소속되지 못하는 이방인의 아픔과 비극적인 역사의 상처를 생생하게 그려 낸다. 그런데도 작가는 역사라는 거역할 수 없는 거대한 물줄기와 그로 인한 고난 속에서도 우리 인간은 버티게 해 주는 사랑과 우정이 있기에, 메마른 사막과도 같은 삶에서조차 한 떨기 꽃을 피울 수 있다는 긍정의 메시지를 전하고 있다.

이와 같이 『바다의 긴 꽃잎』에는 스페인과 칠레를 핏빛으로 물들인 폭력과 비이성의 역사에서 살아남기 위해 국경을 넘어 추방과 망명이라는 끔찍한 상실의 길을 걷는 실제 인물들과 허구의 인물들이 등장한다. 시간의 흐름에 따른 기억의 굴절과 비연속성, 기억의 틈새를 메워서 재구성한 이야기는 공감받지 못한 채 소외된 인간들을 따뜻하게 감싸며 대변한다. 일반적으로 기억 서사는 독자들이 과거의 역사를 통해 쉽게 상상력을 확장해 공감할 수 있도록, 구체적인 시대 배경 속에서 당대의 역사와 정신을 반영하는 사건들을 큰 축으로, 역사적인 인물들과 가상의 인물들의 개인사를 씨실과 날실로 촘촘하게 엮어서 이야기를 구성한다.

이사벨 아옌데는 스페인 내전 당시 마드리드 영사를 지냈던 파블로 네루다와 칠레에서 민주적인 선거로 당선되어 최초의 사회주의 정권을 수립한 살바도르 아옌데 대통령을 등장시켜 스페인 내전부터 칠레 쿠데타까지 이어지는 비극의 역사를 이야기한다. 제목 『바다의 긴 꽃잎』과 각 장을 여는 시는 모두 칠레를 대표하는 민중 시인 파블로 네루다와 연관되어 있다. '바다의 긴 꽃잎'은 파블로 네루다가 이탈리아로 망명 갔을 때 고국에 대한 그리움을 담아 1954년에 출간한 시집 『포도와 바람(Las uvas y el viento)』에 수록된

시 「언젠가 칠레(Cuándo de Chile)」의 한 대목으로 '칠레'를 상징한다.

1936년 7월 17일 프랑코의 쿠데타로 발발해 1939년 4월 1일 파시즘의 승리로 막을 내린 스페인 내전은 국적과 인종을 초월해 수많은 지식인과 젊은이 들이 자발적으로 참전한 유례없는 전쟁이었다. 자유와 평등이라는 인류의 보편적 가치를 지키기 위해 삼만 오천 명의 국제여단 병사들이 참전함으로써 불굴의 용기와 숭고한 이념, 전 세계 양심의 투쟁으로 기억되고 있다. 그러나 삼 년이라는 기간에 스페인을 완벽하게 초토화하고 분열시킨 이 내전은 이념과 계급, 종교의 전쟁이었다. 사회주의, 공산주의, 아나키즘, 파시즘 등 온갖 정치 이념들의 격전장이었고, 자본가·지주 계급과 노동자·농민 계급이 맞붙은 계급 전쟁이자 스페인 민중과 권위주의적인 가톨릭교회가 격돌한 종교 전쟁이었으며, 제2차세계대전의 전초전이기도 했다.

그러한 스페인 내전 중에 네루다는 외교관이라는 직책상 정치적 중립을 유지해야 했지만 반파시즘 규탄 대열에 참여했고, 내전 후 처음 발표한 「죽은 민병대원 어머니들에게 바치는 노래」를 공화파 집회에서 낭송해 보직 해임까지 당했다. 그 후에도 네루다는 스페인 내전의 실상을 외국에 널리 알리며 스페인의 아픔을 공유하고자 했다. 이 소설에도 등장하는 시집 『내 마음속 스페인』은 네루다가 1938년에 출간한 작품으로 당시 스페인 사람들에게 많은 격려와 위안을 주었고, 그 흘린 과정은 지금도 전설처럼 기억되고 있다. 이 시집의 초판은 1938년 11월 바르셀로나 근교 몬세라트 수도원에서 제작되었지만, 많은 부수를 찍지 않아서 이듬해 1월에 바로 2쇄를 찍어야 했다. 그러나 프랑코파 군사들이 수도원으로 들이닥쳐 책을 모두 파기해야 했다. 공화파의 마지막 보루였던 바르셀로나마저 함락될 위기에 처해 많은 사람이 프랑스로 탈출하던 시기였지만, 그런 와중에도 공화파 병사들은 네루다의 시집이 많은 사람에게 희망과 용기를 줄 거라 믿으며 오르피라는 작은 마을에서 2쇄를 찍었다. 인쇄할 종이가 부족해서 입고 있던 옷과 붕대, 깃발까지 동원해 종이를 만들었다고 한다.

1939년 프랑코파가 바르셀로나를 점령하자 거의 오십만 명이 프랑스로 탈출했고 전 세계적으로 파시즘을 규탄하는 목소리가 고조되었지만, 스페인 난민들이 맞닥뜨린 국제 현실은 냉혹하기 그지없었다. 스페인과 접한 이웃 나라인 프랑스는 환경이 열악한 수용소에 난민들을 감금했고, 파시즘을 맹렬하게 비난한 미국과 소련도 난민 문제에는 등을 돌렸다. 그때 스페인 난민을 공식적으로 받아 준 첫 번째 나라가 칠레였고, 이 일을 처음부터 끝까지 주관해 성사시킨 사람이 바로 파블로 네루다였다. 그렇게 1939년 9월 3일, 스페인 난민 이천 명은 위니펙호를 타고 칠레 발파라이소항에 입항하게 되었다. 프랑스 수용소의 참혹한 현실을 인지한 파블로 네루다가 직접 칠레 대통령에게 면담을 요청해, 프랑스 주재 특별 영사로 파견된 후 스페인 난민을 선별하고 망명시키는 일을 주관했다. 그 과정이 소설 속에 생생하게 묘사되어 있다.

네루다는 스페인을 수호하는 일이 자유와 정의, 인간의 존엄성을 수호하는 일이자 문화를 수호하는 일이라고 언급했으며, 민중 시인이자 투사로서의 이러한 모습은 칠레의 역사에서 1970년에 수립된 살바도르 아옌데의 사회주의 정권과도 긴밀하게 연관되어 있다. 이사벨 아옌데와 친척이기도 한 살바도르 아옌데는 칠레 대학교 의대 출신의 소아과 의사였지만, 일찍이 빈민 의료 봉사를 통해 사회의 부조리와 모순을 발견하고 사회당 창당에 참여했다. 그 후 살바도르 아옌데는 1970년 대통령 후보로 출마했던 파블로 네루다의 사퇴로 좌파 후보 단일화를 이뤄 인민연합당의 후보로 칠레 대통령이 되었다.

당시 칠레는 미국을 등에 업은 매판 자본과 친미 성향을 가진 정권과 그들에게 동조하는 극소수만이 부를 누렸고 대다수 민중은 가난에 허덕였다. 대통령이 된 아옌데는 소수 기득권에게 집중된 부를 민중에게 돌리고, 미국에 종속된 경제 구조와 계급 양극화를 바로잡기 위해 미국 자본가 소유의 구리 광산을 국유화하고 노조를 강화했으며, 교육과 의료를 비롯해 사회 전 분야의 개혁을 시도했다. 하지만 미국이 경제를 봉쇄해 칠레의 주요 수출 품목인 구리의 국제 무역 가격을 교란했고, 자본가들은 어용 노조를 부추

거 ㅍ업으로 경제를 ㄴ비시켰으며, 보수 언론은 경제가 어려워진 것을 사회주의 정권 때문이라며 비난을 쏟아 냈다. 결국 살바도르 아옌데가 수반으로 있던 칠레 인민연합 정부는 1973년 9월 11일에 피노체트 군부 쿠데타로 무너졌고, 살바도르 아옌데 대통령은 폭격으로 불타는 대통령궁에서 결연하게 죽음을 맞이했다.

살바도르 아옌데는 평생 칠레 사회의 변혁과 자본주의 체제에서의 탈피를 꿈꾸며 새로운 사회를 건설하고자 했고, 그의 그런 모습은 소설 속에 실제 대통령의 모습으로도 등장하고, 빈민의 위생 상태를 걱정하며 고군분투하는 주인공 빅토르 달마우의 모습에도 투영되어 있다.

이사벨 아옌데의 다른 작품들과 마찬가지로 『바다의 긴 꽃잎』에도 힘든 역경을 헤쳐 가는 강인한 여성들이 등장한다. 라틴아메리카에서도 가장 보수적인 사회로 손꼽히는 칠레 사회에서 자신의 운명을 필연적으로 받아들이며 자기희생적으로 살아가는 여인들이 아니라, 여성의 성적 억압과 왜곡된 현실에 강한 문제의식을 던지며 주체적으로 살아가는 여인들이다. 빅토르 달마우와 함께 위니펙호에 올라 칠레로 망명을 떠난 로세르, 가족을 위해 자신을 희생한 빅토르의 어머니 카르메, 전시 상황의 어린이들을 위해 일생을 바친 엘리자베트, 철없던 젊은 시절을 후회하고 새롭게 태어나는 오펠리아 등 이 소설의 여성들은 적극적인 주체 의식을 가지고 능동적인 자기 삶의 주체로 당당하게 살아가며,

운명은 인간의 의지에 따라 얼마든지 개척되고 변화할 수 있다는 메시지를 따뜻하게 전한다.

권미선

옮긴이 권미선

고려대 서어서문학과를 졸업하고 스페인 마드리드 국립대학에서 문학 석·박사 학위를 받았으며, 현재 경희대 스페인어과 교수로 재직 중이다. 옮긴 책으로는 『영혼의 집』, 『운명의 딸』, 『달콤쌉싸름한 초콜릿』, 『사볼타 사건의 진실』, 『브리다』, 『먼 별』, 『레헨따』 등 다수의 작품이 있다.

바다의
긴 꽃잎

1판 1쇄 인쇄 2022년 2월 3일
1판 1쇄 펴냄 2022년 2월 10일

지은이 이사벨 아옌데
옮긴이 권미선
발행인 박근섭·박상준
펴낸곳 ㈜민음사

출판등록 1966. 5. 19. 제16-490호
주소 서울특별시 강남구 도산대로1길 62(신사동)
강남출판문화센터 5층 (우편번호 06027)
대표전화 02-515-2000 | 팩시밀리 02-515-2007
홈페이지 www.minumsa.com

한국어판 ⓒ 민음사, 2022. Printed in Seoul, Korea

ISBN 978-89-374-4240-7 (03870)